Das dunkelste Blau

Tracy
Chevalier

Das dunkelste Blau

ROMAN

Deutsch von
Agnes C. Müller

WELTBILD

Die englische Originalausgabe erschien unter dem Titel
The Virgin Blue bei Penguin Books Ltd., London

Genehmigte Lizenzausgabe für
Verlagsgruppe Weltbild GmbH, Augsburg

Übersetzung: Agnes C. Müller
Umschlaggestaltung: Tandem Design, Hamburg
Umschlagmotiv: AKG, Berlin
Gesamtherstellung: GGP Media, Pössneck
Printed in Germany
ISBN 3-8289-6992-5

2004 2003 2002 2001
Die letzte Jahreszahl gibt die aktuelle Lizenzausgabe an.

So wie Gelb immer ein Licht mit sich führt, so kann man sagen, daß Blau immer etwas Dunkles mit sich führe. Diese Farbe macht für das Auge eine sonderbare und fast unaussprechliche Wirkung. Sie ist als Farbe eine Energie; allein sie steht auf der negativen Seite und ist in ihrer höchsten Reinheit gleichsam ein reizendes Nichts. Es ist etwas Widersprechendes von Reiz und Ruhe im Anblick.

Goethe, *Farbenlehre*

Prolog

Es begann mit einem Flackern, einer Bewegung zwischen Dunkelheit und Licht. Es war nicht schwarz, es war nicht weiß; es war blau. Ich träumte blau.

Es strömte wie vom Wind getrieben in Wellen zu mir hin und von mir weg. Es preßte sich in mich hinein, ein Druck eher wie von Wasser als von Stein. Ich hörte den leiernden Singsang einer Stimme. Dann sprach auch ich, Worte strömten aus mir heraus. Die andere Stimme begann zu weinen; danach schluchzte ich. Ich weinte, bis es mir den Atem nahm. Der Druck des Blaus schloß mich ganz ein. Es ertönte ein dumpfer, hallender Schlag, wie das Geräusch einer schweren Tür, die ins Schloß fällt, und das Blau wurde durch ein Schwarz ersetzt, das so vollständig war, daß es niemals mit Licht in Berührung gekommen sein konnte. Ich starrte in dieses Nichts; als ich es nicht mehr aushielt, schloß ich die Augen.

Ich erwachte flach auf dem Rücken liegend, die Hände um meinen Nacken verkrampft, die Ellbogen gegen die Brüste gepreßt. Meine Glieder waren steif, und mein Herz raste. Ich starrte an die Decke. Über der Dunkelheit schwebten Reste des Blaus, verblassend, verschwindend, dann für einen kurzen Moment noch einmal hervorblitzend. Eine Stimme hallte in meinem Gedächtnis nach, ich spürte noch meine Kehle vibrieren, fühlte das Ende eines Satzes in der Luft hängen.

Langsam begann ich zu fühlen, wie die Matratze gegen meinen Rücken drückte, gegen meine Schenkel, meine Fersen und meinen Kopf, und spürte Rick neben mir, schlafend. Ich schlief nicht wieder ein, sondern lag wach und starrte in die Dunkelheit. Dabei versuchte ich, mir über die zurückgebliebenen Bruchstücke des Traums klar zu werden. Sie hingen noch für einige Momente in meinem Gedächtnis, verschwanden dann und hinterließen nur eine Erinnerung an das Blau. Es war kein gewöhnliches Blau wie Ultramarinblau oder Himmelblau oder Königsblau. Am Morgen sah ich mir alles Blaue im Haus an und fand nirgends etwas Ähnliches, weder in Tinte noch in Stoff oder einer Wandfarbe. Ich sah das Blau noch gut vor mir, aber noch besser erinnerte ich mich an die widersprüchlichen Gefühle, die es hervorrief: ein plötzliches Glücksgefühl und eine schmerzliche Traurigkeit.

Das war der Anfang.

1. Die Jungfrau

Sie hieß Isabelle, und als sie ein kleines Mädchen war, wechselte ihr Haar die Farbe in der Zeit, die ein Vogel braucht, um nach seinem Weibchen zu rufen.

In diesem Sommer brachte der Duc de l'Aigle eine Statue von der Jungfrau mit Kind und einen Topf Farbe aus Paris für die Nische über dem Kirchentor. Es gab ein großes Festessen im Dorf an dem Tag, als die Statue aufgestellt wurde. Isabelle saß am Fuß der Leiter und sah Jean Tournier zu, wie er die Nische in einem tiefen Blau strich, dem Blau des klaren Abendhimmels. Als er seine Arbeit beendet hatte, kam die Sonne hinter einer Wolkenwand hervor und ließ das Blau so klar erstrahlen, daß Isabelle ihre Hände hinter dem Nacken verschränkte und ihre Ellbogen gegen die Brust preßte. Als die Sonnenstrahlen sie trafen, tauchten sie ihr Haar in einen kupfernen Schein, der blieb, auch als die Sonne untergegangen war. Seit diesem Tag wurde sie La Rousse genannt.

Der Spitzname verlor jede Herzlichkeit, als Monsieur Marcel ein paar Jahre später im Dorf ankam, mit Händen, die von Tannin verfärbt waren, und Worten, die er von Calvin geliehen hatte. In seiner ersten Predigt, im Wald außer Sichtweite des Dorfpfarrers, erklärte er, daß die Jungfrau ihnen den Weg zur Wahrheit versperre.

– La Rousse ist beschmutzt durch die Statuen, die Kerzen und den schmückenden Plunder. Sie ist unrein! rief er. Sie steht zwischen euch und Gott!

Die Dorfbewohner drehten sich um und starrten Isabelle an. Sie klammerte sich an den Arm ihrer Mutter.

Wie kann er davon wissen? dachte sie. Nur Maman weiß Bescheid.

Sie hatte ihm doch sicher nicht erzählt, daß Isabelle an jenem Tag zu bluten angefangen hatte und daß sie nun ein rauhes Tuch zwischen ihren Beinen hatte und einen Schmerzklumpen im Bauch. *Les fleurs*, hatte ihre Mutter es genannt, besondere Blumen von Gott, ein Geschenk, worüber sie schweigen sollte, denn es unterschied sie von den anderen. Sie sah auf zur Mutter, die Monsieur Marcel stirnrunzelnd anblickte und den Mund öffnete, als wolle sie sprechen. Isabelle drückte ihren Arm, und die Mutter schloß den Mund zu einer angespannten geraden Linie.

Danach ging sie zwischen ihrer Mutter und Marie zurück, die Zwillingsbrüder trotteten langsamer hinterher. Die anderen Dorfkinder folgten zuerst flüsternd mit einigem Abstand. Schließlich rannte ein Junge zu Isabelle, dreist vor Neugierde, und grapschte nach einer Haarsträhne.

– Hast du ihn gehört, La Rousse? Du bist unrein! rief er.

Isabelle schrie auf. Petit Henri und Gérard sprangen zu ihrer Verteidigung herbei, froh, sich endlich nützlich machen zu können.

Am nächsten Tag begann Isabelle ein Kopftuch zu tragen und band damit jede kastanienfarbene Strähne weg, lange vor anderen Mädchen ihres Alters.

Als Isabelle vierzehn Jahre alt war, wuchsen zwei Zypressen an einer sonnigen Stelle in der Nähe des Hauses. Jedesmal machten sich Petit Henri und Gérard auf den Weg bis Barre-les-Cévennes, ein Zweitagesmarsch, um sie auszusuchen.

Der erste Baum war der von Marie. Ihr Bauch wuchs so sehr, daß alle Frauen im Dorf dachten, sie müsse Zwillinge tragen; aber Mamans prüfende Hände fühlten nur einen Kopf, wenn auch einen großen. Maman sorgte sich wegen der Größe des Kopfes.

– Wenn es nur Zwillinge wären, murmelte sie Isabelle zu. Dann wäre es einfacher.

Als es soweit war, schickte sie alle Männer weg: Ehemann, Vater, Brüder. Es war eine eiskalte Nacht, ein heftiger Wind blies Schneeböen gegen die Klumpen leblosen Roggens. Die Männer zögerten, das Feuer zu verlassen, bis sie Maries ersten Schrei hörten: Sie waren starke Männer, die an die Laute von Schweinen während des Schlachtens gewöhnt waren – dieser menschliche Klang vertrieb sie schnell.

Isabelle hatte ihrer Mutter auch zuvor schon bei Geburten geholfen, aber immer im Beisein anderer Frauen, die zum Singen und Geschichtenerzählen kamen. Die waren nun wegen der Kälte weggeblieben, und sie und Maman waren allein. Sie blickte auf ihre Schwester, die, mit Tüchern bedeckt, unbeweglich unter ihrem riesigen Bauch lag, fröstelte und schwitzte und schrie. Das Gesicht ihrer Mutter war angstvoll angespannt; sie sprach wenig.

Die ganze Nacht über hielt Isabelle Maries Hand, drückte sie während der Wehen und wischte ihr die Stirn mit einem feuchten Tuch. Still betete sie zur Jungfrau Maria und zur heiligen Margareta, ihre Schwester zu beschützen. Sie fühlte sich schuldig dabei: Monsieur Marcel hatte ihnen gesagt, daß die Jungfrau und alle Heiligen machtlos seien und nicht angerufen werden sollten. Keines seiner Worte tröstete sie jetzt. Nur die alten Gebete hatten Wirkung.

– Der Kopf ist zu groß, verkündete Maman schließlich. Wir müssen schneiden.

– Non, Maman, flüsterten Marie und Isabelle gleichzeitig. Maries Augen waren angstvoll geweitet. Verzweifelt begann sie erneut zu pressen, schreiend und keuchend. Isabelle hörte das Geräusch von reißendem Fleisch; Marie stieß einen Schrei aus, bevor sie schlaff und grau wurde. Der Kopf erschien in einem Blutstrom, schwarz und verformt, und als Maman das Baby herausholte, war es bereits tot, die Nabelschnur eng um den Hals gewunden. Es war ein Mädchen.

Die Männer kamen zurück, als sie das Feuer sahen, Rauch von dem blutigen Stroh, der in Schwaden in die Morgenluft aufstieg.

Sie begruben Mutter und Kind an einer sonnigen Stelle, wo Marie gerne gesessen hatte, wenn es warm war. Die Zypresse wurde über ihrem Herzen gepflanzt.

Das Blut hinterließ eine blasse Spur auf dem Fußboden, kein Wischen oder Schrubben konnte sie ganz beseitigen.

Der zweite Baum wurde im folgenden Sommer gepflanzt.

Es war dämmrig, die Stunde der Wölfe; keine gute Zeit für Frauen, alleine unterwegs zu sein. Maman und Isabelle waren bei einer Geburt in Felgérolles gewesen. Mutter und Kind hatten beide überlebt und damit die lange Kette des Sterbens durchbrochen, die mit Marie und ihrem Baby begonnen hatte. An diesem Abend waren sie noch etwas geblieben, hatten es der Mutter und dem Baby bequem gemacht, während sie den anderen Frauen beim Singen und beim Schwatzen zuhörten, so daß die Sonne hinter dem Mont Lozère verschwunden war, als Maman alle Warnungen und Einladungen, über Nacht zu bleiben, in den Wind schlug und sie sich auf den Weg nach Hause machten.

Der Wolf lag quer über dem Weg, als hätte er auf sie gewartet. Sie blieben stehen, ließen ihre Bündel zu Boden gleiten und bekreuzigten sich. Der Wolf bewegte sich nicht. Sie beobachteten ihn einen Augenblick lang, dann hob Maman ihr Bündel auf und ging einen Schritt auf ihn zu. Der Wolf stand nun, und Isabelle konnte sogar in der Dunkelheit sehen, daß er sehr dürr war und räudiges graues Fell hatte. Seine Augen leuchteten gelb, als ob eine Kerze dahinter angezündet worden wäre, und er bewegte sich in seltsamen, unbeholfenen Sprüngen. Erst als er so nah war, daß Maman beinahe seinen fettigen Pelz berühren konnte, sah Isabelle den Schaum vor seinem Maul und verstand. Jeder hatte Tiere gesehen, die von der Tollwut befallen waren:

ziellos umherrennende Hunde, denen der Schaum von den Mäulern troff, eine neue Bösartigkeit in den Augen, das Gebell erstickt. Sie mieden das Wasser; der sicherste Schutz vor ihnen außer einer Axt war ein randvoller Wassereimer. Maman und Isabelle hatten nichts bei sich außer Kräutern, Leinen und einem Messer.

Als er sprang, hob Maman instinktiv den Arm, und rettete damit zwanzig Tage ihres Lebens, doch sie wünschte später, sie hätte ihn schnell und gnadenvoll ihre Kehle durchbeißen lassen. Als er zurückfiel, als das Blut Mamans Arm hinabströmte, sah der Wolf Isabelle kurz an und verschwand geräuschlos im Dunkeln.

Während Maman ihrem Mann und ihren Söhnen von dem Wolf mit den Kerzen in den Augen erzählte, wusch Isabelle die Bißwunde mit einem Sud von Schäfertäschel aus und legte Spinnweben darüber, bevor sie den Arm mit weicher Wolle verband. Maman weigerte sich, ruhig sitzenzubleiben, und bestand darauf, die Pflaumen zu ernten, im Küchengarten zu arbeiten, als hätte sie nicht die Wahrheit in den Augen des Wolfes leuchten sehen. Nach einem Tag war ihr Unterarm auf die gleiche Größe angeschwollen wie ihr Oberarm, und die Stelle um die Wunde herum wurde schwarz. Isabelle bereitete ein Omelett, gab Rosmarin und Salbei hinein und sprach ein stummes Gebet darüber. Als sie es ihrer Mutter brachte, fing sie an zu weinen. Maman nahm ihr die Schüssel aus der Hand und aß stetig, die Augen auf Isabelle gerichtet, den Tod im Salbei schmeckend.

Als sie fünfzehn Tage später etwas Wasser trank, begann sich ihre Kehle krampfartig zusammenzuziehen, und das Wasser ergoß sich über die Vorderseite ihres Kleides. Sie blickte auf den dunklen Fleck auf ihrer Brust und setzte sich in die Spätsommersonne auf die Bank neben der Tür.

Das Fieber kam schnell, und so heftig, daß Isabelle betete, der Tod möge bald kommen, um sie zu erlösen. Aber Maman kämpfte, im Dämmerzustand schwitzend und schreiend, vier

Tage lang. Als am letzten Tag der Priester aus Le Pont de Montvert kam, um die letzte Ölung zu spenden, versperrte Isabelle mit einem Besen in der Hand den Eingang und fauchte den Priester an, bis er ging. Erst als Monsieur Marcel kam, ließ sie den Besen fallen und trat zur Seite, um ihn hereinzulassen.

Vier Tage später kehrten die Zwillinge mit der zweiten Zypresse zurück.

Die Menge, die sich vor der Kirche versammelt hatte, war weder an Siege gewöhnt, noch verstand sie sich auf Feierlichkeiten. Der Priester hatte sich vor drei Tagen davongeschlichen. Sie waren jetzt sicher, daß er weg war – der Holzfäller Pierre La Forêt hatte ihn, mit all seinen Habseligkeiten auf dem Rücken, einige Meilen weit weg gesehen.

Der Schnee des frühen Winters bedeckte den Boden mit einer dünnen Gaze, die an manchen Stellen von Blättern und Steinen durchbrochen war. Der zinnfarbene Himmel im Norden hinter dem Gipfel des Mont Lozère verriet, daß noch mehr kommen würde. Eine weiße Schicht lag auf den schweren Granitziegeln des Kirchendaches. Das Gebäude war leer. Keine Messe war mehr gehalten worden seit der Ernte: Die Zahl der Kirchgänger war zurückgegangen, seit Monsieur Marcel und seine Anhänger mehr Selbstvertrauen erlangt hatten.

Isabelle stand bei ihren Nachbarn und hörte Monsieur Marcel zu, der vor der Tür auf und ab ging, würdevoll in schwarzer Kutte und mit silberfarbenem Haar. Nur die rotgefleckten Hände paßten nicht recht zu seinem gebieterischen Auftreten, denn sie erinnerten daran, daß er schließlich doch nur ein Schuster war.

Immer wenn er sprach, richtete sich sein Blick auf einen Punkt über den Köpfen der Leute.

– Dieser Ort der Gottesanbetung war einst eine Stätte der Verderbtheit. Nun ist er in sicheren Händen. Er ist in *euren* Händen! Er machte eine Bewegung, als würde er säen. Ein Murmeln ging durch die Menge.

– Er muß gereinigt werden, fuhr er fort. Von seinen Sünden gereinigt, von diesen Götzen! Er deutete auf das Gebäude hinter sich. Isabelle starrte zur Jungfrau hinauf, das Blau hinter der Statue war verblaßt, hatte aber immer noch die Kraft, sie zu rühren. Sie hatte bereits ihre Stirn und ihre Brust berührt, als sie merkte, was sie da tat, und es gelang ihr gerade noch, innezuhalten, ohne das Kreuz zu vollenden. Sie sah sich um, ob ihre Geste bemerkt worden war. Aber ihre Nachbarn hatten die Augen auf Monsieur Marcel gerichtet, der zwischen ihnen hindurch schritt und weiter den Berg hinauf in Richtung der dunklen Wolke, die gelbbraunen Hände hinter sich verschränkt. Er blickte nicht zurück.

Als er weg war, wurde die Menge lauter, erregter. Jemand rief: Das Fenster! Der Ruf wurde wiederholt. Über der Tür hielt ein kleines rundes Fenster das einzige Stück Glas, das sie jemals gesehen hatten. Der Duc de l'Aigle hatte es vor drei Sommern unterhalb der Nische angebracht, kurz bevor er durch Calvin von der Wahrheit berührt worden war. Von außen hatte das Fenster ein mattes Braun, aber von innen war es grün und gelb und blau, mit einem winzigen roten Punkt mitten in Evas Hand. Die Sünde. Isabelle war lange nicht mehr in der Kirche gewesen, aber sie erinnerte sich gut an die Szene, Evas wollüstigen Blick, das Grinsen der Schlange, Adams Scham.

Wenn sie es noch einmal hätten sehen können, wenn die Sonne die Farben gleich einem mit Sommerblumen übersäten Feld aufleuchten ließ, vielleicht hätte seine Schönheit es gerettet. Aber da war keine Sonne, und auch kein Hineinkommen in die Kirche: Der Priester hatte ein großes Vorhängeschloß durch den Riegel über der Tür geschoben. Sie hatten so etwas noch nie gesehen; mehrere Männer hatten es untersucht, daran gezogen, waren aber nicht sicher, wie es funktionierte. Eine Axt müßte man benutzen, vorsichtig, um es nicht zu beschädigen.

Nur das Wissen um den Wert des Fensters hielt sie zurück. Es gehörte dem Duc, dem sie ein Viertel ihrer Ernte schuldeten, wofür sie Schutz von ihm erhielten, ein Flüstern in des Königs Ohr. Das Fenster und die Statue waren seine Geschenke. Er mochte sie noch immer schätzen.

Niemand wußte genau, wer den Stein warf, obwohl hinterher mehrere Leute behaupteten, daß sie es gewesen seien. Er traf die Mitte des Fensters und zerbrach es. Es gab ein so seltsames Geräusch, daß die Menge verstummte. Sie hatten noch nie Glas splittern gehört.

In die Stille hinein rannte ein Junge und hob eine Glasscherbe auf, heulte auf und warf sie weg.

– Es hat mich gebissen! schrie er, einen blutigen Finger hochhaltend.

Das Rufen hob wieder an. Die Mutter des Jungen riß ihn an sich und drückte ihn. – Der Teufel! schrie sie. Es war der Teufel!

Etienne Tournier, der Haare wie verbranntes Stroh hatte, trat mit einem langen Rechen hervor. Er blickte zurück zu seinem älteren Bruder Jacques, der nickte. Etienne sah zur Statue hinauf und rief laut: – La Rousse!

Die Menge geriet in Bewegung, alle traten zur Seite, und Isabelle stand allein. Etienne drehte sich mit einem Grinsen im Gesicht nach ihr um, und seine blaßblauen Augen ruhten auf ihr wie Hände, die sich in ihren Körper preßten.

Er ließ die Hand am Stiel hinabgleiten und hob den Rechen, dann ließ er die Zähne in ihrer Richtung herunterfallen und vor ihrem Gesicht schweben. Sie starrten einander ins Gesicht. Die Menge war still geworden. Schließlich packte Isabelle die Zähne; als sie und Etienne die beiden Enden des Rechens hielten, fühlte sie ein Feuer, das sich unterhalb ihrer Magengrube entzündete.

Er lächelte und ließ los; sein Ende schlug auf den Boden. Isabelle griff nach dem Stiel und ließ ihre Hände daran herunterwandern, bis das Ende mit den Zähnen hoch in die Luft ragte, bis sie den Himmel erreichte. Als sie zur Jungfrau sah, machte Etienne einen Schritt zurück und verschwand von ihrer

Seite. Sie fühlte den Druck der Menge, wieder zusammengedrängt, unruhig, summend.

– Mach schon, La Rousse! rief jemand. Mach schon!

Irgendwo in der Menge standen Isabelles Brüder und starrten zu Boden. Sie konnte ihren Vater nicht sehen, aber selbst wenn er da war, konnte er ihr nicht helfen.

Sie tat einen tiefen Atemzug und hob den Rechen. Ein Ruf stieg gleichzeitig auf und ließ ihren Arm zittern. Sie stützte die Zähne des Rechens links von der Nische auf und sah in der Masse der glänzenden roten Gesichter umher, die jetzt fremd, hart und kalt erschienen. Sie hob den Rechen, stieß ihn gegen den Sockel der Statue und schob. Die Statue bewegte sich nicht.

Das Rufen wurde lauter, als sie begann, heftiger zu stoßen; Tränen brannten ihr in den Augen. Das Kind sah in den fernen Himmel, aber Isabelle fühlte den Blick der Jungfrau auf sich.

– Vergib mir, flüsterte sie. Dann zog sie den Rechen zurück und hieb damit, so heftig sie konnte, auf die Statue ein. Er schlug mit einem dumpfen Klang auf, das Gesicht der Jungfrau war abgeschlagen, die Bruchstücke prasselten auf Isabelle nieder, während die Menge vor Vergnügen kreischte. Verzweifelt schwang sie den Rechen abermals. Der Mörtel löste sich mit dem Schlag, und die Statue schwankte ein wenig.

– Noch mal, La Rousse! rief eine Frau.

Ich kann nicht mehr, dachte Isabelle, aber als sie die roten Gesichter sah, schwang sie den Rechen erneut. Die Statue schaukelte, die gesichtslose Frau wiegte das Kind in ihren Armen. Dann stürzte sie vornüber und fiel, der Kopf der Jungfrau schlug zuerst auf dem Boden auf und zersplitterte, dann der Körper. Durch den Aufprall war das Kind von seiner Mutter weggerissen worden und lag auf dem Boden, nach oben blickend. Isabelle ließ den Rechen fallen und bedeckte ihr Gesicht mit den Händen. Es gab laute Jubelrufe und Pfiffe, und die Menge schob sich vorwärts, um die zerbrochene Statue zu umringen.

Als Isabelle die Hände vom Gesicht nahm, stand Etienne vor

ihr. Er lächelte triumphierend, streckte die Arme aus und preßte ihre Brüste. Dann gesellte er sich zu den anderen und fing an, Mist gegen die blaue Nische zu werfen.

Nie wieder werde ich so eine Farbe sehen, dachte sie.

Es war nicht schwer, Petit Henri und Gérard zu überzeugen. Obwohl Isabelle Monsieur Marcels Überredungskünste verantwortlich machte, wußte sie insgeheim, daß sie ohnehin gegangen wären, auch ohne seine honigsüßen Worte.

– Gott wird Freude an euch haben, sagte er feierlich. Er hat euch für diesen Krieg erwählt. Kämpft für euren Gott, eure Religion, eure Freiheit. Ihr werdet als mutige und starke Helden zurückkehren.

– Wenn ihr überhaupt zurückkehrt, murmelte Henri du Moulin wütend, aber es waren Worte, die nur Isabelle hörte. Er hatte zwei Roggenfelder und zwei mit Rüben gepachtet und einen ansehnlichen Kastanienhain. Er hielt Schweine und eine Herde Ziegen. Er brauchte seine Söhne; er konnte das Land nicht bewirtschaften, wenn ihm nur seine Tochter als Hilfe blieb.

– Ich werde weniger Felder beackern, sagte er zu Isabelle. Nur eins mit Roggen, und ich gebe einen Teil der Herde und ein paar Schweine weg. Dann brauche ich nur ein Rübenfeld, um sie zu füttern. Ich kann wieder mehr Tiere anschaffen, wenn die Zwillinge zurückkommen.

Sie werden nicht zurückkommen, dachte sie. Sie hatte das Leuchten in ihren Augen gesehen, als sie fortzogen. Sie werden nach Toulouse und nach Paris gehen, und nach Genf, um Calvin zu sehen. Sie werden nach Spanien gehen, wo die Haut der Leute schwarz ist, oder bis zum großen Ozean am Ende der Welt. Aber hierher, nein, hierher werden sie nicht zurückkehren.

Eines Abends, als ihr Vater eine Pflugschar schliff, nahm sie ihren ganzen Mut zusammen.

– Papa, sagte sie. Ich könnte heiraten, und wir könnten hier wohnen und mit dir arbeiten.

Mit einem Wort brachte er sie zum Schweigen.

– Wen? fragte er, und der Wetzstein hielt über der Klinge inne. Das Zimmer war still ohne das rhythmische Geräusch des Metalls, das gegen Stein schlug.

Sie wandte ihr Gesicht ab.

– Wir sind allein, du und ich, *ma petite*. Sein Ton war sanft. Aber Gott ist freundlicher als du denkst.

Isabelle umklammerte nervös ihren Nacken, während sie noch den Geschmack des Abendmahls im Mund hatte – hartes, trockenes Brot, das noch in ihrem Hals steckte, lange nachdem sie es heruntergeschluckt hatte. Etienne griff nach ihr und zog an ihrem Kopftuch. Er wand den Zipfel um seine Hand und zog mit einem heftigen Ruck. Sie wirbelte um die eigene Achse, drehte sich aus dem Tuch, ihr Haar löste sich, sie sah abwechselnd Etienne mit einem grimmigen Lächeln im Gesicht, dann die Kastanienbäume ihres Vaters, die Frucht klein und grün und weit entfernt.

Als das Kopftuch sich ganz gelöst hatte, stolperte sie, gewann ihr Gleichgewicht wieder, zögerte. Sie sah ihm ins Gesicht, trat aber einen Schritt zurück. Mit zwei Schritten war er bei ihr, stürzte sich auf sie, so daß sie stolperte. Mit der einen Hand schob er ihr Kleid hoch, während sich die andere in ihr Haar grub, er zog die gespreizten Finger wie einen Kamm bis zu den Haarenden; schließlich wickelte er das Haar um seine Hand – wie er noch vor einem Moment das Kopftuch darum gewunden hatte –, bis seine Faust in ihrem Nacken ruhte.

– La Rousse, murmelte er. Du bist mir lange aus dem Weg gegangen. Bist du bereit?

Isabelle zögerte, dann nickte sie. Etienne zog ihren Kopf am Haar zurück und brachte ihren Mund nahe an seinen.

– Aber das Abendmahl des Pfingstfestes ist noch in meinem Mund, dachte sie, und dies ist die Sünde.

Die Tourniers waren die einzige Familie zwischen Mont Lozère und Florac, die eine Bibel besaß. Isabelle hatte sie bei Gottesdiensten gesehen. Dort trug Jean Tournier sie in Leinen gewickelt bei sich und überreichte sie Monsieur Marcel mit großer Geste. Er ließ sie den ganzen Gottesdienst über nicht aus seinem verdrießlichen Blick. Sie hatte ihn viel gekostet.

Monsieur Marcel verschränkte die Finger und hielt das Buch auf den Armen, gegen die Rundung seines Bauches gelehnt. Wenn er las, schwankte er hin und her, als wäre er betrunken, obwohl Isabelle wußte, daß das nicht sein konnte, denn er hatte Wein verboten. Er rollte die Augen, Worte formten sich in seinem Mund, aber es war nicht auszumachen, wie sie dorthin gekommen waren.

Sobald die Wahrheit in der alten Kirche durchgesetzt war, ließ Monsieur Marcel eine Bibel aus Lyon bringen, und Isabelles Vater baute ein hölzernes Pult, das sie trug. Von da an wurde die Tourniersche Bibel nicht mehr gesehen, obwohl Etienne immer noch damit prahlte.

– Woher kommen Worte? fragte Isabelle ihn eines Tages nach dem Gottesdienst, während sie die neugierigen Augenpaare, die auf sie und Etienne gerichtet waren, ebenso ignorierte wie das feindselige Starren von Etiennes Mutter Hannah. Wie bekommt Monsieur Marcel sie von der Bibel?

Etienne warf einen Stein von der einen Hand zur anderen. Er schnippte ihn weg; es raschelte, als er in den Blättern liegenblieb.

– Sie fliegen, erwiderte er fest. Er öffnet seinen Mund, und die schwarzen Zeichen fliegen so schnell hinein, daß du sie nicht sehen kannst. Dann spuckt er sie aus.

– Kannst du lesen?

– Nein, aber ich kann schreiben.

– Was schreibst du?

– Ich schreibe meinen Namen. Und ich kann deinen Namen schreiben, fügte er selbstsicher hinzu.

– Zeig's mir. Bring es mir bei.

Etienne lächelte, daß seine Zähne halb zum Vorschein kamen. Er zog an ihrem Rock.

– Ich werde es dir beibringen, aber du mußt bezahlen, sagte er leise, und seine Augen verengten sich, bis das Blau kaum noch sichtbar war.

Es war wieder die Sünde: Kastanienblätter, die in ihren Ohren knisterten, Angst und Schmerz, aber auch die leidenschaftliche Erregung, den Boden unter sich zu fühlen, das Gewicht seines Körpers auf ihr.

– Gut, sagte sie schließlich und sah zur Seite. Aber zeig's mir zuerst.

Er mußte die Utensilien heimlich zusammensuchen: Die Feder eines Turmfalken mit einem abgeschnittenen und zugespitzten Kiel; ein Stück Pergament, das er von der Ecke einer Bibelseite gestohlen hatte; einen getrockneten Pilz, der, auf einem Schieferstück mit Wasser vermischt, zu einer schwarzen Flüssigkeit wurde. Dann führte er sie den Berg hinauf, weg von den Höfen, zu einem Felsblock aus Granit, der eine flache Oberfläche in der Höhe ihrer Taille hatte. Sie lehnten sich dagegen.

Geheimnisvoll zog er sechs Striche, die sich zu Zeichen formten: *E T.*

Isabelle starrte gebannt hin.

– Ich will meinen Namen schreiben, sagte sie. Etienne gab ihr die Feder und stellte sich hinter sie; sein Körper preßte sich an ihren Rücken. Sie spürte den harten Wuchs unterhalb seines Bauches, und ein Flackern angstvoller Lust raste durch ihren Körper. Er legte seine Hand auf ihre und führte sie zuerst zur Tinte, dann zum Pergament, zog mit ihr sechs Striche. *E T*, schrieb sie. Sie verglich beide.

– Aber sie sehen gleich aus, sagte sie verwirrt. Wie kann das gleichzeitig mein und dein Name sein?

– Du hast es geschrieben, also ist es dein Name. Weißt du das nicht? Wer es schreibt, dessen Name ist es auch.

– Aber – Sie hielt inne und ließ ihren Mund offenstehen, wartete darauf, daß die Zeichen in ihren Mund flögen. Aber als sie sprach, war es sein Name, der herauskam, nicht ihrer.

– Jetzt mußt du bezahlen, sagte Etienne mit einem Lächeln. Er stieß sie gegen den Felsblock, stand hinter ihr, schob ihr den Rock hoch und ließ seine Hosen herunter. Er spreizte ihre Beine mit seinen Knien, hielt sie dann mit der Hand auseinander, so daß er auf einmal eindringen konnte, mit einem schnellen Stoß. Isabelle klammerte sich an den Felsen, als Etienne sich hin- und herbewegte. Dann stieß er ihre Schultern mit einem Schrei nach vorn, so daß ihr Gesicht und ihre Brust hart auf den Felsen gepreßt wurden.

Nachdem er sie freigegeben hatte, stand sie wacklig auf. Das Pergament war gegen ihre Wange gedrückt worden und flatterte nun zu Boden. Etienne sah ihr ins Gesicht und grinste.

– Du hast deinen Namen im Gesicht stehen, sagte er.

Sie war noch nie auf dem Bauernhof der Tourniers gewesen, obwohl er ganz in der Nähe vom Hof ihres Vaters lag, wenn man unten am Fluß entlangging. Er war der größte Hof in der ganzen Gegend nach dem des Duc, der weiter unten im Tal lebte, einen halben Tagesmarsch in Richtung Florac. Angeblich war er vor über hundert Jahren gebaut worden; verschiedene Ergänzungen kamen mit der Zeit hinzu: ein Schweinestall, eine Tenne, ein Ziegeldach, das das Strohdach ersetzte. Jean und seine Cousine Hannah hatten spät geheiratet, hatten nur drei Kinder und lebten maßvoll, einflußreich und zurückgezogen. Abendbesuche an ihrem Herd waren selten.

Trotz ihres Einflusses hatte Isabelles Vater nie über ihre Arroganz geschwiegen.

– Sie heiraten ihre Vettern, spottete Henri du Moulin. Sie geben der Kirche Geld, aber sie würden nicht mal eine verschimmelte Kastanie an einen Bettler abgeben. Und sie tauschen drei Küsse, als ob zwei nicht genug wären.

Der Hof dehnte sich L-förmig an einem Hang aus, der Eingang befand sich da, wo die beiden Flügel aufeinandertrafen, und war nach Süden gerichtet. Etienne führte sie hinein. Seine Eltern und zwei Tagelöhner waren auf dem Feld; seine Schwester Susanne arbeitete am Ende des Küchengartens.

Drinnen war alles ruhig. Isabelle konnte nur das gedämpfte Grunzen der Schweine hören. Sie bewunderte den Stall und die Scheune, die doppelt so groß war wie die ihres Vaters. Sie stand in der Stube, berührte den langen hölzernen Tisch leicht mit den Fingerspitzen, wie um ihr Gleichgewicht wiederzufinden. Der Raum war sauber, frisch gewischt, Töpfe hingen in gleichmäßigen Abständen an Haken an den Wänden. Die Feuerstelle war so groß, daß ihre eigene Familie und die Tourniers zusammen um sie herumpassen würden – ihre ganze Familie, bevor sie sie zu verlieren begann. Ihre Schwester tot. Ihre Mutter tot. Ihre Brüder Soldaten. Nur noch sie und ihr Vater waren übrig.

– La Rousse.

Sie drehte sich um, sah Etiennes Blick, seinen großspurigen Schritt, und wich zurück, bis der Stein ihren Rücken berührte. Er folgte ihr und legte seine Hände auf ihre Hüften.

– Nicht hier, sagte sie. Nicht im Haus deiner Eltern, vor dem Kamin. Wenn deine Mutter –

Etienne ließ die Hände fallen. Schon die Erwähnung seiner Mutter zähmte ihn.

– Hast du sie gefragt?

Er schwieg, ließ die breiten Schultern sinken und starrte in eine Ecke.

– Du hast sie nicht gefragt.

– Ich bin bald fünfundzwanzig, und dann kann ich tun, was ich will. Ich werde ihre Erlaubnis nicht brauchen.

Natürlich wollen sie nicht, daß wir heiraten, dachte Isabelle. Meine Familie ist arm, wir haben nichts, aber sie sind reich, sie haben eine Bibel, ein Pferd, sie können schreiben. Sie heiraten ihre Vettern, sie sind mit Monsieur Marcel befreundet. Jean

Tournier ist der *syndic* des Duc de l'Aigle, er treibt unsere Steuern ein. Sie würden niemals ein Mädchen, das La Rousse genannt wird, als ihre Tochter akzeptieren.

– Wir könnten bei meinem Vater leben, schlug sie vor. Es ist schwer für ihn ohne meine Brüder. Er braucht –

– Niemals.

– Dann müssen wir hier leben.

– Ja.

– Ohne ihre Zustimmung.

Etienne verlagerte das Gewicht von einem Fuß auf den anderen, lehnte sich gegen die Tischkante, verschränkte die Arme. Er sah sie direkt an.

– Wenn sie dich nicht mögen, sagte er leise, ist es deine eigene Schuld, La Rousse.

Isabelles Arme wurden steif, ihre Hände ballten sich zu Fäusten.

– Ich habe nichts getan! rief sie. Ich glaube an die Wahrheit.

Er lächelte.

– Aber du liebst die Jungfrau, nicht wahr?

Sie senkte den Kopf, die Fäuste noch geschlossen.

– Und deine Mutter war eine Hexe.

– Was hast du gesagt? flüsterte sie.

– Dieser Wolf, der deine Mutter gebissen hat. Er war vom Teufel geschickt, um sie zu sich zu holen. Und all die Säuglinge, die starben.

Sie starrte ihn an.

– Denkst du, meine Mutter wollte, daß ihre eigene Tochter stirbt? Ihre eigene Enkelin?

– Wenn du meine Frau bist, sagte er, wirst du keine Hebamme sein. Er nahm ihre Hand und zog sie in Richtung der Scheune, weg vom Kamin seiner Eltern.

– Warum willst du mich? fragte sie so leise, daß er sie nicht hören konnte. Sie beantwortete die Frage selbst: Weil ich die bin, die seine Mutter am meisten haßt.

Der Turmfalke schwebte hoch oben und schlug mit den Flügeln gegen den Wind. Grau: ein Männchen. Isabelle kniff die Augen zusammen. Nein. Rotbraun, die Farbe ihres Haares: ein Weibchen.

Ganz allein hatte sie gelernt, auf dem Wasser zu ruhen, auf dem Rücken liegend, die Arme seitlich ausgestreckt, die Brüste flach, ihr Haar wie Blätter im Fluß um ihr Gesicht treibend. Sie blickte noch einmal nach oben. Der Falke stieß rechts von ihr herab. Der Aufprall wurde durch ein Büschel Ginster gedämpft. Als der Vogel wieder auftauchte, trug er ein winziges Tier, eine Maus oder einen Spatz. Er stieg schnell hoch und außer Sichtweite.

Sie schreckte hoch und kauerte sich auf dem langen, glatten Felsen im Flußbett zusammen, wo ihre Brüste ihre Rundung wiedergewannen. Die Töne kamen aus dem Nichts, ein leises Bimmeln hier und dort, das plötzlich zu einem Chor von Hunderten von Glocken anschwoll. Die *estiver* – Isabelles Vater hatte vorausgesagt, daß sie innerhalb von zwei Tagen kommen würden. Ihre Hunde mußten diesen Sommer gut sein. Wenn sie sich nicht beeilte, würde sie in kürzester Zeit von Hunderten von Schafen umringt sein. Sie stand schnell auf und ging vorsichtig ans Ufer, wo sie sich das Wasser mit der Handfläche von der Haut wischte und den Fluß aus dem Haar wrang. Ihr sündiges Haar. Sie warf ihr Kleid und ihre Arbeitsschürze über und wand das Haar in ein langes leinenes Tuch, so daß nichts mehr davon zu sehen war.

Gerade steckte sie das Ende des Leinentuchs fest, als sie erstarrte, weil sie einen Blick auf sich fühlte. Mit den Augen suchte sie das umliegende Gelände ab, soweit es eben ging, ohne den Kopf zu wenden, konnte aber nichts erkennen. Die Glocken waren noch weit weg. Sie tastete mit den Fingern nach losen Haarsträhnen und stopfte sie unters Tuch, dann raffte sie ihren Rock und lief den Pfad neben dem Fluß entlang. Bald bog sie ab und überquerte ein Feld voller Heidekraut und Ginster.

Sie erreichte die Spitze eines Hügels und schaute hinunter. Weit unten sah sie ein Feld voller Schafe, die sich auf den Berg zubewegten. Zwei Männer, einer vorne und einer hinten, und ein Hund auf jeder Seite hielten die Herde zusammen. Ab und zu rissen ein paar Streuner zur Seite aus, wurden aber schnell wieder zur Herde zurückgetrieben. Sie waren jetzt wohl schon fünf Tage lang unterwegs gewesen, den ganzen Weg von Alès her; trotzdem zeigten sie an diesem letzten Gipfel keinerlei Anzeichen der Erschöpfung. Sie würden den ganzen Sommer zur Erholung haben.

Durch die Glocken vernahm sie die Pfiffe und Rufe der Männer und das scharfe Gebell der Hunde. Der vorangehende Mann sah herauf, es schien, als sähe er sie direkt an, und stieß einen schrillen Pfiff aus. Genau im gleichen Augenblick kam ein junger Mann hinter einem Felsen hervor, gerade einen Steinwurf zu ihrer Rechten. Isabelle umklammerte ihren Nacken. Der Mann war klein und drahtig, verschwitzt und sonnenverbrannt. Er hatte einen Wanderstab und den Ledersack der Schäfer bei sich und trug eine enganliegende runde Mütze, unter der schwarze Locken hervorschauten. Als sie seine dunklen Augen auf sich ruhen fühlte, wußte sie, daß er sie im Fluß gesehen hatte. Er lächelte sie an, freundlich, wissend, und einen kurzen Augenblick lang fühlte Isabelle die Berührung des Flusses auf ihrem Körper. Sie sah zu Boden, preßte die Ellbogen gegen ihre Brüste und konnte nicht zurücklächeln.

Mit einem Satz machte der Mann sich auf den Weg nach unten. Isabelle beobachtete ihn, bis er die Herde erreichte. Dann floh sie.

– Da ist ein Kind. Isabelle legte eine Hand auf ihren Bauch und sah Etienne trotzig an.

Sofort verdunkelten sich seine blassen Augen, wie wenn der Schatten einer Wolke ein Feld überquert. Er blickte auf ihre Hand und rechnete.

– Ich sage es meinem Vater, dann müssen wir es deinen Eltern sagen. Sie schluckte. Was werden sie sagen?

– Jetzt werden sie uns die Heirat erlauben. Es würde schlecht aussehen, nein zu sagen, wenn ein Kind da ist.

– Sie werden denken, daß ich es absichtlich getan habe.

– Hast du das? Sein Blick traf ihren. Seine Augen waren jetzt kalt.

– Du warst derjenige, der die Sünde wollte, Etienne.

– Ah, aber du wolltest es auch, La Rousse.

– Ich wünschte, Maman wäre hier, sagte sie leise. Ich wünschte, Marie wäre hier.

Ihr Vater tat, als hätte er sie nicht gehört. Er saß auf der Bank neben der Tür und schnitzte mit dem Messer an einem Ast herum; er machte einen neuen Stiel für die Hacke, die ihm an diesem Tag kaputtgegangen war. Isabelle stand bewegungslos vor ihm. Sie hatte so leise gesprochen, daß sie dachte, sie würde es noch einmal sagen müssen. Sie öffnete schon den Mund, als er sagte: Dann werdet ihr mich also alle verlassen.

– Es tut mir leid, Papa, aber er sagt, er will hier nicht wohnen.

– Ich würde keinen Tournier in mein Haus lassen. Dieser Hof geht nicht an dich, wenn ich sterbe. Du bekommst deine Aussteuer, aber den Hof vermache ich meinen Neffen drüben in l'Hôpital. Kein Tournier wird jemals mein Land bekommen.

– Die Zwillinge werden aus dem Krieg zurückkommen, meinte sie und kämpfte mit den Tränen.

– Nein. Sie werden sterben. Sie sind keine Soldaten, sondern Bauern. Du weißt das ganz genau. Zwei Jahre und kein Lebenszeichen von ihnen. Viele sind hier vorbeigekommen aus dem Norden und keine Nachricht.

Isabelle ließ ihren Vater auf der Bank sitzen und ging über ihre Felder, am Fluß entlang, zum Tournierschen Hof. Es war spät, das Tageslicht war schon in Dämmerung übergegangen, und lange Schatten streckten sich an den Hügeln entlang und über die terrassenförmigen Felder mit dem noch niedrig stehenden Roggen. Ein Schwarm Stare sang in den Bäumen. Der Weg zwischen den beiden Höfen erschien nun lang, Etiennes Mutter am Ende. Isabelle ging langsamer.

Sie hatte die leere *cleda* der Tourniers erreicht; die Kastanien waren längst getrocknet, als sie den grauen Schatten zwischen den Bäumen hervortänzeln und sich ihr in den Weg stellen sah.

– *Sainte Vierge, aide-moi*, betete sie automatisch. Der Wolf beobachtete sie, seine gelben Augen leuchteten hell trotz der Dämmerung. Als er sich auf sie zubewegte, hörte Isabelle eine Stimme in sich: Laß dies nicht mit dir geschehen.

Sie bückte sich und hob einen großen Ast auf. Der Wolf blieb stehen. Sie richtete sich auf und ging vorwärts, den Ast schwenkend und schreiend. Der Wolf begann zurückzuweichen, und als Isabelle so tat, als würde sie den Ast werfen, drehte er sich um, sprang zur Seite und verschwand im Gebüsch.

Isabelle rannte vom Wald weg und über ein Feld; der Roggen schnitt in ihre Waden. Sie erreichte den pilzförmigen Felsen, der das Ende des Tournierschen Küchengartens markierte, und hielt an, um zu verschnaufen. Ihre Angst vor Etiennes Mutter war verschwunden.

– Danke, Maman, sagte sie leise. Ich werde es nicht vergessen.

Jean, Hannah und Etienne saßen am Fenster, Susanne räumte die Reste ihrer *bajanas* ab, die gleiche Kastaniensuppe, die Isabelle vorhin ihrem Vater vorgesetzt hatte, und dunkles duftendes Brot. Alle vier erstarrten, als Isabelle eintrat.

– Was gibt's, La Rousse? fragte Jean Tournier, als sie in der Mitte des Raumes stand; ihre Hand ruhte wieder auf dem Tisch, als wolle sie sich einen Platz unter ihnen sichern.

Isabelle sagte nichts, sondern sah Etienne fest an. Schließlich stand er auf und stellte sich an ihre Seite. Sie nickte, und er drehte sich um, stand seinen Eltern gegenüber.

Der Raum war still. Hannahs Gesicht war wie Granit.

– Isabelle wird ein Kind bekommen, sagte Etienne mit leiser Stimme. Mit eurer Erlaubnis möchten wir heiraten.

Es war das erste Mal, daß er Isabelles Namen benutzt hatte.

Hannahs Stimme klang schrill.

– Wessen Kind trägst du, La Rousse? Nicht Etiennes.

– Es ist Etiennes Kind.

– Nein!

Jean Tournier stützte sich auf die Tischplatte und stand auf. Sein silbergraues Haar lag weich wie eine Mütze um seinen Schädel, sein Gesicht war hager. Er sagte nichts, aber seine Frau verstummte und lehnte sich zurück. Er sah Etienne an. Es gab eine lange Pause, bevor Etienne sprach.

– Es ist mein Kind. Wir werden sowieso heiraten, sobald ich fünfundzwanzig bin. Bald.

Jean und Hannah tauschten einen Blick.

– Was sagt dein Vater dazu? fragte Jean Isabelle.

– Er hat seine Erlaubnis gegeben und wird die Aussteuer bereitstellen. Sie sagte nichts von seinem Haß.

– Geh und warte draußen, La Rousse, sagte Jean still. Geh mit ihr hinaus, Susanne.

Die Mädchen saßen nebeneinander auf der Bank vor der Tür. Sie hatten sich nicht oft gesehen, seit sie Kinder waren. Viele Jahre zuvor, bevor Isabelles Haar rot wurde, hatte Susanne mit Marie gespielt, half beim Heuen, mit den Ziegen, planschte im Fluß.

Sie saßen eine Zeitlang da und sahen über das Tal.

– Ich habe einen Wolf gesehen, draußen bei der *cleda,* sagte Isabelle plötzlich. Susanne starrte sie an, die braunen Augen geweitet. Sie hatte das schmale Gesicht und das spitze Kinn ihres Vaters.

– Was hast du gemacht?

– Ihn mit einem Stock weggejagt. Sie lächelte, mit sich zufrieden.

– Isabelle –

– Was?

– Ich weiß, daß Maman wütend ist, aber ich freue mich, daß du zu uns kommst. Ich habe nie geglaubt, was sie über dich sagen, über deine Haare und über – Sie hielt inne. Isabelle fragte nicht.

– Und du wirst hier sicher sein. Das Haus ist sicher, es wird beschützt von – Sie hielt wieder inne, sah zur Tür und senkte den Kopf. Isabelle ließ ihre Augen auf den schattigen Kuppen der fernen Hügel ruhen.

So wird es immer sein, dachte sie. Schweigen in diesem Haus.

Die Tür ging auf, und Jean und Etienne kamen mit einer flackernden Fackel und einer Axt heraus.

– Wir bringen dich zurück, La Rousse, sagte Jean. Ich muß mit deinem Vater sprechen.

Er gab Etienne ein Stück Brot.

– Eßt dieses Brot gemeinsam und gib ihr deine Hand.

Etienne riß das Brot in zwei Teile und gab Isabelle den kleineren. Sie steckte es in den Mund und legte ihre Hand in seine. Seine Finger waren kalt. Das Brot klebte ihr in der Kehle wie ein Flüstern.

Petit Jean wurde in Blut geboren und war ein mutiges Kind.

Jacob wurde blau geboren. Er war ein stilles Kind: Auch als Hannah ihm einen Klaps auf den Rücken gab, um ihn zum Atmen zu bringen, schrie er nicht.

Isabelle lag wieder im Fluß, viele Sommer später. Ihr Körper war von den beiden Jungen gezeichnet, und ein weiteres Kind schob ihren Bauch über das Wasser. Das Baby strampelte. Sie legte die Hände über die Wölbung.

– Bitte, heilige Mutter Gottes, mach, daß es ein Mädchen wird, betete sie. Und wenn sie geboren ist, will ich sie nach dir und nach meiner Schwester taufen. Marie. Gegen alle will ich es durchsetzen, sie so zu nennen.

Diesmal gab es überhaupt keine Warnung, keine Glocken, nicht das Gefühl eines Blickes auf ihr. Er war einfach da, hockte auf dem Felsen im Fluß. Sie setzte sich auf und sah ihn an. Sie bedeckte ihre Brüste nicht. Er sah genauso aus, ein wenig älter, mit einer langen Narbe auf der rechten Seite seines Gesichtes, die vom Backenknochen bis zum Kinn reichte und den Mundwinkel berührte. Diesmal hätte sie zurückgelächelt, wenn er sie angelächelt hätte. Er lächelte nicht. Er nickte einfach in ihre Richtung, wölbte die Hände, spritzte sich Wasser ins Gesicht, drehte sich dann um und ging in Richtung der Flußquelle davon.

Marie wurde in einer Flut klarer Flüssigkeit geboren und hatte die Augen offen. Sie war ein hoffnungsvolles Kind.

2. Der Traum

Als Rick und ich nach Frankreich zogen, dachte ich mir schon, daß mein Leben sich ein wenig ändern würde. Ich wußte bloß nicht, wie.

Zunächst erschien uns das neue Land wie eine festlich gedeckte Tafel, an der wir jedes Gericht probieren wollten. In unserer ersten Woche, während Rick sich in seinem neuen Büro einrichtete, frischte ich mein Schulfranzösisch etwas auf und ging auf Entdeckungsfahrt in der ländlichen Gegend um Toulouse herum, um uns einen schönen Ort zum Wohnen zu suchen. Wir wollten in eine kleine Stadt mit Charme ziehen. Ich sauste in einem neuen grauen Renault die schmalen Straßen entlang, an langen Reihen von Platanen vorbei. Manchmal, wenn ich in Gedanken versunken war, glaubte ich fast, ich wäre in Ohio oder Indiana, aber die Gegend wurde wieder unverwechselbar, wenn ich eins von den Häusern mit rotem Ziegeldach, grünen Fensterläden und Blumentöpfen voller Geranien sah. Überall standen Bauern in blauen Arbeitshosen auf den aprilgrün überhauchten Feldern und sahen zu, wie mein Auto vorbeifuhr. Ich lächelte und winkte; manchmal winkten sie zögernd zurück. »Wer war *das* denn?« fragten sie sich wahrscheinlich.

Ich sah viele Ortschaften und entschied mich gegen alle, zum Teil aus nichtigen Gründen, aber letztendlich weil ich einen Ort suchte, der mich sofort ansprechen würde, wo ich ohne Zweifel wissen würde, daß die Suche vorbei war.

Ich kam nach Lisle-sur-Tarn, indem ich eine lange schmale Brücke über den Fluß Tarn überquerte. Eine Kirche und ein

Café markierten die Ortsgrenze. Ich parkte in der Nähe des Cafés und ging zu Fuß weiter; als ich die Ortsmitte erreicht hatte, wußte ich, daß wir hier wohnen würden. Es war eine *bastide*, eine befestigte Stadt, deren Anlage aus dem Mittelalter erhalten geblieben war; immer wenn es in mittelalterlichen Zeiten Invasionen gegeben hatte, hatten die Einwohner sich auf dem Marktplatz versammelt und die vier Tore verriegelt. Ich stand in der Mitte des Marktplatzes neben einem Brunnen, um den herum Lavendelbüsche wuchsen, und fühlte mich erfüllt und zufrieden.

Der Platz war auf allen vier Seiten von Bogengängen umgeben, mit Geschäften zu ebener Erde, darüber Wohnungen mit geschlossenen Fensterläden. Die Bögen waren aus langen schmalen Ziegeln; die gleichen Ziegel waren an den beiden oberen Stockwerken der Häuser in dekorativen Mustern zwischen braunem Fachwerk vermauert.

Das ist genau das Richtige, dachte ich. Wenn ich dies jeden Tag ansehen kann, werde ich glücklich sein.

Sofort kamen mir Zweifel. Es schien so absurd, sich bloß wegen eines einzigen schönen Platzes für eine Stadt zu entscheiden. Ich ging weiter und suchte nach dem endgültigen Zeichen, das mich entweder zum Bleiben oder zum Gehen bewegen würde.

Ich brauchte nicht lange zu suchen. Nachdem ich die umliegenden Straßen erkundet hatte, ging ich in eine *boulangerie* auf dem Marktplatz. Die Frau hinter der Theke war klein und trug einen marineblau und weiß gemusterten Hauskittel, wie er hier auf jedem Markt verkauft wurde. Als sie die Kunden vor mir bedient hatte, wandte sie sich an mich, die schwarzen Augen musterten mich aus einem faltigen Gesicht, das Haar war zu einem losen Knoten zurückgesteckt.

»*Bonjour, Madame*«, sagte sie in dem singenden Ton der französischen Verkäuferinnen.

»*Bonjour*«, erwiderte ich, während ich mir das Brot auf den Regalen hinter ihr besah, und dachte: Das wird jetzt meine *bou-*

langerie sein. Aber als ich sie wieder ansah und ein warmes Willkommen erwartete, fiel jedes Selbstvertrauen von mir ab. Sie stand unbeweglich hinter der Theke, ihr Gesicht war versteinert.

Ich öffnete den Mund: Nichts kam heraus. Ich schluckte. Sie starrte mich an und sagte »*Oui, Madame?*« in genau dem gleichen Ton wie zuvor, als hätten diese unangenehmen Sekunden gerade nie stattgefunden.

Ich zögerte, zeigte dann auf ein Baguette. »*Un*«, brachte ich hervor, obwohl es mehr wie ein Brummen klang. Der Gesichtsausdruck der Frau ging in steife Ablehnung über. Sie griff hinter sich, ohne sich umzusehen, die Augen immer noch auf mich fixiert.

»*Quelque chose d'autre, Madame?*«

Einen Augenblick lang sah ich mich, wie sie mich sehen mußte: fremd, auf der Durchreise, mit einer ungeschickten Zunge, die über ungewohnte Laute stolperte, abhängig von einer Straßenkarte, um mich in der fremden Landschaft zurechtzufinden, und von einem Sprachführer und einem Wörterbuch, um mich zu verständigen. Sie schaffte es, daß ich mich verloren fühlte, gerade in dem Moment, als ich dachte, ich hätte eine Heimat gefunden.

Ich sah die Auslagen an, verzweifelt bemüht, ihr zu zeigen, daß ich nicht so idiotisch war, wie ich erschien. Ich zeigte auf einige Zwiebel-Quiches und stammelte »*Et un quiche*«. Eine Zehntelsekunde danach wußte ich, daß ich den falschen Artikel verwendet hatte – es hieß *une quiche* – und stöhnte innerlich.

Sie schob eine in eine kleine Tüte und legte sie auf die Theke neben das Baguette. »*Quelque chose d'autre, Madame?*« wiederholte sie.

»*Non.*«

Sie tippte die Beträge in die Kasse. Stumm gab ich ihr das Geld in die Hand, merkte dann, als sie mein Wechselgeld auf einen kleinen Teller auf der Theke legte, daß ich das Geld dorthin hätte legen sollen statt in ihre Hand. Ich runzelte die Stirn. Das war eine Lektion, die ich schon hätte gelernt haben sollen.

»*Merci, Madame*«, intonierte sie mit ausdruckslosem Gesicht und unerbittlichen Augen.

»*Merci*«, murmelte ich.

»*Au revoir, Madame.*«

Ich wandte mich zum Gehen, hielt dann inne, dachte, daß es doch einen Weg geben mußte, um die Situation zu retten. Ich sah sie an: Sie hatte die Arme über dem riesigen Busen verschränkt.

»*Je – nous – nous habitons près d'ici, là-bas*«, log ich, wild gestikulierend und einen Bezirk irgendwo in ihrer Stadt bezeichnend.

Sie nickte einmal. »*Oui, Madame. Au revoir, Madame.*«

»*Au revoir, Madame*«, erwiderte ich, wirbelte herum und stürzte zur Tür hinaus.

Oh, Ella, dachte ich, als ich über den Platz trottete, was tust du nur, lügen, um das Gesicht zu wahren?

»Dann lüge eben nicht. Lebe hier. Stell dich Madame jeden Tag über den Croissants«, murmelte ich als Antwort. Ich fand mich am Brunnen wieder. Von einem Lavendelbusch zupfte ich ein paar Blätter ab und zerrieb sie zwischen den Fingern. Der scharfe Geruch sagte: *Reste.*

Rick war begeistert von Lisle-sur-Tarn, und ich war etwas versöhnt mit meiner Wahl, als er mich küßte und mich in seinen Armen herumwirbelte. »Ha!« rief er den alten Häusern um den Marktplatz zu.

»Schscht, Rick«, sagte ich. Es war Markttag, und ich fühlte aller Augen auf uns. »Laß mich runter!« zischte ich.

Er lächelte nur und hielt mich noch fester.

»Das ist eine Stadt, wie ich sie liebe«, sagte er. »Sieh nur die hübsche Detailarbeit mit den Ziegeln!«

Wir wanderten durch die ganze Stadt und suchten unsere Lieblingshäuser aus. Später gingen wir zur *boulangerie*, um noch mehr Zwiebel-Quiches zu kaufen. Ich errötete, als Madame mich ansah, aber sie richtete die meisten ihrer Bemerkungen an Rick, der sie witzig fand und über sie kicherte, anscheinend ohne sie im geringsten zu beleidigen. Sie fand ihn offensichtlich gutaussehend: Sein blonder Pferdeschwanz war in diesem Land der kurzen schwarzen Haare etwas Besonderes, und seine kalifornische Bräune war noch nicht verblaßt. Mir gegenüber war sie höflich, aber ich spürte eine unterschwellige Feindseligkeit und war völlig verkrampft.

»Schade, daß die Quiches so gut sind«, sagte ich draußen zu Rick. »Sonst würde ich nie wieder da reingehen.«

»Oh, Schatz, du nimmst das alles viel zu ernst. Werd bloß nicht gleich paranoid.«

»Ich fühle mich einfach irgendwie zurückgewiesen.«

»Nicht gerade service-orientiert, die Gute. Am besten holst du gleich einen Personalgutachter, um ihr den Kopf geradezurücken.«

Ich grinste ihn an. »Ja, ihre Akte würd ich schon gern sehen.«

»Sicher *gespickt* mit Beschwerden. Sie ist völlig von der Rolle, das sieht man. Hab doch ein wenig Mitleid mit der Alten.«

Die Vorstellung, in einem der alten Häuser auf dem Platz oder in der Nähe davon zu wohnen, war verlockend, aber als ich hörte, daß keines davon zu vermieten war, war ich heimlich erleichtert: das waren stattliche Häuser, für etablierte Mitglieder der Gemeinde. Statt dessen fanden wir ein Haus, das ein paar Minuten zu Fuß vom Zentrum entfernt lag, ebenfalls alt war, aber ohne schmuckvolles Ziegelwerk, mit dicken Mauern und gefliesten Böden und einer kleinen Küchenterrasse, die von mit wildem Wein überwuchertem Gitterwerk geschützt wurde. Es gab keinen Garten vor dem Haus, die Haustür ging direkt auf die enge Straße hinaus. Ich fand das Haus innen sehr dunkel, obwohl Rick mich daran erinnerte, daß es im Sommer angenehm kühl sein würde. Alle Häuser, die wir gesehen hatten, waren so. Ich verscheuchte die Dunkelheit, indem ich die Fensterläden offenließ, und erwischte die Nachbarn mehrere Male, wie sie durch die Fenster hereinspähten, bevor sie lernten, nicht hinzusehen.

Eines Tages beschloß ich, Rick zu überraschen: Als er abends nach Hause kam, hatte ich das trübe Braun der Läden mit einem satten Burgunderrot überstrichen und Töpfe mit Geranien vor die Fenster gehängt. Er stand vor dem Haus und lächelte zu mir hinauf, als ich mich aus dem Fenster lehnte und von rosa, weißen und roten Blüten eingerahmt war.

»Willkommen in Frankreich«, sagte ich. »Willkommen zu Hause.«

Als mein Vater hörte, daß Rick und ich in Frankreich leben würden, schlug er vor, ich sollte einem entfernten Cousin schreiben, der in Moutier, einem kleinen Ort im Nordwesten der Schweiz, lebte. Vater hatte Moutier einmal besucht, vor langer Zeit. »Es wird dir gefallen, ich garantiere es dir«, sagte er, als er mich anrief, um mir die Adresse zu geben.

»Dad, Frankreich und die Schweiz sind zwei verschiedene Länder! Ich werde wahrscheinlich nicht mal bis in die Nähe der Schweizer Grenze kommen.«

»Sicher, Kleines, aber es ist immer gut, Familie in der Nähe zu haben.«

»In der Nähe? Moutier ist mindestens 400 oder 500 Meilen entfernt.«

»Siehst du? Nur eine Tagesfahrt. Und das ist um einiges näher, als ich sein kann.«

»Dad –«

»Schreib die Adresse auf, Ella. Tu mir den Gefallen.«

Wie konnte ich nein sagen? Ich schrieb die Adresse auf und lachte.

»Das ist lächerlich. Ich schreibe ihm also: ›Hallo, ich bin eine entfernte Cousine, von der du noch nie was gehört hast, und bin gerade zufällig auf demselben Kontinent, also könnten wir uns doch treffen.‹«

»Warum nicht? Hör mal, für den Anfang könntest du ihn nach der Familiengeschichte fragen, woher wir kommen, was unsere Familie gemacht hat. Nutz die Zeit, die du dort hast.«

Vater war von einer protestantischen Arbeitsethik beherrscht, und der Gedanke, daß ich keine Arbeit hatte, machte ihn nervös. Er hörte nicht auf, mir gute Tips zu geben, was für nützliche Dinge ich tun könnte. Seine Sorge trug nur noch zu meiner eigenen bei: Ich war nicht an soviel freie Zeit gewöhnt – immer war ich beschäftigt gewesen, entweder in der Ausbildung oder mit langen Arbeitszeiten. Daß ich jetzt plötzlich Zeit hatte, forderte einige Gewöhnung. Ich durchlief erst einmal eine Phase des späten Aufstehens und Herumhängens, bevor ich mir drei Projekte vornahm, um mich zu beschäftigen.

Zunächst begann ich an meinem verschütteten Französisch zu arbeiten und nahm zweimal in der Woche Stunden in Toulouse bei Madame Sentier, einer älteren Dame mit klugen Augen und einem schmalen Vogelgesicht. Sie hatte einen wohlklingenden Akzent, und als erstes nahm sie sich meinen vor. Schlampige Aussprache war ihr verhaßt, und sie wies mich scharf zurecht, wenn ich anfing, *oui* in dieser wegwerfenden Art vieler Franzosen zu sagen, wobei man die Lippen kaum bewegt und der Ton, der herauskommt, wie das Quaken einer Ente klingt. Sie brachte mir bei, es präzise auszusprechen und alle drei Buchstaben klingen zu lassen, so daß am Ende die Luft zwischen den Zähnen zischte. Sie bestand darauf, daß es wichtiger war, wie ich die Dinge sagte, als was ich sagte. Ich versuchte, ein paar Einwände gegen ihre Prioritäten geltend zu machen, aber ich war kein ebenbürtiger Gegner für sie.

»Wenn Sie die Worte nicht gut aussprechen, wird kein Mensch verstehen, was Sie sagen«, erklärte sie. »Noch schlimmer, die Leute werden merken, daß Sie Ausländerin sind, und Ihnen nicht zuhören. Die Franzosen sind so.«

Ich verkniff mir, sie darauf hinzuweisen, daß auch sie Französin war. Trotzdem mochte ich sie, mochte ihre Ansichten und ihre strenge Art, also machte ich ihre Mundübungen mit und dehnte meine Lippen, als wären sie aus Kaugummi.

Sie hielt mich dazu an, soviel wie möglich zu sprechen, egal wo ich war. »Wenn Sie etwas denken, sagen Sie es!« rief sie. »Egal, was es ist, egal, wie unbedeutend, sagen Sie es. Sprechen Sie mit allen Leuten.« Manchmal befahl sie mir, eine bestimmte Zeit lang zu sprechen, sie begann mit einer Minute und ließ mich dann bis zu fünf Minuten lang plappern. Ich fand es anstrengend und unmöglich.

»Sie denken auf englisch, und dann übersetzen Sie Wort für Wort ins Französische«, erklärte Madame Sentier. »So funktioniert Sprache nicht. Sie hat eine höhere Form. Was Sie tun müssen, ist, auf französisch *denken*. Sie sollten kein Englisch im Kopf haben. Denken Sie auf französisch, soviel wie möglich. Wenn Sie nicht in größeren Passagen denken können, dann denken Sie in Sätzen, wenigstens in Worten. Bauen Sie es zu großen Gedanken auf!« Ihre Geste schien den gesamten Raum und den gesamten menschlichen Intellekt zu umfassen.

Sie freute sich, als sie hörte, daß ich Verwandte in der Schweiz hatte; sie bestand darauf, daß ich ihnen schreiben sollte. »Sie könnten ursprünglich aus Frankreich stammen, wissen Sie«, sagte sie. »Es wäre gut für Sie, etwas über Ihre französischen Vorfahren zu erfahren. Sie werden sich mit diesem Land und seinen Bewohnern sofort stärker verbunden fühlen. Es wird Ihnen dann auch nicht so schwerfallen, auf französisch zu denken.«

Innerlich zuckte ich die Achseln. Stammbaumforschung gehörte zu den Dingen, mit denen man sich im vorgerückten Alter befaßte; es war wie mit Radiowunschkonzerten, Stricken und zu Hause verbrachten Samstagabenden: Wahrscheinlich würde ich das alles auch irgendwann mal tun, aber besonders eilig hatte ich es damit nicht. Meine Vorfahren hatten nichts mit meinem jetzigen Leben zu tun. Aber um Madame Sentier einen

Gefallen zu tun, sozusagen als Hausaufgabe, bastelte ich ein paar Sätze zusammen, in denen ich meinen Cousin über die Familiengeschichte befragte. Als sie den Brief nach Grammatik- und Rechtschreibfehlern durchgesehen hatte, schickte ich ihn in die Schweiz.

Der Französischunterricht half mir wiederum bei meinem zweiten Projekt. »Was für ein wunderbarer Beruf für eine Frau!« schwärmte Madame Sentier, als sie hörte, daß ich Hebamme war und mich auch in Frankreich qualifizieren wollte. »Was für eine edle Aufgabe!« Ich mochte sie zu sehr, um mich über ihre romantischen Ansichten zu ärgern, also erzählte ich ihr nichts von dem Mißtrauen, mit dem mein Berufsstand von Ärzten, Krankenhäusern, Versicherungen und sogar von schwangeren Frauen behandelt wurde. Auch die schlaflosen Nächte erwähnte ich nicht, das Blut oder die traumatischen Momente, wenn etwas schiefging. Denn es *war* ein wundervoller Beruf, und ich hoffte, in Frankreich praktizieren zu können, sobald ich die erforderlichen Kurse und Examen absolviert hatte.

Das letzte Projekt hatte eine unsichere Zukunft, aber es würde mich jedenfalls auf Trab halten, wenn es soweit war. Überraschen würde es zumindest niemanden: Ich war achtundzwanzig, Rick und ich waren seit zwei Jahren verheiratet, und der Druck von allen Seiten, uns selber eingeschlossen, wurde immer stärker.

Eines Abends, wir wohnten erst seit ein paar Wochen in Lisle-sur-Tarn, gingen wir in das eine gute Restaurant in die Stadt zum Abendessen. Wir plauderten über alles mögliche – Ricks Arbeit, meinen Tag –, während wir *crudités, pâté*, Forelle aus dem Tarn und Filet Mignon verspeisten. Als der Kellner Ricks *creme brulée* und meine *tarte au citron* brachte, beschloß ich, daß der richtige Augenblick gekommen war. Ich biß in die Dekorations-Zitronenscheibe; mein Mund zog sich zusammen.

»Rick«, fing ich an und legte meine Gabel nieder.

»Großartige *creme brulée*«, sagte er. »Besonders das *brulée*. Hier, probier mal.«

»Nein danke. Hör mal, ich habe nachgedacht.«

»O je, wird das etwa ein Problemgespräch?«

In diesem Moment kam ein Paar ins Lokal und wurde an den Tisch neben uns geführt. Der Bauch der Frau zeichnete sich unter ihrem eleganten schwarzen Kleid ab. Fünfter Monat, dachte ich automatisch, und sie trägt es sehr hoch.

Ich sprach leiser. »Wir haben doch ab und zu darüber gesprochen, ob wir Kinder haben wollen . . .«

»Willst du jetzt Kinder haben?«

»Na ja, ich hab darüber nachgedacht.«

»Okay.«

»Was – okay?«

»Okay, machen wir.«

»Einfach so? Einfach ›machen wir‹?«

»Warum nicht? Wir wissen, daß wir welche wollen. Warum sollen wir uns ewig Gedanken machen?«

Ich fühlte mich im Stich gelassen, obwohl ich Rick zu gut kannte, als daß mich seine Einstellung überrascht hätte. Er traf immer alle Entscheidungen schnell, sogar große, während ich oft wollte, daß es ein komplizierterer Prozeß wäre.

»Ich hab das Gefühl –« Ich dachte nach. »Es ist ein bißchen wie ein Fallschirmsprung. Weißt du noch, als wir das letztes Jahr gemacht haben? Du bist da oben in diesem winzigen Flugzeug und du denkst, noch zwei Minuten und dann kann ich nicht mehr zurück, eine Minute und dann kann ich nicht mehr zurück, und dann, jetzt bin ich zwar hier an der Tür und halte mich fest, aber ich kann immer noch zurück. Und dann springst du und du kannst nicht mehr zurück, egal, wie es sich anfühlt. So ein Gefühl habe ich jetzt auch. Ich stehe an dieser offenen Flugzeugtür.«

»Ich kann mich nur an dieses phantastische Gefühl des Fallens erinnern. Und der wunderschöne Blick beim Herunterschweben. Es war so still da oben.«

Ich sog an der Innenseite meiner Wange, dann aß ich ein großes Stück *tarte.*

»Es ist eine wichtige Entscheidung«, sagte ich mit vollem Mund.

»Eine wichtige Entscheidung ist getroffen.« Rick lehnte sich herüber und küßte mich. »Mmmh, köstlich, Zitrone.«

Später in der Nacht schlich ich mich aus dem Haus und ging zur Brücke. Ich hörte den Fluß weit unten, aber es war zu dunkel, als daß ich das Wasser hätte sehen können. Ich sah mich um; da niemand in Sichtweite war, zog ich eine Packung Verhütungspillen heraus und fing an, die Tabletten einzeln aus der Metallfolie zu drücken. Sie verschwanden in Richtung des Wassers, kleine weiße Blitze, die sekundenlang in der Dunkelheit aufleuchteten. Als sie alle weg waren, lehnte ich mich eine Zeitlang ans Geländer und wollte unbedingt ein anderes Gefühl haben.

Etwas änderte sich in dieser Nacht tatsächlich. Ich hatte das erste Mal den Traum: der Nebel, die Stimmen, das donnernde Hallen, das Blau.

Meine Freundinnen hatten mir erzählt, daß, wenn man versucht, schwanger zu werden, man entweder viel mehr oder viel weniger Sex hat. Man kann es entweder dauernd tun, so, wie ein Gewehr seinen Schrot überallhin verschießt, in der Hoffnung, etwas zu treffen. Oder man kann strategisch zuschlagen und die Munition für den richtigen Augenblick aufheben.

Am Anfang probierten Rick und ich die erste Möglichkeit aus. Wenn er von der Arbeit nach Hause kam, hatten wir vor dem Abendessen Sex, gingen früh ins Bett, wachten früh auf, um es zu tun, und fanden Zeit dafür, sooft es ging.

Rick war begeistert von diesem Überfluß, aber für mich war es anders. Erstens hatte ich nie Sex gehabt, weil ich das Gefühl hatte, es tun zu müssen – immer nur, weil ich es wollte. Jetzt stand da ein unausgesprochener Zweck hinter dem Akt und machte ihn erzwungen und berechnet. Ich war auch nicht ganz glücklich damit, plötzlich keine Verhütungsmittel mehr zu benutzen: Die ganze Mühe, die ich in all den Jahren für Verhütung aufgebracht hatte, all die Vorsicht und die Verhaltensmaßregeln, die mir eingebleut worden waren – sollte das alles einfach in einem Augenblick über Bord geworfen werden? Ich hatte gehört, daß das alles sehr stimulierend sein konnte, doch wo ich Überschwang erwartet hätte, spürte ich Furcht.

Vor allem war ich erschöpft. Ich schlief schlecht, wurde jede Nacht in einen Raum voll Blau geschleppt. Ich sagte nichts zu Rick, weckte ihn nie und erklärte ihm auch am nächsten Morgen nicht, warum ich so müde war. Normalerweise erzählte ich ihm alles; jetzt war meine Kehle zugeschnürt und meine Lippen verschlossen.

Eines Nachts lag ich wach und starrte in das Blau, das über mir tanzte, als es mir endlich klar wurde: Die einzigen zwei Nächte in den letzten zehn Tagen, in denen ich den Traum nicht hatte, waren die, in denen wir nicht miteinander geschlafen hatten.

Ein Teil von mir war erleichtert, als ich diesen Zusammenhang erkannte, es erklären konnte: Ich hatte Angst davor, schwanger zu werden, und das löste den Alptraum aus. Dies zu wissen machte es ein bißchen weniger beängstigend.

Trotzdem brauchte ich Schlaf; ich mußte Rick davon überzeugen, daß wir weniger Sex haben sollten, ohne ihm zu erklären, warum. Ich brachte es nicht über mich, ihm zu erzählen, daß ich Alpträume bekam, nachdem er mit mir geschlafen hatte.

Als meine Periode einsetzte und es klar war, daß wir kein Baby gemacht hatten, schlug ich Rick statt dessen vor, es mit der strategischen Methode zu versuchen. Ich benutzte alle Schulbuch-Argumente, die mir einfielen, warf ein paar Fachausdrücke dazwischen und versuchte dabei fröhlich zu wirken. Er war zwar enttäuscht, stimmte aber gutmütig zu.

»Du weißt mehr über diese Dinge als ich«, sagte er. »Ich bin hier nur das Werkzeug. Du entscheidest, was wir tun.«

Obwohl der Traum jetzt seltener kam, war es schon passiert:

Ich schlief nicht mehr so tief, und oft lag ich wach, spürte eine unbestimmte Angst, wartete auf das Blau und fürchtete, daß es in irgendeiner Nacht einfach wiederkommen würde, auch ohne Sex.

Eines Abends – es war einer der strategischen Abende – küßte Rick meine Schulter bis zu meinem Arm herab, als er plötzlich innehielt. Ich fühlte seine Lippen über meiner Armbeuge schweben. Ich wartete, aber er machte nicht weiter. »Ähm, Ella«, sagte er schließlich. Ich schlug die Augen auf. Er starrte meine Armbeuge an; als meine Augen seinem Blick folgten, schnellte mein Arm von ihm weg.

»Oh«, sagte ich nur. Ich betrachtete den Kreis roter, schuppiger Haut.

»Was ist das?«

»Psoriasis. Das hatte ich schon einmal, als ich dreizehn war. Als Mom und Dad sich scheiden ließen.«

Rick sah es sich an, dann beugte er sich über mich und küßte mich auf die Augenlider.

Als ich die Augen wieder öffnete, sah ich noch einen Hauch von Abscheu in seinem Gesicht, bevor er sich zusammennahm und mich anlächelte.

Während der nächsten Woche sah ich hilflos zu, wie der ursprüngliche Fleck sich ausdehnte, dann auf meinen anderen Arm und beide Ellbogen übersprang. Bald würde er auch meine Schenkel erreicht haben.

Auf Ricks Drängen hin ging ich zu einem Arzt. Er war jung und brüsk und hatte nichts von der Kumpelhaftigkeit, mit der amerikanische Ärzte bei ihren Patienten das Eis brechen. Ich mußte mich sehr auf sein schnelles Französisch konzentrieren.

»Sie hatten das früher schon?« fragte er, als er meine Arme untersuchte.

»Ja, als Kind.«

»Aber seitdem nicht mehr?«

»Nein.«

»Wie lange sind Sie schon in Frankreich?«

»Seit sechs Wochen.«

»Und Sie werden bleiben?«

»Ja, für ein paar Jahre. Mein Mann arbeitet für ein Architekturbüro in Toulouse.«

»Haben Sie Kinder?«

»Nein. Noch nicht.« Ich wurde rot. Reiß dich zusammen, Ella, dachte ich. Du bist achtundzwanzig Jahre alt, da brauchst du dich nicht mehr wegen Sex zu genieren.

»Und Sie arbeiten jetzt?«

»Nein. Das heißt ich habe gearbeitet, in den Staaten. Ich war Hebamme.«

Er hob die Augenbrauen. »*Une sage-femme?* Wollen Sie in Frankreich praktizieren?«

»Ich würde schon gerne arbeiten, aber ich habe noch keine Arbeitserlaubnis. Außerdem ist das Gesundheitswesen hier anders, deshalb muß ich ein Examen machen, bevor ich hier praktizieren kann. Also lerne ich Französisch, und diesen Herbst fange ich einen Kurs für Hebammen in Toulouse an, um mich auf das Examen vorzubereiten.«

»Sie sehen müde aus.« Er wechselte das Thema so abrupt, als wollte er sagen, daß ich mit dem Geplauder über meine Karriere seine Zeit verschwendete.

»Ich habe oft Alpträume, aber –« ich hielt inne. Bei ihm wollte ich erst gar nicht davon anfangen.

»Sie sind unglücklich, Madame Turner?« fragte er sanfter.

»Nein, nein, nicht unglücklich«, erwiderte ich unsicher. Das ist manchmal schwer zu sagen, wenn ich so müde bin, fügte ich im stillen hinzu.

»Sie wissen, daß Psoriasis manchmal vorkommt, wenn man nicht genug schläft.«

Ich nickte. Soviel also zur Psychoanalyse.

Der Arzt verschrieb Cortison-Salbe, Zäpfchen gegen die Schwellungen und Schlaftabletten, falls das Jucken mich wachhalten würde. Dann sagte er, ich solle in einem Monat wiederkommen. Als ich ging, fügte er hinzu: »Und kommen Sie zu mir, wenn Sie schwanger sind. Ich bin auch ein *obstétricien*.«

Ich wurde wieder rot.

Mit meiner Begeisterung für Lisle-sur-Tarn war es ungefähr zur gleichen Zeit vorbei wie mit meinem ungestörten Schlaf.

Es war ein hübsches, friedliches Städtchen, und das Tempo hier zweifellos gesünder als das, woran ich in den Staaten gewöhnt war. Auch die Lebensqualität war besser. Das frische Obst und Gemüse auf dem Markt am Samstag, das Fleisch in der *boucherie*, das Brot in der *boulangerie* – all das schmeckte herrlich für jemanden, der mit langweiligen Supermarkt-Produkten aufgewachsen ist. In Lisle war das Mittagessen immer noch die Hauptmahlzeit, die Kinder rannten frei und ohne Angst vor Fremden oder Autos in der Gegend herum, und es gab immer Zeit für einen kleinen Schwatz. Niemand hatte es so eilig, daß er nicht zum Plaudern hätte stehenbleiben können.

Mit allen außer mir, heißt das. Soweit ich wußte, waren Rick und ich die einzigen Ausländer in der Stadt. So wurden wir auch behandelt. Unterhaltungen brachen ab, sobald ich ein Geschäft betrat, und wenn sie wiederaufgenommen wurden, war ich sicher, daß das Thema gewechselt worden war. Die Leute waren höflich, aber nach vielen Wochen hatte ich immer noch das Gefühl, mit niemandem ein wirkliches Gespräch geführt zu haben. Ich strengte mich an, alle Leute, die ich wiedererkannte, zu grüßen, und sie grüßten mich zurück, aber niemand grüßte mich zuerst oder blieb stehen, um sich mit mir zu unterhalten. Ich versuchte, Madame Sentiers Rat zu folgen und soviel wie möglich zu sprechen, aber ich bekam so wenig Ermutigung, daß meine Gedanken austrockneten. Nur bei direkten Begegnungen, wenn ich etwas kaufte oder nach dem Weg fragte, hatten die Leute ein paar Worte für mich übrig.

Eines Morgens saß ich in einem Café auf dem Marktplatz,

trank Kaffee und las Zeitung. Es saßen noch einige andere Leute an den Tischen. Der Besitzer schwatzte mit den Gästen und verteilte Süßigkeiten an die Kinder. Ich war schon ein paarmal dort gewesen; er und ich nickten uns zur Begrüßung zu, waren aber noch nicht zu einer Unterhaltung fortgeschritten. In zehn Jahren sind wir dann soweit, dachte ich sarkastisch.

Ein paar Tische weiter saß eine Frau, die jünger war als ich, mit einem fünf Monate alten Baby, das neben ihr in einem Auto-Babysitz lag und eine Rassel schüttelte. Die Frau trug enge Jeans und hatte ein aufdringliches Lachen. Nach einer Weile stand sie auf und ging hinein. Das Baby schien nicht zu bemerken, daß sie weg war.

Ich versuchte, mich auf ›Le Monde‹ zu konzentrieren. Ich zwang mich immer, die ganze erste Seite zu lesen, bevor ich die ›Herald Tribune‹ auch nur anfassen durfte. Es war wie ein unendliches Waten im Schlamm: Nicht nur wegen der Sprache, sondern auch wegen all der Namen, die ich nicht kannte, der politischen Konstellationen, über die ich nichts wußte. Auch wenn ich einen Beitrag verstand, interessierte er mich nicht unbedingt.

Ich arbeitete mich gerade durch einen Artikel über einen bevorstehenden Poststreik – ein Phänomen, das ich von den USA her nicht kannte –, als ich ein seltsames Geräusch oder vielmehr eine seltsame Stille hörte. Ich sah auf. Das Baby hatte aufgehört, mit der Rassel zu spielen, und ließ sie in seinen Schoß fallen. Sein Gesicht schrumpelte zusammen wie eine nach dem Essen weggeworfene Serviette. Aha, jetzt fängt es an zu schreien, dachte ich. Ich sah ins Café; die Mutter stand an die Bar gelehnt, telefonierte und spielte dabei mit einem Untersetzer herum.

Das Baby schrie nicht: Sein Gesicht wurde röter und röter, als ob es zu schreien versuchte, aber nicht konnte. Dann lief es violett und gleich darauf blau an.

Ich sprang auf, mein Stuhl fiel mit einem Krachen um. »Es erstickt!« rief ich.

Ich war nur ein paar Meter weg, aber als ich es erreichte, hatte sich bereits ein Ring von Gästen um das Baby gebildet. Ein Mann hockte vor dem Baby und klopfte ihm die blauen Wangen. Ich versuchte mich hindurchzuzwängen, aber der Cafébesitzer, der mit dem Rücken zu mir stand, stellte sich dauernd vor mich.

»Passen Sie auf, es erstickt!« rief ich. Ich fand mich vor einer Mauer aus Schultern. Dann rannte ich zur anderen Seite des Ringes. »Ich bin Hebamme, ich kann helfen!«

Die Leute, zwischen denen ich mich durchboxte, starrten mich mit harten und kalten Gesichtern an.

»Sie müssen ihm auf den Rücken klopfen, es bekommt keine Luft. Sofort! Es bekommt einen Hirnschaden, wenn Sie das nicht schnell tun!«

Ich hielt inne. Ich hatte die ganze Zeit über englisch gesprochen.

Die Mutter tauchte auf und glitt problemlos durch die Menschenwand. Hysterisch begann sie, dem Baby auf den Rücken zu schlagen, zu heftig, dachte ich. Alle standen da und sahen in furchtsamer Stille zu. Ich überlegte, wie ich den Heimlich-Handgriff auf französisch erklären könnte, als das Baby plötzlich hustete und ein rotes Lutschbonbon aus seinem Mund schoß. Es schnappte nach Luft, fing an zu schreien, und sein Gesicht wurde wieder hellrot.

Ein Seufzer ging durch die Menge, und die Leute zerstreuten sich. Ich streifte den Blick des Cafébesitzers, er sah mich kühl an. Ich öffnete den Mund, um etwas zu sagen, aber er wandte sich ab, nahm sein Tablett und ging hinein. Ich klaubte meine Zeitungen zusammen und ging, ohne zu bezahlen.

Danach fühlte ich mich sehr unwohl in der Stadt. Das Café und die Frau mit dem Baby mied ich. Ich fand es schwierig, den Leuten in die Augen zu sehen. Mein Französisch wurde weniger selbstsicher und meine Aussprache schlechter.

Madame Sentier bemerkte es sofort. »Aber was ist nur passiert?« fragte sie. »Sie haben so gute Fortschritte gemacht.«

Eine Vision von einem Ring aus Schultern stieg in mir hoch. Ich sagte nichts.

Eines Tages hörte ich in der *boulangerie* die Frau vor mir sagen, daß sie auf dem Weg zu *la bibliothèque* sei, und sie machte eine Geste, als wäre das gleich um die Ecke. Madame gab ihr ein Buch mit einem Plastikeinband; es war ein Kitschroman. Eilig kaufte ich meine Baguettes und Quiches und kürzte dabei meine unbeholfene rituelle Konversation mit Madame ab. Ich trat hinaus und folgte der anderen Frau, die ihre täglichen Einkäufe um den Marktplatz herum machte. Sie blieb stehen, um verschiedene Leute zu begrüßen, und stritt mit allen Ladeninhabern, während ich auf einer Bank saß und sie über meiner Zeitung nicht aus den Augen ließ. Sie klapperte drei Seiten des Marktplatzes ab, bevor sie das Rathaus auf der vierten Seite betrat. Ich faltete meine Zeitung zusammen und rannte ihr nach, mußte dann aber in der Eingangshalle herumstehen und Heiratsaufgebote und Baugenehmigungen studieren, während sie sich die Treppe zur nächsten Etage hocharbeitete. Ich nahm zwei Stufen auf einmal und schlüpfte hinter ihr durch die Tür. Als ich sie hinter mir zugezogen hatte, befand ich mich das erste Mal in dieser Stadt an einem vertrauten Ort.

Die Bibliothek hatte genau die Mischung von Schäbigkeit und tröstlicher Ruhe, die ich an den Büchereien zu Hause so sehr mochte. Obwohl sie klein war – es gab nur zwei Räume –, hatte sie hohe Decken und große Fenster, was einen unerwartet hellen, luftigen Eindruck hervorrief. Mehrere Leute sahen von ihrer Beschäftigung hoch, um mich zu mustern, aber ihre Aufmerksamkeit war glücklicherweise von kurzer Dauer, und nach und nach wandten sie sich wieder ihrer Lektüre zu.

Ich sah mich um und ging dann zum Schalter, um mich für eine Bibliothekskarte anzumelden. Eine freundliche Frau mittleren Alters in einem schicken olivfarbenen Kostüm sagte, daß ich ein Dokument mit meiner französischen Adresse als Beweis des

Wohnsitzes vorlegen müßte. Taktvoll wies sie mich in die Richtung eines mehrbändigen französisch-englischen Wörterbuchs und einer kleinen englischsprachigen Abteilung.

Die Frau war nicht hinter dem Tresen, als ich die Bibliothek zum zweiten Mal aufsuchte; statt dessen stand ein Mann dort, der gerade telefonierte; seine scharfen braunen Augen konzentrierten sich auf einen Punkt draußen auf dem Marktplatz; auf seinem kantigen Gesicht lag ein sardonisches Lächeln. Er war ungefähr so groß wie ich, trug schwarze Hosen und ein weißes Hemd ohne Krawatte, das am Kragen zugeknöpft war, und hatte die Ärmel über die Ellbogen hochgerollt. Ich plazierte ihn in der Kategorie des einsamen Wolfes. Lächelnd dachte ich: Das ist einer, den ich meiden sollte.

Ich wandte mich von ihm ab und steuerte auf die englischsprachige Abteilung zu. Sie sah aus, als ob ein paar Touristen einen Sack voller Urlaubslektüre gespendet hätten: Lauter Thriller und Liebesromane. Es gab außerdem eine gute Auswahl von Agatha-Christie-Krimis. Ich fand einen, den ich noch nicht kannte, und stöberte dann in der Abteilung mit französischer Literatur. Madame Sentier hatte Françoise Sagan als relativ schmerzlose Anfangslektüre für mein Französisch empfohlen; ich wählte ›Bonjour Tristesse‹. Als ich mich auf den Weg zum Tresen machte, warf ich einen Blick auf den Wolf dahinter, dann auf meine beiden frivolen Bücher und hielt inne. Ich ging zurück zur englischsprachigen Abteilung und nahm ›The Portrait of a Lady‹ noch dazu.

Ich brütete noch eine Weile über einer Ausgabe von ›Paris-Match‹. Schließlich brachte ich meine Bücher zum Schalter. Der Mann musterte mich ausgiebig, und als er die Bücher sah, zählte er zwei und zwei zusammen. Mit einem kaum sichtbaren Grinsen im Mundwinkel sagte er auf englisch: »Ihre Karte?«

Du Idiot, dachte ich. Ich haßte diesen herablassenden Spott, dieses Vorurteil, daß ich kein Französisch sprach, weil ich so amerikanisch aussah.

»Ich würde mich gerne für eine Karte anmelden«, erwiderte ich in sorgfältigem Französisch, bemüht, die Worte ohne die Spur eines amerikanischen Akzentes auszusprechen.

Er gab mir ein Formular. »Füllen Sie das aus«, befahl er auf englisch.

Ich ärgerte mich so sehr, daß ich, als ich die Anmeldung ausfüllte, meinen Nachnamen als Tournier statt als Turner aufschrieb. Trotzig schob ich ihm das Formular zusammen mit Führerschein, Kreditkarte und einem Brief von der Bank mit unserer Adresse darauf hin. Er sah kurz auf die Ausweisdokumente, runzelte dann die Stirn, als er das Formular sah.

»Was soll das ›Tournier‹?« fragte er, mit dem Finger auf meinen Namen tippend. »Es ist Turner, nicht? Wie Tina Turner?«

Ich antwortete weiterhin auf französisch. »Ja, aber mein Familienname war ursprünglich Tournier. Er wurde von meiner Familie geändert, als sie in die USA kam. Im neunzehnten Jahrhundert. Sie nahmen das ›o‹ und das ›i‹ heraus, damit er amerikanischer würde.« Das war das winzige bißchen Familiengeschichte, das ich kannte, und ich war stolz darauf, aber leider war klar, daß er davon überhaupt nicht beeindruckt war. »Viele Familien änderten ihre Namen, als sie auswanderten –« Ich brach ab und wich seinem spöttischen Blick aus.

»Ihr Name ist Turner, also muß Turner auf die Karte, nicht?«

Ich fiel ins Englische. »Ich – weil ich jetzt hier lebe, dachte ich, ich könnte anfangen, Tournier zu benutzen.«

»Aber Sie haben keinen Ausweis oder Brief mit Tournier drauf, nein?«

Ich schüttelte den Kopf und blickte finster auf den Stapel Bücher, die Ellbogen in meine Seiten gepreßt. Zu meiner größten Demütigung füllten meine Augen sich mit Tränen. »Macht nichts, es ist nicht wichtig«, murmelte ich. Ich sah ihn nicht an, als ich meine Ausweise an mich nahm, mich umdrehte und hinausstolperte.

Am gleichen Abend öffnete ich die Haustür, um zwei streitende Katzen wegzuscheuchen, als ich auf der obersten Treppenstufe über einen Stapel Bücher stolperte. Die Bibliothekskarte lag obenauf und war auf den Namen Ella Tournier ausgestellt.

Ich mied die Bibliothek und unterdrückte den Impuls, extra hinzugehen, um mich bei dem Bibliothekar zu bedanken. Noch hatte ich nicht gelernt, wie man sich bei den Franzosen bedankt. Immer, wenn ich etwas kaufte, schien es mir, als bedankten sie sich während der Transaktion viel zu häufig; gleichzeitig bezweifelte ich ihre Aufrichtigkeit. Es war schwer, den Tonfall zu deuten. Aber der Sarkasmus des Bibliothekars war deutlich gewesen; ich konnte mir nicht vorstellen, daß er meinen Dank freundlich entgegennehmen würde.

Ein paar Tage, nachdem die Bibliothekskarte aufgetaucht war, ging ich die Straße am Fluß entlang, und da sah ich ihn in der Sonne vor dem Café an der Brücke sitzen, zu dem ich jetzt immer ging. Er schien durch das Wasser unten wie hypnotisiert, und ich blieb stehen und überlegte, ob ich etwas zu ihm sagen sollte oder nicht, oder ob ich vielleicht einfach leise vorbeigehen konnte, ohne daß er mich bemerkte. Genau in dem Augenblick sah er hoch und ertappte mich, wie ich ihn beobachtete. Sein Gesichtsausdruck veränderte sich nicht; er sah aus, als ob seine Gedanken weit weg wären.

»*Bonjour*«, sagte ich und fühlte mich ziemlich albern.

»*Bonjour.*« Er rutschte etwas in seinem Stuhl herum und wies auf den neben ihm. »*Café?*«

Ich zögerte. »*Oui, s'il vous plaît*«, sagte ich schließlich. Ich setzte mich, und er nickte dem Kellner zu. Einen Moment lang fühlte ich eine schreckliche Verlegenheit, und heftete meine Augen fest auf den Tarn, so daß ich ihn nicht ansehen mußte. Es war ein breiter Fluß, etwa hundert Meter breit, grün, durchsichtig und scheinbar unbewegt. Als ich genauer hinsah, bemerkte ich das gelegentliche Aufleuchten einer dunklen, rostroten Substanz, die an die Oberfläche trat und dann wieder verschwand.

Fasziniert folgte ich diesen roten Flecken mit den Augen. Jedesmal, wenn einer verschwand, hatte ich ein merkwürdig zwiespältiges Gefühl von Erleichterung und Enttäuschung, dann wieder steigende Erregung, während ich darauf wartete, daß der nächste Fleck auftauchte. Als er tatsächlich da war, erschauerte ich unwillkürlich, ließ ihn aber nicht aus den Augen, bis er außer Sichtweite verschwand.

Der Kellner kam mit dem Kaffee auf einem silbernen Tablett und verstellte mir den Blick auf den Fluß. Ich wandte mich an den Bibliothekar. »Das Rot da im Tarn, was ist das?« fragte ich auf französisch.

Er antwortete auf englisch. »Tonablagerungen aus den Bergen. Es gab kürzlich einen Erdrutsch, der den Ton unterhalb des Humus freigelegt hat. Er wird in den Fluß gewaschen.«

Mein Blick wurde vom Wasser angezogen. Während ich noch immer den Ton beobachtete, wechselte ich ins Englische. »Wie heißen Sie?«

»Jean-Paul.«

»Danke für die Bibliothekskarte, Jean-Paul, das war sehr nett.«

Er zuckte die Achseln, und ich war froh, daß ich nicht mehr Aufhebens gemacht hatte.

Eine lange Zeit saßen wir schweigend, tranken unseren Kaffee und sahen zum Fluß. Es war warm in der späten Maisonne, und ich hätte gern meine Jacke ausgezogen, wollte aber nicht, daß er die Schuppenflechte an meinen Armen sah.

»Warum sind Sie nicht in der Bibliothek?« fragte ich plötzlich.

Er sah auf. »Es ist Mittwoch. Die Bibliothek hat zu.«

»Ah. Wie lang arbeiten Sie da schon?«

»Drei Jahre. Vorher war ich Bibliothekar in Nîmes.«

»Also das ist Ihr richtiger Beruf? Sie sind Bibliothekar?«

Er warf mir einen schrägen Blick zu, während er sich eine Zigarette anzündete. »Ja. Warum?«

»Es ist bloß – Sie kommen mir gar nicht vor wie ein Bibliothekar.«

»Wie komme ich Ihnen denn vor?«

Ich musterte ihn. Er trug schwarze Jeans und ein weiches lachsfarbenes Baumwollhemd; ein schwarzer Blazer war über die Rückenlehne seines Stuhls gehängt. Seine Arme waren braun, die Unterarme dicht mit schwarzen Haaren bedeckt.

»Wie ein Gangster«, erwiderte ich. »Nur die Sonnenbrille fehlt.«

Jean-Paul lächelte und ließ den Rauch aufsteigen, so daß er einen blauen Vorhang um sein Gesicht bildete. »Wie sagt ihr Amerikaner? ›Beurteile ein Buch nicht nach seinem Einband.‹«

Ich lächelte zurück. *»Touché.«*

»Und warum sind Sie hier in Frankreich, Ella Tournier?«

»Mein Mann hat eine Stelle als Architekt in Toulouse.«

»Und warum sind Sie hier?«

»Wir wollten lieber in einer kleinen Stadt wohnen als in Toulouse. Vorher waren wir in San Francisco, und ich bin in Boston aufgewachsen, also dachte ich, eine kleine Stadt wäre eine interessante Abwechslung.«

»Ich habe gefragt, warum sind *Sie* hier.«

»Oh.« Ich hielt inne. »Weil mein Mann hier ist.«

Er zog die Augenbrauen hoch und drückte seine Zigarette aus.

»Ich meine, ich *wollte* hierherkommen. Ich habe mich darauf gefreut.«

»Sie *haben* sich gefreut oder freuen Sie sich noch?«

Ich schnaubte. »Ihr Englisch ist sehr gut. Wo haben Sie es gelernt?«

»Ich habe zwei Jahre lang in New York gelebt und Bibliothekswesen an der Columbia University studiert.«

»Sie haben in New York gelebt und sind dann *hierher* zurückgekommen?«

»Nach Nîmes und dann hierher, ja.« Er lächelte leicht. »Warum ist das so erstaunlich, Ella Tournier? Hier bin ich zu Hause.«

Ich wünschte, er würde aufhören, mich Ella Tournier zu nennen. Er sah mich mit dem Grinsen an, das ich zuerst in der Bibliothek an ihm gesehen hatte, undurchdringlich und herablassend. Ich hätte sein Gesicht gerne gesehen, als er meine Bibliothekskarte ausgestellt hat: War das auch ein Akt der Überlegenheit gewesen?

Ich stand abrupt auf und suchte in meiner Handtasche nach Münzen.

»Es war nett, mit Ihnen zu plaudern, aber ich muß jetzt gehen.« Ich legte das Geld auf den Tisch. Jean-Paul sah hin und runzelte die Stirn, schüttelte den Kopf beinahe unmerklich. Ich wurde rot, sammelte die Münzen ein und wandte mich zum Gehen.

»*Au revoir, Ella Tournier.* Viel Spaß mit Henry James.«

Ich wirbelte herum. »*Warum* nennen Sie mich immer Ella Tournier?«

Er lehnte sich zurück und hatte die Sonne in den Augen, so daß ich seinen Gesichtsausdruck nicht sehen konnte. »Damit Sie sich daran gewöhnen. Dann wird es Ihr Name.«

Durch den Poststreik verspätet kam die Antwort meines Cousins am ersten Juni, einen Monat, nachdem ich ihm geschrieben hatte. Jacob Tournier hatte zwei Seiten in einem großen, beinahe unentzifferbaren Gekritzel geschrieben. Ich holte mein Wörterbuch hervor und begann mich durch den Brief zu arbeiten, aber er war so schwierig, daß ich nach erfolglosem Suchen mehrerer Wörter beschloß, das größere Wörterbuch in der Bibliothek zu benutzen.

Jean-Paul sprach mit einem Mann an seinem Tresen, als ich hereinkam. Es gab weder eine Veränderung in seinem Verhalten noch in seinem Gesichtsausdruck, aber ich bemerkte mit eigenartiger Befriedigung, daß er mir nachsah, als ich vorbeiging. Ich nahm die Bände des Wörterbuchs mit zu einem Tisch, setzte mich mit dem Rücken zu ihm und ärgerte mich, daß ich mir seiner Anwesenheit so bewußt war.

Das Bibliothekswörterbuch war besser, aber es gab immer noch einige Wörter, die ich nicht finden konnte, und noch mehr, die ich einfach nicht lesen konnte. Nachdem ich eine Viertelstunde an einem Abschnitt gesessen hatte, lehnte ich mich zurück, benommen und frustriert. Und sah Jean-Paul links von mir an der Wand lehnen, mit einem amüsierten Gesichtsausdruck, der in mir den starken Wunsch hervorrief, ihm eine Ohrfeige zu verpassen. Ich sprang auf, streckte ihm den Brief hin und zischte: »Hier, machen *Sie's* doch!«

Er nahm die Blätter, warf einen oberflächlichen Blick darauf und nickte. »Lassen Sie mich das mitnehmen«, sagte er. »Bis Mittwoch im Café.«

Am Mittwoch morgen saß er am gleichen Tisch, im gleichen Stuhl, aber heute war es bewölkt, und es gab keine blubbernden Tonablagerungen im Fluß.

Ich saß ihm diesmal gegenüber, so daß der Fluß hinter mir war und wir uns ansehen mußten. Hinter ihm blickte ich in das leere Café: Der Kellner, der gerade Zeitung las, hob den Kopf, als ich mich setzte, und gab seine Lektüre auf, als ich ihm zunickte.

Keiner von uns sprach, während wir auf unseren Kaffee warteten. Ich war zu müde, um Small-talk zu machen; es war die strategische Zeit des Monats, und der Traum hatte mich drei Nächte hintereinander aufgeweckt. Ich hatte nicht wieder einschlafen können und stundenlang wachgelegen, während ich Rick atmen hörte. Ich hatte zu nachmittäglichen Nickerchen Zuflucht genommen, aber danach fühlte ich mich immer elend und orientierungslos. Zum erstenmal verstand ich die Gesichter der jungen Mütter, mit denen ich gearbeitet hatte: den verwirrten, verstörten Gesichtsausdruck von jemandem, der nicht genug Schlaf bekam.

Als unsere Kaffeetassen vor uns standen, legte Jean-Paul Jacob Tourniers Brief auf den Tisch. »Da sind ein paar schweizerische Ausdrücke drin«, sagte er, »die Sie vielleicht nicht verstehen. Und die Schrift ist schwer zu lesen, obwohl es schlimmere gibt.« Er reichte mir eine sauber geschriebene Seite mit der Übersetzung.

Meine liebe Cousine!

Wie habe ich mich über Deinen Brief gefreut! Ich kann mich noch gut an Deinen Vater erinnern, an seinen kurzen Besuch in Moutier vor langer Zeit, und freue mich, seine Tochter kennenzulernen.

Es tut mir leid, daß ich so lange gebraucht habe, um Deine Fragen zu beantworten, aber ich mußte erst die alten Aufzeichnungen meines Großvaters durchsehen. Er war es, der sich für die Familie interessiert hat, weißt Du, und er hat viele Nachforschungen betrieben. Er fertigte sogar einen Familienstammbaum an – es ist schwierig, ihn für Dich in diesem Brief zu reproduzieren, Du mußt uns also besuchen kommen, wenn Du ihn sehen willst.

Trotzdem kann ich Dir ein paar Fakten mitteilen. Die erste Erwähnung eines Tournier in Moutier war die von Etienne Tournier, in einer Soldliste des Militärs von 1576. Dann wurde 1590 die Taufe eines weiteren Etienne Tournier verzeichnet, Sohn von Jean Tournier und Marthe Rougemont. Aus dieser Zeit gibt es wenig erhaltene Aufzeichnungen, aber später gibt es sehr viele Erwähnungen von Tourniers – der Familienstammbaum ist sehr ergiebig seit dem achtzehnten Jahrhundert.

Die Tourniers übten eine Vielzahl von Berufen aus: Schneider, Wirte, Uhrmacher, Lehrer. Ein Jean Tournier wurde im frühen 19. Jahrhundert sogar zum Bürgermeister gewählt.

Du hast nach französischen Wurzeln gefragt. Mein Großvater sprach manchmal davon, daß die Tourniers ursprünglich aus den Cevennen kamen. Ich weiß aber nicht, woher er diese Informationen hatte.

Es freut mich, daß Du Dich für die Familie interessierst, und ich hoffe, daß Du uns bald einmal mit Deinem Mann besuchst.

Ein neues Mitglied der Familie der Tourniers ist in Moutier immer willkommen.

Dein usw.

Jacob Tournier.

Ich sah auf. »Wo ist Cevennen?« fragte ich.

Jean-Paul zeigte über meine Schulter. »Im Nordosten. Es ist ein Gebiet in den Bergen nördlich von Montpellier, westlich der Rhône. Am Tarn und noch etwas weiter nach Süden.«

Ich hielt am einzigen Stück mir bekannter Geographie fest. »Dieser Tarn?« Ich wies mit dem Kinn auf den Fluß unter uns und hoffte, daß ihm nicht aufgefallen war, daß ich gedacht hatte, die Cevennen wären eine Stadt. »Ja. Er ist im Osten, näher bei der Quelle, ganz anders. Viel schmaler und schneller.«

»Und wo ist die Rhône?«

Er warf mir einen mißbilligenden Blick zu, fischte dann in seiner Tasche nach einem Stift und zeichnete schnell die Umrisse Frankreichs auf eine Serviette. Die Form erinnerte mich an den Kopf einer Kuh: Die Ohren waren die östlichen und westlichen Enden, oben der Haarbüschel zwischen den Ohren, die Grenze zu Spanien bildete das viereckige Maul. Er malte Punkte für Paris, Toulouse, Lyon, Marseille, Montpellier, gekrümmte vertikale und horizontale Linien für die Rhône und den Tarn. Als nachträglichen Einfall setzte er einen Punkt neben den Tarn, rechts von Toulouse, um Lisle-sur-Tarn zu markieren. Dann malte er einen Kreis in die linke Wange der Kuh knapp über der Riviera. »Da sind die Cevennen.«

»Sie meinen, die kamen von einer Gegend ganz in der Nähe?«

Jean-Paul schob die Lippen vor. »Von hier zu den Cevennen sind es mindestens 200 Kilometer. Finden Sie das nah?«

»Für einen Amerikaner schon«, erwiderte ich rechtfertigend, und mir fiel ein, daß ich kürzlich meinen Vater für genau diese Einstellung kritisiert hatte. »Manche Amerikaner fahren hundert Meilen zu einer Party. Aber es ist doch ein erstaunlicher Zufall, daß meine Vorfahren in Ihrem großen Land –« ich gestikulierte auf dem Kuhkopf herum – »aus einer Gegend relativ nah von dort, wo ich jetzt wohne, kamen.«

»Ein erstaunlicher Zufall«, wiederholte Jean-Paul in einer Weise, die mich wünschen ließ, ich hätte das Adjektiv weggelassen.

»Vielleicht kann ich ein bißchen mehr über sie herausfinden, wenn es so nah ist.« Ich erinnerte mich, daß Madame Sentier gesagt hatte, ich würde mich mehr zu Hause fühlen, wenn ich etwas über meine französischen Vorfahren wüßte. »Ich fahre einfach hin und –« Ich hielt inne. Was genau würde ich da tun?

»Ihr Cousin schreibt, es sei nur Hörensagen, daß sie von da kamen. Also ist es keine verläßliche Information. Nichts Konkretes.« Er lehnte sich zurück, schüttelte eine Zigarette aus der Packung auf dem Tisch und zündete sie mit einer raschen Bewegung an. »Außerdem wissen Sie über Ihre Schweizer Vorfahren schon alles, und es gibt einen Familienstammbaum. Sie haben die Familie bis 1567 zurückverfolgt, das ist mehr als die meisten Leute über ihre Familien wissen. Das reicht doch, oder?«

»Aber es würde Spaß machen, ein bißchen Forschung zu betreiben. Ich könnte alte Dokumente einsehen oder so.«

Er sah amüsiert aus. »Was für Dokumente, Ella Tournier?«

»Na ja, Geburtsurkunden. Sterbeurkunden. Heiratsregister. So was.«

»Und wo wollen Sie diese Dokumente finden?«

Ich warf die Hände in die Luft. »Das weiß *ich* doch nicht. Das ist doch *Ihr* Job. *Sie* sind schließlich der Bibliothekar!«

»Okay.« Daß an seinen Beruf appelliert wurde, schien seine Skepsis zu mildern; er setzte sich im Stuhl zurecht. »Sie könnten mit den Archiven in Mende, der Hauptstadt von Lozère, einem der *départements* der Cevennen, anfangen. Aber ich glaube, Sie verwenden das Wort ›Forschung‹ etwas sorglos. Es gibt nicht viele Aufzeichnungen aus dem 16. Jahrhundert. Damals haben die Leute nicht so genau Buch geführt, wie es nach der Revolution üblich wurde. Es gab Kirchenregister, das schon, aber viele wurden in den Religionskriegen zerstört. Und besonders die Dokumente der Hugenotten wurden nicht sicher verwahrt. Also ist es sehr unwahrscheinlich, daß Sie etwas über die Tourniers finden, wenn Sie in Mende suchen.«

»Warten Sie. Woher wissen Sie, daß sie, äh, Hugenotten waren?«

»Die meisten Franzosen, die damals in die Schweiz gingen, waren Hugenotten, die nach einem sicheren Ort suchten oder die nahe bei Calvin in Genf sein wollten. Es gab zwei große Auswanderungswellen, 1572 und 1685, die erste nach dem Massaker der Bartholomäusnacht, die andere nach der Aufhebung des Edikts von Nantes. Darüber können Sie in der Bibliothek nachlesen. Ich werde nicht alle Arbeit für Sie erledigen«, fügte er spöttisch hinzu.

Ich ignorierte das. Langsam begann ich Gefallen an dem Gedanken zu finden, einen Teil Frankreichs zu erkunden, aus dem vielleicht meine Vorfahren stammten. »Also denken Sie, es lohnt sich, wenn ich zum Archiv nach Mende fahre?« fragte ich, naiverweise optimistisch.

Er blies den Rauch in einer geraden Linie nach oben. »Nein.«

Meine Enttäuschung mußte offensichtlich gewesen sein, denn Jean-Paul trommelte ungeduldig auf dem Tisch herum und meinte: »Tja, Ella Tournier, es ist nicht so einfach, etwas über die Vergangenheit herauszufinden. Ihr Amerikaner kommt hier rüber, um nach euren Wurzeln zu suchen und denkt, daß ihr alles an einem Tag findet, nicht? Und dann geht ihr hin, macht ein paar Fotos und fühlt euch richtig gut, fühlt euch ganz französisch für einen Tag, ja? Und am nächsten Tag geht ihr in anderen Ländern auf die Suche nach euren Vorfahren. Auf diese Art beansprucht ihr die ganze Welt als euren Besitz.«

Ich nahm meine Tasche und stand auf. »Das macht Ihnen wirklich Spaß, nicht wahr?« sagte ich scharf. »Danke für Ihren Rat. Ich habe wirklich etwas über französischen Optimismus gelernt.« Ich warf eine Zehn-Franc-Münze auf den Tisch; sie rollte an Jean-Pauls Ellbogen vorbei und fiel zu Boden, wo sie ein paarmal auf den Beton aufschlug.

Er berührte meinen Arm, als ich mich zum Gehen wandte. »Warten Sie, Ella. Gehen Sie nicht. Ich wollte Sie nicht wütend machen. Ich versuchte nur, realistisch zu sein.«

Ich drehte mich zu ihm um. »Warum sollte ich bleiben? Sie sind arrogant und pessimistisch, und Sie machen sich über alles, was ich tue, lustig. Ich möchte ein bißchen mehr über meine französischen Vorfahren erfahren, und Sie benehmen sich, als würde ich mir die französische Flagge auf den Hintern tätowieren wollen. Es ist schwer genug, hier zu leben, auch ohne daß Sie dafür sorgen, daß ich mich noch fremder fühle.« Ich drehte mich noch einmal weg, aber zu meiner Überraschung spürte ich, daß ich zitterte; mir war so schwindlig, daß ich mich am Tisch festhalten mußte.

Jean-Paul sprang auf und schob mir einen Stuhl hin. Als ich hineinsank, rief er dem Kellner drinnen zu: *»Un verre d'eau, Dominique, vite, s'il te plaît.«*

Das Wasser und mehrere tiefe Atemzüge halfen. Ich fächelte mir mit den Händen Luft zu; ich war rot geworden und schwitzte. Jean-Paul saß mir gegenüber und beobachtete mich genau.

»Vielleicht sollten Sie Ihre Jacke ausziehen«, schlug er ruhig vor; zum erstenmal war seine Stimme sanft.

»Ich –« Aber dies war nicht der richtige Augenblick für falsche Scham, und ich war zu müde, um zu widersprechen; meine Wut auf ihn war wie weggeblasen, seit ich mich wieder hingesetzt hatte. Zögernd schüttelte ich meine Jacke ab. »Ich hab Psoriasis«, sagte ich leichthin und versuchte damit, jeder Peinlichkeit über den Zustand meiner Arme zuvorzukommen. »Der Arzt hat gesagt, daß es von Streß und zuwenig Schlaf kommt.«

Jean-Paul sah sich die Stellen schuppiger Haut an, als wären sie ein interessantes modernes Gemälde.

»Sie schlafen nicht?« fragte er.

»Ich habe Alpträume. Eigentlich *einen* Alptraum.«

»Und erzählen Sie Ihrem Mann davon? Ihren Freunden?«

»Ich habe mit niemandem darüber gesprochen.«

»Warum sprechen Sie nicht mit Ihrem Mann?«

»Ich will nicht, daß er denkt, daß ich hier unglücklich bin.« Ich fügte nicht hinzu, daß Rick sich durch die Verbindung des Traumes mit Sex bedroht fühlen könnte.

»Sind Sie unglücklich?«

»Ja«, sagte ich und sah Jean-Paul gerade ins Gesicht. Es tat gut, es auszusprechen.

Er nickte. »Also, wie geht der Alptraum? Beschreiben Sie ihn mir.«

Ich blickte auf den Fluß. »Ich erinnere mich nur an Bruchstücke. Es gibt keine echte Geschichte. Da ist eine Stimme, nein, zwei Stimmen, eine, die Französisch spricht, und eine andere, die weint, wirklich hysterisch schreit. Alles ist in einem Nebel, als ob die Luft sehr schwer wäre, wie Wasser. Und es gibt einen dröhnenden Schlag am Ende, als ob eine Tür ins Schloß fällt. Und vor allem ist überall die Farbe Blau, überall. Überall. Ich weiß nicht, wovor ich solche Angst habe, aber jedesmal, wenn ich diesen Traum habe, will ich zurück nach Hause. Es ist mehr die Atmosphäre als das, was eigentlich passiert, die mir soviel Angst einjagt. Und die Tatsache, daß ich den Traum immer wieder habe, daß er einfach nicht weggeht, als ob er mir mein ganzes Leben lang bleiben würde. Das ist am schlimmsten.« Ich hielt inne. Ich hatte nicht gewußt, wie sehr ich mich danach gesehnt hatte, jemandem davon zu erzählen.

»Wollen Sie zurück in die Staaten?«

»Manchmal. Dann bin ich wütend auf mich selber, daß ich wegen eines dummen Traumes solche Angst habe.«

»Wie sieht das Blau aus? So?« Er zeigte auf ein Schild, das für im Café erhältliches Eis warb. Ich schüttelte den Kopf.

»Nein, das ist zu hell. Ich meine, das Blau im Traum ist auch hell. Sehr lebendig. Aber es ist hell und gleichzeitig so dunkel wie kein anderes. Ich kenne die technischen Ausdrücke, es zu beschreiben, nicht. Es reflektiert viel Licht. Es ist schön, aber im Traum macht es mich traurig. Auch freudig erregt. Es ist, als ob es in dieser Farbe zwei Seiten gäbe. Es ist merkwürdig, daß ich mich an die Farbe erinnere. Ich habe immer gedacht, daß ich in Schwarz-Weiß träume.«

»Und die Stimmen? Wer sind sie?«

»Ich weiß nicht. Manchmal ist es meine eigene Stimme. Manchmal wache ich auf und ich habe gerade diese Worte gesagt. Ich kann sie beinahe noch hören.«

»Was für Worte? Was ist es, was Sie sagen?«

Eine Minute lang dachte ich nach, schüttelte dann den Kopf. »Ich weiß nicht mehr.«

Er fixierte mich. »Versuchen Sie es. Schließen Sie die Augen.«

Ich tat, was er sagte, saß still, Jean-Paul schweigend neben mir. Gerade, als ich aufgeben wollte, schwebte ein Fetzen in mein Gedächtnis. *»Je suis un pot cassé«*, sagte ich plötzlich.

Ich öffnete die Augen. »Ich bin ein zerbrochener Krug? Woher kommt das denn?«

Jean-Paul sah überrascht aus. »Können Sie sich an noch mehr erinnern?«

Ich schloß die Augen erneut. *»Tu es ma tour et forteresse«*, murmelte ich schließlich.

Ich öffnete die Augen. Jean-Pauls Gesichtsausdruck war konzentriert, und er schien weit weg zu sein. Ich konnte sein Gedächtnis arbeiten sehen, eine große Gedächtnisfläche absuchend, prüfend, verwerfend, bis etwas klickte und er sich mir wieder zuwandte. Er richtete den Blick auf die Eisreklame und rezitierte:

Entre tous ceux-là qui me haient
Mes voisins j'aperçois
Avoir honte de moi:

Il semble que mes amis aient
Horreur de ma recontre,
Quand dehors je me montre.
Je suis hors de leur souvenance,
Ainsi qu'un trespassé.
Je suis un pot cassé.

Als er sprach, spürte ich einen Druck in der Kehle und hinter den Augen.

Es war Trauer.

Ich hielt mich an den Armlehnen des Stuhls fest, preßte meinen Körper fest gegen die Rückenlehne, als würde ich mich wappnen. Als er zu Ende gesprochen hatte, schluckte ich, um sprechen zu können.

»Was ist das?« fragte ich leise.

»Der einunddreißigste Psalm.«

Ich runzelte die Stirn. »Ein Psalm? Aus der Bibel?«

Er lächelte angespannt. »Ja.«

»Aber woher könnte ich ihn kennen? Ich weiß keine Psalmen auswendig! Kaum auf Englisch und ganz sicher nicht auf Französisch. Aber diese Worte scheinen so vertraut. Ich *muß* ihn irgendwo gehört haben. Woher kennen *Sie* ihn?«

»Aus der Kirche. Als Kind mußten wir viele Psalmen auswendiglernen. Aber es war auch einmal Teil meines Studiums.«

»Sie haben Psalmen studiert für ein Diplom in Bibliothekswesen?«

»Nein, nein, vorher, als ich Geschichte studiert habe. Die Geschichte des Languedoc. Das ist nämlich, was mich wirklich interessiert. Meine wahre Liebe.«

»Was ist Languedoc?«

»Die Gegend um uns herum. Von Toulouse und den Pyrenäen bis hinauf zur Rhône.« Er malte einen weiteren Kreis auf seine Servietten-Landkarte, der den kleineren Kreis der Cevennen und den größten Teil des Kuhnackens und des Kuhmauls umfaßte. »Sie wurde nach der Sprache, die dort einmal gesprochen wurde, benannt. *Oc* war deren Wort für *oui. Langue d'oc* – Sprache des *oc.*«

»Was hat der Psalm mit dem Languedoc zu tun?«

Er zögerte. »Nun ja, das ist seltsam. Es war ein Psalm, den die Hugenotten immer sprachen in Momenten der Gefahr.«

An diesem Abend nach dem Essen erzählte ich Rick schließlich doch von dem Traum, beschrieb das Blau, die Stimmen, die Atmosphäre, so genau ich konnte. Ich ließ auch ein paar Dinge aus: Ich erzählte ihm nicht, daß ich das alles schon mit Jean-Paul besprochen hatte, daß die Worte zu einem Psalm gehörten, daß der Traum immer kam, wenn wir miteinander geschlafen hatten. Weil ich auswählen mußte, was ich ihm erzählte, war der Prozeß viel bewußter und lange nicht so therapeutisch wie mit Jean-Paul, wo alles unreflektiert herausgekommen war. Jetzt mußte ich den Traum zu einer Geschichte formen, und dadurch fing er an, sich von mir abzulösen und eine Art Eigenleben zu entwickeln.

Rick reagierte auch entsprechend. Vielleicht hatte es damit zu tun, wie ich den Traum erzählte, aber er hörte zu, als würde er mit halbem Ohr auf etwas anderes achten, ein Radio im Hintergrund oder eine Unterhaltung auf der Straße. Er stellte keine Fragen, wie Jean-Paul das getan hatte.

»Rick, hörst du mir überhaupt zu?« fragte ich schließlich und zog ihn am Pferdeschwanz.

»Natürlich. Du hattest Alpträume. Von der Farbe Blau.«

»Ich will nur, daß du Bescheid weißt. Deshalb war ich immer so müde.«

»Du solltest mich wecken, wenn du geträumt hast.«

»Ich weiß.« Aber ich wußte, daß ich das nicht tun würde. In Kalifornien hätte ich ihn beim allerersten Auftauchen des Traumes geweckt. Irgend etwas hatte sich verändert; nachdem Rick wie immer zu sein schien, mußte ich es sein.

»Wie geht's mit der Lernerei?«

Ich zuckte die Achseln, irritiert, daß er das Thema gewechselt hatte. »Geht so. Nein. Furchtbar. Nein. Ich weiß nicht. Manchmal frage ich mich, wie ich jemals Babys auf französisch auf die Welt bringen kann. Ich konnte nicht das Richtige sagen, als dieses Baby fast erstickt ist. Wenn ich nicht mal das zustande bringe, wie kann ich dann jemals eine Frau durch die Wehen begleiten?«

»Aber du hast zu Hause spanische Frauen entbunden und es gut hingekriegt.«

»Das ist was anderes. Die haben vielleicht kein Englisch gesprochen, aber sie haben auch nicht von mir erwartet, daß ich Spanisch spreche. Und hier wird die gesamte ärztliche Ausrüstung, alle Medikamente und Dosierungen, *alles* wird auf *französisch* sein.«

Rick schob seinen Teller zur Seite und beugte sich vor, die Ellbogen auf den Tisch aufgestützt. »Hey, Ella, wo ist dein Optimismus geblieben? Fang bloß nicht an, dich wie die Franzosen zu benehmen, davon krieg ich schon in der Arbeit genug.«

Obwohl ich selbst gerade erst Jean-Pauls Pessimismus kritisiert hatte, ertappte ich mich dabei, wie ich genau seine Worte benutzte. »Ich versuche nur, realistisch zu sein.«

»Ja, das hab ich im Büro auch gehört.«

Ich öffnete den Mund zu einer scharfen Erwiderung, hielt mich aber gerade noch zurück. Es stimmte, daß mein Optimismus in Frankreich verkümmert war; vielleicht paßte ich mich wirklich der zynischen Art der Leute um mich herum an. Rick gab allem eine positive Wendung; seine positive Einstellung hatte ihm den Erfolg gebracht. Deswegen hatte die französische Firma sich an ihn gewandt; deswegen waren wir hier. Ich schluckte meine pessimistische Bemerkung hinunter.

In dieser Nacht schliefen wir miteinander, und Rick vermied es vorsichtig, meine Schuppenflechte zu berühren. Danach lag ich wach und wartete geduldig auf den Schlaf und den Traum.

Als er kam, war er weniger impressionistisch, realer als je zuvor. Das Blau hing über mir wie ein leuchtendes Tuch, wogte hin und her und nahm Gestalt und Form an. Ich erwachte in Tränen, die meine Wangen hinunterliefen, und hörte meine Stimme in den Ohren nachklingen. Ich lag still.

»Ein Kleid«, flüsterte ich. »Es war ein Kleid.«

Am nächsten Morgen eilte ich zur Bibliothek. Die Frau war hinter dem Schalter, und ich mußte mich abwenden, um meine Enttäuschung und Verärgerung darüber, daß Jean-Paul nicht da war, zu verbergen. Ich ging ziellos in den beiden Räumen umher, während der Blick der Bibliothekarin mir folgte. Schließlich fragte ich sie, ob Jean-Paul irgendwann an diesem Tag kommen würde. »Oh, nein«, erwiderte sie mit einem leichten Stirnrunzeln. »Er wird ein paar Tage weg sein. Er ist nach Paris gefahren.«

»Paris? Warum das denn?«

Sie sah überrascht aus, daß ich so etwas fragte. »Na, seine Schwester heiratet. Er kommt erst nach dem Wochenende zurück.«

»Oh. *Merci*«, sagte ich und ging. Es war komisch, sich ihn mit einer Schwester, einer Familie vorzustellen. Verdammt, dachte ich, als ich die Treppen hinunter und auf den Platz hinaus stapfte. Madame aus der *boulangerie* stand neben dem Brunnen und sprach mit der Frau, die mich zuerst zur Bibliothek geführt hatte. Beide unterbrachen ihr Gespräch und starrten mich lange an, bevor sie sich wieder einander zuwandten. Ach, zum Teufel mit euch, dachte ich. Noch nie hatte ich mich so isoliert und fehl am Platz gefühlt.

An diesem Sonntag waren wir zum Mittagessen bei einem von Ricks Kollegen eingeladen, das erste Mal, daß wir uns wirklich mit anderen Leuten trafen, seit wir nach Frankreich gezogen waren, wenn man von einem gelegentlichen Drink mit Leuten, die Rick durch die Arbeit kennengelernt hatte, absah. Ich war nervös wegen der Einladung und konzentrierte meine Sorgen darauf, was ich anziehen sollte. Ich hatte keine Ahnung, was ein Mittagessen am Sonntag in Frankreich bedeutete, ob es formell oder eher leger zuging.

»Soll ich ein Kleid anziehen?« plagte ich Rick.

»Zieh an, was du willst«, erwiderte er hilfreich. »Denen macht das nichts aus.«

Aber mir, dachte ich, mir macht es was aus, wenn ich falsch angezogen bin.

Natürlich gab es auch noch das zusätzliche Problem mit meinen Armen – es war ein heißer Tag, aber ich hätte verstohlene Blicke auf meinen Ausschlag nicht ertragen. Schließlich wählte ich ein steingraues ärmelloses Kleid, das bis zu den Waden reichte, und ein weißes Leinenjackett. Ich dachte, daß dieses Outfit zu mehr oder weniger jedem Anlaß paßte, aber als das Paar die Tür zu ihrem großen Vorstadt-Haus öffnete und ich Chantals Jeans und weißes T-Shirt sowie Oliviers Khaki-Shorts wahrnahm, fühlte ich mich übertrieben aufgetakelt und gleichzeitig bieder. Sie lächelten mich höflich an und lächelten ebenso höflich über die Blumen und den Wein, den wir mitgebracht hatten, aber mir fiel auf, daß Chantal die Blumen eingewickelt auf einer Kommode im Eßzimmer liegen ließ, und unsere sorgfältig ausgewählte Flasche Wein tauchte nicht wieder auf.

Sie hatten zwei Kinder, einen Jungen und ein Mädchen, die so still und höflich waren, daß ich nicht einmal ihre Namen erfuhr. Nach dem Essen standen sie auf und verschwanden ins Innere des Hauses, als ob sie durch ein magisches Glöckchen gerufen worden wären, das nur Kinder hören können. Wahrscheinlich sahen sie fern, und ich wünschte insgeheim, daß ich das auch tun könnte: Ich fand die Unterhaltung mit den Eltern ermüdend und manchmal geradezu demoralisierend. Rick und Olivier verbrachten die meiste Zeit damit, Dinge aus der Firma zu besprechen, und zwar auf englisch. Chantal und ich schwatzten in einer merkwürdigen Mischung aus Französisch und Englisch. Ich versuchte, nur französisch mit ihr zu sprechen, aber sie wechselte immer wieder ins Englische, sobald sie den Eindruck hatte, daß ich nicht nachkam. Es wäre unhöflich gewesen, auf französisch weiterzusprechen, also wechselte ich auch ins Englische, bis es eine Pause im Gespräch gab; dann fing ich ein neues Thema auf französisch an. Es wurde ein höflicher Kampf zwischen uns; ich hatte den Eindruck, daß sie ein stilles Vergnügen daran fand, durchblicken zu lassen, wie gut ihr Englisch im Vergleich zu meinem Französisch war. Und für Small-talk war sie nicht zu haben, innerhalb von zehn Minuten hatte sie die meisten der großen Konflikte in aller Welt durch – Bosnien, Israel, Nordirland – und blickte verächtlich, wenn ich nicht sofort eine entschiedene Antwort für jedes Problem parat hatte.

Sowohl Olivier als auch Chantal hingen an Ricks Lippen, obwohl ich mich viel mehr bemühte, mit ihnen in ihrer Sprache zu sprechen. Mir hörten sie kaum zu. Ich fand es gräßlich, daß ich jetzt schon meinen Erfolg mit dem Ricks verglich: So etwas hatte ich in den Staaten nie getan.

Am späten Nachmittag gingen wir wieder, nach höflichen Küßchen und Versprechungen, sie nach Lisle einzuladen. Das wird ein Spaß werden, dachte ich, als wir wegfuhren. Als wir außer Sichtweite waren, zog ich meine verschwitzte Jacke aus. Wenn wir bei Freunden in den USA gewesen wären, hätte es nichts ausgemacht, wie meine Arme aussahen. Aber andererseits, wenn wir noch dort gewesen wären, hätte ich auch keine Psoriasis.

»Hey, die waren nett, nicht?« begann Rick unsere rituelle Bestandsaufnahme.

»Sie haben den Wein und die Blumen nicht angerührt.«

»Ja, aber mit so einem Weinkeller ist das kein Wunder! Tolles Haus.«

»Ich habe eigentlich nicht so über ihre materiellen Besitztümer nachgedacht.«

Rick sah mich von der Seite an. »Du scheinst dich da nicht so wohl gefühlt zu haben, Schatz. Was ist los?«

»Weiß nicht. Ich hab nur das Gefühl ... das Gefühl, daß ich nicht *reinpasse*, das ist alles. Ich scheine hier nicht mit Leuten reden zu können, wie ich das zu Hause kann. Bis jetzt ist die einzige Person außer Madame Sentier, mit der ich eine einigermaßen sinnvolle Unterhaltung hatte, Jean-Paul, und sogar das war keine Unterhaltung, sondern mehr wie ein Kampf, mehr wie –«

»Wer ist Jean-Paul?«

Ich versuchte, beiläufig zu klingen. »Ein Bibliothekar in Lisle. Er hilft mir, meine Familiengeschichte zu erforschen. Er ist gerade weg«, fügte ich unnötigerweise hinzu.

»Und was habt ihr zwei herausgefunden?«

»Nicht viel. Ein wenig von meinem Cousin in der Schweiz. Weißt du, ich dachte, wenn ich etwas mehr über meine französischen Wurzeln herausfinde, würde ich mich hier besser fühlen, aber jetzt glaube ich, daß das falsch ist. Die Leute sehen mich immer noch als Amerikanerin.«

»Du *bist* Amerikanerin, Ella.«

»Ja, ich weiß. Aber ein bißchen muß ich mich schon ändern, solange ich hier bin.«

»Warum?«

»Warum? Weil – sonst falle ich zu sehr auf. Die Leute wollen, daß ich so bin, wie sie es erwarten; sie wollen, daß ich so bin wie sie. Überhaupt kann ich auch gar nichts dagegen machen, ich werde doch durch die Landschaft um mich beeinflußt, durch die Leute und wie sie denken und durch die Sprache. Es wird mich verändern, wenigstens ein bißchen.«

Rick sah verwirrt aus. »Aber du *bist* doch du selber«, sagte er und wechselte die Spur so abrupt, daß die Autos hinter uns empört hupten. »Du brauchst dich doch wegen anderen Leuten nicht zu ändern.«

»Das ist es nicht. Es geht mehr darum, sich etwas anzupassen.

Es ist wie … die Cafés hier haben keinen koffeinfreien Kaffee, also gewöhne ich mich daran, weniger echten Kaffee zu trinken, oder ich trinke gar keinen.«

»Ich hab meiner Sekretärin beigebracht, mir koffeinfreien Kaffee zu machen.«

»Rick –« Ich hielt inne und zählte bis zehn. Er schien meine Vergleiche absichtlich nicht zu verstehen und gab allem diesen positiven Anschein.

»Ich glaube, du wärst viel fröhlicher, wenn du dir nicht so viele Sorgen darüber machen würdest, wie gut du hineinpaßt. Die Leute werden dich so mögen, wie du bist.«

»Vielleicht.« Ich starrte zum Fenster hinaus. Rick versuchte nie, sich anzupassen, wurde aber trotzdem akzeptiert. Es war wie mit seinem Pferdeschwanz: Er trug ihn so selbstverständlich, daß niemand ihn deshalb für seltsam hielt. Ich dagegen fiel trotz aller Anpassungsversuche auf wie ein Wolkenkratzer.

Rick mußte noch für eine Stunde ins Büro; ich hatte vorgehabt, inzwischen zu lesen oder mit einem der Computer zu spielen, aber ich war so schlechter Laune, daß ich statt dessen spazierenging. Sein Büro war mitten im Stadtzentrum von Toulouse, in einer Gegend mit engen Gäßchen und Boutiquen, die jetzt voller Sonntagsspaziergänger und Schaufensterbummler war. Ich betrachtete die geschmackvolle Kleidung, den Goldschmuck und die kunstvoll gearbeitete Lingerie in den Schaufenstern. Der Kult um die französische Unterwäsche überraschte mich immer wieder; sogar kleine Orte wie Lisle-sur-Tarn hatten ein Spezialgeschäft dafür. Ich konnte mir kaum vorstellen, die ausgestellten Stücke tatsächlich zu tragen, die mit ihren geheimnisvollen Strapsen und Spitzen und Mustern die erogenen Zonen des Körpers besonders hervorhoben. Es war etwas ausgesprochen Fremdartiges an dieser formalistischen Erotik.

Tatsächlich waren die französischen Städterinnen so anders als ich, daß ich mir in ihrer Gegenwart oft klein und nichtig vorkam, wie eine zerzauste Bettlerin, die zurücktreten muß, wenn sie vorbeigehen. Die Frauen, die in Toulouse spazierengingen, trugen gutgeschnittene Blazer und Jeans und dazu dezentes Gold an den Ohren und um den Hals. Ihre Schuhe hatten immer Absätze. Ihr Haarschnitt war akkurat und teuer, ihre Augenbrauen sauber gezupft, ihre Haut rein. Man konnte sie sich leicht in komplizierten BHs oder Miedern vorstellen, in seidener Unterwäsche, Strümpfen und Strumpfhaltern. Sie nahmen die Darstellung ihrer selbst ernst. Als ich durch die Straßen ging, fühlte ich ihre diskreten Blicke auf mir; das schulterlange Haar, das beim Schneiden etwas zu lang geblieben war, wurde kritisch gemustert, ebenso wie das Fehlen von Make-up, das zerknitterte Leinen und die flachen, plumpen Sandalen, die ich in San Francisco noch so modisch gefunden hatte. Ich war mir ganz sicher, daß ich Mitleid in ihren Gesichtern erkannte.

Wissen sie, daß ich Amerikanerin bin? dachte ich. Ist es so auffällig?

Es war auffällig. Ich erkannte ja auch das amerikanische Paar mittleren Alters aus meilenweiter Entfernung, allein an ihrer Kleidung und der Art, wie sie dastanden. Sie sahen sich eine Auslage mit Pralinen an, und als ich vorbeiging, diskutierten sie darüber, ob sie am nächsten Tag noch einmal kommen und welche kaufen sollten, um sie mitzunehmen.

»Schmilzt die Schokolade nicht im Flugzeug?« fragte die Frau. Sie hatte breite Hüften und trug eine weite pastellfarbene Bluse, Hosen und Joggingschuhe. Sie stand breitbeinig da.

»Ach was, Schatz, es ist *kalt* in zehntausend Metern Höhe. Schmelzen wird sie sicher nicht, aber sie könnte zerdrückt werden. Vielleicht gibt es was anderes in dieser Stadt, was wir mitnehmen können?« Er hatte einen stattlichen Bauch, der noch durch den Gürtel, der ihn in zwei Wülste teilte, betont wurde. Er trug keine Baseballkappe, war aber gut mit einer vorstellbar. Hatte sie wahrscheinlich im Hotel vergessen.

Sie sahen auf und lächelten breit; eine wehmütige Hoffnung stand in ihren Gesichtern. Ihre Offenheit schmerzte mich; ich bog schnell in eine Seitenstraße ab. Hinter mit hörte ich den Mann sagen, »Entschuldigen Sie, Miss –« Ich sah mich nicht um. Ich fühlte mich wie ein Kind, das von den Eltern vor seinen Freunden bloßgestellt wurde.

Ich kam am Ende der Straße in der Nähe des Musée des Augustins heraus, einem alten Ziegelbau, der eine Sammlung von Gemälden und Skulpturen beherbergte. Ich sah mich um: Das Paar war mir nicht nachgegangen. Ich schlüpfte hinein.

Nachdem ich bezahlt hatte, ging ich durch die Tür und in einen Innenhof mit Kreuzgang, einen friedlichen, sonnigen Ort mit von Skulpturen gesäumten Wegen. In der Mitte befand sich ein sorgfältig bepflanzter Garten mit Blumen, Gemüse und Kräutern. Am Rand eines Pfades stand eine lange Reihe steinerner Hunde, die die Schnauzen nach oben reckten, als würden sie fröhlich jaulen. Ich ging durch den ganzen Kreuzgang und schlenderte dann durch den Garten, bewunderte Erdbeersetzlinge, Salatköpfe in regelmäßigen Reihen, Estragon- und Salbeibüschel und drei verschiedene Sorten Minze sowie einen großen Rosmarinbusch. Ich setzte mich, zog meine Jacke aus und ließ die Sonne auf die Schuppenflechte scheinen. Ich schloß die Augen und dachte an nichts.

Schließlich stand ich wieder auf und ging mir die Kirche ansehen. Es war ein riesiges Gebäude, so groß wie eine Kathedrale, aber die Bänke und auch der Altar waren herausgenommen worden, und Gemälde hingen an allen Wänden. Ich hatte noch nie eine Kirche gesehen, die einfach so als Ausstellungsraum benutzt wurde. Ich stand im Türrahmen und bewunderte den Effekt des großen, leeren Raumes über den Bildern, der sie gleichsam aufsaugte und verschwinden ließ.

Aus den Augenwinkeln nahm ich ein Leuchten wahr. Es kam von einem Gemälde an der gegenüberliegenden Wand. Ein Lichtstrahl war daraufgefallen, und alles, was ich sehen konnte, war ein Stück Blau. Blinzelnd ging ich darauf zu, und mein Magen zog sich zusammen.

Es war ein Gemälde von Jesus, der vom Kreuz abgenommen worden war und auf einem Tuch auf dem Boden lag; sein Kopf ruhte im Schoß eines alten Mannes. Über ihm wachten ein jüngerer Mann, eine junge Frau in einem gelben Kleid und in der Mitte die Jungfrau Maria, die einen Mantel trug, und zwar in genau der Farbe, von der ich geträumt hatte. Der Umhang war um ein erstaunliches Gesicht drapiert. Das Gemälde selbst war statisch, ein sorgfältig ausbalanciertes Tableau, auf dem jede Person umsichtig plaziert worden war, jede Kopfneigung und jede Geste war nach ihrem Effekt berechnet. Nur das Gesicht der Jungfrau, der Mittelpunkt des Gemäldes, bewegte und veränderte sich, Schmerz und ein seltsamer Friede kämpften in ihren Zügen miteinander, als sie auf ihren toten Sohn hinunterblickte. Ihr Gesicht war von einer Farbe umrahmt, die ihre Agonie widerspiegelte.

Als ich davorstand, schnellte meine rechte Hand unwillkürlich hoch und machte das Zeichen des Kreuzes. In meinem ganzen Leben hatte ich noch nie eine solche Geste gemacht.

Ich sah auf das Schild neben dem Gemälde und las den Titel sowie den Namen des Malers. Ich stand für eine lange Zeit reglos, der Raum der Kirche dehnte sich um mich aus. Dann bekreuzigte ich mich erneut und sagte »Heilige Mutter, hilf mir«, und fing an zu lachen.

Ich hätte nie vermutet, daß es einen Maler in meiner Familie gegeben hatte.

3. Die Flucht

Isabelle setzte sich auf und sah zum Bett der Kinder hinüber. Jacob war schon wach, hatte die Arme um die Knie geschlungen und das Kinn daraufgestützt. Er hatte das beste Gehör von allen.

– Ein Pferd, sagte er leise.

Isabelle stieß Etienne an.

– Ein Pferd, flüsterte sie.

Ihr Mann sprang auf, noch halb im Schlaf, sein Haar war dunkel von Schweiß. Seine Beinkleider hochziehend, rüttelte er gleichzeitig Bertrand wach. Gemeinsam glitten sie die Leiter hinab, als jemand anfing, gegen die Tür zu hämmern. Isabelle lugte über den Dachbodenrand und sah, wie die Männer unten Äxte und Messer ergriffen. Hannah erschien aus dem Hinterzimmer mit einer Kerze. Nachdem er etwas durch den Türspalt geflüstert und die Antwort vernommen hatte, legte Jean die Axt nieder und schob den Riegel zurück.

Der Verwalter des Duc de l'Aigle war ihnen nicht fremd. Er tauchte von Zeit zu Zeit auf, um sich mit Jean Tournier zu besprechen. Von diesem Haus aus sammelte er die Abgaben von den umliegenden Höfen ein und notierte alles sorgfältig in seinem kalbsledergebundenen Buch. Klein, dick und vollkommen kahl, machte er den Verlust an Körpergröße durch eine donnernde Stimme wett, die Jean nun vergeblich zu dämpfen versuchte. Mit so einer Stimme konnte es keine Geheimnisse geben.

– Der Duc ist in Paris ermordet worden!

Hannah keuchte auf und ließ die Kerze fallen. Isabelle bekreuzigte sich unbewußt, umklammerte dann ihren Nacken und sah sich um. Alle vier Kinder saßen nun in einer Reihe nebeneinander, Susanne neben ihnen am Rand, vorsichtig ihren riesigen Bauch balancierend. Bald wird sie soweit sein, dachte Isabelle und maß sie automatisch mit einem prüfenden Blick. Obwohl sie es jetzt nicht mehr anwandte, war das alte Wissen stets bei ihr.

Petit Jean hatte angefangen, mit dem Messer zu schnitzen, das er immer, sogar im Bett, bei sich hatte. Jacob war still, und seine braunen Augen, die denen seiner Mutter glichen, waren groß. Marie und Deborah lehnten aneinander, Deborah sah verschlafen aus, Maries Augen waren hell.

– Maman, was ist ermordet? rief sie mit einer Stimme, die klang, wie wenn eine Kupferpfanne geschlagen würde.

– Schsch, flüsterte Isabelle. Sie kroch ans Ende des Bettes, um zu hören, was der Verwalter sagte. Susanne kam und setzte sich neben sie, und beide lehnten sich vor, die Arme auf das Geländer gestützt.

– . . . vor zehn Tagen, bei der Hochzeit von Henri de Navarre. Die Tore wurden geschlossen, und Tausende von Anhängern der Wahrheit sind abgeschlachtet worden. Coligny genauso wie unser Duc. Und es greift auf die Provinz über. Überall töten sie ehrliche Leute.

– Aber wir sind hier weit weg von Paris, und hier sind alle Anhänger der Wahrheit, erwiderte Jean. Wir sind hier sicher vor den Katholiken.

– Es wird behauptet, daß eine Garnison aus Mende kommt, dröhnte der Verwalter. Um den Tod des Duc auszunutzen. Sie werden zu dir kommen, dem *syndic* des Duc. Die Duchesse flieht nach Alès und kommt hier in ein paar Stunden vorüber. Du solltest mit uns kommen und deine Familie retten. Sie bietet das sonst niemandem an. Nur den Tourniers.

– Nein.

Es war Hannah, die antwortete. Sie hatte die Kerze wieder angezündet und stand breitbeinig in der Mitte des Raumes, der silberne Zopf hing ihr über den leicht buckligen Rücken.

– Wir brauchen dieses Haus nicht zu verlassen, fuhr sie fort. Wir sind hier beschützt.

– Und wir haben eine Ernte einzubringen, fügte Jean hinzu.

– Ich hoffe, du änderst deine Ansicht noch. Deine Familie – egal wer von deiner Familie – darf die Duchesse gerne begleiten.

Isabelle glaubte einen raschen Blick des Verwalters zu Bertrand hin zu sehen. Susanne rutschte nervös hin und her. Isabelle griff nach ihrer Hand: Sie war so kalt wie der Fluß. Sie blickte auf die Kinder. Die Mädchen, die noch zu klein waren, um zu verstehen, waren wieder eingeschlafen. Jacob saß immer noch mit dem Kinn auf den Knien da, und Petit Jean hatte sich angezogen, beugte sich über das Geländer und beobachtete die Männer.

Der Verwalter ging, um andere Familien zu warnen. Jean verriegelte die Tür und lehnte die Axt daneben, während Etienne und Bertrand in die Scheune verschwanden, um die Tore dort von innen zu verrammeln. Hannah ging zur Feuerstelle, stellte die Kerze auf den Sims und kniete neben dem Feuer nieder, das für die Nacht unter der Asche vergraben war. Isabelle nahm an, daß sie es anfachen wollte, aber die alte Frau rührte das Feuer nicht an.

Isabelle drückte Susannes Hand und nickte in Richtung des Kamins.

– Was macht sie da?

Susanne sah ihre Muter an und wischte sich über die Wange, wohin sich eine Träne verirrt hatte.

– Ein Zauber wohnt in diesem Herd, flüsterte sie schließlich. Der Zauber, der dieses Haus beschützt. Maman betet zu ihm.

Der Zauber. All die Jahre hatte man verhüllt von ihm gesprochen, doch Etienne und Susanne hatten es ihr nie erklärt, und Jean oder Hannah zu fragen wagte sie nicht.

Sie versuchte es noch einmal.

– Aber was ist es? Was ist da?

Susanne schüttelte den Kopf. – Ich weiß nicht. Und man zerstört die Kraft, wenn man davon spricht. Ich habe schon zuviel gesagt.

– Aber warum betet sie? Monsieur Marcel sagt, es gibt keine Zauberkräfte im Gebet.

– Das hier ist älter als das Gebet, älter als Monsieur Marcel, und seine Lehre.

– Aber doch nicht älter als Gott. Nicht älter als – die Jungfrau, sagte Isabelle leise.

Susanne hatte darauf keine Antwort.

– Wenn wir gehen, sagte sie statt dessen, wenn wir mit der Duchesse gehen, dann sind wir nicht mehr beschützt.

– Doch beschützt durch die Soldaten der Duchesse, durch ihre Schwerter, antwortete Isabelle.

– Kommst du mit?

Isabelle antwortete nicht. Was müßte geschehen, um Etienne wegzubewegen? Der Verwalter hatte ihn nicht angesehen, als er sie zur Flucht drängte. Er wußte, daß Etienne nicht gehen würde.

Als Etienne und Bertrand zurückkamen, setzte Etienne sich zu seinen Eltern an den Tisch. Jean sah zu Isabelle und Susanne hinauf.

– Schlaft, sagte er. Wir werden wachen.

Aber ihre Augen waren auf Bertrand gerichtet, der unsicher in der Mitte des Raumes stand. Er sah hoch, zu Susanne, als suchte er nach einem Zeichen. Isabelle beugte sich zu ihr.

– Gott wird euch beschützen, flüsterte sie Susanne ins Ohr. Gott und die Soldaten der Duchesse.

Sie setzte sich wieder gerade, begegnete Hannahs Blick und hielt ihm stand. All die Jahre hast du mich wegen meiner Haare verspottet, dachte sie, und dabei betest du deinen eigenen Zauber an. Die beiden starrten sich an. Hannah sah zuerst weg.

Susannes Nicken entging Isabelle, aber nicht seine Folgen. Bertrand wandte sich brüsk an Jean.

– Susanne, Deborah und ich, wir werden mit der Duchesse de l'Aigle nach Alès gehen, verkündete er.

Jean sah Bertrand an.

– Du weißt, daß du alles verlierst, wenn du gehst, sagte er leise.

– Wir werden alles verlieren, wenn wir bleiben. Susanne ist fast soweit, und sie kann nicht weit laufen. Sie kann nicht wegrennen. Sie hat keine Chance, wenn die Katholiken kommen.

– Du glaubst nicht an dieses Haus? Wo nie ein Säugling gestorben ist? Wo die Tourniers hundert Jahre lang ohne Not gelebt haben?

– Ich glaube an die Wahrheit, erwiderte er. Daran glaube ich. Mit jedem Wort schien er zu wachsen, sein Widerstand gab ihm Größe und Breite. Zum ersten Mal bemerkte Isabelle, daß er eigentlich größer war als sein Schwiegervater.

– Für unsere Heirat haben wir keine Aussteuer bekommen, weil wir hier mit euch leben. Alles, was ich jetzt will, ist ein Pferd. Das wird als Aussteuer reichen.

Jean sah ihn ungläubig an.

– Du willst, daß ich dir ein Pferd gebe, damit du mir meine Tochter und meine Enkel wegnehmen kannst?

– Ich will deine Tochter und Enkel *retten.*

– Ich bin das Oberhaupt dieser Familie, nicht?

– Gott ist das Oberhaupt für mich. Ich muß der Wahrheit folgen und nicht diesem Zauber, dem du anhängst.

Isabelle hätte nie vermutet, daß Bertrand so rebellisch sein könnte. Nachdem Jean und Hannah ihn für Susanne ausgewählt hatten, hatte er hart gearbeitet und war Jean niemals in die Quere gekommen. Er hatte Leichtigkeit in das Haus gebracht, machte jeden Tag Armdrücken mit Etienne, unterrichtete Petit Jean im Schnitzen und brachte sie alle abends am Feuer mit seinen Geschichten über den Wolf und den Fuchs zum Lachen. Er behandelte Susanne mit einer Zärtlichkeit, um die Isabelle sie beneidete. Ein paarmal hatte sie gesehen, wie er seinen

Widerstand hinuntergeschluckt hatte; offensichtlich hatte sich die Wut in ihm angesammelt, und er schien nur auf einen Augenblick wie diesen gewartet zu haben.

Dann überraschte Jean sie alle.

– Geh, sagte er rauh. Aber nimm den Esel, nicht das Pferd. Er drehte sich um und ging zur Scheunentür, schwang sie auf und verschwand dahinter.

Etienne sah zu Isabelle hinauf, und dann auf seine Hände. Sie wußte, daß sie Bertrand nicht folgen würden. Etiennes Heirat mit ihr war sein einziger Akt des Widerstands gewesen. Zu einem weiteren hatte er keine Willenskraft mehr übrig.

Isabelle wandte sich an ihre Schwägerin.

– Wenn du den Esel reitest, flüsterte sie, mußt du seitlich reiten, um das Kind mit deinen Beinen zu stützen. So wirst du es daran hindern, zu früh zu kommen. Reite seitlich, wiederholte sie, denn Susanne starrte ins Leere wie unter Schock. Sie drehte sich um und sah Isabelle ins Gesicht.

– Du meinst, wie die Jungfrau, als sie nach Ägypten ritt?

– Ja. Ja, genau wie die Jungfrau.

Lange hatten sie nicht mehr von ihr gesprochen.

Deborah und Marie schliefen in ein Leintuch gewickelt, als Susanne und Isabelle Deborah kurz vor der Dämmerung aufweckten. Auch Marie wachte auf und sagte laut: – Warum geht Deborah weg? Warum geht sie weg? Jacob schlug die Augen auf, sein Gesicht war zerknittert. Dann setzte sich Petit Jean, der immer noch angezogen war, auf.

– Maman, wohin gehen sie? flüsterte er heiser. Werden sie Soldaten sehen? Und Pferde und Flaggen? Werden sie Onkel Jacques sehen?

– Onkel Jacques ist kein katholischer Soldat; er kämpfte in Colignys Armee im Norden.

– Aber der Verwalter hat gesagt, daß Coligny getötet worden ist.

– Ja.

– Also kommt Onkel Jacques vielleicht zurück.

Isabelle antwortete nicht. Jacques Tournier war vor zehn Jahren in die Armee eingetreten, zur gleichen Zeit wie viele andere junge Männer aus Mont Lozère. Er war einmal zurückgekommen, vernarbt, rauh, voller Geschichten, eine davon über Isabelles Brüder, die von demselben Speer durchbohrt worden waren. – Wie es sich gehört für Zwillinge, hatte Jacques brutal hinzugefügt und gelacht, als Isabelle sich abwandte. Petit Jean betete Jacques an. Isabelle haßte ihn; seine Augen folgten ihr überall hin, ruhten aber nie auf ihrem Gesicht. Er stachelte Etienne zu einer harten Ausgelassenheit an, die sie beunruhigte. Aber Jacques war nicht lange geblieben: Der Ruf des Blutes und des Abenteuers war zu stark, stärker sogar als die Verpflichtungen gegenüber der Familie.

Die Kinder folgten den Frauen die Leiter hinab und in den Garten hinaus, wo die Männer den Esel mit ein paar Habseligkeiten und Nahrungsmitteln beladen hatten: Ziegenkäse und harte dunkle Laibe Kastanienbrot, das Isabelle schnell in den paar Stunden vor Sonnenaufgang gebacken hatte.

– Komm, Susanne. Bertrand winkte.

Susanne suchte mit den Augen nach ihrer Mutter, aber Hannah war nicht nach draußen gekommen. Sie wandte sich zu Isabelle, küßte sie dreimal und schlang die Arme um ihren Hals.

– Reite seitlich, flüsterte Isabelle ihr ins Ohr. Und sag ihnen, daß sie anhalten sollen, wenn die Wehen anfangen. Mögen die Jungfrau und die heilige Margareta dich beschützen und dich sicher nach Alès bringen.

Sie hoben Susanne auf den Esel, zwischen die Bündel, die Beine auf der einen Seite.

– *Adieu, Papa, petits*, sagte sie und nickte Jean und den Kindern zu. Deborah kletterte auf Bertrands Rücken. Er nahm das Seil, das am Halfter des Esels befestigt war, schnalzte und trieb ihn an, und sie stiegen den Bergpfad in raschem Tempo hinab.

Etienne und Petit Jean kamen hinterher, um sie bis zur Straße nach Alès zu begleiten, wo sie die Duchesse treffen würden. Susannes kleines, weißes Gesicht blickte sich nach Isabelle um, bis sie außer Sichtweite war.

– Großvater, warum gehen sie weg? Warum geht Deborah weg? fragte Marie. Im Abstand von nur einer Woche geboren, waren die Cousinen bis dahin unzertrennlich gewesen. Jean wandte sich ab. Marie folgte Isabelle ins Haus und stellte sich neben Hannah, die sich am Feuer zu schaffen machte.

– Warum, Mémé, warum geht Deborah weg? fragte sie fortwährend, bis Hannah ausholte und ihr eine Ohrfeige gab.

Ob Soldaten kamen oder nicht, die Ernte mußte eingebracht werden. Die Männer gingen wie üblich aufs Feld, aber Jean mähte ein Feld in der Nähe des Hauses ab, und Isabelle ging nicht mit dem Rechen hinterher, wie sie das normalerweise getan hätte – sie und Marie blieben bei Hannah im Haus und halfen beim Einmachen. Petit Jean und Jacob arbeiteten hinter ihrem Vater und Großvater und rechten den Roggen in Bündel, obwohl Jacob kaum groß genug war, den Rechen zu halten.

Im Haus sprachen Isabelle und Hannah wenig; die Leere, die Susanne hinterlassen hatte, verschloß ihnen den Mund. Zweimal hörte Isabelle auf zu rühren, starrte vor sich hin, und fluchte, als heißer Pflaumensaft auf ihre Arme spritzte. Schließlich schob Hannah sie zur Seite.

– Der Honig ist zu wertvoll, um von untätigen Händen verschwendet zu werden, knurrte sie.

Isabelle kochte statt dessen das Steingut aus und ging oft zur Tür, um eine kühle Brise zu erhaschen oder auf die Stille des Tals zu lauschen. Einmal folgte Marie ihr und stand neben ihr in der Tür. Ihre winzigen Hände waren violett verfärbt vom Pflaumenlesen; sie mußte die unreifen und verrotteten heraussuchen.

– Maman, sagte sie leise, denn jetzt wußte sie, daß sie die Stimme dämpfen mußte, Maman, warum sind sie fortgegangen?

– Sie sind gegangen, weil sie Angst hatten, erwiderte Isabelle nach einem Moment und wischte sich den Schweiß von der Stirn.

– Angst wovor?

– Vor bösen Männern, die ihnen weh tun wollen.

– Böse Männer kommen hierher?

Isabelle schob die Hände unter die Schürze, so daß Marie nicht sehen konnte, wie sehr sie zitterten.

– Nein, *chérie*, ich glaube nicht. Aber sie haben sich Sorgen gemacht um Susanne und das Kind.

– Werde ich Deborah bald wiedersehen?

– Ja.

Marie hatte die hellblauen Augen ihres Vaters und, zu Isabelles Erleichterung, auch sein blondes Haar. Wenn es rot gewesen wäre, hätte Isabelle es mit dem Saft schwarzer Walnüsse gefärbt. Maries helle Augen sahen nun zu ihr hoch, verstört und unsicher. Isabelle hatte sie nie anlügen können.

Pierre La Forêt kam zum Feld, als Isabelle den Männern gerade ihr Essen brachte. Er erzählte, wer geflohen war – nicht viele, nur solche mit Reichtümern, die hätten erbeutet werden können, oder mit Töchtern, die hätten vergewaltigt werden können, oder mit Verbindungen zum Duc.

Er hob die überraschendste Nachricht bis zum Schluß auf.

– Monsieur Marcel ist fort, verkündete er mit kaum verhohlener Schadenfreude. Er ist nach Norden gegangen, über den Mont Lozère.

Es war still. Jean hob seine Sense auf.

– Er wird zurückkommen, sagte er kurz und wandte sich erneut dem Roggen zu. Pierre La Forêt sah seinen rhythmischen Bewegungen zu, dann blickte er sich angstvoll um, als erinnerte er sich erst jetzt, daß jeden Augenblick Soldaten hier sein konnten. Er pfiff seinem Hund und ging rasch davon.

Die Arbeit auf den Feldern war an diesem Morgen nur mäßig

vorangekommen. Außer Bertrand und Susanne waren auch die Tagelöhner, die Jean für die Ernte angeheuert hatte, weggeblieben; sie hatten Angst wegen der Verbindung der Tourniers zum Duc. Die Jungen konnten nicht mit den Männern mithalten, so daß Jean und Etienne ab und zu gezwungen waren, die Sense wegzulegen und eine Zeitlang zu rechen, um nachzukommen.

– Laßt mich doch rechen, schlug Isabelle nun vor, die Hannah und dem bedrückenden Haus entkommen wollte. Deine Mutter – Maman – kann das Einmachen alleine schaffen. Jacob und Marie können ihr helfen. Bitte. Sie nannte Hannah selten Maman, nur wenn eine Schmeichelei notwendig war.

Zu ihrer großen Erleichterung waren die Männer einverstanden und schickten Jacob zum Haus zurück. Isabelle und Petit Jean gingen hinter den Sensen her und rechten, so schnell sie konnten, bündelten den Roggen und lehnten dann die Garben zum Trocknen aneinander. Sie arbeiteten so schnell, daß der Schweiß ihre Kleider durchnäßte. Ab und zu hielt Isabelle an, um sich umzusehen und zu lauschen. Der Himmel war diesiggelb, dabei aber weit und leer. Es schien, als hielte die Welt selbst inne und warte mit ihr gemeinsam.

Jacob war es, der sie hörte. Am späten Nachmittag erschien er an einem Ende des Feldes und rannte zu ihnen hin. Sie hörten alle mit der Arbeit auf und sahen ihm entgegen, während Isabelles Herz zu rasen anfing. Als er sie erreichte, beugte er sich vornüber, stützte die Hände auf die Schenkel und schnappte nach Luft.

– *Ecoute, Papa*, war alles, was er sagte, als er wieder sprechen konnte. Er zeigte zum Tal hinunter. Sie lauschten. Zuerst hörte Isabelle nichts außer den Vögeln und ihrem eigenen Atem. Dann konnte sie ein dumpfes Grollen vernehmen.

– Zehn. Zehn Pferde, verkündete Jacob. Isabelle ließ ihren Rechen fallen, nahm Jacobs Hand und rannte.

Petit Jean war am schnellsten; mit seinen gerade neun Jahren überholte er seinen Vater leicht, sogar nach einem harten Arbeitstag. Er rannte in die Scheune, um die Riegel vorzuschieben. Etienne und Jean holten Wasser von einem nahe gelegenen Bach, während Isabelle und Jacob begannen, die Läden zu schließen.

Marie stand in der Mitte des Raumes und drückte einen Arm voller Lavendel an ihre Brust. Hannah setzte ihre Arbeit am Feuer fort, als wäre sie blind gegenüber der Hast um sie herum. Erst als sie sich alle um den Tisch versammelt hatten, drehte die alte Frau sich um und sagte einfach: – Wir sind sicher.

Das waren die letzten Worte, die Isabelle sie sprechen hörte.

Es dauerte eine Weile, bis sie auftauchten.

Die Familie saß schweigend um den Tisch, jeder an seinem gewohnten Platz, aber ohne Essen vor sich. Es war dunkel drinnen: Das Feuer war niedergebrannt, keine Kerzen waren angezündet worden, und das einzige Licht fiel durch die Ritzen in den Fensterläden. Isabelle saß auf einer Bank, hatte Marie dicht an ihrer Seite und hielt ihre Hand; der Lavendel lag auf ihrem Schoß. Jean saß sehr aufrecht am Kopfende des Tisches. Etienne starrte auf seine gefalteten Hände. Seine Wange zuckte; ansonsten war er so unbeweglich wie sein Vater. Hannah rieb sich das Gesicht und preßte den Nasenrücken zwischen Daumen und Zeigefinger, während sie die Augen geschlossen hielt. Petit Jean hatte sein Messer herausgeholt und es vor sich auf den Tisch gelegt. Unentwegt nahm er es hoch, ließ es aufblitzen, prüfte die Klinge mit der Fingerspitze und legte es wieder hin. Jacob, der allein auf der Bank, wo Susanne, Bertrand und Deborah gewöhnlich saßen, zurückgeblieben war, hielt einen runden Stein in der Hand. Die restlichen waren in seiner Tasche. Er hatte die farbig leuchtenden Steine im Tarn immer gern gehabt, besonders die dunkelroten und gelben. Er behielt sie auch noch, wenn sie getrocknet waren und stumpfgrau und braun wurden. Wenn er ihre wirklichen Farben sehen wollte, leckte er daran.

Die Lücken in der Bank schienen Isabelle mit den Geistern

ihrer Familie ausgefüllt zu sein – ihre Mutter, ihre Schwester, ihre Brüder. Sie schüttelte den Kopf und schloß die Augen, während sie sich vorzustellen versuchte, wo Susanne gerade war, bei der Duchesse in Sicherheit. Als das mißlang, dachte sie an das Blau der Jungfrau, eine Farbe, die sie jahrelang nicht mehr gesehen hatte, die sie aber in diesem Moment vor Augen hatte, als wären die Wände des Hauses damit gestrichen. Sie atmete tief durch, und ihr Herzschlag wurde langsamer. Sie öffnete die Augen. Die Lücken am Tisch schimmerten in blauem Licht.

Als die Pferde kamen, ertönten Rufe und Pfiffe und dann ein lautes Hämmern an die Tür, das alle aufspringen ließ.

– Laßt uns singen, sagte Jean fest und begann mit tiefem, sicherem Baß: *J'ai mis en toi mon espérance: Garde-moi donc, Seigneur, D'éternel déshonneur: Octroye-moi ma délivrance, Par ta grande bonté haute, Qui jamais ne fit faute.* Alle fielen ein, außer Hannah, die immer gesagt hatte, daß Singen frivol sei, und die lieber die Worte vor sich hinmurmelte. Die Kinder sangen mit hohen Stimmen, Marie hatte Schluckauf vor Angst.

Sie beendeten den Psalm unter der Begleitung von rüttelnden Fensterläden und rhythmischem Donnern an der Tür. Gerade hatten sie einen weiteren Psalm angefangen, als das Hämmern aufhörte. Kurz darauf folgte ein Scharren und Poltern gegen die Unterseite der Tür, dann ein Knistern und der Geruch von Rauch. Etienne und Jean standen auf und gingen zur Tür. Etienne nahm einen Eimer Wasser und nickte. Jean zog leise den Riegel zurück und öffnete die Tür einen Spaltbreit. Etienne schüttete das Wasser mit einem Schwung hinaus, als die Tür gewaltsam aufgestoßen wurde und eine Flammenwand ins Innere sprang. Zwei Hände packten Jean an der Kehle und zerrten ihn nach draußen, die Tür krachte hinter ihm zu.

Etienne kämpfte sich zur Tür durch, riß sie wieder auf und war sofort von Rauch und Feuer umhüllt.

– Papa! schrie er und verschwand in den Hof.

Drinnen herrschte eine seltsame, eisige Stille. Dann stand Isabelle ruhig auf; sie fühlte das blaue Licht um sich herum, das sie beschützte. Sie nahm Marie auf den Arm.

– Halt dich an mir fest, flüsterte sie, und Marie schlang die Arme um den Hals der Mutter, die Beine um ihre Taille, so daß der Lavendel zwischen ihnen zerdrückt wurde. Isabelle nahm Jacobs Hand und bedeutete Petit Jean, seine andere Hand zu nehmen. Wie in Trance führte sie die Kinder quer durch den Raum, schob den Riegel zurück und ging in den Stall. Sie wichen dem Pferd aus, das hin- und hertänzelte und wieherte, nervös wegen des Rauchgeruchs und der anderen Pferde im Hof. Am anderen Ende des Stalles schob Isabelle den Riegel einer kleinen Tür, die in den Küchengarten führte, zurück. Zusammen gingen sie zwischen Kohl und Tomaten, Karotten, Zwiebeln und Kräutern hindurch, Isabelles Rock streifte den Salbeibusch, und der verströmte seinen vertrauten herben Duft.

Sie erreichten den pilzförmigen Felsen an der unteren Seite des Gartens und blieben stehen. Jacob drückte die Hände kurz gegen den Felsen. Dahinter war ein brachliegendes Feld, das die Ziegen kurzgefressen hatten und das nun nach einem Sommer voller Sonne trocken und braun dalag. Sie rannten los, quer über das Feld, zuerst die Jungen, dann Isabelle mit Marie, die sich immer noch an ihr festhielt.

Auf halbem Weg bemerkte Isabelle plötzlich, daß Hannah nicht mitgekommen war. Sie fluchte laut.

Sie kamen sicher zu den Kastanienbäumen. An der *cleda* setzte Isabelle Marie ab und wandte sich an Petit Jean.

– Ich muß zurück, um Mémé zu holen. Du bist gut im Verstecken. Wartet hier, bis ich zurückkomme. Aber versteckt euch nicht in der *cleda*, sie werden sie vielleicht anzünden. Und wenn sie kommen und ihr weglaufen müßt, rennt zum Haus meines Vaters, über die Felder, nicht auf dem Weg. *D'accord?*

Petit Jean nickte und zog sein Messer aus der Tasche, seine blauen Augen leuchteten.

Isabelle drehte sich um und sah zurück. Die Farm stand nun in Flammen. Die Schweine schrien, die Hunde heulten, und das Heulen wurde von allen Hunden im Tal zurückgegeben. Das Dorf weiß, was hier passiert, dachte sie. Werden sie kommen und helfen? Oder werden sie sich verstecken? Sie sah die Kinder an, Marie und Jacob mit großen Augen und ruhig, Petit Jean, der den Wald mit den Augen absuchte.

– *Allez*, sagte sie. Stumm führte Petit Jean die beiden anderen ins Unterholz.

Isabelle verließ den Schutz der Bäume und huschte am Rand des Feldes entlang. In einiger Entfernung konnte sie das Feld sehen, auf dem sie den ganzen Tag gearbeitet hatten: Die Bündel, die sie und Petit Jean und Jacob zusammengerecht hatten, rauchten. Sie hörte entfernte Schreie, Gelächter und einen Ton, der ihr die Haare zu Berge stehen ließ. Als sie näher kam, roch sie verbranntes Fleisch, ein Geruch, der vertraut und doch seltsam war. Die Schweine, dachte sie. Die Schweine und – ihr wurde klar, was die Soldaten getan hatten.

– *Sainte Vierge, aide-nous*, keuchte sie und bekreuzigte sich.

Im unteren Teil des Gartens war der Rauch so dicht, daß es schien, als wäre die Nacht angebrochen. Sie kroch durch das Gemüse und fand Hannah in der Mitte, auf den Knien, einen Kohlkopf an sich gepreßt. Die Tränen hinterließen Furchen in ihrem verrußten Gesicht.

Viens, Méme, flüsterte Isabelle, legte die Arme um Hannahs Schultern und zog sie hoch. *Viens*.

Die alte Frau weinte lautlos und ließ sich von Isabelle durch den Garten und zum Feld hinausführen. Hinter sich hörten sie die Soldaten in den Garten galoppieren, aber der dichte Rauch verbarg die Frauen. Sie blieben am Feldrand und folgten dem niedrigen Steinwall, den Jean viele Jahre zuvor gebaut hatte. Hannah blieb oft stehen, um sich umzusehen, und Isabelle mußte sie weiterdrängen, ihren Arm um sie legen und sie mitzerren.

Der Soldat tauchte so plötzlich auf, als wäre er von Gott vom Himmel geworfen worden. Sie hätten ihn hinter sich erwartet; statt dessen kam er genau aus dem Wäldchen, auf das sie zurannten. Er kam im Galopp über das Feld, mit erhobenem Schwert und, wie Isabelle sah, als er näher gekommen war, mit einem Grinsen im Gesicht. Sie stöhnte auf und stolperte rückwärts, zog Hannah dabei mit sich.

Als der Mann so nah war, daß sie seinen Schweiß roch, erhob sich plötzlich eine graue Gestalt vom Boden und schüttelte dabei gelangweilt ein Hinterbein. Sofort stieg das Pferd und wieherte. Der Soldat fiel aus dem Sattel zu Boden. Sein Pferd raste zurück in Richtung des Kastanienhains.

Hannah sah von dem Wolf zu Isabelle und wieder zurück. Das Tier stand da und betrachtete sie ruhig mit seinen gelben, wachen Augen. Es blickte nicht einmal zum Soldaten hin, der bewegungslos dalag.

– *Merci,* sagte Isabelle leise und nickte in Richtung des Wolfes. *Merci, Maman.*

Hannahs Augen weiteten sich.

Sie warteten, bis der Wolf sich umdrehte und davontrottete, über den niedrigen Wall sprang und in Richtung des nächsten Feldes verschwand. Dann ging Hannah weiter. Isabelle folgte ihr, hielt dann an, schaute zurück, den Soldaten an, und zitterte. Schließlich machte sie kehrt und näherte sich ihm vorsichtig. Sie sah ihn kaum an; statt dessen hockte sie sich neben sein Schwert und musterte es genau. Hannah wartete mit verschränkten Armen und gesenktem Haupt auf sie.

Isabelle stand abrupt auf.

– Kein Blut, sagte sie.

Als sie im Wald waren, rief Isabelle leise nach den Kindern. Sie konnte hören, wie das reiterlose Pferd in einiger Entfernung durch das Holz brach. Wahrscheinlich hatte es das Ende des Wäldchens erreicht, denn das Geräusch verlor sich in der Ferne.

Die Kinder tauchten nicht auf.

– Sie müssen schon weiter sein, murmelte Isabelle. Es war kein Blut an dem Schwert. Bitte, mach, daß sie schon weitergegangen sind. Sie sind weitergegangen, wiederholte sie lauter, so daß Hannah es hören konnte.

Als keine Antwort kam, fügte sie hinzu: – Nicht, Mémé? Denkst du, daß sie schon weitergegangen sind?

Hannah zuckte nur die Achseln.

Sie machten sich auf den Weg über die Felder zum Hof von Isabelles Vater. Sie horchten dabei auf Soldaten, die Kinder, das Pferd, alles und jedes. Sie begegneten niemandem.

Es war dunkel, als sie in den Hof stolperten. Das Haus war schwarz und verriegelt, aber als Isabelle leise an die Tür klopfte und flüsterte, *Papa, c'est moi*, wurden sie eingelassen. Die Kinder saßen mit ihrem Großvater im Dunklen. Marie sprang auf, rannte zu ihrer Mutter und preßte ihr Gesicht an Isabelles Hüfte.

Henri du Moulin nickte Hannah kurz zu; sie sah weg. Er wandte sich an Isabelle.

– Wo sind sie?

Isabelle schüttelte den Kopf.

– Ich weiß nicht. Ich denke – Sie sah die Kinder an und hielt inne.

– Wir warten, sagte ihr Vater grimmig.

– Ja.

Sie warteten stundenlang, die Kinder schliefen nach und nach ein, die Erwachsenen saßen steif am Tisch in der Dunkelheit. Hannah schloß die Augen, saß aber sehr aufrecht da, die Hände vor sich auf dem Tisch gefaltet. Bei jedem Geräusch öffnete sie die Augen, und ihr Kopf schnellte zur Tür herum.

Isabelle und ihr Vater waren still. Sie sah sich traurig um. Sogar im Dunkeln konnte man sehen, daß das Haus in schlechtem Zustand war. Als Henri du Moulin erfuhr, daß seine Zwillingssöhne tot waren, hörte er auf, sich um den Hof zu kümmern: Die

Felder lagen brach, die Dächer wurden undicht, die Ziegen liefen weg, die Mäuse nisteten im Korn. Es war schmutzig und naßkalt drinnen, feucht sogar in der Hitze und Trockenheit der Erntezeit.

Isabelle lauschte auf die Mäuse, die in der Dunkelheit raschelten.

– Du brauchst eine Katze, flüsterte sie.

– Ich hatte eine, erwiderte ihr Vater. Sie ist weggelaufen. Nichts bleibt hier.

Kurz vor der Dämmerung hörten sie etwas im Hof, den gedämpften Hufschlag eines Pferdes. Jacob setzte sich schnell auf.

– Es ist unser Pferd, sagte er.

Zuerst erkannten sie Etienne nicht. Die Gestalt, die da schwankend in der Tür stand, hatte keine Haare mehr außer ein paar Flecken versengter schwarzer Stoppeln auf dem Schädel. Seine hellen Augenbrauen und Wimpern waren weg, so daß seine Augen haltlos in seinem Gesicht zu schwimmen schienen. Seine Kleidung war verbrannt, und er war über und über mit Ruß verschmiert.

Sie standen wie angenagelt, alle außer Petit Jean, der die Hand der Gestalt in seine beiden nahm.

– Komm, Papa, sagte er und führte Etienne zur Bank am Tisch.

Etienne zeigte hinaus.

– Das Pferd, flüsterte er, als er sich setzte. Das Pferd stand geduldig im Hof. Seine Hufe waren mit Tüchern umwickelt, um den Lärm zu dämpfen. Die Mähne und der Schwanz waren weg; ansonsten schien es unverletzt.

Als Etiennes Haar einige Monate später und viele Meilen weit weg nachwuchs, war es grau. Seine Augenbrauen und Wimpern wuchsen nie wieder nach.

Etienne und seine Mutter saßen benommen an Henri du Moulins Tisch, unfähig zu sprechen oder irgend etwas zu tun. Den ganzen

Tag über versuchten Isabelle und ihr Vater, mit ihnen zu reden, aber ohne Erfolg. Hannah sprach gar nicht, und Etienne sagte nur, ich habe Durst, oder ich bin müde, und schloß die Augen.

Schließlich rüttelte Isabelle sie auf, indem sie verzweifelt rief: – Wir *müssen* hier fort. Die Soldaten werden immer noch nach uns suchen, und irgendwann wird ihnen jemand sagen, daß sie hier nachsehen sollen.

Sie kannte die Dorfbewohner: Sie waren loyal. Wenn sie allerdings genug angeboten bekämen, oder genug bedroht würden, dann würden sie ein Geheimnis verraten, sogar einem Katholiken.

– Wohin sollen wir denn gehen? fragte Etienne.

– Ihr könntet euch im Wald verstecken, bis es sicher genug ist, zurückzukommen, schlug Henri du Moulin vor.

– Dorthin können wir nicht zurück, erwiderte Isabelle. Die Ernte ist verloren, das Haus ist weg. Ohne den Duc haben wir keinen Schutz vor den Katholiken. Sie werden weiter nach uns suchen. Und – Sie zögerte, sie wollte sie mit ihren eigenen Worten überzeugen – ohne das Haus gibt es keinen Schutz mehr.

Und ich will nicht in dieses Elend zurück, fügte sie stumm hinzu.

Etienne und seine Mutter sahen sich an.

– Wir könnten nach Alès gehen, fuhr Isabelle fort. Und uns Susanne und Bertrand anschließen.

– Nein, sagte Etienne fest. Sie haben sich entschieden. Sie haben die Familie verlassen.

– Aber sie – Isabelle brach ab, um nicht durch einen Streit den wenigen Einfluß, den sie jetzt hatte, zu verlieren. Sie hatte eine plötzliche Vision von Susannes Bauch, wie er auf dem Feld von einem Soldaten aufgeschlitzt wurde, und sie wußte, daß sie die richtige Entscheidung getroffen hatten.

– Die Straße nach Alès ist gefährlich, sagte ihr Vater. Dort könnte passieren, was hier passiert ist.

Die Kinder hatten still zugehört. Dann sprach Marie.

– Maman, wo können wir sicher sein? fragte sie. Sag Gott, daß wir sicher sein wollen.

Isabelle nickte.

– Calvin, verkündete sie. Wir können zu Calvin gehen. Nach Genf, wo es sicher ist. Wo die Wahrheit frei ist.

Ungeduldig warteten sie bis zum Anbruch der Nacht. Isabelle ließ die Kinder das Haus säubern, während sie soviel Brot buk, wie es im Kamin nur ging. Sie und ihre Schwester und Mutter hatten das Kaminbord täglich benutzt; jetzt mußte sie Mäusedreck und Spinnweben abwischen. Die Feuerstelle sah unbenutzt aus, und sie fragte sich, was ihr Vater wohl aß.

Henri du Moulin weigerte sich mitzukommen, obwohl seine Verbindung mit den Tourniers ihn gefährdete.

– Das ist mein Hof, sagte er rauh. Kein Katholik wird mich hier vertreiben.

Er bestand darauf, daß sie seinen Karren mitnahmen, das einzige wertvolle Stück, das er außer seinem Pflug noch besaß. Er säuberte ihn, reparierte ein Rad und setzte die Sitzplanke wieder ein. Bei Anbruch der Dunkelheit zog er ihn in den Hof und belud ihn mit einer Axt, drei Decken und zwei Säcken.

– Kastanien und Rüben, erklärte er Isabelle.

– Rüben?

– Für das Pferd und für euch.

Hannah hörte ihn und erstarrte. Petit Jean, der das Pferd aus dem Stall holte, lachte.

– Menschen essen keine Rüben, Großvater! Nur arme Bettler.

Isabelles Vater ballte die Hände zu Fäusten.

– Du wirst noch dankbar genug sein, sie zu essen zu haben, *mon petit*. Alle Menschen sind arm vor Gott.

Als sie fertig waren, sah Isabelle ihren Vater an und versuchte sich jedes Detail seines Gesichtes für immer einzuprägen.

– Sei vorsichtig, Papa, flüsterte sie. Die Soldaten kommen vielleicht hierher.

– Ich werde für die Wahrheit kämpfen, erwiderte er. Ich habe keine Angst. Er sah sie an, und mit einem kurzen Heben des Kinns fügte er hinzu: – *Courage*, Isabelle.

Sie zwang ihre Mundwinkel in ein Lächeln, das die Tränen zurückhielt, legte dann die Hände auf seine Schultern und küßte ihn dreimal, auf Zehenspitzen.

– Bah, du hast dir den Tournierschen Kuß angewöhnt, brummte er.

– Schsch, Papa. Ich bin jetzt eine Tournier.

– Aber dein Name ist immer noch du Moulin. Vergiß das nicht.

– Nein. Sie wartete einen Augenblick. Denk an mich.

Marie, die niemals weinte, weinte eine Stunde lang, nachdem sie ihn auf der Straße zurückgelassen hatten.

Das Pferd konnte sie nicht alle ziehen. Hannah und Marie saßen auf dem Karren, während die anderen hinterhergingen und Etienne oder Petit Jean das Pferd führten. Ab und zu setzte sich einer von ihnen mit auf den Karren, um sich auszuruhen, und dann trottete das Pferd langsamer weiter. Sie nahmen die Straße über den Mont Lozère, der Mond schien hell und leuchtete ihnen zwar den Weg, machte sie damit aber auch selbst weithin sichtbar. Immer, wenn sie ein ungewöhnliches Geräusch hörten, verließen sie die Straße. Sie erreichten den Col de Finiels am Gipfel und versteckten den Karren; Etienne nahm das Pferd und machte sich auf die Suche nach den Schäfern. Sie würden den Weg nach Genf wissen.

Isabelle wartete beim Karren, während die anderen schliefen. Sie horchte auf jedes Geräusch. In der Nähe wußte sie die Quelle des Tarn, der hier seinen langen Weg den Berg hinunter begann. Sie würde den Fluß nie wiedersehen, nie wieder seine Berührung fühlen. Still begann sie zum ersten Mal zu weinen, seit der Verwalter des Duc sie in der Nacht aufgeweckt hatte.

Dann fühlte sie Augen auf sich, aber nicht die Augen eines

Fremden. Es war ein vertrautes Gefühl, wie das Gefühl des Flusses auf ihrer Haut. Als sie sich umblickte, bemerkte sie ihn gegen einen Felsen gelehnt, weniger als einen Steinwurf entfernt. Er rührte sich nicht, als sie ihn ansah.

Isabelle wischte sich das nasse Gesicht ab und ging zu dem Schäfer hinüber. Ihre Blicke hielten einander fest. Isabelle streckte die Hand aus und berührte die Narbe auf seiner Wange.

– Wie hast du die bekommen?

– Vom Leben.

– Wie heißt du?

– Paul.

– Wir gehen weg, in die Schweiz.

Er nickte, und seine dunklen Augen beruhigten sie.

– Denk an mich.

Er nickte wieder.

– Komm, Isabelle, hörte sie Etienne hinter sich flüstern. Was machst du da?

– Isabelle, wiederholte Paul sanft. Er lächelte, seine Zähne schimmerten hell im Mondlicht. Dann war er verschwunden.

– Das Haus. Der Stall. Unser Bett. Das große Schwein und seine vier kleinen Ferkel. Der Eimer im Brunnen. Mémés brauner Schal. Meine Puppe, die Bertrand mir gemacht hat. Die Bibel.

Marie zählte all die Dinge auf, die sie verloren hatten. Zuerst konnte Isabelle sie wegen des Lärms der Räder nicht verstehen. Dann rief sie heftig: –Schsch!

Marie hörte auf. Oder wenigstens hörte sie auf, die Worte laut auszusprechen: Isabelle sah, wie ihre Lippen sich bewegten.

Jean erwähnte sie nie.

Isabelles Magen krampfte sich zusammen, wenn sie an die Bibel dachte.

– Könnte sie noch da sein? fragte sie Etienne leise. Sie hatten den Fluß Lot unten am anderen Fuß des Mont Lozère erreicht; Isabelle half Etienne, das Pferd durch das Wasser zu führen.

– In dieser Nische im Kamin, fügte sie hinzu, war sie vor dem Feuer geschützt. Sie hätten sie nie gefunden.

Er blickte sie müde an.

– Wir haben nichts mehr, und Papa ist tot, erwiderte er. Die Bibel hilft uns jetzt nicht. Sie hat jetzt gar keinen Wert für uns.

Aber ihre Worte sind alles, dachte sie. Ist es nicht wegen der Worte, daß wir jetzt weggehen, wegen genau dieser Worte?

Manchmal, wenn Isabelle im Karren ausruhte, das Gesicht nach hinten gewandt, zu der Landschaft, die sie gerade durchquert hatten, dachte sie, sie sähe ihren Vater auf der Straße hinter ihnen herrennen. Sie blinzelte dann kurz; wenn sie die Augen wieder öffnete, war er verschwunden. Manchmal war da statt seiner tatsächlich eine Person, eine Frau, die am Straßenrand stand, Männer, die mähten oder rechten oder die Felder umgruben, ein Mann auf einem Esel. Alle standen da und sahen ihnen zu, wie sie vorbeitrotteten.

Manchmal warfen Jungen in Jacobs Alter ihnen Steine nach, und Etienne mußte Petit Jean davon abhalten, Streit mit ihnen anzufangen. Marie stand ganz hinten auf dem Karren und blickte zurück nach den fremden Jungen. Sie wurde nie von den Steinen getroffen, Hannah einmal: Erst als Etienne sich umdrehte, um mit ihr zu sprechen, nachdem die Jungen längst weg waren, sah er das Blut an der Seite ihres Gesichts herunterrinnen. Sie blickte starr geradeaus, als Isabelle sich über sie beugte, um das Blut sanft mit einem feuchten Tuch abzuwischen.

Marie begann alles aufzuzählen, was sie sah.

– Da ist ein Stall. Und eine Krähe. Und da ist ein Pflug. Und da ist ein Hund. Und da ist eine Kirchturmspitze. Und da ein Stapel Heu, der verbrannt wird. Und ein Zaun. Und ein Holzscheit. Und da ist eine Axt. Und da ist ein Baum. Und da ist ein Mann in dem Baum.

Isabelle sah auf, als Maries Litanei abbrach.

Der Mann war am Ast eines kleinen Olivenbaums, der sein Gewicht kaum tragen konnte, aufgehängt worden. Sie blieben stehen und starrten den Körper an, der bis auf einen schwarzen, über die Stirn gedrückten Hut nackt war. Sein Penis stand steif wie ein Ast vom Körper ab. Dann bemerkte Isabelle die roten Hände, sah ihm genauer ins Gesicht und keuchte auf.

– Das ist Monsieur Marcel, schrie sie, bevor sie sich zurückhalten konnte.

Etienne schnalzte mit der Zunge und begann zu laufen und das Pferd mit sich zu ziehen, und sie ließen den Schreckensanblick hinter sich. Die Jungen sahen einige Male zurück, bis der Körper außer Sichtweite war.

Danach war Marie ein paar Stunden lang still. Als sie wieder anfing, Dinge aufzuzählen, vermied sie alles, was von Menschen gemacht war. Als sie in ein Dorf kamen, wiederholte sie einfach: – Und da ist der Boden. Und da ist der Boden –, wieder und wieder, bis sie durchgefahren waren.

Sie hatten an einem Bach angehalten, um das Pferd zu tränken, als ein alter Mann am anderen Ufer auftauchte.

– Haltet hier nicht an, sagte er abrupt. Haltet gar nicht an, bis ihr nach Vienne kommt. Es ist schlimm hier. Und geht ja nicht in die Nähe von St. Etienne oder Lyon. Er verschwand im Wald.

An diesem Abend hielten sie nicht an. Das Pferd ging erschöpft weiter, während Hannah und die Kinder im Karren schliefen und Etienne und Isabelle sich mit dem Führen abwechselten. Tagsüber versteckten sie sich in einem Kiefernwald. Als es dunkel war, schirrte Etienne das Pferd an und führte es zurück auf die Straße.

Eine Gruppe Männer tauchte zwischen den Bäumen auf beiden Seiten der Straße auf und bildete einen Kreis um sie.

Etienne brachte das Pferd zum Stehen. Einer der Männer zündete eine Fackel an; Isabelle sah, daß sie Äxte und Mistgabeln bei sich hatten. Etienne gab Isabelle die Zügel, griff in den Karren und holte die Axt hervor. Er setzte sie auf dem Boden ab und hielt das Ende des Griffs fest.

Alle standen bewegungslos. Nur Hannahs Lippen bewegten sich im stillen Gebet.

Die Männer schienen unsicher, wie sie anfangen sollten. Isabelle starrte den an, der die Fackel hielt, und beobachtete, wie sein Adamsapfel auf und nieder hüpfte. Dann spürte sie ein Kitzeln im Ohr: Marie war zu ihr gekommen und flüsterte etwas.

– Was ist? murmelte Isabelle, während sie den Mann nicht aus den Augen ließ und versuchte, ihre Lippen nicht zu bewegen.

– Der Mann da mit dem Feuer. Sprich zu ihm von Gott. Sag ihm, was Gott von ihm will.

– Was will Gott von ihm?

– Gut zu sein und nicht zu sündigen, erwiderte sie fest. Und sag ihm, daß wir nicht hierbleiben.

Isabelle befeuchtete sich die Lippen. Ihr Mund war wie ausgetrocknet.

– Monsieur, begann sie und wandte sich an den Mann mit der Fackel. Etienne und Hannah rissen die Köpfe herum, als sie ihre Stimme hörten.

– Monsieur, wir sind auf dem Weg nach Genf. Wir machen hier nicht halt. Bitte laßt uns weiterziehen.

Die Männer stampften mit den Füßen. Ein paar kicherten. Der Mann mit der Fackel hörte auf zu schlucken.

– Warum sollten wir das? fragte er.

– Weil Gott nicht will, daß Ihr sündigt. Weil Mord eine Sünde ist.

Sie zitterte und konnte nichts mehr sagen. Der Mann mit der Fackel machte einen Schritt auf sie zu und Isabelle sah das lange Jagdmesser in seinem Gürtel.

Dann sprach Marie, und ihre metallene Stimme klang durch den ganzen Wald.

– *Notre Père qui es aux cieux, ton nom soit sanctifié,* rief sie.

Der Mann blieb stehen.

– *Ton règne vienne, ta volonté soit faite sur la terre comme au ciel.*

Eine kurze Pause, dann fuhren zwei Stimmen fort.

– *Donne-nous aujourd'hui notre pain quotidien.* Jacobs Stimme knirschte wie Kieselsteine unter den Füßen. *Pardonne-nous nos péchés, comme aussi nous pardonnons ceux qui nous ont offensés.*

Isabelle tat einen tiefen Atemzug und ließ ihre Stimme mit denen ihrer Kinder erklingen.

– *Et ne nous induis point sans la tentation, mais délivre-nous du malin; car à toi appartient le règne, la puissance, et la gloire à jamais. Amen.*

Der Mann mit der Fackel stand zwischen ihnen und den anderen Männern. Er starrte Marie an; die Stille war drückender als je zuvor.

– Wenn Ihr uns weh tut, sagte sie, wird Gott Euch weh tun. Er wird Euch sehr, sehr schlimm weh tun.

– Und was wird er mit uns machen, *ma petite?* fragte der Mann amüsiert.

– Schsch, Marie, flüsterte Isabelle.

– Er wird Euch ins Feuer werfen! Und Ihr werdet nicht sterben, nicht sofort. Ihr werdet darin liegen und Eure Eingeweide werden glühen und kochen. Und Eure Augen werden größer und größer werden, bis sie plopp! explodieren!

Das hatte sie nicht von Monsieur Marcel. Isabelle erkannte die Schilderung: Petit Jean hatte einmal einen Frosch ins Feuer geworfen, und die Kinder hatten darumherum gestanden und ihm beim Sterben zugesehen.

Der Mann tat etwas, was Isabelle von so einem Mann in so einer Situation nie erwartet hätte: Er lachte.

– Du bist sehr mutig, *ma pauvre*, sagte er zu Marie, aber ein wenig verrückt. Ich hätte dich gerne als meine Tochter.

Isabelle umklammerte Maries Hand, und der Mann lachte noch einmal.

– Aber warum sollte ich ein Mädchen wollen? rief er. Wozu sind die schon gut?

Er winkte den anderen und löschte die Fackel. Alle verschwanden im Wald.

Sie warteten lange; keiner kam zurück. Schließlich schnalzte Etienne mit der Zunge, und das Pferd ging weiter, langsamer als zuvor.

Am nächsten Morgen fand Isabelle in Maries Haar die erste rote Strähne. Isabelle riß sie aus und verbrannte sie.

4. Die Suche

Ich rannte zum Büro zurück, eine Postkarte des Tournier-Gemäldes in der Hand. Rick saß auf einem hohen Hocker am Zeichenbrett; eine Halogenlampe ließ seine Backenknochen und den Bogen seines Unterkiefers scharf hervortreten. Obwohl er auf die Zeichnung vor sich starrte, waren seine Gedanken eindeutig woanders. Er saß oft stundenlang da und versuchte, sich das, was er gerade entworfen hatte, im Detail vor Augen zu führen: Wasseranschlüsse, Elektrizität, Abflußrohre, Fenster, Lüftung. Er stellte sich das Ganze vor und behielt es im Kopf, ging hindurch, saß darin, wohnte darin und durchkämmte es nach Fehlern.

Ich sah ihm zu, stopfte dann die Postkarte in die Tasche und setzte mich hin, während meine Erregung langsam wich. Plötzlich wollte ich meine Entdeckung nicht mehr mit ihm teilen.

Aber ich *sollte* es ihm erzählen, hielt ich mir selbst vor. Ich *werde* es ihm erzählen.

Rick sah vom Zeichenbrett hoch und lächelte. »Hallo, du«, sagte er.

»Selber hallo. Alles klar? Struktur tragfähig?«

»Struktur soweit tragfähig. Und gute Neuigkeiten.« Er wedelte mit einem Fax. »Eine deutsche Firma möchte, daß ich ihnen in ein oder zwei Wochen ein Projekt vorstelle. Wenn es durchkommt, bekommen wir einen riesigen Auftrag. Dieses Büro wird jahrelang beschäftigt sein.«

»Wirklich? Was für ein Genie du doch bist!« Ich lächelte und ließ ihn ein paar Minuten lang weiterschwärmen.

»Hör zu, Rick«, begann ich, als er fertig war, »ich hab in

einem Museum in der Nähe etwas gefunden. Schau.« Ich zog die Karte heraus und gab sie ihm. Er hielt sie unter den Lichtstrahl.

»Das ist das Blau, von dem du mir erzählt hast, stimmt's?«

»Ja.« Ich stand hinter ihm und schlang die Arme um seinen Hals. Er erstarrte für einen Moment; ich vergewisserte mich, daß keine Schuppenflechte seine Haut berührte.

»Rate, von wem es ist.« Ich legte das Kinn auf seine Schulter.

Er wollte die Karte umdrehen, aber ich hielt ihn zurück. »Rate.«

Rick kicherte. »Komm schon, Schatz, du weißt ganz genau, daß ich keinen blassen Schimmer von Malerei habe.« Er sah es sich genauer an. »Einer von den italienischen Renaissance-Malern, schätze ich mal.«

»Nö. Er ist Franzose.«

»Ach, dann eben einer von deinen Vorfahren.«

»Rick!« Ich boxte seinen Arm. »Du hast es gelesen!«

»Nein, hab ich nicht! Ich hab nur einen Witz gemacht.« Er drehte die Karte um. »Das ist wirklich einer von deinen Verwandten?«

»Ja. Irgendwie bin ich mir sicher.«

»Das ist ja phantastisch!«

»Nicht?« Ich grinste ihn triumphierend an. Rick legte seinen Arm um meine Taille und küßte mich, während er hinter mich griff, um mein Kleid aufzumachen. Er hatte es schon bis zu meiner Taille heruntergeschoben, als ich merkte, daß er es ernst meinte. »Warte«, japste ich. »Laß uns warten, bis wir nach Hause kommen!«

Er lachte und nahm einen Hefter vom Tisch. »Wie, du magst meinen Hefter nicht? Und meinen Super-Strahler?« Er drehte die Lampe, so daß das Licht von der Decke zurückprallte. »Mein Stimmungsleuchten macht dich nicht an?«

Ich küßte ihn und zog den Reißverschluß wieder zu. »Das ist es nicht. Ich denke nur, wir sollten – vielleicht ist das nicht der richtige Augenblick, darüber zu sprechen, aber ich denke, ich bin mir nicht mehr so sicher mit dem Baby. Vielleicht sollten wir doch noch ein bißchen länger warten, bevor wir es versuchen.«

Er sah überrascht aus. »Aber wir haben eine Entscheidung getroffen.« Rick wich ungern von einmal getroffenen Entscheidungen ab.

»Ja, aber es ist traumatischer, als ich dachte.«

»Traumatisch?«

»Na, vielleicht ist das ein zu starkes Wort.« Halt, halt, Ella, dachte ich, es *war* traumatisch. Warum versuchst du ihn zu schonen?

Rick wartete, daß ich weiterredete. Als nichts kam, seufzte er. »Okay, Ella, wenn du das so empfindest.« Er fing an, seine Zeichenstifte einzusammeln. »Ich will nicht, daß du das durchziehst, wenn du nicht ganz sicher bist.«

Wir fuhren in einer seltsamen Stimmung nach Hause, beide aus verschiedenen Gründen erregt und beide durch mein schlechtes Timing ernüchtert. Wir waren gerade am Marktplatz in Lisle vorbeigekommen, als Rick den Wagen anhielt. »Warte kurz«, sagte er. Er sprang heraus und verschwand um die Ecke. Als er eine Minute später zurückkam, warf er etwas in meinen Schoß. Ich fing an zu lachen. »Das glaube ich nicht!« sagte ich.

»O doch.« Er grinste teuflisch. Wir hatten uns oft über den vereinsamten Kondomspender auf einer der Hauptstraßen lustig gemacht und uns die Notfälle ausgemalt, die jemanden dazu bringen könnten, ihn zu benutzen.

In dieser Nacht liebten wir uns und schliefen fest.

An dem Tag, als Jean-Paul aus Paris zurückkam, war ich in meiner Französischstunde so unkonzentriert, daß Madame Sentier anfing, mich aufzuziehen.

»Vous êtes dans la lune«, brachte sie mir bei. Dafür brachte ich ihr *»The light's on but nobody is home«* bei. Einige Erklärungen waren nötig, aber als sie es verstanden hatte, lachte sie und war entzückt über meinen *drôle* amerikanischen Humor.

»Ich weiß nie, was Sie als nächstes sagen werden«, sagte sie. »Aber wenigstens wird Ihr Akzent besser.«

Schließlich ließ sie mich gehen und gab mir zusätzliche Hausaufgaben für die verschwendete Stunde.

Ich beeilte mich, um den Zug zurück nach Lisle zu erwischen. Als ich zum Marktplatz kam und zum *hôtel de ville* hinübersah, zögerte ich jedoch plötzlich bei dem Gedanken, ihn zu sehen, so wie wenn man eine Party gibt und eine Stunde, bevor die Gäste kommen, am liebsten alles absagen will. Ich zwang mich, über den Platz zu gehen, in das Gebäude einzutreten, die Treppen hochzusteigen und die Tür zu öffnen.

Mehrere Leute warteten vor dem Tresen. Beide Bibliothekare sahen hoch, als ich eintrat, und Jean-Paul nickte höflich. Ich setzte mich verlegen an einen Tisch. Ich hatte nicht damit gerechnet, warten zu müssen, ihm das mit so vielen Leuten drumherum zu erzählen. Ich fing halbherzig an, über Madame Sentiers Aufgaben zu brüten.

Nach einer Viertelstunde wurde es etwas leerer, und Jean-Paul kam herüber. »Kann ich Ihnen helfen, Madame?« fragte er leise auf englisch und beugte sich vor, eine Hand auf dem Tisch aufgestützt. Ich war ihm noch nie vorher so nahe gekommen, und als ich hochsah, fing ich seinen besonderen Geruch ein, nach Sonne auf der Haut, und ich starrte auf seine stoppelige Kinnlinie und dachte, o nein. Nein, nicht das. Deshalb bin ich nicht hergekommen. Panik stieg in meiner Magengegend auf.

Ich schüttelte mich und flüsterte: »Ja, Jean-Paul, ich habe –« Eine leichte Bewegung seines Kopfes ließ mich innehalten. »Ja, Monsieur«, verbesserte ich mich. »Ich habe etwas, das ich Ihnen gerne zeigen würde.« Ich gab ihm die Postkarte. Er warf einen Blick darauf, drehte sie um und nickte. »Ah, das Musée des Augustins. Haben Sie die romanische Skulptur gesehen, ja?«

»Nein, nein, sehen Sie den Namen an! Den Namen des Malers!«

Er las mit gesenkter Stimme vor: »Nicolas Tournier, 1590 bis 1639.« Er sah mich an und lächelte.

»Sehen Sie das Blau«, flüsterte ich und berührte die Karte. »Es ist *das* Blau. Und wissen Sie, der Traum, von dem ich Ihnen erzählt habe? Schon bevor ich das hier sah, wußte ich, daß ich von einem Kleid geträumt hatte. Von einem blauen Kleid. In diesem Blau.«

»Ah, das Blau der Renaissance. Wissen Sie, es ist Lapislazuli in dem Blau. Es war so teuer, daß sie es nur für wichtige Dinge wie den Umhang der Jungfrau verwendeten.«

Immer einen Vortrag parat.

»Verstehen Sie denn nicht? Er ist mein Vorfahr!«

Jean-Paul blickte sich um, verlagerte sein Gewicht auf dem Tisch und sah sich dann die Karte nochmals an.

»Warum glauben Sie, daß dieser Maler Ihr Vorfahr ist?«

»Wegen des Namens natürlich, und der Daten, aber vor allem wegen des Blaus. Es paßt genau zum Traum. Nicht nur die Farbe selber, auch die Atmosphäre darum herum. Dieser Blick in ihrem Gesicht.«

»Sie haben das Gemälde nicht schon einmal gesehen, bevor Sie den Traum hatten?«

»Nein.«

»Aber Ihre Familie war zu dieser Zeit schon in der Schweiz. Dieser Tournier ist Franzose, nicht?«

»Ja, aber er wurde in Montbéliard geboren. Ich habe es nachgeschlagen, und raten Sie, wo es ist? Dreißig Meilen von Moutier entfernt! Gleich über der französischen Grenze. Seine Eltern können leicht von Moutier nach Montbéliard gezogen sein.«

»Gibt es keine näheren Informationen über seine Familie?«

»Nein, es gab nicht viel über ihn im Museum, nur daß er 1590 in Montbéliard geboren wurde, daß er einige Zeit in Rom lebte, dann nach Toulouse kam und 1639 starb. Das ist alles, was man weiß.«

Jean-Paul schnippte die Postkarte gegen seine Knöchel.

»Wenn man sein Geburtsdatum kennt, dann kennt man auch die Namen seiner Eltern. Geburts- und Taufregister führen immer die Eltern auf.«

Ich klammerte mich an der Tischkante fest. Ricks Reaktion war so ganz anders gewesen als diese hier, dachte ich.

»Ich werde sehen, ob ich etwas über ihn finde.« Er gab mir die Postkarte zurück.

»Nein, das will ich nicht«, sagte ich laut. Mehrere Leute sahen auf, und die Bibliothekarin machte ein strafendes Gesicht.

Jean-Paul zog die Augenbrauen hoch.

»Monsieur, *ich* werde es tun. *Ich* werde mehr über ihn herausfinden.«

»Ich verstehe. Wie Sie wünschen, Madame.« Er neigte den Kopf und ging weg, ließ mich dabei zittrig und erschöpft zurück. »Zum Teufel mit ihm«, murmelte ich, während ich die Jungfrau ansah. »Zum Teufel mit ihm!«

Jean-Pauls Skepsis beeinflußte mich mehr, als ich zugeben wollte. Als ich den Maler entdeckt hatte, war mir gar nicht eingefallen, mehr über ihn erfahren zu wollen. Ich wußte, wer er war; mein Instinkt war der einzige Beweis, den ich brauchte. Namen und Daten und Orte würden diese Gewißheit nicht ändern. Dachte ich wenigstens.

Aber oft reicht eine Bemerkung, um Zweifel zu säen. Ein paar Tage lang versuchte ich zu ignorieren, was er gesagt hatte, aber als ich das nächste Mal nach Toulouse fuhr, nahm ich die Postkarte mit und ging nach dem Unterricht zur Universitätsbibliothek. Ich war schon einmal dagewesen, in der medizinischen Abteilung, aber ich hatte mich niemals bis in die Kunstabteilung vorgewagt. Sie war voller Studenten, die sich auf Examen vorbereiteten, Arbeiten schrieben, sich auf der Treppe lebhaft miteinander unterhielten.

Es dauerte länger, als ich erwartet hatte, etwas über Nicolas Tournier herauszufinden. Er war Teil einer Gruppe von Malern, genannt die »Caravagesques«, Franzosen, die in Rom im frühen siebzehnten Jahrhundert studierten und Caravaggios Technik der starken Licht- und Schattengegensätze kopierten. Diese Maler signierten ihre Werke oft nicht, und es gab endlose Debatten darüber, wer was gemalt hatte. Tournier wurde hier und da kurz erwähnt. Er war nicht berühmt, obwohl zwei seiner Bilder im Louvre hingen. Das bißchen Information, das ich über ihn fand, wich von dem ab, was ich im Museum gefunden hatte: Die früheste Quelle hatte ihn als *Robert* Tournier aufgeführt, 1604 in Toulouse geboren, um 1670 gestorben. Ich war nur deshalb sicher, daß es der gleiche Maler sein mußte, weil ich die Gemälde erkannte. Andere Quellen gaben wieder andere Daten an und korrigierten seinen Namen zu Nicolas.

Schließlich suchte ich drei Bücher aus, die den neuesten Forschungsstand zu enthalten schienen. Als ich in den Regalen nach ihnen suchte, fehlten sie alle. Ich sprach mit einem gestreßten Studenten hinter dem Informationsschalter, der sich wahrscheinlich selbst aufs Examen vorbereitete; er sah im Computer nach und bestätigte, daß sie alle ausgeliehen waren.

»Es ist gerade sehr viel los, wie Sie sehen«, sagte er. »Vielleicht benutzt sie jemand für eine Seminararbeit.«

»Können Sie herausfinden, wer sie hat?«

Er sah auf den Bildschirm. »Eine andere Bibliothek hat sie bestellt.«

»In Lisle-sur-Tarn?«

»Ja.« Er sah überrascht aus, und noch mehr, als ich murmelte: »Mistkerl! Nein, ich meine nicht Sie. Vielen Dank.«

Ich hätte mir denken können, daß Jean-Paul nicht einfach zusehen und mich alles selbst machen lassen würde. Er war viel zu überzeugt von sich, zu sehr daran interessiert, seine eigenen Theorien zu beweisen. Die Frage war, ob ich ihm hinterherrennen wollte, um mehr herauszufinden.

Doch diese Entscheidung mußte ich nicht treffen. Als ich in Lisle aus dem Bahnhof kam, traf ich Jean-Paul, der von der Arbeit nach Hause ging. Er nickte und sagte *»Bonsoir«*, und ohne nachzudenken, legte ich los: »Sie haben die Bücher, die ich den ganzen Nachmittag gesucht habe. Warum haben Sie das getan? Ich habe Sie gebeten, für mich keine Nachforschungen über ihn anzustellen, aber Sie tun es trotzdem!«

Er sah fast gelangweilt aus. »Wer sagt, daß ich diese Forschungen für Sie betreibe, Ella Tournier? Ich war neugierig, also sehe ich nach. Wenn Sie die Bücher wollen, können Sie sie morgen in der Bibliothek ansehen.«

Ich lehnte mich an die Wand und verschränkte die Arme. »Na gut, Sie haben gewonnen. Erzählen Sie mir also, was Sie herausgefunden haben. Beeilen Sie sich und bringen wir's schnell hinter uns.«

»Sie sind sicher, daß Sie die Bücher nicht selbst sehen wollen?«

»Erzählen Sie schon.«

Er zündete sich eine Zigarette an, inhalierte den Rauch und blies ihn in Richtung seiner Füße aus. »Okay. Vielleicht haben Sie heute schon herausgefunden, daß man lange Zeit nicht besonders viel über Nicolas Tournier wußte. Aber 1951 wurde sein Taufeintrag gefunden: Juli 1590 in einer protestantischen Kirche in Montbéliard. Sein Vater war André Tournier, ein Maler aus Besançon – das ist nicht weit von Montbéliard. Sein Großvater hieß Claude Tournier. Der Vater, André Tournier, kam 1572 nach Montbéliard wegen religiöser Unruhen – vielleicht wegen der Bartholomäusnacht. Nicolas war eins von mehreren Kindern. Es gibt zwischen 1619 und 1626 mehrere Erwähnungen in Rom, eine 1627 in Carcassonne, und eine 1632 in Toulouse. Eine Zeitlang wurde angenommen, daß er im späten siebzehnten Jahrhundert starb, nach 1657. Aber 1974 wurde sein Testament gefunden, das auf den 30. Dezember 1638 datiert war. Er starb wahrscheinlich kurz danach.«

Ich sah zu Boden und war so lange still, daß Jean-Paul unruhig wurde und seine Zigarette in weitem Bogen auf die Straße schnippte.

Schließlich fragte ich: »Sagen Sie, wurden Taufen damals gleich nach der Geburt durchgeführt?«

»Gewöhnlich schon. Nicht immer.«

»Also hätte sie aus irgendeinem Grund aufgeschoben werden können, nicht wahr? Das Taufdatum gibt nicht unbedingt das Geburtsdatum an. Nicolas Tournier könnte einen Monat oder zwei Jahre oder zehn Jahre alt gewesen sein, als er getauft wurde, soviel wir wissen. Vielleicht war er schon erwachsen.«

»Das ist nicht sehr wahrscheinlich.«

»Nein, aber immerhin *möglich*. Ich meine, die Quelle gibt uns darüber keine Auskunft. Und nur aufgrund des Testaments wissen wir doch nichts über sein Todesdatum. Vielleicht ist er erst zehn Jahre später gestorben.«

»Ella, er war krank, hat sein Testament aufgesetzt, ist gestorben. So ist das normalerweise.«

»Ja, aber wir wissen es nicht *sicher*. Diese Einträge beweisen gar nichts.« Ich brach ab, um die steigende Hysterie in meiner Stimme zu unterdrücken.

Er lehnte sich gegen die Wand und verschränkte die Arme. »Sie wollen einfach nicht hören, daß der Vater dieses Malers André Tournier war und nicht einer Ihrer Verwandten. Kein Etienne oder Jean oder Jacob. Aber er kam weder aus den Cevennen noch aus Moutier. Er ist nicht Ihr Verwandter.«

»Sehen Sie doch«, fuhr ich etwas ruhiger fort. »Bis zu den fünfziger Jahren dieses Jahrhunderts wußte man *gar nichts* von ihm. All seine Lebensdaten wurden falsch angegeben außer seinem Nachnamen und der Stadt, in der er starb. Alles andere war falsch: der Vorname, das Geburts- und Todesdatum, wo er geboren wurde, einige seiner Gemälde, bei denen sich herausstellte, daß sie von anderen Malern waren. Bis heute streiten sich die Kunsthistoriker darüber, welche Gemälde von ihm sind. Wenn sie nicht einmal diese grundlegenden Dinge herausbekommen können – wenn Taufe mit Geburt gleichgesetzt wird und ein Testament mit dem Tod – also, das ist doch alles reine

Spekulation. Warum soll ich das glauben? Was ich dagegen weiß, ist, daß sein Nachname meinem Nachnamen gleicht, daß er nur dreißig Meilen von da, wo ich jetzt wohne, entfernt lebte, und daß er in genau dem Blau gemalt hat, von dem ich immer träume.«

»Das ist *Zufall.* Sie werden hier vom Zufall verführt«.

»Und Sie durch Spekulation.«

»Daß Sie jetzt bei Toulouse wohnen und er in Toulouse lebte, heißt noch lange nicht, daß Sie Verwandte sind. Und so ungewöhnlich ist der Name Tournier nicht. Und daß Sie von seinem Blau träumen – nun ja, das ist ein Blau, an das man sich leicht erinnert, denn es ist so lebendig. Es wäre viel schwieriger, sich an ein durchschnittliches Dunkelblau zu erinnern, nicht?«

»Warum versuchen Sie mit aller Gewalt zu beweisen, daß er *nicht* mein Verwandter ist?«

»Weil Sie alles nur auf Zufälle und Ihren Instinkt zurückführen können statt auf konkrete Beweise. Sie sind von einem Gemälde eingenommen, von einem bestimmten Blau, und deshalb und weil der Name des Malers Ihrem eigenen gleicht, beschließen Sie einfach, daß er Ihr Vorfahr ist? Nein.«

Ich muß ihn irgendwie zum Aufhören bringen, dachte ich. Bald habe ich selbst keine Hoffnung mehr.

Vielleicht war dieser Gedanke in meinem Gesicht zu lesen, denn als Jean-Paul wieder anfing zu sprechen, war sein Tonfall etwas freundlicher. »Ich denke, daß dieser Nicolas Tournier Ihnen nicht weiterhilft.«

»Vielleicht haben Sie ja recht. Er ist mir aber sehr wichtig geworden. Ich kann mich gar nicht mehr erinnern, was ich mit dieser ganzen Vorfahren-Geschichte überhaupt wollte, bevor er auftauchte.«

»Sie wollten nach Ihren längst verlorenen Verwandten in den Cevennen suchen.«

»Vielleicht tue ich das noch.« Sein Gesichtsausdruck brachte mich zum Lachen. »Ja, ich *werde* das tun. Wissen Sie, jetzt will ich erst recht beweisen, daß Sie *nicht* recht haben. Ich will Beweise finden – ja, konkrete Beweise, die sogar Sie akzeptieren –, Anhaltspunkte zu meinen ›längst verlorenen‹ Vorfahren. Nur um Ihnen zu zeigen, daß Ahnungen nicht immer falsch sein müssen.«

Danach schwiegen wir beide. Ich verlagerte mein Gewicht von einem Bein aufs andere; Jean-Pauls Augen verengten sich in der Abendsonne. Ich wurde mir seiner plötzlich sehr bewußt, wie wir da so auf dieser kleinen Straße in Frankreich standen. Wir sind nur durch einen halben Meter Luft getrennt, dachte ich. Ich könnte einfach –

»Und Ihr Traum?« fragte er. »Haben Sie ihn noch?«

»Äh, nein. Nein, er scheint verschwunden zu sein.«

»Also, wollen Sie dann, daß ich im Archiv in Mende anrufe, um Sie dort anzukündigen?«

»Nein!« Mein Ausruf ließ die Köpfe der Passanten herumschnellen. »Das ist genau, was ich *nicht* will«, zischte ich. »Halten Sie sich einfach raus, okay? Wenn ich Hilfe brauche, frage ich Sie schon.«

Jean-Paul hob die Hände, als wäre eine Pistole auf ihn gerichtet. »Schon gut, Ella Tournier. Wir ziehen hier eine Linie, und ich bleibe auf meiner Seite, ja?« Er machte einen Schritt hinter die imaginäre Linie zurück, und der Abstand zwischen uns vergrößerte sich.

Als wir am nächsten Abend auf der Terrasse zu Abend aßen, erzählte ich Rick, daß ich in die Cevennen fahren wollte, um mir alte Familienaufzeichnungen anzusehen.

»Erinnerst du dich, ich habe doch an Jacob Tournier in der Schweiz geschrieben«, erklärte ich. »Er hat zurückgeschrieben, daß die Tourniers ursprünglich aus den Cevennen stammten. Wahrscheinlich.« Ich mußte lächeln: Allmählich lernte ich, mit meinen Aussagen vorsichtiger umzugehen. »Ich möchte mich dort umsehen.«

»Aber ich habe gedacht, du hast schon alles über deine Familie herausgefunden, mit dem Maler und so.«

»Na ja, das ist eigentlich nicht so definitiv. Noch nicht«, fügte ich schnell hinzu. »Vielleicht finde ich dort etwas, um es zu beweisen.«

Zu meiner Überraschung runzelte er die Stirn. »Ich nehme an, das ist etwas, was Jean-Pierre sich ausgedacht hat.«

»Jean-*Paul.* Nein, überhaupt nicht. Eher im Gegenteil. Er denkt, ich werde nichts finden.«

»Willst du, daß ich mitkomme?«

»Ich muß während der Woche fahren, wenn das Archiv offen hat.«

»Ich könnte ein paar Tage freinehmen.«

»Ich wollte eigentlich nächste Woche hin ...«

»Nein, da kann ich nicht. Es ist gerade viel los im Büro wegen des deutschen Auftrags. Vielleicht später im Sommer, wenn es ruhiger ist. Im August.«

»Ich kann doch nicht bis August warten!«

»Ella, warum bist du plötzlich so an deinen Vorfahren interessiert? Das warst du doch sonst nie.«

»Ich hab auch noch nie in Frankreich gewohnt.«

»Ja, aber du scheinst da viel zu investieren. Was erwartest du dir eigentlich davon?«

Ja, was? Von den Franzosen akzeptiert werden, mich stärker diesem Land zugehörig fühlen? »Ich will, daß der blaue Traum weggeht«, sagte ich statt dessen.

»Du glaubst, indem du etwas über deine Familie herausfindest, kannst du einen Alptraum verscheuchen?«

»Ja.« Ich lehnte mich zurück und blickte über die Weinberge. Kleine grüne Ansammlungen von Trauben fingen gerade an zu wachsen. Ich wußte, es ergab keinen großen Sinn, zwischen dem Traum und meinen Vorfahren bestand keine Verbindung. Aber in Gedanken hatte ich die Verbindung nun mal hergestellt, und ich beschloß störrisch, dabei zu bleiben.

»Wird Jean-Pierre mit dir kommen?«

»Nein! Sag mal, warum bist du so negativ eingestellt? Das paßt gar nicht zu dir. Das ist etwas, was mich *interessiert*. Es ist das erste, was ich wirklich tun wollte, seit wir hierhergekommen sind. Das mindeste, was du tun könntest, ist, mich darin zu unterstützen.«

»Ich dachte, was du wirklich willst, ist ein Baby. Darin habe ich dich unterstützt.«

»Ja, aber –« Bei so etwas solltest du mich nicht nur unterstützen, dachte ich. Du solltest es auch haben wollen.

Seit neuestem hatte ich viele Gedanken, die ich mir verbot.

Rick starrte mich an, zog die Brauen zusammen und nahm sich dann sichtlich zusammen. »Du hast recht. Natürlich sollst du gehen, Liebes. Wenn es dich glücklich macht, dann ist es das, was du tun sollst.«

»Oh, Rick, sei nicht –« Ich hielt inne. Es hatte keinen Sinn, ihn zu kritisieren. Er versuchte zu helfen, ohne daß er verstand. Wenigstens versuchte er es.

»Sieh mal, ich werde für ein paar Tage weg sein, das ist alles. Wenn ich etwas finde, super, wenn nicht, auch gut. Einverstanden?«

»Ella, wenn du nichts findest, führe ich dich ins beste Restaurant in Toulouse aus.«

»Na toll, vielen Dank! Da fühl ich mich bestimmt gleich viel besser.«

Sarkasmus war die billigste Art von Humor, wenigstens meiner Mutter zufolge. Meine Bemerkung wurde noch billiger durch den verletzten Blick in seinen Augen.

Der Morgen, an dem ich losfuhr, war frisch und klar; ein Gewitter in der Nacht zuvor hatte die bedrückende Spannung in der Luft weggewaschen. Ich küßte Rick zum Abschied, als er sich auf den Weg zum Bahnhof machte; dann nahm ich sein Auto und fuhr in die andere Richtung los. Es war eine Erleichterung, wegzufahren. Ich feierte den Tag, indem ich laut Musik hörte, beide Fenster sowie das Schiebedach öffnete und mich vom Wind durchblasen ließ.

Die Straße folgte dem Tarn bis nach Albi, einer Domstadt voller Touristen, und führte dann nach Norden vom Fluß weg. In den Cevennen würde ich wieder auf den Tarn treffen und ihm bis zu seiner Quelle zurück folgen. Hinter Albi begann sich die Landschaft zu verändern, der Horizont wurde zuerst weiter, während ich Höhe gewann, dann wieder enger, als mich die Berge ringsum einschlossen, und der Himmel veränderte sich von Blau zu Grau. Der Mohn und die Schafgarbe an der Straße waren bald von anderen Blumen umgeben, lila Aronstäben, Gänseblümchen und viel Ginster mit seinem scharfen, modrigen Geruch. Die Bäume wurden dunkler. Es gab kaum noch Ackerland, sondern Weiden, auf denen dunkle Ziegen und Kühe grasten. Die Flüsse wurden schmaler und schneller und lauter. Ganz plötzlich veränderten sich die Häuser: heller Kalkstein wurde von hartem, graubraunem Granit abgelöst, und die Dächer waren steiler und mit flachem Schiefer statt mit runden Ziegeln gedeckt. Alles wurde kleiner, dunkler und ernsthafter.

Ich schloß die Fenster und das Schiebedach und stellte die Musik ab. Meine Stimmung schien sich der Landschaft anzupassen. Ich sah nicht gern in dieses schöne, traurige Land hinaus. Es erinnerte mich an das Blau.

Mende war der Gipfel dieser Landschaft und meiner trüben Laune. Seine schmalen Gäßchen waren von einer hektischen Ringstraße umgeben, die die Stadt eingepfercht erscheinen ließ. Ein Dom saß klobig in der Mitte; seine zwei ungleichen Türme gaben ihm ein seltsames, ungeplantes Aussehen. Im Inneren war es dunkel und bedrückend. Ich entfloh. Draußen auf den Stufen betrachtete ich die grauen Steingebäude um mich herum. *Das* sollen die Cevennen sein? dachte ich. Dann mußte ich lächeln: Natürlich hatte ich einfach angenommen, Tournier-Land würde schön sein.

Es war eine lange Fahrt gewesen von Lisle; sogar die breiteren Straßen waren kurvig und steil und verlangten mehr Konzentration als die geraden amerikanischen Autobahnen. Ich war müde und schlechter Laune, die auch durch ein dunkles, enges Hotelzimmer und ein einsames Abendessen in einer Pizzeria, wo die einzigen anderen Gäste Paare und alte Männer waren, nicht besser wurde. Ich dachte daran, Rick anzurufen, wußte aber, daß mich das nicht aufmuntern, sondern nur noch mehr deprimieren und mich an die Kluft, die zwischen uns wuchs, erinnern würde.

Das Archiv des Bezirkes befand sich in einem brandneuen Gebäude aus lachsfarbenen und weißen Steinen. Der Lesesaal war geräumig und hell; an Dreiviertel der Tische saßen Leute, die Dokumente studierten. Alle sahen aus, als wüßten sie genau, was sie taten. Ich fühlte mich wie so oft in Lisle: Als Ausländerin war mein Platz am Rand, wo ich die Einheimischen zwar beobachten und bewundern, aber nie selbst am Geschehen teilnehmen konnte.

Eine große Frau, die am Ausgabetisch stand, sah zu mir herüber und lächelte mir zu. Sie war ungefähr in meinem Alter, mit blondem kurzem Haar und einer gelben Brille. Zum Glück nicht noch eine Madame, dachte ich. Ich ging zum Schalter und stellte meine Tasche ab. »Ich weiß nicht, wo ich hier anfangen soll«, sagte ich. »Können Sie mir bitte helfen?«

Ihr Lachen war ein höchst unerwartetes Gekreisch an einem so stillen Ort.

»*Alors*, was suchen Sie?« fragte sie und lachte immer noch, die blauen Augen durch die dicken Brillengläser vergrößert. Ich hatte noch nie jemanden so stilvoll eine dicke Brille tragen sehen.

»Ich habe einen Vorfahren, der Etienne Tournier heißt und der im sechzehnten Jahrhundert wahrscheinlich in den Cevennen gelebt hat. Ich möchte mehr über ihn herausfinden.«

»Wissen Sie, wann er geboren wurde oder gestorben ist?«

»Nein. Ich weiß, daß die Familie irgendwann in die Schweiz gezogen ist, aber ich weiß nicht, wann genau das war. Es muß vor 1576 gewesen sein.«

»Sie wissen keine Geburts- oder Todesdaten? Auch nicht von seinen Kindern oder Enkeln?«

»Er hatte einen Sohn, Jean, dessen Kind wurde 1590 geboren.«

Sie nickte. »Also wurde der Sohn Jean zwischen, sagen wir, 1550 und 1575 geboren, und der Vater Etienne zwanzig bis vierzig Jahre davor, sagen wir ab 1510. Also suchen Sie zwischen 1510 und 1575, so in etwa, richtig?«

Sie sprach so schnell, daß ich ihr nicht sofort antworten konnte, ich schwamm etwas in ihren Berechnungen. »Ich denke, ja«, erwiderte ich schließlich und fragte mich gleichzeitig, ob ich die Tournier-Maler auch erwähnen sollte, Nicolas und André und Claude.

Sie gab mir keine Gelegenheit dazu. »Sie sollten also nach Einträgen von Taufen, Heiraten und Todesfällen suchen«, erklärte sie. »Und vielleicht auch *compoix*, Steuerdokumente. Also, aus welchem Dorf kamen sie?«

»Das weiß ich nicht.«

»Ah, das ist ein Problem. Die Cevennen sind groß, wissen Sie. Natürlich gibt es nicht sehr viele Aufzeichnungen aus dieser Zeit. Damals wurden sie von der Kirche geführt, aber viele sind verbrannt oder gingen während der Religionskriege verloren. Also vielleicht gibt es gar nicht so viel, was Sie durchsehen können. Wenn Sie das Dorf wüßten, könnte ich Ihnen sofort sagen, was wir haben, aber macht nichts, sehen wir mal, was wir finden.«

Sie ging ein Verzeichnis der Dokumente durch, die hier und in anderen Archiven des *département* gelagert waren. Sie hatte recht: Von der ganzen Region gab es nur eine Handvoll Dokumente aus dem sechzehnten Jahrhundert. Diese wenigen Dokumente mußten rein zufällig erhalten geblieben sein. Es war klar, daß das Auftauchen eines Tourniers darin ein purer Glücksfall wäre.

Ich bestellte die entsprechenden Dokumente, die in den von ihr errechneten Zeitraum fielen und hier aufbewahrt wurden. Ich war mir nicht sicher, was auf mich zukommen würde: Ich hatte den Begriff »Dokument« oder »Aufzeichnung« recht sorglos verwendet und etwas aus dem sechzehnten Jahrhundert erwartet, das meiner sauber getippten Geburts- und Heiratsurkunde glich. Fünf Minuten später brachte die Archivarin ein paar Kartons mit Microfiches, ein Buch, das in schützendes Packpapier eingebunden war, und eine riesige Schachtel. Sie lächelte ermutigend und stellte mir alles hin. Ich betrachtete sie, als sie zum Schalter zurückging, und mußte heimlich grinsen über ihre Plateauschuhe und ihren kurzen Lederrock.

Ich fing mit dem Buch an. Es war in fettiges, cremefarbenes Kalbsleder gebunden, und die Vorderseite war mit alten Noten und lateinischem Text bemalt. Der erste Buchstabe jeder Zeile war größer gestaltet und rot und blau ausgemalt. Ich öffnete es auf der ersten Seite und strich darüber; wie aufregend es war, etwas so Altes zu berühren. Die Handschrift war in brauner Tinte, und obwohl sie sehr gleichmäßig war, schien sie eher dazu gedacht, bewundert als gelesen zu werden: Ich konnte kein Wort entziffern. Mehrere Buchstaben waren geradezu identisch, und als ich endlich hier und da ein paar Wörter erkannte, merkte ich, daß mir das gar nichts nützte – es war alles in einer fremden Sprache.

Dann fing ich an zu niesen.

Die Archivarin kam zwanzig Minuten später herüber, um zu sehen, wie ich vorankam. Ich war zehn Seiten weit gekommen, fand Daten und identifizierte einige Wörter als Namen.

Ich sah zu ihr auf. »Ist das hier Französisch?«

»Altfranzösisch.«

»Oh.« Daran hatte ich nicht gedacht.

Sie ließ einen rosafarbenen Fingernagel ein paar Zeilen entlanggleiten. »Eine schwangere Frau ertrank im Fluß Lot, Mai 1574. *Une inconnue, la pauvre«,* murmelte sie. »Diese Toten nützen Ihnen nicht soviel, richtig?«

»Ich denke nicht«, sagte ich und nieste auf das Buch.

Die Frau lachte, als ich mich entschuldigte. »Alle niesen hier. Sehen Sie, überall Taschentücher!« Wir hörten ein winziges Niesen von einem alten Mann auf der anderen Seite des Raumes und kicherten.

»Machen Sie eine Pause von diesem Staub«, sagte sie. »Kommen Sie mit mir einen Kaffee trinken. Ich heiße Mathilde.« Sie streckte die Hand aus und grinste. »So machen es doch die Amerikaner, oder? Sie schütteln die Hände, wenn sie sich zum ersten Mal treffen?«

Wir setzten uns in ein Café um die Ecke und redeten bald wie alte Freundinnen miteinander. Obwohl sie unglaublich schnell sprach, war es leicht, sich mit Mathilde zu unterhalten. Mir war gar nicht aufgefallen, wie sehr ich die Gesellschaft einer Frau vermißt hatte. Sie fragte mich tausend Dinge über die USA, besonders Kalifornien.

»Was machst du hier bloß?« seufzte sie schließlich. »Ich würde auf der Stelle nach Kalifornien gehen!«

Ich dachte angestrengt über eine Antwort nach, die klarstellen würde, daß ich nicht einfach Rick nach Frankreich gefolgt war, wie Jean-Paul es aufgefaßt hatte. Aber Mathilde sprach einfach weiter, bevor ich überhaupt antworten konnte, und mir wurde klar, daß sie keine Erklärung von mir erwartete.

Sie war gar nicht überrascht, daß ich mich für entfernte Vorfahren interessierte. »Die Leute forschen die ganze Zeit in ihrer Familiengeschichte«, sagte sie.

»Ich komme mir ein bißchen merkwürdig vor, so was zu machen«, gestand ich. »Es ist so unwahrscheinlich, daß ich je etwas finden werde.«

»Stimmt«, gab sie zu. »Um ehrlich zu sein, die meisten Leute finden nichts, wenn sie so weit zurückgehen. Aber laß dich bloß nicht entmutigen. Die Dokumente sind doch so oder so interessant, nicht?«

»Ja, aber es dauert so ewig, bis ich verstehe, was darin steht! Das einzige, was ich wirklich erkennen kann, sind Daten und manchmal Namen.«

Mathilde lächelte. »Wenn du denkst, daß das Buch schwer zu lesen ist, warte, bis du die Microfiches siehst!« Sie lachte, als sie mein Gesicht sah. »Ich hab heute nicht so viel zu tun«, fuhr sie fort. »Du liest weiter dein Buch, und ich seh die Microfiches für dich durch. Ich bin diese alte Handschrift gewöhnt.«

Ich war dankbar für ihr Angebot. Während sie am Microfiche-Lesegerät saß, beschäftigte ich mich mit der Schachtel, die, wie Mathilde mir erklärte, *compoix* enthielt, Verzeichnisse von Steuern und Ernteabgaben. Auch hier war alles in der unleserlichen Handschrift und fast unverständlich. Ich verwandte den Rest des Tages darauf, es durchzusehen. Zum Schluß war ich erschöpft, aber Mathilde schien enttäuscht, daß es nichts anderes zu untersuchen gab.

»Ist das wirklich alles?« fragte sie und ging noch einmal durch den Katalog. »*Attends*, es gibt ein Buch mit *compoix* von 1570 bei der *mairie* in Le Port de Montvert. Natürlich, Monsieur Jourdain! Ich habe ihm vor einem Jahr geholfen, diese Dokumente zu katalogisieren.«

»Wer ist Monsieur Jourdain?«

»Der Archivar bei der *mairie*.«

»Meinst du, daß es sich lohnt, dort hinzufahren?«

»*Bien sûr*. Auch wenn du nichts findest, denn Le Pont de Montvert ist ein hübscher Ort. Es ist ein kleines Dorf am Fuß der Mont Lozère.« Sie sah auf die Uhr. »*Mon Dieu* – ich muß Sylvie abholen!« Sie griff nach ihrer Tasche und schob mich hinaus. Sie kicherte, als sie die Tür hinter mir abschloß. »Du wirst deine Freude haben mit Monsieur Jourdain – wenn er dir nicht den Kopf abreißt, heißt das!«

Am nächsten Morgen fuhr ich früh los und nahm die malerische Route nach Le Pont de Montvert. Als ich die Straße zum Mont Lozère hinauffuhr, wurde die Landschaft offener und heller, aber auch karger. Ich kam durch winzige, verstaubte Dörfer, wo die Gebäude ganz aus Granit waren, bis hin zu den Dachziegeln, und kaum Farben hatten, die sie von der umliegenden Landschaft abgehoben hätten. Viele Häuser waren verlassen, die Dächer eingefallen, die Kamine abgebröckelt, und die Fensterläden hingen lose herunter. Ich sah wenig Menschen, und ab einem bestimmten Punkt keine Autos mehr. Bald gab es nur Granitfelsen, Ginster und Heidekraut, und hin und wieder eine Ansammlung von Kiefern.

So habe ich mir das eher vorgestellt, dachte ich.

Ich fuhr in der Nähe des Gipfels bei einem Ort, der Col de Finiels hieß, an den Straßenrand und setzte mich auf die Kühlerhaube des Autos. Nach ein paar Minuten hörte der elektrische Kühler auf zu brummen, und es war wunderbar still; ich lauschte und hörte nur ein paar Vögel und das Rauschen des Windes. Meiner Landkarte zufolge war im Osten, hinter einem kleinen Kiefernwäldchen und einem Hügel, die Quelle des Tarn. Ich war in Versuchung, hinzugehen, um sie zu suchen.

Statt dessen fuhr ich auf der anderen Seite des Berges wieder hinunter, im Zickzack, bis eine letzte Biegung mich nach Le Pont de Montvert führte, wo ich an einem Hotel, einer Schule, einem Restaurant, ein paar Läden und Lokalen, alle auf einer Straßenseite, vorbeikam. Pfade führten von der Hauptstraße weg und wanden sich zwischen den Häusern hoch, die an den Berg gebaut waren. Über den Hausdächern sah ich eine Kirche; eine Glocke hing im steinernen Glockenstuhl.

Ich erhaschte einen flüchtigen Blick auf das Wasser auf der anderen Straßenseite, wo hinter einem niedrigen Steinmäuerchen der Tarn floß. Ich parkte in der Nähe einer alten steinernen Brücke, ging hinauf und sah auf das Wasser hinunter.

Der Tarn hatte sich völlig verändert. Statt breit und gemächlich dahinzufließen, war er nun höchstens sieben Meter breit und reißend wie ein Wildbach. Ich sah lange auf die Kiesel, die gelb und dunkelrot im Wasser glitzerten. Ich konnte die Augen kaum abwenden.

Dieses Wasser fließt die ganze Strecke bis nach Lisle, dachte ich. Den ganzen Weg bis zu mir.

Es war Mittwoch, zehn Uhr morgens. Jean-Paul saß vielleicht im Café und betrachtete ebenfalls den Fluß.

Hör auf, Ella, dachte ich. Denk an Rick, oder denk an gar nichts.

Von außen war die *mairie* – ein graues Gebäude mit braunen Fensterläden und einer französischen Flagge, die schlaff in einem der Fenster hing – ganz ansehnlich. Innen sah sie allerdings aus wie ein Trödelladen. Die Sonne strahlte durch einen Staubnebel. Monsieur Jourdain las an einem Schreibtisch in einer entfernten Ecke Zeitung. Er war klein und dicklich, mit hervortretenden Augen, olivfarbener Haut und einem dieser Stoppelbärte, die sich halb über den Hals erstrecken und die Kinnlinie verschwinden lassen. Er beäugte mich mißtrauisch, als ich mir einen Weg durch angeschlagene alte Möbel und Stapel von Papier suchte.

»*Bonjour, Monsieur Jourdain*«, sagte ich munter.

Er grunzte und sah auf seine Zeitung.

»Mein Name ist Ella Turner – Tournier«, fuhr ich vorsichtig fort. »Ich würde gerne ein paar Dokumente einsehen, die Sie hier in der *mairie* haben. Es gibt da ein *compoix* von 1570. Darf ich es sehen?«

Er sah kurz zu mir hoch und las dann weiter in seiner Zeitung.

»Monsieur? Sie sind doch Monsieur Jourdain, nicht wahr? Mir wurde in Mende gesagt, daß ich mit Ihnen sprechen soll.«

Monsieur Jourdain fuhr sich mit der Zunge über die Zähne.

Ich sah zu Boden. Er las eine Sportzeitung, die offenen Seiten zeigten ein Autorennen.

Er sagte etwas, das ich nicht verstand. »*Pardon?*« fragte ich. Wieder sagte er etwas Unverständliches, und ich fragte mich, ob er vielleicht betrunken war. Als ich ihn noch einmal bat, sich zu wiederholen, fuchtelte er mit den Händen und sprühte mit Spucke um sich, während er einen Wortschwall über mich ergoß. Ich trat einen Schritt zurück.

»Gott, was für ein Typ!« murmelte ich auf englisch.

Er kniff die Augen zusammen und knurrte mich an; daraufhin drehte ich mich um und ging. Ich saß wütend in einem Café, suchte dann die Nummer des Archivs in Mende heraus und rief Mathilde von einem Münztelefon aus an.

Sie lachte kreischend, als ich ihr erzählte, was passiert war. »Überlaß das mir«, riet sie. »Geh in einer halben Stunde noch mal hin.«

Was auch immer Mathilde zu Monsieur Jourdain gesagt hatte, es half, denn obwohl er mich feindselig anstarrte, führte er mich durch einen Flur in ein vollgestopftes Zimmer, das einen mit Dokumenten überladenen Schreibtisch enthielt. »*Attendez*«, murmelte er und ging. Ich schien mich in einer Art Lagerraum zu befinden; während ich wartete, sah ich mich um. Überall standen Kisten mit Büchern herum; einige davon waren sehr alt. Papierstapel, die nach Regierungsdokumenten aussahen, lagen auf dem Boden, und ein Haufen ungeöffneter Briefe war über den Schreibtisch verstreut, alle waren an Abraham Jourdain adressiert.

Nach zehn Minuten kam er mit einer großen Schachtel zurück und ließ sie mit einem Plumps auf den Tisch fallen. Dann ging er wortlos und ohne mich eines weiteren Blickes zu würdigen hinaus.

In der Schachtel lag ein Buch, das dem *compoix* in Mende ähnelte, aber größer und in schlechterem Zustand war. Der kalbslederne Einband war so abgegriffen, daß er die Seiten nicht mehr zusammenhielt. Ich ging mit dem Buch so vorsichtig wie möglich um, aber die Seiten waren so porös, daß trotzdem winzige Stückchen von den Ecken abbröckelten. Ich versteckte die Bruchstücke heimlich in meinen Taschen, aus Angst, daß Monsieur Jourdain sie finden und mich anschreien würde.

Mittags warf er mich hinaus. Ich hatte kaum eine Stunde lang gearbeitet, als er in der Tür erschien, mich anstarrte und dann etwas grummelte. Ich konnte nur erraten, was er meinte, weil er auf seine Uhr klopfte. Er stapfte zum Flur, um die Eingangstür aufzureißen, knallte sie dann hinter mir zu und schob den Riegel vor. Ich blinzelte in die Sonne, mir war leicht schwindelig nach dem dunklen, staubigen Raum.

Dann war ich plötzlich von Kindern umringt, die aus einem Spielplatz nebenan herausströmten.

Ich atmete tief ein. Gott sei Dank, dachte ich.

Ich kaufte ein paar Sachen zum Mittagessen, kurz bevor die Läden zumachten: Käse und Pfirsiche und etwas dunkles rotes Brot, von dem der Ladenbesitzer mir erzählte, es sei eine hiesige Spezialität und aus Kastanien gebacken. Ich nahm einen Weg, der zwischen steinernen Häusern zur Kirche oberhalb des Dorfes führte.

Es war ein schlichtes Steingebäude, beinahe so breit wie hoch. Die Vordertür war verschlossen, aber an der Seite fand ich eine offene Tür mit dem Datum 1828 darüber, und ich trat ein. Der Raum war voller leerer Holzbänke. An den beiden Längsseiten befanden sich Emporen. Es gab eine hölzerne Orgel, ein Lesepult und einen Tisch mit einer großen Bibel darauf. Das war alles. Keine Ornamente, keine Statuen oder Kreuze, kein Fenster mit Glasmalerei. Es gab nicht einmal einen Altar, um den Platz des Pfarrers von dem der Leute abzuheben.

Ich ging zur Bibel hinüber, dem einzigen Gegenstand, der über das rein Funktionale hinausging. Sie sah alt aus, aber nicht so alt wie die *compoix*, die ich mir angesehen hatte. Ich begann sie durchzublättern. Es dauerte eine Zeitlang – ich wußte die Reihenfolge der Bücher in der Bibel nicht –, aber schließlich fand ich, was ich gesucht hatte. Ich fing an, den einunddreißigsten Psalm zu lesen: *J'ai mis en toi mon espérance: Garde-moi donc, Seigneur.* Als ich in der ersten Zeile der dritten Strophe angekommen war, *Tu es ma tour et forteresse,* waren meine Augen voller Tränen. Ich hörte abrupt auf und floh nach draußen.

Dummes Mädchen, schalt ich mich, als ich auf der Kirchenmauer saß und mir die Augen wischte. Ich zwang mich, etwas zu essen, und blinzelte in das helle Sonnenlicht. Das Kastanienbrot war süß und trocken, und steckte mir im Hals. Ich spürte es dort den ganzen restlichen Tag lang.

Als ich zurückkam, saß Monsieur Jourdain hinter seinem Tisch und hatte die Hände vor sich gefaltet. Er las seine Zeitung nicht; eigentlich sah es so aus, als hätte er auf mich gewartet. Vorsichtig sagte ich: *»Bonjour, Monsieur.* Darf ich bitte die *compoix* haben?«

Er öffnete einen Aktenschrank neben seinem Schreibtisch, holte die Schachtel heraus und gab sie mir. Dann musterte er mein Gesicht genau.

»Wie heißen Sie?« fragte er in verwundertem Ton.

»Tournier, Ella Tournier.«

»Tournier«, wiederholte er, während er mich weiter ansah. Er verzog den Mund und kaute auf der Innenseite seiner Backe herum, dabei starrte er mein Haar an. *»La Rousse«,* murmelte er.

»Was?« fuhr ich ihn an. Plötzlich überkam mich eine Gänsehaut.

Monsieur Jourdains Augen weiteten sich, dann streckte er den Arm aus und berührte eine meiner Haarlocken. *»C'est rouge. Alors, La Rousse.«*

»Aber mein Haar ist braun, Monsieur.«

»Rouge«, wiederholte er fest.

»Natürlich nicht. Es ist –« Ich zog eine Haarsträhne vor meine Augen und hielt den Atem an. Er hatte recht: Es war kupfern durchzogen. Aber es war braun gewesen, als ich am selben Morgen in den Spiegel gesehen hatte. Die Sonne hatte auch früher schon helle Strähnen in meinem Haar aufleuchten lassen, aber noch nie so plötzlich und so intensiv.

»Was ist La Rousse?« fragte ich anklagend.

»Es ist der hiesige Spitzname für ein Mädchen mit rotem Haar. Es ist keine Beleidigung«, fügte er rasch hinzu. »Man nannte auch die Jungfrau La Rousse, denn man dachte, daß sie rotes Haar gehabt hätte.«

»Oh.« Mir war schwindlig und übel, und ich hatte Durst, alles gleichzeitig.

»Hören Sie, Madame.« Er ließ die Zunge über die Zähne gleiten. »Wenn Sie diesen Tisch hier benutzen wollen –« Er zeigte auf einen leeren Tisch gegenüber von seinem.

»Nein danke«, sagte ich zitternd. »Das andere Büro ist in Ordnung.«

Monsieur Jourdain nickte und sah erleichtert aus.

Ich fing da wieder an, wo ich aufgehört hatte, unterbrach aber immer wieder, um mein Haar zu untersuchen. Schließlich schüttelte ich mich. Da kannst du jetzt nichts machen, Ella, dachte ich. Konzentrier dich einfach auf deine Arbeit.

Ich arbeitete schnell, denn es war klar, daß auf Monsieur Jourdain nur eine Zeitlang Verlaß war. Ich hörte auf, nachzugrübeln, wofür die Steuern jeweils erhoben wurden und konzentrierte mich auf Namen und Daten. Als ich den größten Teil des Buches durchgesehen hatte, verlor ich mehr und mehr den Mut und begann, kleine Wetten mit mir selbst abzuschließen, um mich zum Weitermachen zu zwingen: Es wird einen Tournier in einem der nächsten zwanzig Abschnitte geben; in den nächsten fünf Minuten finde ich einen.

Ich starrte auf die letzte Seite: Es war ein Eintrag für einen Jean Marcel, und es gab nur einen Eintrag, für *châtaignes*, ein

Wort, das ich oft in den *compoix* gesehen hatte. Kastanien. Die neue Farbe meines Haars.

Ich legte das Buch in seine Schachtel zurück und ging langsam über den Korridor zu Monsieur Jourdains Büro. Er saß immer noch an seinem Tisch und tippte schnell mit zwei Fingern auf einer alten mechanischen Schreibmaschine. Als er sich nach vorne lehnte, rutschte ihm eine silberne Kette aus dem Hemdausschnitt; der Anhänger an ihrem Ende klirrte gegen die Tasten. Er sah auf und ertappte mich, wie ich ihn ansah. Seine Hand griff nach dem Anhänger; er rieb ihn mit dem Daumen.

»Das Kreuz der Hugenotten«, sagte er. »Kennen Sie es?«

Ich schüttelte den Kopf. Er hielt es hoch, so daß ich es sehen konnte. Es war ein Kreuz mit vier gleichlangen Balken, auf dem eine Taube mit ausgebreiteten Flügeln schwebte.

Ich stellte die Schachtel auf den leeren Schreibtisch. »*Voilà*«, sagte ich. »Danke, daß ich sie ansehen durfte.«

»Haben Sie etwas gefunden?«

»Nein.« Ich streckte ihm die Hand hin. »*Merci beaucoup, Monsieur.*«

Er schüttelte zögernd meine Hand.

»*Au revoir, La Rousse*«, rief er, als ich ging.

Es war zu spät, um nach Lisle zurückzufahren, also blieb ich über Nacht in einem der beiden Gasthäuser im Dorf. Nach dem Abendessen versuchte ich Rick anzurufen, aber niemand nahm ab. Dann rief ich Mathilde an, die mir ihre Nummer gegeben und mir das Versprechen abgenommen hatte, sie auf dem laufenden zu halten. Sie war enttäuscht, daß ich nichts gefunden hatte, obwohl sie wußte, daß es unwahrscheinlich war.

Ich fragte sie, wie sie Monsieur Jourdain dazu gebracht hatte, netter zu mir zu sein.

»Oh, ich habe ihn nur an seine Herkunft erinnert. Ich habe

ihn auch daran erinnert, daß du nach Hugenotten suchst. Er kommt selber aus einer Hugenotten-Familie, er ist sogar ein Abkömmling von einem der Rebellenführer der Camisarden. René Laporte, glaub ich.«

»So sieht also ein Hugenotte aus.«

»Klar. Was hast du gedacht? Sei ihm nicht böse, Ella. Er hatte es in der letzten Zeit sehr schwer. Seine Tochter ist vor drei Jahren mit einem Amerikaner abgehauen. Ein Tourist. Nicht nur das, auch noch ein Katholik! Ich weiß nicht, was ihn mehr geärgert hat, daß er Amerikaner, oder daß er Katholik war. Du siehst, wie ihn das mitgenommen hat. Er war vorher gut in seiner Arbeit, ein kluger Mann. Sie haben mich letztes Jahr hingeschickt, um ihm zu helfen, alles wieder in den Griff zu bekommen.«

Ich dachte an das mit Büchern und Papieren vollgestopfte Zimmer, in dem ich gearbeitet hatte, und kicherte.

»Warum lachst du?«

»Hast du jemals das Büro im Hinterzimmer gesehen?«

»Nein, er hat behauptet, daß er den Schlüssel verloren hat und daß da sowieso nichts drin wäre.«

Ich beschrieb es.

»*Merde*, ich habe mir doch gedacht, daß er irgendwas versteckt hielt! Ich hätte ihn mehr unter Druck setzen sollen.«

»Jedenfalls danke für deine Hilfe.«

»Pah, das ist nicht der Rede wert.« Sie machte eine Pause. »Also, wer ist Jean-Paul?«

Ich wurde rot. »Ein Bibliothekar in Lisle, wo ich wohne. Woher kennst du ihn?«

»Er hat heute nachmittag angerufen.«

»Er hat bei *dir* angerufen?«

»Ja. Er wollte wissen, ob du gefunden hast, was du suchst.«

»Tatsächlich?«

»Ist das so eine Überraschung?«

»Ja. Nein. Ich weiß nicht. Was hast du ihm erzählt?«

»Ich habe ihm gesagt, daß er dich das selber fragen soll. Aber ein toller Flirt!«

Ich zog eine Grimasse.

Auf dem malerischen Sträßchen fuhr ich nach Lisle zurück und folgte dem Tarn durch gewundene Schluchten. Es war bedeckt, und ich war nicht in Fahrlaune. Mir wurde langsam schlecht von all den Kurven. Zum Schluß fragte ich mich, warum ich die Reise überhaupt unternommen hatte.

Rick war nicht da, als ich nach Hause kam. Das Haus schien leblos, und ich ging von einem Zimmer zum nächsten, konnte weder lesen noch fernsehen. Lange Zeit verbrachte ich im Badezimmer damit, mein Haar im Spiegel zu untersuchen. Mein Friseur in San Francisco hatte mich immer überreden wollen, mein Haar kastanienbraun zu färben, er fand, es würde gut zu meinen braunen Augen passen. Ich hatte den Vorschlag immer abgelehnt, aber jetzt hatte er seinen Willen. Meine Haare wurden eindeutig rot.

Um Mitternacht machte ich mir Sorgen: Rick hatte den letzten Zug aus Toulouse verpaßt. Ich hatte keine der Telefonnummern von seinen Kollegen, und ich wußte nicht, mit wem er sonst hätte unterwegs sein können. Es gab niemanden in der Nähe, den ich anrufen konnte, keine mitfühlende Freundin, die mir zuhören und mich beruhigen könnte. Ich dachte kurz daran, Mathilde anzurufen, aber es war spät, und ich kannte sie nicht gut genug, um sie mit panischen Mitternachtsanrufen zu belästigen.

Statt dessen rief ich meine Mutter in Boston an. »Bist du *sicher*, daß er dir nicht gesagt hat, wo er hingegangen ist?« sagte sie mehrmals. »*Wo* bist du nochmal gewesen? Ella, hast du dich auch genug um ihn gekümmert?« Sie interessierte sich nicht für meine Nachforschungen bezüglich der Tourniers. Es war nicht ihre Familie; die Cevennen und französische Maler bedeuteten ihr nichts.

Ich wechselte das Thema. »Mom«, sagte ich, »mein Haar ist rot geworden.«

»Was? Hast du es mit Henna gefärbt? Sieht es gut aus?«

»Ich hab es nicht –« Ich konnte ihr nicht sagen, daß es einfach so geworden war, es klang zu abwegig. »Es sieht ganz gut aus«, sagte ich schließlich. »Eigentlich sehr gut. Irgendwie natürlich.«

Ich ging zu Bett, lag aber stundenlang wach und lauschte auf Ricks Schlüssel in der Haustür, zerbrach mir dabei den Kopf, ob ich mir jetzt Sorgen machen sollte oder nicht, erinnerte mich dabei daran, daß er erwachsen war, aber auch daran, daß er mir eigentlich immer sagte, wo er hinging.

Ich stand früh auf und saß Kaffee trinkend bis um halb acht da, als die Empfangsdame in Ricks Firma endlich das Telefon abnahm. Sie wußte nicht, wo er war, versprach aber, seine Sekretärin zurückrufen zu lassen, sobald sie kommen würde. Als sie um halb neun anrief, war ich vom Kaffee aufgeputscht, und es war mir leicht schwindlig.

»Bonjour, Madame Middleton«, flötete sie. »Wie geht es Ihnen?«

Ich hatte längst aufgegeben, ihr zu erklären, daß ich Ricks Namen nicht angenommen hatte.

»Wissen Sie, wo Rick ist?« fragte ich.

»Aber er ist doch in Paris, geschäftlich«, sagte sie. »Er mußte vorgestern ganz plötzlich los. Er wird heute abend zurückkommen. Hat er Ihnen denn nichts gesagt?«

»Nein. Nein, hat er nicht.«

»Ich gebe Ihnen seine Nummer im Hotel, falls Sie ihn dort anrufen möchten.«

Als ich das Hotel erreichte, hatte Rick schon ausgecheckt. Aus irgendeinem Grund machte mich das noch wütender als alles andere.

Als er an diesem Abend nach Hause kam, konnte ich kaum mit ihm sprechen. Er sah überrascht aus, mich zu sehen, aber auch erfreut.

Ich sagte nicht einmal hallo. »Warum hast du mir nicht gesagt, wo du warst?« fragte ich vorwurfsvoll.

»Ich hab ja nicht gewußt, wo *du* warst.«

Ich zog die Augenbrauen hoch. »Du hast ganz genau gewußt, daß ich zum Archiv in Mende gefahren bin, um alte Dokumente anzusehen. Du hättest mich dort erreichen können.«

»Ella, ehrlich gesagt war ich nicht sicher, *was* du in den letzten Tagen gemacht hast –«

»Was meinst du denn damit?«

»– Wo du gewesen bist, wohin du gefahren bist. Du hast mich nicht angerufen. Du hattest dich nicht besonders deutlich ausgedrückt, wohin du fahren wolltest oder wie lange du weg sein würdest. Ich wußte nicht, daß du heute zurück sein würdest. Soviel ich wußte, hättest du wochenlang weg sein können.«

»Ach, übertreib doch nicht.«

»Ich übertreibe nicht. Mach mal halblang, Ella. Du kannst nicht erwarten, daß ich dir sage, wo ich bin, wenn du mir selber nicht sagst, wo *du* bist.«

Ich blickte grollend zu Boden. Er war so vernünftig und hatte so verdammt recht, daß ich ihn hätte prügeln können. Ich seufzte und sagte: »Ja. Entschuldige. Es tut mir leid. Es ist bloß, ich hab gar nichts gefunden, und dann bin ich zurückgekommen und du warst nicht hier, und, ach, ich hab heute zuviel Kaffee getrunken. Jetzt fühl ich mich ganz schwummerig.«

Rick lachte und legte seinen Arm um mich. »Erzähl mir, was du nicht gefunden hast.«

Ich vergrub mein Gesicht an seiner Schulter. »Es ist einfach überhaupt nichts dabei rausgekommen. Außer, daß ich eine nette Frau und einen verbissenen alten Mann kennengelernt habe.«

Ich spürte, wie Ricks Wange meinen Kopf streifte. Ich hob den Kopf, so daß ich sein Gesicht sehen konnte. Er hatte die Stirn gerunzelt.

»Hast du dir die Haare gefärbt?«

Am nächsten Tag schlenderten Rick und ich durch den Samstagsmarkt, sein Arm war um meine Schultern gelegt. Ich fühlte mich entspannter als je zuvor in den letzten zwei Monaten. Um dieses Gefühl zu feiern und außerdem die Tatsache, daß die Psoriasis zurückzugehen schien, trug ich mein Lieblingskleid, ein hellgelbes ärmelloses Wickelkleid.

Der Markt war mit dem herannahenden Sommer jedes Wochenende größer geworden. Jetzt war soviel los, wie ich es noch nie gesehen hatte, und er füllte den Platz ganz aus. Die Bauern waren mit Wagenladungen von Obst und Gemüse, Käse, Honig, Speck, Brot, Pasteten, Hühnern, Kaninchen und Ziegen gekommen. Man konnte Jahresvorratspackungen von Süßigkeiten, Schürzen wie die von Madame und sogar Traktoren kaufen.

Alle waren da: Unsere Nachbarn, die Frau aus der Bibliothek, Madame auf einer Bank mit ein paar von ihren Freundinnen, Frauen aus meinem Yoga-Unterricht, die Frau mit dem fast erstickten Kind und alle, von denen ich jemals etwas gekauft hatte.

Sogar mit so vielen Leuten um mich herum sah ich ihn sofort. Er schien gerade einen wütenden Streit mit einem Mann, der Tomaten verkaufte, auszutragen; dann lachten beide und klopften sich auf den Rücken. Jean-Paul nahm eine Tüte mit Tomaten, drehte sich um und rannte mich fast um. Ich sprang zurück, um keine Tomaten auf mein Kleid zu bekommen, und stolperte. Rick und Jean-Paul nahmen beide einen meiner Ellbogen, und als ich mein Gleichgewicht wiedererlangte, standen sie beide da und hielten mich eine Sekunde lang fest, bevor Jean-Paul seine Hand fallen ließ.

»*Bonjour*, Ella Tournier«, sagte er, nickte mir zu und hob leicht die Augenbrauen. Er trug ein hellblaues Hemd; ich fühlte ein plötzliches Verlangen danach, meine Hand auszustrecken, um es zu berühren.

»Hallo, Jean-Paul«, erwiderte ich ruhig. Ich erinnerte mich, irgendwo gelesen zu haben, daß die Person, der man die andere vorstellt, die wichtigere ist. Gezielt wandte ich mich an Rick und sagte: »Rick, das ist Jean-Paul. Jean-Paul, das ist Rick, mein Mann.«

Die beiden gaben sich die Hand, wobei Rick *Bonjour* sagte und Jean-Paul *Hello*. Ich mußte beinahe lachen, so verschieden waren sie: Rick groß, breitschultrig, golden und offen, Jean-Paul klein, drahtig, dunkel und berechnend. Ein Löwe und ein Wolf, dachte ich. Und wie sie sich mißtrauen.

Es folgte ein unbehagliches Schweigen. Jean-Paul wandte sich zu mir und sagte auf englisch: »Wie sind Ihre Forschungen in Mende gewesen?«

Nonchalant zuckte ich die Achseln. »Nicht besonders. Nichts Brauchbares. Eigentlich gar nichts.« Ich fühlte mich allerdings gar nicht nonchalant: Mit Schuld und Vergnügen dachte ich daran, daß Jean-Paul Mathilde angerufen und ich ihn nicht zurückgerufen hatte; daß Jean-Pauls unbeholfenes Englisch das einzige war, was seine innere Aufregung verriet; daß er und Rick so verschieden waren; daß beide mich so genau beobachteten.

»Also, sind Sie noch in andere Städte gegangen für Ihre Recherchen?«

Ich versuchte, Rick nicht anzusehen. »Ich bin auch noch nach Le Pont de Montvert gefahren, aber da gab es nichts. Es gibt nicht viel aus dieser Zeit. Aber es ist auch nicht so wichtig. Es macht eigentlich nichts.«

Jean-Pauls sardonisches Grinsen besagte dreierlei: Du lügst, du hast gedacht, es wäre ganz einfach, und ich hab's dir gleich gesagt.

Aber er sprach nichts davon aus; statt dessen sah er sich meine Haare intensiv an. »Ihr Haar wird rot«, stellte er fest.

»Ja.« Ich lächelte ihn an. Er hatte es genau richtig gesagt: Keine Fragen, kein Vorwurf. Einen Augenblick lang schienen Rick und der Markt zu verschwinden.

Rick ließ seine Hand an meinem Rücken hinaufgleiten, um sie

auf meiner Schulter ruhen zu lassen. Ich lachte nervös und sagte: »Na ja, also, wir müssen weiter. Schön, Sie zu sehen.«

»*Au revoir,* Ella Tournier«, sagte Jean-Paul.

Rick und ich sagten ein paar Minuten lang kein Wort. Ich tat so, als sei ich völlig vom Honigkauf in Anspruch genommen, und Rick wog Auberginen in den Händen.

Schließlich sagte er: »Das ist er also, hm?«

Ich sah ihn an. »Das ist der Bibliothekar, Rick. Das ist alles.«

»Versprochen?«

»Ja.« Es war lange her, daß ich ihn angelogen hatte.

Eines Nachmittags kam ich vom Yoga zurück, als ich von der Straße aus das Telefon klingeln hörte. Ich rannte hin und brachte nur ein atemloses »Hallo?« heraus, bevor eine hohe, aufgeregte Stimme so schnell sprach, daß ich mich hinsetzen und warten mußte, bis sie fertig war. Endlich warf ich auf französisch ein: »Wer spricht denn da?«

»Mathilde, hier ist Mathilde. Hör zu, es ist wundervoll, du mußt es sehen!«

»Mathilde, langsam, ich versteh kein Wort. Was ist wundervoll?«

Mathilde atmete tief ein. »Wir haben etwas über deine Familie gefunden, über die Tourniers.«

»Warte. Wer ist ›wir‹?«

»Monsieur Jourdain und ich. Erinnerst du dich, ich habe dir erzählt, daß ich schon mal mit ihm gearbeitet habe, in Le Pont de Montvert?«

»Ja.«

»Nun, ich habe heute nicht im Archiv gearbeitet, also dachte ich mir, ich fahre hinauf und besuche ihn, sehe mir das Zimmer an, von dem du mir erzählt hast. Was für ein Misthaufen! Also haben Monsieur Jourdain und ich angefangen, die Sachen durchzugehen. Und in einer der Bücherkisten hat er deine Familie gefunden!«

»Was meinst du damit? Ein Buch über meine Familie?«

»Nein, nein, ins Buch hineingeschrieben. Es ist eine Bibel. Die erste Seite von einer Bibel. Da haben Familien Geburten und Todesfälle und Heiraten eingetragen, in ihre Bibel, wenn sie eine hatten.«

»Aber wieso lag sie da herum?«

»Gute Frage. Er ist schrecklich, Monsieur Jourdain. Diese ganzen wertvollen Dinge, die er einfach so herumliegen läßt! Anscheinend hat jemand eine ganze Kiste alter Bücher gebracht. Es ist alles mögliche dabei, alte Aufzeichnungen von der Gemeinde, alte Schuldscheine, aber die Bibel ist am wertvollsten. Na ja, vielleicht nicht ganz so wertvoll, in diesem Zustand.«

»Was ist damit los?«

»Sie ist verbrannt. Die meisten Seiten sind schwarz. Aber viele Tourniers sind darin aufgeführt. Es sind deine Tourniers, Monsieur Jourdain ist ganz sicher.«

Ich schwieg. Das mußte ich erst einmal verarbeiten.

»Also, kannst du kommen und sie dir ansehen?«

»Natürlich. Wo bist du?«

»Immer noch in Le Pont de Montvert. Aber ich kann dich irgendwo auf halbem Weg treffen. Treffen wir uns in Rodez, in, warte, drei Stunden.« Sie dachte einen Moment nach. »Ich weiß. Wir können uns in Crazy Joe's Bar treffen. Es ist in der Altstadt, gleich um die Ecke vom Dom. Es ist amerikanisch, also kannst du einen Martini trinken!« Sie kreischte vor Lachen und legte auf.

Als ich aus Lisle herausfuhr, kam ich am *hôtel de ville* vorbei. Fahr weiter, Ella, dachte ich. Er hat damit nichts zu tun.

Ich hielt an, sprang heraus, rannte in das Gebäude und die Treppen hinauf. Ich öffnete die Bibliothekstür und steckte den Kopf hinein. Jean-Paul saß allein hinter dem Schalter und las. Er sah zu mir hoch, bewegte sich aber ansonsten nicht.

Ich blieb in der Tür stehen. »Haben Sie zu tun?« fragte ich.

Er zuckte die Achseln. Nach der Szene auf dem Markt vor ein paar Tagen war seine Distanz nicht verwunderlich.

»Ich habe etwas gefunden«, sagte ich leise. »Oder ich sollte eigentlich sagen, jemand anderes hat etwas für mich gefunden. Konkretes Beweismaterial. Etwas, was Ihnen gefallen wird.«

»Hat das mit Ihrem Maler zu tun?«

»Ich glaube nicht. Kommen Sie mit, und Sie werden es sehen.«

»Wohin?«

»Sie haben es in Le Pont de Montvert gefunden, aber ich treffe sie in Rodez.« Ich sah zu Boden. »Ich möchte gern, daß Sie mitkommen.«

Jean-Paul betrachtete mich einen Augenblick, dann nickte er. »Gut. Ich mache hier früher zu. Können Sie mich in einer Viertelstunde bei der Fina-Tankstelle oben an der Straße nach Albi treffen?«

»Bei der Tankstelle? Warum? Wie kommen Sie dahin?«

»Ich fahre dahin. Ich treffe Sie dort, und dann können wir zusammen weiterfahren.«

»Warum können Sie nicht jetzt gleich mitkommen? Ich warte draußen auf Sie.«

Jean-Paul seufzte. »Sagen Sie, Ella Tournier, Sie haben nie in einer kleinen Stadt gelebt, bevor Sie nach Lisle gekommen sind, oder?«

»Nein. Aber –«

»Ich erzähle es Ihnen, wenn wir fahren.«

Jean-Paul fuhr in einem zerbeulten weißen Citroën Deux Chevaux, einem dieser klapprigen Autos, deren Dach man wie eine Sardinenbüchse zurückrollen kann, in die Tankstelle. Sein Motor machte ein unverwechselbares Geräusch, ein freundliches, rumpelndes Geheul, über das ich immer lächeln mußte, wenn ich es hörte. Ich hatte eigentlich vermutet, daß Jean-Paul einen Sportwagen fahren würde, aber ein 2 CV paßte zu ihm.

Er sah so verstohlen aus, als er von seinem Auto in meins umstieg, daß ich lachte. »Also, Sie denken, daß die Leute über uns klatschen werden?« bemerkte ich, als ich auf die Straße nach Albi fuhr.

»Es ist eine kleine Stadt. Viele alte Frauen hier haben nichts anderes zu tun, als zu beobachten und darüber zu reden, was sie sehen.«

»Sicher haben sie nichts Böses im Sinn.«

»Ella, ich werde Ihnen den Tag einer dieser Frauen beschreiben. Sie steht morgens auf und frühstückt auf der Veranda, so daß sie jeden sehen kann, der vorbeikommt. Dann macht sie ihre Einkäufe; sie geht jeden Tag zu allen Läden und redet mit den anderen Frauen und sieht zu, was die anderen Leute machen. Sie kommt zurück und steht ein bißchen vor ihrer Tür herum und redet mit ihren Nachbarn und beobachtet. Sie schläft eine Stunde am Nachmittag, wenn sie weiß, daß alle anderen auch schlafen und sie nichts verpaßt. Sie sitzt für den Rest des Nachmittags auf ihrer Veranda und liest die Zeitung; in Wirklichkeit sieht sie aber genau, was in der Straße vor sich geht. Abends geht sie noch mal spazieren und redet mit all ihren Bekannten. Das ist alles, was sie macht.«

»Aber ich habe nichts in der Öffentlichkeit getan, worüber sie sprechen könnten.«

»Sie nehmen alles und verdrehen es.«

Ich nahm zügig eine Kurve. »Es gibt nichts, was ich in dieser Stadt getan habe, was irgend jemand interessant oder skandalös oder sonst was finden könnte.«

Jean-Paul schwieg einen Augenblick. Dann sagte er: »Sie mögen Zwiebel-Quiches, ja?«

Ich war eine Sekunde lang pikiert, dann lachte ich. »Ja, das ist so eine Sucht, stimmt. Ich kann mir vorstellen, daß die alten Tratschtanten schockiert sind.«

»Sie dachten, Sie wären ... Sie wären –« Er hielt inne. Ich streifte ihn mit einem Blick; er sah verlegen aus. »Schwanger«, brachte er schließlich heraus.

»*Was?*« Ich fing an, zu kichern. »Aber das ist doch lächerlich!

Warum sollten sie so etwas denken? Und warum ist es ihnen wichtig?«

»In einem kleinen Ort kennt jeder die Angelegenheiten von jedem. Sie denken, es ist ihr Recht, zu wissen, wenn Sie ein Baby bekommen. Aber sie wissen sowieso, daß Sie nicht schwanger sind.«

»Gut«, murmelte ich. Dann starrte ich ihn an. »Woher wissen sie das?«

Zu meiner Überraschung sah Jean-Paul noch verlegener aus. »Nichts, sie –« Er brach ab und nestelte an seiner Hemdtasche herum.

»Was?« Langsam wurde mir schlecht bei dem Gedanken, was sie alles wissen könnten. Jean-Paul zog ein Päckchen Zigaretten heraus. »Kennen Sie den Durex-Automaten, gleich neben dem Marktplatz?« fragte er schließlich.

»Ah.« Jemand mußte Rick an jenem Abend gesehen haben. Lieber Gott, dachte ich, was haben sie nicht ausgeschnüffelt? Posaunt der Arzt jeden Besuch aus? Durchwühlen sie unseren Abfall?

»Was haben sie noch gesagt?«

»Das brauchen Sie nicht zu wissen.«

»Was haben sie noch gesagt?«

Jean-Paul sah zum Fenster hinaus. »Ihnen entgeht nichts, was Sie in den Läden kaufen. Der Briefträger erzählt ihnen von jedem Brief, den Sie bekommen. Sie wissen, wann Sie tagsüber weggehen, und sie merken, wie oft Sie mit Ihrem Mann weggehen. Und, na ja, wenn Sie Ihre Fensterläden nicht schließen, dann sehen sie auch hinein.« Es klang, als würde er in erster Linie mich dafür tadeln, daß ich meine Läden nicht schloß.

Ich schauderte, dachte an das erstickende Baby, an all die gegen mich gewandten Schultern.

»Was haben sie genau gesagt?«

»Sie wollen das wirklich wissen?«

»Ja.«

»Da waren die Quiches und der Heißhunger. Dann denken sie, daß Sie überheblich sind, weil Sie eine Waschmaschine gekauft haben.«

»Warum das denn?«

»Sie finden, daß Sie von Hand waschen sollten wie sie es tun. Nur Leute mit Kindern sollten Maschinen haben. Und sie denken, daß die Farbe, in der Sie Ihre Fensterläden gestrichen haben, vulgär ist und nicht nach Lisle paßt. Sie denken, daß Sie keine Finesse haben. Daß Sie keine ärmellosen Kleider tragen sollten. Daß Sie unhöflich sind und mit den Leuten Englisch sprechen. Daß Sie eine Lügnerin sind, denn Sie haben Madame Rodin in der *boulangerie* erzählt, daß Sie hier wohnen würden, als Sie noch gar nicht hier wohnten. Und Sie haben den Lavendel auf dem Platz gepflückt, und das macht niemand. Das war eigentlich ihr erster Eindruck von Ihnen. Es ist schwer, das zu ändern.«

Wir fuhren ein paar Minuten lang schweigend. Ich fühlte mich den Tränen nah, wollte aber gleichzeitig lachen. Ich hatte nur einmal in der Öffentlichkeit Englisch gesprochen, aber das zählte viel mehr als die unzähligen Male, die ich Französisch gesprochen hatte. Jean-Paul zündete eine Zigarette an und öffnete sein Fenster einen Spalt.

»Denken Sie auch, daß ich unhöflich bin und keine Finesse habe?«

»Nein.« Er grinste. »Und ich finde, daß Sie öfters ärmellose Kleider tragen sollten.«

Ich wurde rot. »Also, haben sie auch etwas Nettes über mich gesagt?«

Er dachte einen Moment lang nach. »Sie denken, daß Ihr Mann sehr gut aussieht, sogar mit dem –« Er zeigte an seinen Hinterkopf.

»Pferdeschwanz.«

»Ja. Aber sie verstehen nicht, warum er rennt, und sie finden, seine Shorts sind zu kurz.«

Ich lächelte. Jogging schien fehl am Platz in einem französischen Dorf, aber Rick war immer immun gegen ihr Starren. Dann wich mein Lächeln.

»Wieso wissen *Sie* das alles über mich?« fragte ich. »Die Quiches und Schwangersein und die Fensterläden und die Waschmaschine? Sie tun so, als stünden Sie über diesem ganzen Geschwätz, aber Sie scheinen genausoviel zu wissen wie alle anderen.«

»Ich klatsche nicht«, erwiderte Jean-Paul fest und blies Rauch aus dem Fenster. »Jemand hat es mir als Warnung erzählt.«

»Warnung wovor?«

»Ella, es ist jedesmal eine öffentliche Sache, wenn wir uns treffen. Es ist für Sie nicht richtig, sich mit mir zu treffen. Man hat mir gesagt, daß die Leute über uns tratschen. Ich hätte vorsichtiger sein sollen. Es macht nichts für mich, aber Sie sind eine Frau, und es ist immer schlimmer für eine Frau. Jetzt werden Sie sagen, daß das falsch ist«, fuhr er fort, als ich versuchte, ihn zu unterbrechen, »aber richtig oder falsch, es ist so. Und Sie sind verheiratet. Und Sie sind eine Fremde. All das macht es noch schlimmer.«

»Aber es ist beleidigend, daß Sie deren Urteil wichtiger als meines finden. Was ist schon dabei, wenn ich mich mit Ihnen treffe? Ich tue doch nichts Schlimmes, um Himmels willen. Ich bin mit Rick verheiratet, aber das heißt nicht, daß ich nie wieder mit einem anderen Mann sprechen kann!«

Jean-Paul sagte nichts.

»Wie können Sie nur damit leben?« sagte ich ungeduldig. »Mit diesem Dorfleben voller Klatsch und Tratsch? Wissen die alles über Sie?«

»Nein. Natürlich war es ein Schock nach der Großstadt, aber ich habe gelernt, diskret zu sein.«

»Diskret nennen Sie das, sich so wegzuschleichen, um mich zu treffen? Jetzt sieht es wirklich so aus, als hätten wir was zu verbergen.«

»So ist es auch nicht ganz. Was sie am meisten beleidigt, ist, wenn es direkt vor ihnen ist, vor ihren Nüstern.«

»Vor ihrer Nase.« Ich mußte trotz allem lächeln.

»Vor ihrer Nase.« Er lächelte grimmig zurück. »Es ist ein anderes Denken.«

»Wie auch immer, die Warnung hat ja offensichtlich nichts genützt. Wir sind schließlich hier.«

Den Rest der Fahrt über schwiegen wir.

Der Einband war halb verbrannt, die Seiten verkohlt und unleserlich, bis auf die erste. Mit zittriger Handschrift stand in verblaßter brauner Tinte das Folgende geschrieben:

Jean Tournier n. 16 août 1507
m. Hannah Tournier 18 juin 1535
Jacques n. 28 août 1536
Etienne n. 29 mai 1538
m. Isabelle du Moulin 28 mai 1563
Jean n. 1 janvier 1563
Jacob n. 2 juillet 1565
Marie n. 9 octobre 1567
Susanne n. 12 mars 1540
m. Bertrand Bouleaux 29 novembre 1565
Deborah n. 16 octobre 1567

Vier Augenpaare ruhten auf mir: Jean-Paul, Mathilde, Monsieur Jourdain – der zu meiner Überraschung neben Mathilde saß und einen Highball trank, als wir hereinkamen – und ein kleines blondes Mädchen, das mit einer Cola in der Hand und mit vor Aufregung großen Augen auf einem Barhocker saß und mir als Sylvie, Mathildes Tochter, vorgestellt wurde.

Mir war ein wenig schlecht, aber ich hielt die Bibel gegen meine Brust gepreßt und lächelte sie alle an.

»*Oui*«, sagte ich einfach. »*Oui.*«

5. Die Geheimnisse

Die Berge waren der auffälligste Unterschied.

Isabelle betrachtete die umliegenden Hänge; das nackte Felsstück dicht unter dem Gipfel sah so aus, als würde es jeden Moment herabfallen. Die Bäume waren fremdartig und standen eng zusammen wie Moosklumpen, hier und da leuchtete ein heller Wiesenfleck hervor.

Die Berge in den Cevennen sind wie der Bauch einer Frau, dachte sie. Die Berge des Jura sind wie ihre Schultern. Schärfer, deutlicher abgegrenzt, weniger einladend. Mein Leben in solchen Bergen wird anders sein. Sie schauderte.

Sie standen an einem Fluß nahe Moutier, Teil einer Gruppe, die aus Genf hierhergekommen war, um nach einem Ort zu suchen, wo sie sich niederlassen könnten. Isabelle wollte sie anflehen, hier nicht zu bleiben, weiterzugehen, bis sie eine freundlichere Heimat finden würden. Niemand teilte ihr Unbehagen. Etienne und zwei andere Männer ließen sie am Fluß zurück und gingen zum Gasthof im Dorf, um nach Arbeit zu fragen.

Der Fluß, der durch das Tal floß, war klein und dunkel und von Silberbirken gesäumt. Abgesehen von den Bäumen war die Birse nicht viel anders als der Tarn, aber sie sah unfreundlich aus. Obwohl sie jetzt niedrig stand, würde sie im Frühling auf das Dreifache anschwellen. Die Kinder rannten zum Wasser hinab. Petit Jean und Marie hielten die Hände hinein, während Jacob, am Ufer kniend, die Kieselsteine am Grund betrachtete. Er griff vorsichtig hinein und holte einen schwarzen Stein in Form eines ungleichmäßigen Herzens heraus, hielt ihn dann zwischen zwei Fingern hoch, so daß alle ihn sehen konnten.

– *Eh, bravo, mon petit!* rief Gaspard, ein lustiger Mann, der auf einem Auge blind war. Er und seine Tochter Pascale hatten in Lyon einen Gasthof geführt und waren mit einem Karren voller Essen geflohen, das sie mit allen, die es brauchen konnten, teilten. Die Tourniers trafen sie auf dem Weg von Genf, als ihre Kastanien aufgebraucht waren und die Rüben ihnen nur noch einen weiteren Tag gereicht hätten. Gaspard und Pascale gaben ihnen zu essen und schlugen jeden Dank und alle Angebote zur Rückzahlung aus.

– Es ist Gottes Wille, sagte Gaspard und lachte, als hätte er gerade einen Witz erzählt. Pascale lächelte nur. Sie erinnerte Isabelle an Susanne, mit ihrem ruhigen Gesicht und ihrer sanften Art.

Die Männer kamen aus dem Gasthof zurück; Etienne hatte einen verwirrten Ausdruck in den wilden, großen Augen ohne Wimpern und Brauen.

– Es gibt keinen Duc de l'Aigle hier, sagte er und schüttelte den Kopf. Kein Land, das man pachten oder für jemanden bestellen kann.

– Für wen arbeiten sie hier? fragte Isabelle.

– Für sich selber. Es klang unsicher. Ein paar von den Bauern brauchen Hilfe bei der Hanfernte. Wir könnten eine Zeitlang bleiben.

– Was ist Hanf, Papa? fragte Petit Jean.

Etienne zuckte die Achseln.

Er will nicht zugeben, daß er es nicht weiß, dachte Isabelle.

Sie blieben in Moutier. Bevor der Schnee kam, wurden sie von einem Bauern nach dem anderen beschäftigt. Am ersten Tag wurden sie auf ein Hanffeld geführt, das sie mähen und trocknen lassen sollten. Sie sahen die harten, faserigen Pflanzen an, die so groß waren wie Etienne.

Schließlich sprach Marie aus, was sie alle gedacht hatten.

– Maman, wie ißt man diese Pflanzen?

Der Bauer lachte.

– *Non, non, ma petite fleur*, sagte er, diese Pflanze wird nicht gegessen. Wir spinnen Fäden daraus, für Stoff und Seile. Siehst du das Hemd? Er zeigte auf das graue Hemd, das er trug. Das ist aus Hanf. Komm, faß es an!

Isabelle und Marie rieben den Stoff zwischen ihren Fingern. Er war dick und kratzig.

– Das Hemd hält mir, bis mein Enkel Kinder hat!

Er erklärte, daß sie den Hanf schneiden und trocknen würden, ihn dann in Wasser einweichen, um die Fasern vom Holz zu trennen, und ihn dann nochmals trocknen würden, bevor sie die Pflanzen schlugen, um die Fasern vollständig zu lösen. Die Fasern würden dann gekämmt und gesponnen werden.

– Das werdet ihr den ganzen Winter über tun. Er nickte Isabelle und Hannah zu. Das macht eure Hände kräftig.

– Aber was *eßt* ihr? beharrte Marie.

– Wir haben genug! Wir tauschen den Hanf auf dem Markt in Bienne gegen Weizen und Ziegen und Schweine und andere Dinge. Hab keine Angst, *fleurette*, du wirst keinen Hunger leiden.

Etienne und Isabelle waren still. In den Cevennen hatten sie kaum auf dem Markt getauscht: Sie hatten ihren Ernteüberschuß an den Duc de l'Aigle verkauft. Isabelle umklammerte ihren Nacken. Es schien nicht richtig, etwas anzubauen, was man nicht essen konnte.

– Wir haben Küchengärten, versicherte der Bauer ihnen. Und manche bauen Winterweizen an. Habt keine Angst, es gibt genug hier. Schaut euch das Dorf an – seht ihr Hunger? Sind das hier arme Leute? Gott gibt uns genug. Wir arbeiten hart, und Er gibt uns.

Es stimmte, daß Moutier reicher war als ihr altes Dorf. Isabelle nahm eine Sense und ging aufs Feld. Sie fühlte sich, als läge sie im Fluß auf dem Rücken und müßte darauf vertrauen, daß sie nicht untergehen würde.

Östlich von Moutier machte die Birse eine Biegung nach Norden und schnitt durch die Bergkette. Sie floß durch eine Schlucht zwischen hochaufragenden, gelbgrauen Felsen, die an manchen Stellen massiv waren, doch an den Rändern abbröselten. Als Isabelle die Felsen zum ersten Mal sah, wollte sie auf die Knie fallen, denn sie erinnerten sie an eine Kirche.

Der Bauernhof, in den sie einzogen, war nicht an der Birse, sondern an einem Fluß weiter östlich gelegen. Immer, wenn sie nach Moutier gingen oder von Moutier kamen, gingen sie an der Felsschlucht vorbei. Wenn Isabelle allein war, bekreuzigte sie sich.

Ihr Haus war aus einem Stein gebaut, den sie nicht kannten, leichter und weicher als der zu Hause. Es gab Lücken, wo der Mörtel weggebröckelt war, die das Haus zugig und feucht werden ließen. Die Fenster- und Türrahmen waren aus Holz, ebenso wie die niedrige Decke, und Isabelle hatte Angst, daß das Haus abbrennen könnte. Ihr altes Haus war ganz aus Stein gewesen.

Am merkwürdigsten war, daß es keinen Kamin gab; auch die Häuser im Tal hatten keinen. Statt dessen hatte man innen die niedrige Decke eingezogen, der Rauch sammelte sich im Raum zwischen der Decke und dem Dach und drang schließlich aus kleinen Löchern unterhalb der Dachkante nach draußen. Man hängte dort Fleisch zum Räuchern auf, aber das schien auch der einzige Nutzen zu sein. Alles im Haus war mit einer Schicht Ruß bedeckt, und es wurde dunkel und stickig, sobald alle Fenster und Türen geschlossen waren.

Manchmal in diesem ersten Winter, wenn Isabelle ihr Haar in fettiges, graues Leinentuch wickelte oder endlos spann und dabei versuchte, den groben Hanffaden nicht mit ihren blutigen Fingern zu beschmutzen, oder im düsteren Rauch hustend und nach Atem ringend am Tisch saß und wußte, daß der Himmel draußen tief hing und schwer von Schnee war, und auch wußte, daß es monatelang so bleiben würde, glaubte sie, sie müßte verrückt werden. Sie vermißte die Sonne auf den Felsen, den gefrorenen Ginster, die klaren kalten Tage, den riesigen Herd der Tourniers, der Wärme ausgestrahlt und den Rauch nach draußen abgeführt hatte. Sie sagte nichts. Sie hatten Glück, überhaupt ein Haus zu haben.

– Irgendwann werde ich einen Kamin bauen, versprach Etienne an einem dunklen Wintertag, als die Kinder nicht aufhörten zu husten. Er sah Hannah an, die nickte.

– Ein Haus braucht einen Kamin und einen richtigen Herd, fuhr er fort. Aber zuerst müssen wir die Felder beackern. Sobald ich Zeit habe, baue ich ihn, und dann ist das Haus fertig. Und sicher. Er sah in die Ecke und vermied Isabelles Blick.

Sie ging hinaus, trat in den *devant-huis*, einen offenen Platz zwischen Haus, Stall und Scheune, die alle durch das gleiche Dach verbunden waren. Sie konnte dort stehen und hinaussehen, ohne vom Wind weggeblasen oder mit Schnee bedeckt zu werden. Sie atmete die frische Luft tief ein und seufzte. Die Tür ging nach Süden hinaus, aber hier gab es keine freundliche, wärmende Sonne. Sie blickte über die weißen Hügel gegenüber und sah einen grauen Umriß im Schnee hocken. Als sie in den dunkleren Schatten des *devant-huis* zurücktrat, sah sie, wie die Gestalt in den Wald sprang.

– Jetzt fühle ich mich sicher, sagte sie leise in Richtung von Etienne und Hannah. Und es hat nichts mit *eurer* Magie zu tun.

Alle paar Tage ging Isabelle den gefrorenen Pfad an den gelben Felsen vorbei zum Gemeinschaftsofen von Moutier. Zu Hause hatte sie ihr Brot immer im eigenen Herd oder im Haus ihres Vaters gebacken, aber hier wurde alles an einem Ort gebacken. Sie wartete, bis die Ofentür sich öffnete und die Hitzewelle sie umfing, und dann schob sie ihre Laibe hinein. Die Frauen um sie herum trugen runde Wollhauben und sprachen leise. Eine lächelte ihr zu.

– Wie geht es Petit Jean und Jacob und Marie? fragte sie.

Isabelle lächelte zurück.

– Sie wollen nach draußen. Sie haben es nicht so gern, wenn sie drinbleiben müssen. Zu Hause war es nicht so kalt. Jetzt streiten sie mehr.

– *Das* hier ist jetzt euer Zuhause, verbesserte die Frau sanft. Gott wird hier mit euch sein. Er hat euch dieses Jahr einen milden Winter geschenkt.

– Natürlich, stimmte Isabelle zu.

– Gott sei mit Euch, Madame, sagte die Frau, als sie mit ihren Brotlaiben beladen wegging.

– Und mit Euch.

Hier nennen sie mich Madame, dachte sie. Niemand sieht mein rotes Haar. Niemand weiß davon. Es gibt hier ein Dorf mit dreihundert Menschen, und niemand nennt mich La Rousse. Sie wissen nichts über die Tourniers, außer daß wir der Wahrheit nachfolgen. Wenn ich weggehe, reden sie nicht hinter meinem Rücken über mich.

Dafür war sie dankbar. Dafür konnte sie mit den rauhen, steilen Bergen leben, der seltsamen Feldfrucht, den harten Wintern. Vielleicht konnte sie sogar ohne Kamin leben.

Isabelle traf Pascale oft am Gemeinschaftsofen und in der Kirche. Zuerst sagte Pascale sehr wenig, aber langsam wurde sie gesprächiger, bis sie irgendwann Isabelle ihr früheres Leben in allen Einzelheiten schilderte.

– In Lyon habe ich in der Küche gearbeitet, wenn ich konnte, sagte sie, als sie an einem Sonntag in der Menge vor der Kirche standen. Aber als Maman an der Seuche starb, mußte ich anfangen, zu bedienen. Ich war nicht gern unter so vielen fremden Männern, die mich überall anfaßten. Sie schüttelte sich. Und dann soviel Wein auszuschenken, wo wir doch keinen trinken sollen, es schien nicht richtig. Ich bin lieber versteckt geblieben. Wenn es ging. Sie war einen Augenblick lang still.

– Aber Papa, er macht das leidenschaftlich gern, fuhr sie fort. Weißt du, er hofft, das Cheval-Blanc zu übernehmen, wenn die

Eigentümer weggehen. Er stellt sich gut mit ihnen, falls es dazu kommt. In Lyon hieß das Gasthaus auch Cheval-Blanc. Er denkt, es ist ein Zeichen.

– Und du vermißt euer altes Leben nicht?

Pascale schüttelte den Kopf.

– Mir gefällt es hier. Ich fühle mich sicherer als in Lyon. Es war so voll, und lauter Leute, denen man nicht trauen konnte.

– Ja, sicher ist es schon. Aber ich vermisse den Himmel, sagte Isabelle. Den offenen Himmel, durch den du ganz bis ans Ende der Welt sehen kannst. Hier engen die Berge den Himmel ein. Zu Hause öffneten sie ihn.

– Ich vermisse die Kastanien, verkündete Marie und lehnte sich an ihre Mutter.

Isabelle nickte.

– Als wir sie immer hatten, habe ich nie darüber nachgedacht. Wie Wasser. Man denkt nicht über Wasser nach, bis man Durst hat und es keines gibt.

– Aber da war auch Gefahr, zu Hause, nicht?

– Ja. Sie schluckte, als sie sich an den Geruch brennenden Fleisches erinnerte. Diese Erinnerung teilte sie nicht mit.

– Ihre runden Hauben sind lustig, findest du nicht? sagte sie statt dessen und zeigte auf eine Gruppe von Frauen. Kannst du dir vorstellen, eine über deinem Kopftuch zu tragen?

Sie lachten.

– Vielleicht werden wir sie eines Tages tragen, und Neuankömmlinge werden über uns lachen, fügte Isabelle hinzu.

Aus der Menge donnerte Gaspards Stimme herüber: – Soldaten! Ich kann euch ein paar Geschichten über katholische Soldaten erzählen, die euch die Haare zu Berge stehen lassen!

Pascales Lächeln verschwand. Sie sah zu Boden, ihr Körper versteifte sich, ihre Hände ballten sich zu Fäusten. Sie hatte nie über ihre Flucht gesprochen, aber Isabelle hatte Gaspard schon mehrmals in allen Einzelheiten davon erzählen hören, wie auch jetzt.

– Als die Katholiken von dem Massaker in Paris hörten, sind sie verrückt geworden, und sie sind zum Gasthof gekommen und wollten uns in Stücke reißen, erklärte Gaspard. Lauter Soldaten stürmten herein, und ich dachte: Die einzige Möglichkeit, uns zu retten, ist, den Wein zu opfern. Also bot ich ihnen allen schnell Wein umsonst an. *Aux frais de la maison!* rief ich ununterbrochen. Na, das brachte sie zur Ruhe. Man weiß ja, die Katholiken, die sind für ein Gläschen immer zu haben! Dadurch hatten wir immer gutes Geschäft. Bald waren sie so betrunken, daß sie vergessen hatten, weshalb sie gekommen waren, und während Pascale sie ablenkte, packte ich einfach alles, was wir hatten, ein, direkt vor ihren Nasen!

Plötzlich löste sich Pascale von Isabelles Seite und verschwand hinter die Kirche. Wie kann Gaspard nicht sehen, daß mit seiner Tochter etwas nicht in Ordnung ist? dachte Isabelle, als Gaspard weiter sprach und lachte.

Einen Moment später folgte sie ihr. Pascale hatte sich erbrochen, lehnte an der Kirchenmauer und wischte sich zitternd den Mund ab. Isabelle bemerkte ihre Blässe und nickte leicht. Dritter Monat, sagte sie sich. Und sie hat keinen Mann.

– Isabelle, du warst eine Hebamme, nicht? sagte Pascale schließlich.

Isabelle schüttelte den Kopf.

– Meine Mutter brachte es mir bei, aber Etienne – seine Familie ließ mich nicht weitermachen, als wir heirateten.

– Aber du weißt Bescheid über – über Kinder, und –

– Ja.

– Und wenn – wenn das Kind verschwindet, weißt du darüber auch Bescheid?

– Du meinst, wenn Gott will, daß das Kind verschwindet?

– Ich – Ja, das ist es, was ich meine. Wenn Gott es will.

– Ja, darüber weiß ich Bescheid.

– Gibt es da etwas – ein besonderes Gebet?

Isabelle dachte einen Augenblick nach.

– Komm in zwei Tagen zur Schlucht und wir beten gemeinsam.

Pascale zögerte.

– Es war in Lyon, stieß sie hervor. Als wir weg wollten. Sie waren so betrunken. Papa weiß nichts von –

– Und er wird nichts erfahren.

Isabelle ging tief in den Wald, um Wachholder und Gartenraute zu finden. Als Pascale sie zwei Tage später traf, zwischen den Felsen oben an der Schlucht, gab Isabelle ihr eine Paste zu essen, kniete dann mit ihr nieder und betete zur heiligen Margareta, bis der Boden blutrot war.

Das war das erste Geheimnis ihres neuen Lebens.

An ihrem ersten Weihnachtsfest in Moutier entdeckte Isabelle, daß die Jungfrau auf sie gewartet hatte.

Es gab zwei Kirchen. Die Anhänger Calvins hatten die katholische Kirche von Saint Pierre eingenommen, die Bilder der Heiligen verbrannt und den Altar umgedreht. Die Stiftsherren waren geflohen, und damit hörte das Kloster, das dreihundert Jahre lang hier gestanden und viele Wunder gesehen hatte, auf zu bestehen. Die zum Kloster gehörige *Eglise de Chalières* wurde nun für die Gemeinde von Perrefitte, einem kleinen Weiler neben Moutier, benutzt. Viermal im Jahr, an den hohen Feiertagen, besuchten die Dorfleute aus Moutier den Morgengottesdienst in Saint Pierre und den Nachmittagsgottesdienst in Chalières.

An diesem ersten Weihnachtsfest drängten die Tourniers sich in die winzige Kapelle, in schwarzen Kleidern, die Pascale und Gaspard ihnen geliehen hatten. Es war so voll, daß Isabelle auf Zehenspitzen stehen mußte, um den Pfarrer sehen zu können. Bald gab sie es auf und sah sich statt dessen die Wandmalereien über ihm an. Sie bedeckten die Wände des Chors, grün und rot und gelb und braun, und sie stellten auf der gewölbten Decke Christus dar, wie er das Buch des Lebens hielt, die zwölf Apostel in Gemälden unter ihm. Abgesehen von dem farbigen Glas und der Statue der Jungfrau in ihrer Kindheit hatte sie nie Schmuck in einer Kirche gesehen.

Wieder auf Zehenspitzen, um einen Blick auf die Figuren, die in Augenhöhe gemalt waren, zu erhaschen, unterdrückte sie ein Aufkeuchen. Rechts vom Pfarrer war ein verblaßtes Bild der Jungfrau, die traurig in die Ferne blickte. Obwohl Isabelles Augen sich mit Tränen füllten, beherrschte sie ihr Gesicht. Sie sah zum Pfarrer hin, und nur ab und zu wagte sie einen schnellen Blick zum Wandgemälde.

Die Jungfrau sah sie an und lächelte kurz, bevor sie ihren trauernden Ausdruck wieder aufnahm. Niemand außer Isabelle hatte es gesehen.

Das war das zweite Geheimnis.

Seither eilte sie an Festtagen immer früh nach Chalières, um so nah wie möglich bei der Jungfrau stehen zu können.

Die Frühlingssonne brachte das dritte Geheimnis. Über Nacht schmolz der Schnee, und es bildeten sich Wasserfälle, die von den umliegenden Bergen herabrauschten und den Fluß überfluteten. Die Sonne kam wieder heraus, der Himmel wurde blau, das Gras war zum Leben erwacht. Sie konnten die Tür und die Fenster offenlassen, so daß die Kinder und der Rauch nach draußen entflohen. Etienne streckte sich in der Sonne wie eine Katze und lächelte Isabelle kurz an. Sein graues Haar ließ ihn alt aussehen.

Isabelle freute sich über die Sonne, aber sie machte sie auch wachsam. Jeden Tag nahm sie Marie mit in den Wald und untersuchte ihr Haar, wobei sie alle roten Strähnen ausriß. Marie stand geduldig da und schrie nie bei dem schmerzhaften Gezupfe. Sie bat ihre Mutter, das Haar behalten zu dürfen, und versteckte den größer werdenden Ballen im Loch eines Baumes.

Eines Tages rannte Marie zu Isabelle und vergrub den Kopf in ihrem Schoß.

– Mein Haar ist weg, flüsterte sie unter Tränen, sogar in diesem Augenblick gewärtig, daß sie den anderen nichts sagen durfte. Isabelle sah zu Etienne, Hannah und den Jungen hinüber. Außer Hannahs saurem Gesichtsausdruck wies nichts in ihren Gesichtern auf einen Argwohn hin.

Als sie und Marie den Baum suchten, blickte sie hoch und sah ein Vogelnest in der Sonne glitzern.

– Da! zeigte sie. Marie lachte und klatschte in die Hände.

– Nehmt es! rief sie den Vögeln zu, hielt ihr Haar an den Enden hoch und ließ es in langsamen Kaskaden fallen. Nehmt es, es gehört euch! Jetzt werde ich immer wissen, wo es ist.

Sie drehte sich immer schneller im Kreis und fiel lachend zu Boden.

Das hohe Pfeifen stieg an und fiel wieder ab, bevor es in einem vogelartigen Trällern endete. Man konnte es durch das ganze Tal hören. Nach einer Weile war das Rütteln und Klappern und Klingeln eines Wagens zu vernehmen, der von hoch oben in den Bergen zu den mit Flachs bepflanzten Feldern herunterkam. Etienne schickte Jacob, um nachzusehen, was es da gab. Als Jacob zurückkam, nahm er Isabelle an die Hand und führte sie den Pfad entlang zum Dorfrand; der Rest der Familie kam hinterher. Dort hatte der Wagen angehalten und war von einer Menschenmenge umringt.

Der Händler war klein und dunkelhaarig, mit einem Bart und einem langen Schnurrbart, der in stattliche Zwirbel gekringelt war; er hatte eine rot und gelb gestreifte Mütze, die wie ein umgekehrter Eimer geformt war, über seine Ohren gestülpt. Hoch über ihnen auf seinem Wagen, der mit Gütern beladen war, kletterte er mit einer Sicherheit herum, die zeigte, daß er jeden Zollbreit kannte. Die ganze Zeit plapperte er über die Schulter in einem merkwürdig singenden Akzent, der Isabelle zum Lachen brachte, während Etienne ihn mit zusammengekniffenen Augen anstarrte.

– Orangen, Orangen! Ich zeige euch Orangen, Oliven, Zitronen aus Sevilla! Hier ist ein schöner Kupfertopf. Und eine Ledertasche. Und hier ein Paar Schnallen. Wollt Ihr Schnallen an diese Schuhe, meine Dame? Ja, Ihr wollt! Und ich gebe Euch passende Knöpfe dazu! Und Garn und Spitze, hier, ja, die feinste Spitze. Kommt näher, kommt näher! Kommt und seht, fühlt, habt keine Angst. *Ah, Jacques Le Barbe, bonjour encore!* Euer Bruder sagt, daß er bald aus Genf hierherkommt, aber Eure Schwester, sagt er, bleibt in der Nähe von Lyon. Warum kommt sie nicht zu Euch, hier an diesen wunderbaren Ort? Nun denn. Und Abraham Rougemont, ein Pferd steht für Euch in Bienne bereit. Ein guter Kauf, ich hab es mit eigenen Augen gesehen. Laßt Eure hübsche Tochter einmal um das Dorf reiten. Und *Monsieur le régent*, Euren Sohn traf ich –

Weiter und weiter sprach er und verteilte seine Nachrichten, während er seine Waren verkaufte. Die Leute lachten und neckten ihn; er war ein gewohnter und willkommener Anblick, jedes Jahr kam er nach der harten Winterszeit und dann wieder während des Erntefestes.

Mitten in all dem Trubel lehnte er sich plötzlich zu Isabelle hinüber.

– *Che bella*, Euch habe ich ja noch nie gesehen! rief er. Kommt und schaut meine Sachen an! Er strich über die Stoffrollen neben sich. Kommt, seht!

Isabelle lächelte scheu und senkte den Kopf; Etienne runzelte die Stirn. Sie hatten nichts, womit sie hätten handeln können, weniger als nichts, denn sie schuldeten allen in Moutier etwas. Als sie ankamen, hatte man ihnen zwei Ziegen gegeben und je einen kleinen Sack mit Flachs- und Hanfsamen, Decken, Kleidung. Sie mußten niemandem etwas zurückzahlen, aber es wurde von ihnen erwartet, daß sie genauso großzügig sein würden, wenn die nächsten Flüchtlinge ohne etwas ankommen würden. Sie standen lange da und sahen den Einkäufen zu, bewunderten die Spitze, das neue Pferdegeschirr, die weißen leinenen Kittel.

Isabelle hörte den Händler von Alès sprechen.

– Er könnte etwas wissen, flüsterte sie Etienne zu.

– Frag nicht, zischte er.

Er will es nicht wissen, dachte sie. Aber ich.

Sie wartete, bis Etienne und Hannah gegangen waren und Petit Jean und Marie vom endlosen Rennen um den Wagen müde geworden und zum Fluß gegangen waren, bevor sie näher kam.

– Bitte, Monsieur, flüsterte sie.

– Ah, *Bella*, Ihr wollt Euch umsehen! Kommt, kommt!

Sie schüttelte den Kopf.

– Nein, ich wollte fragen – Ihr wart in Alès?

– An Weihnachten, ja. Warum, habt Ihr eine Botschaft für mich?

– Meine Schwägerin und ihr Mann sind dort – könnten dort sein. Susanne Tournier und Bertrand Bouleaux. Sie haben eine Tochter, Deborah, und vielleicht ein Baby, so Gott will.

Zum ersten Mal war der Händler still und dachte nach. Er schien all die Gesichter und Namen, die er auf seinen Reisen gesehen und gehört und in seinem Gedächtnis aufbewahrt hatte, zu durchsuchen.

– Nein, sagte er schließlich, ich habe sie nicht gesehen. Aber ich werde für Euch nach ihnen suchen. In Alès. Und Euer Name?

– Isabelle. Isabelle du Moulin. Und mein Mann, Etienne Tournier.

– Isabella, *che bella*. Ein wunderschöner Name, den ich nicht vergessen werde! Er lächelte ihr zu. Und Euch zeige ich auch die wunderbarste Ware, die ich habe, etwas ganz Besonderes. Er sprach leiser. *Très cher* – den meisten Leuten zeige ich das nicht.

Er führte Isabelle um seinen Wagen herum und fing an, zwischen Stoffbündeln herumzugraben, bis er einen Ballen aus weißem Leinen hervorzog. Jacob tauchte neben Isabelle auf und der Händler winkte ihn zu sich.

– Komm her, du siehst dir gerne Sachen an! Ich sehe, wie deine Augen alles beobachten. Nun sieh dir das an.

Er stand über ihnen und schüttelte das weiße Leinen aus. Heraus fiel das vierte Geheimnis, die Farbe, von der Isabelle gedacht hatte, daß sie sie nie wieder sehen würde. Sie stieß einen Schrei aus und rieb den Stoff zwischen den Fingern. Es war weiche Wolle, sehr tief gefärbt. Sie senkte den Kopf und berührte den Stoff mit ihrer Wange.

Der Händler nickte.

– Ihr kennt dieses Blau, sagte er mit Befriedigung. Ich wußte, daß Ihr dieses Blau kennt. Das Blau der Jungfrau von San Zaccaria.

– Wo ist denn das? Isabelle strich den Stoff glatt.

– Oh, das ist eine wunderschöne Kirche in Venezia. Wißt Ihr, es gibt eine Geschichte zu diesem Blau. Der Weber, der dieses Tuch hergestellt hat, hat es nach dem Umhang der Jungfrau angefertigt, die in San Zaccaria auf einem Gemälde zu sehen ist. Er hat es gemacht, um ihr für ein Wunder zu danken.

– Was für ein Wunder? Jacob sah den Händler mit großen braunen Augen an.

– Der Weber hatte eine kleine Tochter, die er sehr liebte, und eines Tages ist sie verschwunden, wie es mit Kindern in Venezia öfters geschieht. Sie fallen in die Kanäle, weißt du, und dann ertrinken sie. Der Trödler bekreuzigte sich.

– Also, die kleine Tochter ist nicht nach Hause gekommen, und der Weber, der ging nach San Zaccaria, um für ihre Seele zu beten. Er betete stundenlang zur heiligen Jungfrau. Und als er nach Hause kommt, findet er seine Tochter dort, lebendig! Und aus Dankbarkeit macht er dieses Tuch, dieses besondere Blau, siehst du, damit seine Tochter es trägt und für immer sicher unter dem Schutz der Jungfrau lebt. Andere haben versucht, es nachzumachen, aber niemand hat es geschafft. Es ist ein Geheimnis in der Farbe, wißt Ihr, und nur sein Sohn kennt es jetzt. Ein Familiengeheimnis.

Isabelle sah den Stoff an, dann den Händler, und hatte Tränen in den Augen.

– Ich habe nichts, sagte sie.

– Euch, *Bella*, Euch gebe ich etwas Kleines. Ein Geschenk, ein bißchen Blau.

Er beugte sich über den Stoff und zog von einem ausgefransten Ende ein Stück Faden heraus, das so lang war wie ihr Finger. Mit einer tiefen Verbeugung überreichte er es ihr.

Isabelle dachte oft an den blauen Stoff. Es gab für sie keine Möglichkeit, ihn zu kaufen; selbst wenn sie könnte, würden Etienne und Hannah ihn nicht im Haus dulden.

– Katholisches Tuch! würde Hannah schimpfen, wenn sie sprechen würde.

Sie verbarg den Faden im Saum ihres Kleides und holte ihn nur hervor, wenn sie mit Jacob allein war, der selten sprach und der nichts über das Stück Farbe, das sie teilten, sagen würde.

Dann bekam eine ihrer Ziegen ein verspätetes Kitz, und Isabelle hatte noch ein letztes Geheimnis.

Die Ziege hatte zwei Zicklein zur Welt gebracht, leckte sie, säugte sie, und schlief, während sich die beiden an ihr geschwollenes Euter preßten. Als Isabelle vom Feld kam, um nach ihr zu sehen, bemerkte sie die rote Haut eines weiteren Kopfes, der sich herausschob. Sie zog den winzigen Körper heraus, sah, daß es lebte, und stellte es vor die Ziege, damit sie es säubern konnte. Als das neue Kitz gesäugt wurde, sah Isabelle zu und dachte nach. Ihre Geheimnisse machten sie kühn.

Die Wälder um Moutier herum waren so groß, daß sie Stellen kannte, wo niemand je hinkam. Sie brachte das Kitz zu einer dieser Stellen, baute einen Verschlag aus Holz und Heu, fütterte es und kümmerte sich einen ganzen Sommer lang darum, ohne daß irgend jemand davon wußte.

Außer einem. Sie ließ das Zicklein gerade an einem mit der Milch seiner Mutter gefüllten Sack trinken, als Jacob hinter einer Birke hervortrat. Er hockte sich neben sie und legte seine Hand auf den Rücken des Kitzes.

– Papa möchte wissen, wo du bist, sagte er, während er das Kitz streichelte.

– Wie lange weißt du schon, daß ich hierherkomme?

Er zuckte die Achseln und fuhr über das Fell des Zickleins, erst mit, dann gegen den Strich.

– Willst du mir helfen, nach ihm zu sehen?

Er sah zu ihr hoch.

– Natürlich, Maman.

Sein Lächeln war so selten, daß es wie ein Geschenk war.

Diesmal war sie vorbereitet, als sie das Pfeifen des Händlers hörte. Der Trödler lächelte breit, als er Isabelle sah. Sie lächelte zurück. Während sie sich mit Hannah das Leinen ansah, kletterte Jacob hinauf und zeigte ihm seine Kieselsteine, während er leise ihre Nachricht überbrachte. Der Trödler nickte, während er die merkwürdigen Formen und Farben der Steine bewunderte.

– Du hast ein gutes Auge, *mio bambino*, sagte er. Gute Farben, gute Formen. Du siehst alles und sagst nicht viel, ganz anders als ich! Ich liebe die Worte, aber du, du siehst dich um und du beobachtest die Dinge, nicht? Ja.

Als er anfing, seine Nachrichten zu verteilen, fiel sein Blick auf Isabelle, und er schnalzte mit den Fingern.

– Ah, ja, jetzt erinnere ich mich! Ja, ich finde Eure Familie in Alès!

Unwillkürlich sahen sogar Etienne und Hannah erwartungsvoll zu ihm hoch. Sein Publikum brachte den Trödler in Fahrt.

– Ja, ja, sagte er und vollführte schwungvolle Gesten. Da sehe ich sie auf dem Markt in Alès, ah, *bella famiglia!* Und ich erzähle ihnen von Euch, und sie freuen sich, daß es Euch gutgeht.

– Und es geht auch ihnen gut? fragte Isabelle. Und es ist ein Baby da?

– Ja, ja, ein Baby. Bertrand und Deborah und Isabella, jetzt erinnere ich mich.

– Nein, *ich* bin Isabelle. Ihr meint Susanne. Isabelle hatte nicht gedacht, daß der Händler so einen Fehler machen würde.

– Nein, nein, es ist Bertrand und die zwei Mädchen, Deborah und Isabella, sie ist erst ein Baby, Isabella.

– Und was ist mit Susanne? Der Mutter?

– Ah. Der Händler hielt inne und strich sich nervös über den Schnurrbart. Ah, nun ja. Sie ist gestorben, als sie das Baby zur Welt gebracht hat, wißt Ihr. Als sie Isabella geboren hat.

Daraufhin drehte er sich weg, denn er richtete nicht gerne schlechte Nachrichten aus, und suchte geschäftig zwischen den Lederriemen eines Pferdegeschirrs herum. Isabelle senkte den Kopf, sie sah alles verschwommen hinter Tränen. Etienne und Hannah gingen von der Menge weg und standen schweigend mit gesenkten Köpfen in einiger Entfernung.

Marie nahm Isabelles Hand.

– Maman, flüsterte sie. Eines Tages werde ich Deborah wiedersehen. Oder nicht?

Der Händler traf Jacob später, weiter unten auf der Straße. Im Dunklen wurde der Tausch gemacht, Ziege gegen Blau. Der Junge versteckte das Tuch im Wald. Am nächsten Tag schüttelte Isabelle es aus und blickte lange auf die Fläche schimmernder Farbe. Dann wickelten sie das Tuch in ein Stück Leinen und versteckten es in der Strohmatratze, die Jacob mit Marie und Petit Jean teilte.

– Wir werden etwas daraus machen, versprach Isabelle ihm. Gott muß mir sagen, was.

Im Herbst ernteten sie ihren eigenen Hanf. Eines Tages schickte Etienne Petit Jean in den Wald, um dicke Eichenstöcke zu schneiden, die sie brauchten, um den Hanf zu schlagen. Die anderen stellten Böcke auf und begannen, Arme voller Hanf aus der Scheune zu bringen, um sie darüberzulegen.

Petit Jean kam mit fünf Stöcken über der Schulter und dem Nest aus Maries Haar zurück.

– Sieh, Mémé, was ich gefunden habe, sagte er, während er Hannah das Nest hinhielt, so daß das Rot im Licht aufschimmerte.

– Oh! rief Marie aus, bevor sie sich beherrschen konnte. Isabelle machte eine unwillkürliche Bewegung.

Etienne blickte von Marie zu Isabelle. Hannah betrachtete das Nest und dann Maries Haar. Sie sah Isabelle feindselig an und gab Etienne das Nest.

– Geht zum Fluß, befahl Etienne den Kindern.

Petit Jean legte die Stöcke ab, streckte dann die Hand aus und zog Marie so fest er konnte an den Haaren. Sie fing an zu weinen, und Petit Jean grinste mit einem Blick, der Isabelle an Etienne erinnerte, als sie ihn kennengelernt hatte. Als er wegging, hob er sein Messer an der Spitze und warf es. Es stak sauber in einem Baumstumpf.

Er ist erst zehn Jahre alt, dachte sie, aber er denkt und benimmt sich schon wie ein Mann.

Jacob nahm Maries Hand und führte sie weg, während er mit großen Augen zu Isabelle zurückblickte.

Etienne sagte nichts, bis die Kinder weg waren. Dann deutete er auf das Nest.

– Was ist das?

Isabelle sah hin, dann zu Boden. Sie wußte nicht genug darüber, wie man Geheimnisse behielt, um auch zu wissen, was man tat, wenn sie entdeckt wurden.

Also sagte sie die Wahrheit.

– Es ist Maries Haar, flüsterte sie. Ihr wachsen rote Haare, und ich reiße sie ihr im Wald immer aus. Die Vögel haben damit ein Nest gebaut.

Sie schluckte.

Ich wollte nicht, daß sie geneckt wird. Daß sie – verurteilt wird.

Als sie den Blick sah, den Etienne und Hannah wechselten, fühlte ihr Magen sich an, als hätte sie Steine geschluckt. Sie wünschte, sie hätte gelogen.

– Ich habe ihr geholfen, rief sie. Es war auch, um uns zu helfen. Ich wollte nichts Unrechtes tun!

Etiennes Augen fixierten den Horizont.

– Es gibt Gerüchte, sagte er langsam. Ich habe so manche Dinge gehört.

– Was für Dinge?

– Der Holzfäller Jacques Le Barbe hat gesagt, daß ihm schien, er hätte dich mit einem Zicklein im Wald gesehen. Und jemand anders hat einen Blutflecken auf dem Boden gefunden. Sie reden über dich, La Rousse. Willst du das?

Sie reden über mich, dachte sie. Sogar hier. Meine Geheimnisse sind keine Geheimnisse mehr. Und sie führen zu anderen Geheimnissen. Werden sie die auch herausfinden?

– Es gibt noch etwas. Du warst mit einem Mann zusammen, als wir von Mont Lozère weggegangen sind. Einem Schäfer.

– Wer sagt das? Das war ein Geheimnis, das sie sogar vor sich selbst gehütet hatte, sie erlaubte sich nicht, an ihn zu denken. Ihr geheimes Geheimnis.

Sie sah Hannah an, und plötzlich wußte sie Bescheid. Sie kann sprechen, dachte Isabelle. Sie kann sprechen, und sie spricht mit Etienne. Sie hat uns auf dem Mont Lozère gesehen. Der Gedanke ließ sie heftig zittern.

– Was hast du zu sagen, La Rousse?

Sie blieb still, denn sie wußte, daß Worte ihr nicht helfen konnten, und sie hatte auch Angst, daß noch mehr Geheimnisse herausfliegen würden, wenn sie den Mund öffnete.

– Was versteckst du? Was hast du mit der Ziege gemacht? Sie getötet? Sie dem Teufel geopfert? Oder hast du sie bei dem katholischen Händler eingetauscht, der dich so angestarrt hat?

Er nahm einen der Stöcke, packte sie am Handgelenk und zerrte sie ins Haus. Er stieß sie in die Ecke und suchte überall, warf Töpfe herunter, stocherte im Feuer, riß ihre Strohmatratzen auseinander, dann die von Hannah. Als er beim Strohsack der Kinder angekommen war, hielt Isabelle den Atem an.

Jetzt ist das Ende gekommen, dachte sie. Heilige Mutter Gottes, hilf mir.

Er drehte die Matratze um und riß das Stroh heraus.

Das Tuch war nicht da.

Der Schlag war eine Überraschung; er hatte sie nie zuvor geschlagen. Der Hieb warf sie durch das halbe Zimmer.

– Du wirst uns nicht mit deiner Hexerei verderben, La Rousse, sagte er leise. Dann nahm er den Stock, den Petit Jean geschnitten hatte, und schlug sie, bis das Zimmer schwarz wurde.

6. Die Bibel

Entweder der Rauch oder die kalte Luft, die durch das offene Fenster hereindrang, weckte mich. Als ich die Augen öffnete, sah ich das orangefarbene Glühen einer brennenden Zigarette, dann die Hand, die sie hielt und die auf dem Lenkrad ruhte. Ohne den Kopf zu bewegen, folgte ich dem Arm bis zu den Schultern hinauf und dann zu seinem Profil. Er sah über das Lenkrad hinaus, als würde er noch fahren, aber der Wagen stand, der Motor war aus, und es war nicht einmal das Klicken zu hören, das man immer hörte, wenn der Motor gerade erst abgestellt worden war. Ich hatte keine Ahnung, wie lange wir da gestanden hatten.

Ich hatte mich seitlich im Beifahrersitz eingerollt, das Gesicht zu ihm, die Wange gegen den rauhen Stoff der Kopfstütze gepreßt; mein Haar war mir übers Gesicht gefallen und klebte an meinem Mund. Ich sah nach hinten; die Bibel lag auf dem Rücksitz, in eine Plastiktüte eingewickelt.

Obwohl ich mich nicht bewegt und auch nicht gesprochen hatte, wandte Jean-Paul den Kopf und sah mich an. Wir hielten den Blick eine lange Zeit, ohne etwas zu sagen. Die Stille war angenehm, obwohl ich nicht sagen konnte, was er dachte: Sein Gesicht war nicht leer, aber es war auch nicht offen.

Wie lange dauert es, um zwei Jahre Ehe und zwei Jahre Beziehung davor zu überwinden? Nie zuvor war ich in Versuchung geraten; als ich Rick gefunden hatte, war die Sache für mich klar gewesen. Ich hatte Geschichten von Freundinnen gehört, über deren Suche nach dem richtigen Mann, über katastrophale Verabredungen, gebrochene Herzen, und konnte mich nie richtig in ihre Lage versetzen. Es war, wie einen Reisebericht über ein

Land anzusehen, von dem man weiß, daß man nie hinfahren wird, Albanien oder Finnland oder Panama. Allerdings schien ich jetzt gerade ein Flugticket nach Helsinki in den Händen zu halten.

Ich lehnte mich hinüber und legte meine Hand auf seinen Arm. Seine Haut war warm. Ich schob meine Hand über die Beuge seines Ellbogens hinauf. Als ich halbwegs auf seinem Oberarm war, und mir nicht sicher war, was ich als nächstes tun sollte, legte er seine Hand auf meine und hielt sie fest.

Ich richtete mich auf und strich mir das Haar aus dem Gesicht. Ich hatte noch den Geschmack der Oliven von den Martinis im Mund, die Mathilde an diesem Abend für mich bestellt hatte. Jean-Pauls Jacke lag um meine Schultern; sie war weich und roch nach Zigaretten, Blättern und warmer Haut. Ich trug nie die Jacken von Rick: Er war um so vieles größer und breitschultriger als ich, daß ich in seinen Jacken wie ein Zelt aussah und die Ärmel mich einsperrten. Jetzt fühlte es sich an, als ob ich etwas trug, was mir seit langem gehörte.

Als wir mit den anderen in der Bar saßen, hatten Jean-Paul und ich den ganzen Abend Französisch miteinander gesprochen, und ich hatte mir geschworen, das weiterhin zu tun. Nun sagte ich, »*Nous sommes arrivés chez nous?*« und bereute es sofort. Was ich gesagt hatte, war zwar grammatikalisch korrekt, aber das *chez nous* hörte sich an, als wohnten wir zusammen. Wie so oft mit meinem Französisch hatte ich mal wieder nur die wörtliche Bedeutung parat gehabt, aber nicht die Konnotationen der Worte.

Falls Jean-Paul die Implikation bemerkte, reagierte er nicht darauf. »*Non, le Fina*«, sagte er.

»Danke fürs Fahren.«

»Nicht der Rede wert. Können Sie jetzt fahren?«

»Ja.« Plötzlich war ich ganz nüchtern und spürte den Druck seiner Hand auf meiner. »Jean-Paul«, fing ich an, wollte etwas sagen und wußte nicht, was.

Einen Augenblick lang antwortete er nicht. Dann sagte er, »Sie tragen nie bunte Farben.«

Ich räusperte mich. »Nein, eigentlich nicht. Nicht, seit ich ein Teenager war.«

»Ah. Goethe hat gesagt, daß nur Kinder und einfache Leute lebhafte Farben mögen.«

»Soll das ein Kompliment sein? Ich mag Naturstoffe, das ist alles. Wolle und Baumwolle und besonders – was ist das auf französisch?« Ich zeigte auf meinen Ärmel; Jean-Paul nahm seine Hand von meiner, um den Stoff zwischen zwei Fingern zu reiben, während seine anderen Finger über meine nackte Haut streiften.

»*Le lin.*«

»*Le lin.* Ich habe immer gern Leinen getragen, besonders im Sommer. Es sieht in natürlichen Farben besser aus, in weiß und beige und –« Ich brach ab. Das Vokabular für Kleiderfarben ging eindeutig über meinen Wortschatz hinaus; was waren nur die Worte für Sand, Karamel, Schlamm, Ocker?

Jean-Paul ließ meinen Ärmel los, und seine Hand ruhte wieder auf dem Lenkrad. Ich sah meine eigene Hand an, die wie verirrt auf seinem Arm lag, nachdem sie so viele Hemmungen überwunden hatte, dorthin zu kommen, und hätte weinen können. Ich nahm sie weg und schob sie unter meinen anderen Arm, während ich Jean-Pauls Jacke von den Schultern schüttelte und geradeaus sah. Warum saßen wir hier und sprachen über meine Kleidung? Mir war kalt; ich wollte nach Hause.

»Goethe«, schnaubte ich, grub meine Absätze in den Boden und drückte den Rücken ungeduldig gegen die Rückenlehne.

»Was ist mit Goethe?«

Ich verfiel ins Englische. »Nur Sie können jetzt von jemandem wie Goethe anfangen.«

Jean-Paul schnippte seinen Zigarettenstummel nach draußen und kurbelte das Fenster hoch. Er öffnete die Tür, stieg aus und streckte sich. Ich gab ihm seine Jacke zurück und rutschte auf den Fahrersitz. Er schlüpfte in die Jacke, beugte sich dann in den Wagen, eine Hand oben auf der Tür, die andere auf das Dach aufgestützt. Er sah mich an, schüttelte den Kopf und seufzte, ein verärgertes Zischen zwischen zusammengebissenen Zähnen.

»Ich gerate nicht gerne zwischen ein Paar«, murmelte er auf englisch. »Nicht einmal, wenn ich nicht aufhören kann, sie anzusehen und sie immer mit mir streitet und mich wütend macht und mich gleichzeitig unheimlich anzieht.« Er lehnte sich herein und küßte mich hart auf beide Wangen. Gerade fing er an, sich wieder aufzurichten, als meine Hand, meine dreiste, tückische Hand, hochschnellte, sich um seinen Hals hakte und sein Gesicht zu meinem herabzog.

Es war Jahre her, seit ich jemand anderen als Rick geküßt hatte. Ich hatte vergessen, wie unterschiedlich Leute sein können. Jean-Pauls Lippen waren weich, aber fest und verrieten nur eine Ahnung davon, was hinter ihnen lag. Sein Geruch war betörend; ich riß mich von seinem Mund los, rieb meine Wange an dem Schmirgelpapier seines Kinns, vergrub die Nase in seinem Hals und atmete tief ein. Er kniete nieder und zog meinen Kopf zurück, fuhr mit den Fingern wie mit einem Kamm durch mein Haar. Er lächelte mir zu. »Du siehst viel französischer aus mit diesem roten Haar, Ella Tournier.«

»Ich hab es aber wirklich nicht gefärbt.«

»Das habe ich auch nie behauptet.«

»Es war Ri–« Wir erstarrten beide; Jean-Paul hörte auf, durch meine Haare zu kämmen.

»Tut mir leid«, sagte ich, »Ich wollte nicht –« Ich seufzte und fuhr fort: »Weißt du, ich habe nie gedacht, daß ich mit Rick unglücklich bin, aber jetzt fühlt es sich an, als ob etwas nicht – als ob wir ein Puzzle wären, wo jedes Teil genau an seinem richtigen Platz ist, aber das Puzzle stellt ein falsches Bild dar.« Meine Kehle schnürte sich zusammen, und ich sprach nicht weiter.

Jean-Paul ließ die Hände von meinem Haar fallen. »Ella, wir haben uns geküßt. Das heißt noch lange nicht, daß deine Ehe zerbricht.«

»Nein, aber –« Ich hielt inne. Wenn ich über Rick und mich Zweifel hatte, dann sollte ich sie mit Rick besprechen.

»Ich möchte dich weiterhin sehen«, sagte ich. »Darf ich dich noch sehen?«

»In der Bibliothek, ja. Nicht an der Fina-Tankstelle.« Er hob meine Hand und küßte die Innenfläche. *»Au revoir, Ella Tournier. Bonne nuit.«*

»Bonne nuit.«

Er stand auf. Ich schlug die Tür zu und sah ihm zu, wie er zu seinem Auto hinüberging und einstieg. Er ließ es an, hupte kurz und fuhr weg. Ich war erleichtert, daß er nicht darauf bestanden hatte, zu warten, bis ich zuerst wegfuhr. Ich sah ihm nach, bis seine Rücklichter am Ende der langen, von Bäumen gesäumten Straße außer Sichtweite waren. Dann stieß ich einen langen Atemzug aus, griff hinter mich nach der Tournierschen Bibel, hielt sie im Schoß und starrte auf die Straße hinaus.

Ich war schockiert, wie einfach es war, Rick anzulügen. Ich hatte immer gedacht, daß er es sofort merken würde, wenn ich ihn betrog, daß ich meine Schuldgefühle nie würde verbergen können, daß er mich zu gut kannte. Aber meistens sieht man das, was man erwartet; Rick erwartete, daß ich mich auf eine bestimmte Art verhielt, also sah er mich auch so. Als ich mit der Bibel unter dem Arm hereinkam, nachdem ich erst eine halbe Stunde zuvor mit Jean-Paul zusammengewesen war, sah Rick von seiner Zeitung auf und sagte fröhlich, »Hallo, Schatz«, und es war, als wäre nichts passiert. So fühlte es sich an, zu Hause bei Rick, der sauber und golden unter seiner Leselampe saß, weit weg von dem dunklen Wagen, dem Rauch, Jean-Pauls Jacke. Sein Gesichtsausdruck war offen und arglos; er verbarg nichts vor mir. Ja, beinahe schien es, als wäre nie etwas passiert.

Das Leben konnte überraschend einfach in verschiedene Bereiche unterteilt werden.

Das Ganze wäre so viel leichter, wenn Rick ein fieser Kerl wäre, dachte ich. Aber natürlich hätte ich einen fiesen Kerl nie geheiratet. Ich küßte ihn auf die Stirn. »Ich möchte dir etwas zeigen«, sagte ich.

Er warf seine Zeitung hin und setzte sich auf. Ich kniete neben ihm nieder, zog die Bibel aus der Tüte und ließ sie auf seinen Schoß plumpsen.

»Hey, das ist allerdings was«, sagte er und strich mit der Hand über den Einband. »Woher hast du die? Du warst am Telefon nicht besonders deutlich, wo du hinwolltest.«

»Der alte Mann, der mir in Le Pont de Montvert geholfen hat, Monsieur Jourdain, hat sie im Archiv gefunden. Er hat sie mir geschenkt.«

»Sie gehört *dir?*«

»Ja. Sieh dir die erste Seite an. Siehst du? Meine Verwandten. Das sind sie.«

Rick sah die Reihe von Namen an, nickte und lächelte. »Du hast es tatsächlich geschafft. Du hast sie gefunden!«

»Ja. Mit viel Hilfe und viel Glück. Aber immerhin.« Ich konnte nicht umhin zu bemerken, daß er die Bibel bei weitem nicht so eingehend und liebevoll musterte, wie Jean-Paul das getan hatte. Bei dem Gedanken zog sich mir vor Schuldgefühlen der Magen zusammen: Solche Vergleiche waren absolut ungerecht. Nichts dergleichen mehr, dachte ich entschlossen. Nichts mehr mit Jean-Paul. Schluß, aus.

»Weißt du, die ist 'ne Stange Geld wert«, sagte Rick. »Bist du sicher, daß er sie dir geschenkt hat? Hast du dir das schriftlich geben lassen?«

Ich starrte ihn ungläubig an. »Nein, habe ich nicht! Fragst du mich jedesmal nach einer schriftlichen Bestätigung, wenn ich dir was schenke?«

»Na komm, Ella, ich will dir ja nur helfen. Du willst doch

nicht, daß er sich's anders überlegt und sie plötzlich zurückhaben will. Wenn du's schriftlich hast, gibt's keine Probleme. Außerdem sollten wir sie in ein Bankschließfach geben. Am besten in Toulouse, ich glaube nicht, daß die Bank hier welche hat.«

»Ich werde sie nicht in ein Schließfach tun! Ich behalte sie hier, bei mir!« Ich funkelte ihn an. Dann passierte es: Wie einer von diesen Einzellern unter dem Mikroskop sich aus keinem ersichtlichen Grund plötzlich teilt, fühlte ich, wie wir zu getrennten Wesen mit unterschiedlichen Sichtweisen wurden. Es war seltsam: Ich hatte nicht gewußt, wie sehr wir eins gewesen waren, bis wir auseinander waren.

Rick schien die Veränderung nicht bemerkt zu haben. Ich starrte ihn an, bis er die Stirn runzelte. »Was ist los?« fragte er.

»Ich – also, ich werde sie in kein Schließfach tun, soviel ist sicher. Dafür ist sie zu wertvoll.« Ich nahm die Bibel und preßte sie an mich.

Zu meiner Erleichterung mußte Rick am nächsten Tag seine Reise nach Deutschland antreten. Ich war so verstört durch den neuen Abstand zwischen uns, daß ich unbedingt Zeit für mich brauchte. Er küßte mich zum Abschied, nichts ahnend von meinem inneren Aufruhr, und ich fragte mich, ob ich so wenig von seinem Innenleben wußte wie er von meinem.

Es war Mittwoch, und ich wäre zu gern zum Café am Fluß gegangen, um Jean-Paul zu treffen. Doch die Vernunft siegte über das Gefühl: Ich wußte, daß es besser war, alles eine Zeitlang ruhen zu lassen. Ich wartete, bis er mit ziemlicher Sicherheit im Café in seine Zeitung vertieft war, bevor ich für meine täglichen Erledigungen aus dem Haus ging. Eine zufällige Begegnung auf der Straße unter den Augen so vieler Leute, die von jeder unserer Bewegungen fasziniert waren, war überhaupt nicht nach meinem Geschmack. Ich hatte nicht die Absicht, dieses Drama vor dem ganzen Dorf aufzuführen. Als ich mich dem Marktplatz näherte, ging mir Jean-Pauls Beschreibung von Lisle und was man hier von mir dachte, wieder durch den Kopf; am liebsten wäre ich in die Abgeschiedenheit meines Hauses zurückgelaufen und hätte sogar die Fensterläden geschlossen.

Ich zwang mich, weiterzugehen. Als ich die ›Herald Tribune‹ und ›Le Monde‹ kaufte, war die Verkäuferin sehr freundlich, sah mich nicht merkwürdig an und machte sogar eine Bemerkung über das Wetter. Sie schien nicht an meine Waschmaschine, Fensterläden oder ärmellosen Kleider zu denken.

Die echte Prüfung war Madame. Resolut ging ich auf die *boulangerie* zu. »*Bonjour, Madame*«, sang ich, als ich eintrat. Sie war gerade mitten in einem Gespräch mit jemand anderem und runzelte die Stirn, als ich sie ansprach. Ich warf einen Blick auf ihre Kundschaft: es war Jean-Paul. Er verbarg seine Überraschung, aber nicht schnell genug für Madame, die uns mit triumphierendem Ekel und Frohlocken beäugte.

Ach, zum Teufel, dachte ich, jetzt reicht's. »*Bonjour, Monsieur*«, sagte ich fröhlich.

»*Bonjour, Madame*«, erwiderte er. Obwohl sein Gesicht unbewegt blieb, klang seine Stimme, als würde er die Augenbrauen hochziehen.

Ich wandte mich an Madame. »Madame, ich hätte gern zwanzig von Ihren Quiches, bitte. Wissen Sie, ich finde sie wunderbar. Ich esse sie jeden Tag, zum Frühstück, zum Mittagessen, zum Abendessen.«

»*Zwanzig* Quiches«, wiederholte sie und sperrte den Mund auf.

»Ja, bitte.«

Madame klappte den Mund zu, preßte die Lippen fest zusammen und griff, die Augen noch auf mich gerichtet, hinter sich nach einer Papiertüte. Ich hörte, wie Jean-Paul sich leise räusperte. Als Madame sich bückte, um die Quiches in die Tüte zu legen, sah ich zu ihm hin. Er hatte den Blick auf eine Auslage mit gezuckerten Mandeln geheftet. Sein Mund war angespannt, und er rieb sich mit Daumen und Zeigefinger übers Kinn. Ich sah wieder zu Madame hin und lächelte. Sie richtete sich auf und faltete die Papiertüte zu. »Ich habe nur fünfzehn«, murmelte sie, während sie mich anfunkelte.

»Oh, wie schade. Dann werde ich zur *pâtisserie* gehen müssen, um zu sehen, ob sie dort welche haben.« Ich vermutete, daß Madame die *pâtisserie* verachtete; was es dort gab, mußte ihr, einer ernsthaften Brotverkäuferin, frivol erscheinen. Ich hatte recht: Ihre Augen weiteten sich, sie schüttelte den Kopf und schnaubte. »Die haben keine Quiches!« rief sie. »Ich bin die einzige, die in Lisle-sur-Tarn Quiches macht!«

»Ah«, erwiderte ich. »Na ja, dann vielleicht im Intermarché.«

Jean-Paul stieß einen unterdrückten Laut aus, und Madame hätte beinahe die Tüte mit den Quiches fallengelassen. Dies war die Todsünde: ihren Erzrivalen und die schlimmste Bedrohung ihres Geschäftes zu nennen, den Supermarkt am Stadtrand, ohne Geschichte, ohne Würde und ohne Finesse. Ungefähr so wie ich. Ich lächelte. »Was schulde ich Ihnen?« fragte ich.

Madame antwortete einen Augenblick lang nicht; sie sah aus, als müsse sie sich setzen. Jean-Paul nutzte diese Gelegenheit, murmelte *»Au revoir, Mesdames«* und verschwand.

Als er weg war, hatte ich das Interesse am Streit mit ihr verloren. Ich gab ihr widerstandslos die 150 Francs, die sie verlangte. Sie nahm mir den letzten Centime ab, aber es hatte sich gelohnt.

Draußen holte Jean-Paul mich ein.

»Du bist sehr boshaft, Ella Tournier«, murmelte er auf französisch.

»Möchtest du vielleicht eine Quiche?« Wir lachten.

»Ich dachte, wir dürfen uns in der Öffentlichkeit nicht sehen. Dies –« Ich zeigte um mich herum auf den Platz – »ist sehr öffentlich.«

»Ah, aber ich habe einen beruflichen Grund, mit dir zu sprechen. Sag mal, hast du die Bibel genau angesehen?«

»Noch nicht. Hörst du nie auf? Brauchst du keinen Schlaf?«

Er lächelte. »Ich habe nie viel Schlaf gebraucht. Bring die Bibel morgen zur Bibliothek. Ich habe ein paar interessante Details über deine Familie herausgefunden.«

Die Bibel hatte eine eigenartige Größe, lang und ungewöhnlich schmal. Aber sie war nicht zu schwer und lag bequem in meinen Armen. Der vordere Einband war aus abgegriffenem, eingerissenem Leder, das matt und weich und fleckig in verschiedenen kastanienbraunen Tönen glänzte. Ein Insekt hatte an mehreren Stellen winzige Löcher in das rissige Leder gebohrt. Der rückseitige Einband war geschwärzt und halb verbrannt, aber auf der Vorderseite konnte man noch ein kompliziertes Muster aus goldenen Linien und Blättern erkennen. Goldene Blumen waren auf den Rücken geprägt, und eine leicht abgewandelte Form des Musters war mit Hammer und Nadel in den Schnitt eingestanzt worden.

Ich schlug den Anfang von Genesis auf: *»Diev crea av commencement le ciel & la terre«*. Der Text war in zwei Spalten angelegt, die Schrifttype klar, und obwohl die Rechtschreibung eigenwillig war, verstand ich das Französisch – jedenfalls das, was davon übrig war. Der hintere Teil des Buches war weggebrannt und die mittleren Seiten so verrußt, daß nichts mehr zu erkennen war.

In Crazy Joe's Bar hatten Mathilde und Monsieur Jourdain eine lange Auseinandersetzung darüber gehabt, woher die Bibel ursprünglich stammte, und Jean-Paul hatte hier und da etwas eingeworfen. Ich konnte ihrer Unterhaltung nur streckenweise folgen, denn Monsieur Jourdains Dialekt war schwer zu entschlüsseln, und Mathilde sprach so schnell. Es war immer schwerer, einer Unterhaltung auf französisch zu folgen, wenn ich nicht direkt angesprochen wurde. Soweit ich verstand, waren sie sich darüber einig, daß die Bibel wahrscheinlich in Genf gedruckt und möglicherweise von jemandem namens Lefèvre d'Etaples übersetzt worden war. Monsieur Jourdain hatte besonders auf diesen Namen bestanden.

»Wer war das?« fragte ich zögernd.

Monsieur Jourdain fing an zu kichern. »La Rousse will wissen, wer Lefèvre war«, wiederholte er unentwegt und schüttelte den Kopf. Zu diesem Zeitpunkt hatte er drei Highballs hinter sich. Ich nickte geduldig und ließ ihm seinen Spaß; die Martinis hatten mich toleranter gemacht, selbst wenn ich ausgelacht wurde.

Schließlich erklärte er, daß Lefèvre d'Etaples der erste gewesen war, der die Bibel aus dem Lateinischen ins Französische übersetzt hatte, so daß sie nicht mehr nur den Pfarrern zugänglich war. »Das war der Anfang«, erklärte er. »Das war der Anfang von allem. Die Welt brach auseinander!« Mit diesem Ausruf kippte er mitsamt seinem Barhocker nach vorne und landete halb auf dem Tresen.

Ich versuchte, ein Grinsen zu unterdrücken, aber Mathilde hielt sich die Hand vor den Mund, Sylvie lachte laut heraus, und Jean-Paul lächelte, während er durch die Bibel blätterte. Ich erinnerte mich, daß er die Seite mit den Tourniers sehr sorgfältig studiert hatte und etwas auf die Rückseite eines Briefumschlages gekritzelt hatte. Ich war zu beschwipst gewesen, als daß ich ihn gefragt hätte, was er da machte.

Zu Mathildes Entrüstung und zu meiner Enttäuschung konnte sich Monsieur Jourdain nicht genau erinnern, wer ihm die Bibel gebracht hatte. »Deshalb müssen Sie alles katalogisieren!« schimpfte sie. »Das sind wichtige Fragen für jemanden wie Ella!« Monsieur machte eine gehorsame Armesündermiene, schrieb sich die Namen von allen in der Bibel aufgeführten Familienmitgliedern auf und versprach, nachzusehen, ob er etwas über sie herausfinden könnte, einschließlich derer, die einen anderen Nachnamen als Tournier hatten.

Ich ging davon aus, daß die Bibel aus der Nähe von Le Pont de Montvert stammte, wußte aber, daß sie von so gut wie überallher hätte gebracht werden können; immer wieder waren ja Leute in die Gegend gezogen und hatten alles mögliche mitgebracht. Als ich diese Möglichkeit erwähnte, schüttelten Mathilde und Monsieur Jourdain beide den Kopf.

»Sie hätten sie nicht zur *mairie* gebracht, wenn sie von woanders gekommen wären«, erklärte Mathilde. »Nur eine Familie aus den Cevennen hätte sie Monsieur Jourdain gegeben. Es gibt hier ein ausgeprägtes Geschichtsbewußtsein, und Familiendokumente wie diese Bibel verlassen die Cevennen kaum.«

»Aber Familien gehen weg. Meine Familie ist weggezogen.«

»Das war wegen der Religion«, erwiderte sie mit einer wegwerfenden Geste. »Natürlich gingen sie damals weg, und noch mehr Familien nach 1685. Weißt du, es ist merkwürdig, daß deine Familie gerade zu diesem Zeitpunkt weggegangen ist. Hundert Jahre später war es viel schlimmer für die Protestanten aus den Cevennen. Das Massaker der Bartholomäusnacht war –« Sie hielt inne und zuckte die Achseln, winkte dann Jean-Paul zu. »Erklären Sie das, Jean-Paul.« Sie trug einen pinkfarbenen Body und dazu einen karierten Minirock.

» – eine Aktion des Bürgertums, mehr oder weniger«, führte er ihren Satz weiter und lächelte ihr zu. »Es zerstörte den protestantischen Adel. Aber die Hugenotten aus den Cevennen waren Bauern und die Cevennen selbst zu isoliert, um wirklich bedroht zu sein. Es kann Auseinandersetzungen mit den ansässigen Katholiken gegeben haben. Der Dom in Mende war beispielsweise katholisch geblieben. Die haben vielleicht beschlossen, ein paar Hugenotten zu terrorisieren. Was denkst du denn, Mademoiselle?« Er wandte sich an Sylvie. Sie sah ihn nüchtern an, streckte dann ihre Füße vor, wackelte mit den Zehen und sagte: »Sieh mal, Maman hat meine Fußnägel weiß lackiert!«

Jetzt widmete ich mich wieder der Liste der Tourniers und studierte sie genauer. Das war also die Familie, die nach Moutier gegangen war: Etienne Tournier, Isabelle du Moulin und ihre Kinder Jean, Jacob, und Marie. Den Aufzeichnungen meines Cousins zufolge war Etienne 1576 auf der Heeresliste aufgetaucht, und Jean heiratete 1590. Ich überprüfte die Daten; es paßte. Und dieser Jacob war einer der Jacobs in einer langen Reihe, die bei meinem Cousin endete. Es wäre wichtig für ihn, davon zu erfahren, dachte ich. Ich werde ihm schreiben.

Meine Augen blieben an einem Schriftzug auf der Innenseite des Einbands hängen; alle hatten ihn bisher übersehen. Er war beschmutzt und verblaßt, aber ich konnte »Mas de la Baume de Monsieur« lesen. Hof des Balsams des Herrn, übersetzte ich plump. Ich holte die detaillierte Landkarte hervor, die ich von der Gegend um Le Pont de Montvert gekauft hatte, und fing an zu suchen. Ich suchte in konzentrischen Kreisen vom Dorf aus nach einem ähnlichen Namen. Nach nur fünf Minuten hatte ich es gefunden, ungefähr zwei Kilometer nordöstlich von Le Pont de Montvert. Es war ein Hügel etwas nördlich des Tarn, der halb von Wald bedeckt war. Ich nickte. Das war etwas für Jean-Paul.

Aber er konnte den Namen des Hofes gestern abend nicht gesehen haben, sonst hätte er darauf hingewiesen. Was hatte er nur gemeint, als er sagte, er hätte etwas über meine Familie herausgefunden? Ich sah mir nochmals die Namen und Daten an, fand aber nur zwei ungewöhnliche Dinge: Ein Tournier hatte eine Tournier geheiratet, und einer der Jeans war am Neujahrstag geboren.

Als ich am nächsten Nachmittag mit der Bibel in einer Tragetasche in die Bibliothek kam, stellte Jean-Paul mich mit großem Getue der anderen Bibliothekarin vor. Nachdem sie einen Blick auf die Bibel geworfen hatte, sah sie nicht mehr mißtrauisch drein.

»Monsieur Piquemal ist ein Experte für alte Bücher und Geschichte«, sagte sie in singendem Tonfall. »Das ist sein Fachgebiet. Ich dagegen weiß mehr über Romane, Erzählungen, solche Sachen. Mehr das Populäre.«

Ich spürte einen Seitenhieb auf Jean-Paul, nickte aber nur und lächelte. Jean-Paul wartete, bis wir zu Ende gekommen waren, und führte mich dann zu einem Tisch im anderen Raum. Ich schlug die Bibel auf, während er sein Stück Briefumschlag hervorholte.

»Also«, sagte er erwartungsvoll. »Was hast du entdeckt?«

»Dein Nachname ist Piquemal.«

»Und?«

»›Böser Stachel‹. Perfekt.« Ich grinste ihn an, und er runzelte die Stirn.

»*Pique* kann auch Lanze heißen«, murmelte er.

»Noch besser!«

»Also«, wiederholte er, »was hast du gefunden?«

Ich zeigte ihm den Namen des Hofes auf der Innenseite des Buchdeckels, entfaltete dann meine Karte und zeigte auf den Ort. Jean-Paul nickte. »Gut«, sagte er, während er die Karte studierte. »Keine Gebäude mehr da, aber wenigstens wissen wir, daß die Bibel aus der Gegend stammt. Was noch?«

»Eine Heirat zwischen zwei Tourniers.«

»Wahrscheinlich Cousins. Das war damals nicht so ungewöhnlich. Was noch?«

»Ähm, einer wurde an Neujahr geboren.«

Er hob die Augenbrauen; ich wünschte, ich hätte nichts gesagt. »Sonst noch was?« fragte er weiter.

»Nein.« Ich ärgerte mich schon wieder über ihn, aber gleichzeitig fiel es mir schwer, neben ihm zu sitzen und zu reden, als ob neulich abends nichts passiert wäre. Sein Arm lag so nah neben meinem auf dem Tisch, daß ich ihn leicht hätte streifen können. Näher werden wir uns nie kommen, dachte ich. So weit geht es und nicht weiter. So neben ihm zu sitzen war traurig, aussichtslos.

»Sonst hast du nichts Interessantes gefunden?« schnaubte Jean-Paul. »Pah, amerikanische Bildung. Du wärst ein schlechter Detektiv, Ella Tournier.« Als er mein Gesicht sah, unterbrach er sich und sah beschämt aus. »Entschuldige«, sagte er und wechselte ins Englische, als könnte mich das beruhigen. »Du magst es nicht, wenn ich dich auf den Arm nehme.«

Ich schüttelte den Kopf und hielt den Blick auf die Bibel gerichtet. »Das ist es nicht. Wenn ich es nicht aushielte, daß du dich über mich lustig machst, könnte ich nie wieder mit dir sprechen. Nein, es ist nur –« ich winkte ab, als könnte ich das Thema damit verjagen. »Neulich abends«, erklärte ich leise. »Es ist schwer, einfach so dazusitzen.«

»Ah.« Wir saßen nebeneinander, starrten beide die Familienliste an und waren uns dabei der Gegenwart des anderen sehr bewußt.

»Merkwürdig«, brach ich die Stille. »Ich sehe das erst jetzt. Etienne und Isabelle haben am Tag vor seinem Geburtstag geheiratet. 28. Mai, 29. Mai.«

»Ja.« Jean-Paul berührte mit dem Finger sanft meine Hand. »Ja. Das ist es, was mir zuerst aufgefallen ist. Also, habe ich mich gefragt, war es Zufall? Dann habe ich gesehen, wie alt er war. Er hatte fünfundzwanzig Jahre am Tag nach seiner Hochzeit.«

»Er *wurde* fünfundzwanzig.«

»Ja. Nun, bei den Hugenotten damals war es so: Wenn ein Mann fünfundzwanzig *wurde*, brauchte er nicht mehr die Erlaubnis seiner Eltern für die Heirat.«

»Aber er war vierundzwanzig, als er heiratete, also muß er ihre Erlaubnis gehabt haben.«

»Ja, aber es war trotzdem seltsam, so kurz vor seinem fünfundzwanzigsten Geburtstag zu heiraten. Wie um in allen Zweifel zu wecken, was seine Eltern dachten. Dann sah ich genauer hin.« Er zeigte auf die Seite. »Sieh dir das Geburtsdatum ihres ersten Sohnes an.«

»Ja, Neujahr, hab ich schon gesagt. Na und?«

Er runzelte die Stirn. »Schau nochmals hin, Ella Tournier. Denk nach.«

Ich starrte die Seite an. Als ich schließlich darauf kam, was er meinte, konnte ich nicht glauben, daß ich das nicht früher bemerkt hatte, ausgerechnet ich. Schnell fing ich an zu rechnen und zählte rückwärts mit den Fingern.

»Jetzt verstehst du.«

Ich nickte, während ich die genauen Tage auszählte, und verkündete dann: »Sie muß um den 10. April herum empfangen haben, mehr oder weniger.«

Jean-Paul sah amüsiert drein. »Der zehnte April, hm? Was soll das alles?« Er ahmte meine Gesten beim Abzählen nach.

»Die Geburt ist etwa 266 Tage nach der Empfängnis. Mehr oder weniger. Natürlich variiert die Zeit der Schwangerschaft von Frau zu Frau etwas, und es war wahrscheinlich ein wenig anders damals. Andere Ernährung, anderer Körperbau. Aber es war jedenfalls im April. Gute sieben Wochen, bevor sie geheiratet haben.«

»Und woher weißt du das mit den 266 Tagen, Ella Tournier? Du hast doch keine Kinder, oder? Hast du sie irgendwo versteckt?«

»Ich bin Hebamme. Ich weiß über solche Sachen Bescheid.«

Er sah verwirrt aus, also sagte ich es auf französisch. *»Une sage-femme. Je suis une sage-femme.«*

»Toi? Une sage-femme?«

»Ja. Du hast mich nicht einmal nach meinem Beruf gefragt.«

Er sah ganz geknickt aus, höchst ungewöhnlich für ihn, und ich spürte einen leisen Triumph; endlich hatte ich einmal die Oberhand gewonnen.

»Du überraschst mich immer wieder, Ella«, sagte er und schüttelte lächelnd den Kopf.

»Komm, komm, hör auf zu flirten oder deine Kollegin wird es der ganzen Stadt erzählen.«

Beide sahen wir instinktiv zur Tür und setzten uns aufrecht hin. Ich rückte ein wenig von ihm ab.

»Also war es eine ›Schrotflinten‹-Hochzeit, wie wir es nennen«, erklärte ich, um uns wieder zum Thema zurückzubringen.

»Eine Flinten-Hochzeit?«

»Ihre Eltern haben ihn gezwungen, sie zu heiraten, als sie herausgefunden haben, daß sie schwanger war. In den Staaten gibt es dieses Klischee vom Vater, der den Mann mit einer Schrotflinte bedroht, um ihn vor den Altar zu kriegen. Deshalb ›Schrotflinten-Hochzeit‹.«

Jean-Paul dachte einen Moment lang nach. »Das ist vielleicht so passiert.« Es klang nicht überzeugt.

»Aber?«

»Aber diese – Gewehr-Heirat, wie du sagst – erklärt nicht, warum sie so dicht an seinem Geburtstag geheiratet haben.«

»Dann war es eben Zufall, daß sie am Tag vor seinem Geburtstag geheiratet haben. Na und?«

»Du und deine Zufälle, Ella Tournier. Du suchst dir aus, an welche du glauben willst. Das ist also ein Zufall, und Nicolas Tournier ist keiner.«

Ich erstarrte. Wir hatten nicht mehr von dem Maler gesprochen, seit wir uns so heftig über ihn gestritten hatten.

»Das Gleiche könnte ich über dich sagen!« schoß ich zurück. »Wir wählen nur unterschiedliche Zufälle aus, für die wir uns interessieren, das ist alles.«

»Ich habe mich für Nicolas Tournier interessiert, bis ich herausgefunden habe, daß er nicht dein Vorfahr war. Ich habe ihm eine Chance gegeben. Und ich gebe diesem Zufall auch eine Chance.«

»Okay, also warum ist das dann mehr als ein Zufall?«

»Wegen des Datums und des Tages der Hochzeit. Beide sind schlecht.«

»Was meinst du mit schlecht?«

»In der Kultur des Languedoc gab es einen Glauben, nach dem man niemals im Mai oder im November heiraten sollte.«

»Warum nicht?«

»Mai ist der Monat des Regens, der Tränen, und November der Monat der Toten.«

»Aber das ist doch nur Aberglaube. Ich dachte, die Hugenotten hatten dem Aberglauben abgeschworen. Das war doch angeblich eine katholische Unsitte.«

Das brachte ihn momentan zum Schweigen. Er war nicht der einzige, der Bücher gelesen hatte.

»Trotzdem stimmt es, daß es in diesen Monaten weniger Hochzeiten gegeben hat. Und außerdem war der 28. Mai 1563 ein Montag, und die meisten Hochzeiten waren an Dienstagen oder Samstagen. Das waren die bevorzugten Tage.«

»Warte. Woher um Himmels willen weißt du, daß es ein Montag war?«

»Ich habe einen Freund in der Nähe mit einem Computer, der an die Universität angeschlossen ist. Gesten war ich bei ihm, und wir haben einen Kalender gefunden.«

Der ultimative Streber. Ich seufzte. »Also hast du offensichtlich bereits eine Theorie darüber, was geschehen ist. Ich weiß nicht, wie ich auf die Idee komme, daß ich in dieser ganzen Sache irgend etwas zu sagen hätte.«

Er sah mich an. »*Pardon.* Ich habe deine Forschung gestohlen, ja?«

»Ja. Sieh mal, ich weiß deine Hilfe wirklich zu schätzen, aber ich habe das Gefühl, daß bei dir alles im Kopf passiert, nicht mit dem Herzen. Kannst du das verstehen?«

Er schob die Lippen vor und nickte.

»Trotzdem würde ich deine Theorie gerne hören. Aber es ist nur eine Theorie, ja? Ich kann meine Idee, daß es eine Schrotflinten-Hochzeit war, behalten?«

»Ja. Also, vielleicht waren seine Eltern gegen die Heirat, bis sie von dem Kind erfuhren. Dann haben sie sich mit der Hochzeit beeilt, damit die Nachbarn glaubten, die Elten wären schon immer einverstanden gewesen.«

»Aber würden die Leute das nicht trotzdem vermutet haben, bei diesen Daten?« Ich konnte mir eine Version von Madame im 16. Jahrhundert sehr gut vorstellen, und wie schnell sie dahinterkommen würde.

»Vielleicht, aber es wäre immer noch besser gewesen, wenigstens scheinbar zuzustimmen.«

»Nur um den Schein zu wahren.«

»Ja.«

»Also hat sich in vierhundert Jahren wirklich nicht viel verändert.«

»Hast du das erwartet?«

Die Bibliothekarin erschien in der Tür. Wir mußten sehr vertieft wirken, denn sie lächelte uns nur zu und verschwand wieder.

»Da ist noch etwas«, sagte Jean-Paul. »Nur eine Kleinigkeit. Der Name Marie. Es ist seltsam für eine Hugenottenfamilie, ein Kind so zu nennen.«

»Warum?«

»Calvin wollte, daß die Leute aufhörten, die Jungfrau Maria anzubeten. Er glaubte an den direkten Kontakt mit Gott ohne einen Umweg über sie. Sie wurde als Ablenkung von Gott gesehen. Und sie ist Teil des Katholizismus. Es ist merkwürdig, daß sie das Kind nach der Jungfrau benannten.«

»Marie«, wiederholte ich.

Jean-Paul klappte die Bibel zu. Ich sah ihm zu, wie er den Einband berührte, die Umrisse der goldenen Blätter nachfuhr.

»Jean-Paul.«

Er drehte sich zu mir um, seine Augen leuchteten.

»Komm mit zu mir nach Hause.« Ich hatte überhaupt nicht erwartet, daß ich das sagen würde.

Äußerlich schien sein Gesicht sich nicht zu verändern, aber die Veränderung zwischen uns war, wie wenn der Wind plötzlich die Richtung wechselt.

»Ella. Ich bin hier bei der Arbeit.«

»Nach der Arbeit.«

»Und dein Mann?«

»Er ist weg.« Ich fing an, mich zu schämen. »Vergiß es«, murmelte ich. »Vergiß, daß ich gefragt habe.« Ich wandte mich zum Gehen, aber er legte seine Hand auf meine und hielt mich zurück. Als ich in meinen Stuhl zurücksank, sah er zur Tür und nahm seine Hand weg.

»Komm heute abend, ja?« sagte er.

»Wohin?«

Jean-Paul kritzelte etwas auf einen Papierfetzen. »Am besten ungefähr um elf.«

»Aber was ist das?«

Er schüttelte den Kopf. »Eine Überraschung. Komm einfach. Du wirst schon sehen.«

Ich duschte und verwandte mehr Zeit auf mein Aussehen, als ich das seit langem getan hatte, obwohl ich keine Ahnung hatte, wohin ich ging: Jean-Paul hatte einfach eine Adresse in Lavaur, einem Ort, der ungefähr zwölf Meilen entfernt war, aufgeschrieben. Es konnte ein Restaurant genausogut wie das Haus eines Freundes oder eine Bowling-Bahn sein.

Ich hatte noch seinen Kommentar zu meiner Kleidung im Ohr. Obwohl ich nicht wußte, ob er das als Kritik gemeint hatte, ging ich meinen Kleiderschrank durch und versuchte, etwas Farbiges zu finden. Schließlich zog ich wieder das blaßgelbe ärmellose Kleid an; das kam einer hellen Farbe noch am nächsten. Wenigstens fühlte ich mich wohl darin, und mit braunen Sandalen und ein wenig Lippenstift sah ich nicht schlecht aus. Natürlich kein Vergleich mit Französinnen, die schon klasse aussahen, wenn sie nur Jeans und T-Shirts trugen, aber immerhin konnte ich mich sehen lassen.

Gerade hatte ich die Haustür hinter mir zugezogen, als das Telefon klingelte. Ich mußte mich beeilen, rechtzeitig hinzukommen, bevor der Anrufbeantworter losging.

»Hey, Ella, hab ich dich geweckt?«

»Rick. Nein, eigentlich war ich gerade, äh, wollte ich gerade spazierengehen. Zur Brücke hinaus.«

»Spazierengehen, um elf Uhr abends?«

»Ja, es ist so heiß, und ich habe mich gelangweilt. Wo bist du?«

»Im Hotel.«

Ich versuchte mich zu erinnern: War es Hamburg oder Frankfurt? »Ist das Meeting gut gelaufen?«

»Großartig!« Er erzählte und gab mir damit Zeit, mich zu sammeln. Als er mich fragte, was ich so gemacht hätte, fiel mir jedoch rein gar nichts ein, was er hätte hören wollen.

»Nicht viel«, antwortete ich schnell. »Also, wann kommst du zurück?«

»Sonntag. Ich muß auf dem Rückweg erst noch kurz nach Paris. Hey, Liebes, was hast du an?« Das war ein altes Spiel, das wir am Telefon manchmal spielten: Einer von uns beschrieb, was er oder sie gerade trug, und der andere beschrieb, wie er es ausziehen würde. Ich blickte auf mein Kleid und meine Schuhe. Ich konnte ihm weder sagen, was ich trug, noch, warum ich das Spiel jetzt nicht spielen wollte.

Glücklicherweise wurde ich durch Rick selbst gerettet, der sagte: »Warte, ich glaube, da kommt ein Anruf für mich. Den nehme ich wohl lieber an.«

»Klar, bis in ein paar Tagen dann.«

»Ich liebe dich, Ella.« Er legte auf.

Ich wartete ein paar Minuten, während der mir ganz übel war, um sicherzugehen, daß er nicht noch mal anrief.

Im Auto sagte ich mir alle paar Minuten, du kannst umkehren, Ella. Du mußt das nicht tun. Du kannst den ganzen Weg dorthin fahren, parken, zur Tür von Was-auch-immer gehen, und umkehren. Du kannst ihn treffen und Zeit mit ihm verbringen und das Ganze kann völlig harmlos sein, und du kommst rein und unbefleckt zurück.

Lavaur war eine Domstadt, die ungefähr dreimal so groß war wie Lisle-sur-Tarn, mit einem alten Marktplatz und einem Hauch von Nachtleben: eine kleine Ansammlung von Restaurants, ein paar Bars. Ich parkte neben dem Dom, einem klobigen Ziegelbau mit einem achteckigen Turm, und ging zu Fuß in die Altstadt. Trotz des verlockenden Nachtlebens war niemand auf der Straße; alle Fensterläden waren geschlossen, alle Lichter aus.

Die angegebene Adresse war kaum zu verfehlen: Ein schrilles Neonschild zeigte den Eingang zu einer Kneipe an. Der Eingang war in einem Seitengäßchen, die Läden der Fenster nebenan waren mit etwas bemalt, das wie gesichtslose Soldaten aussah, die eine Frau in einem langen Gewand bewachten. Ich blieb stehen und sah mir die Läden genauer an. Das Bild ging mir auf die Nerven; ich eilte hinein.

Der Kontrast zwischen draußen und drinnen hätte nicht größer sein können.Es war eine kleine Bar, sie war schwach beleuchtet, laut, voll und verraucht. Die wenigen französischen Kleinstadt-Bars, in die ich je einen Fuß gesetzt hatte, waren meistens unangenehm, ausschließlich von Männern bevölkert und nicht besonders einladend. Dies hier war wie ein Lichtstrahl in der Dunkelheit. Es war so unerwartet, daß ich fasziniert in der Tür stehenblieb.

Direkt vor mir sang eine auffällige Frau in Jeans und einer dunkelbraunen Seidenbluse ›Every Time We Say Goodbye‹ mit starkem französischen Akzent. Und obwohl er mir den Rücken zugekehrt hatte, wußte ich sofort, daß es Jean-Paul war, der über das weiße Klavier gebeugt saß und sein weiches blaues Hemd trug. Meist hatte er die Augen auf seine Hände gerichtet und sah nur ab und zu zur Sängerin hin. Er hatte einen konzentrierten, aber heiteren Gesichtsausdruck.

Hinter mir kamen Leute herein und zwangen mich, in die Menge zu treten. Ich konnte meine Augen nicht von Jean-Paul wenden. Als der Song zu Ende war, gab es Rufe und langes Klatschen. Jean-Paul sah sich um, bemerkte mich und lächelte. Ein Mann rechts von mir klopfte mir auf die Schulter: »Paß bloß auf – das ist ein Wolf, der da!« rief er und lachte, während er zum Klavier hin nickte. Ich wurde rot und wandte mich ab. Als Jean-Paul und die Frau einen neuen Song anfingen, drängte ich mich in Richtung Bar durch die Menge und fand erstaunlicherweise einen freien Hocker.

Die olivfarbene Haut der Sängerin schien von innen zu leuchten, ihre dunklen Augenbrauen waren perfekt geformt. Ihr langes braunes Haar war lockig und wild, und beim Singen lenkte sie die Blicke darauf, indem sie mit den Fingern hindurchfuhr, den Kopf nach hinten warf und die Handgelenke an die Schläfen drückte, wenn sie eine hohe Note sang. Jean-Paul war weniger exaltiert; seine ruhige Präsenz glich ihr theatralisches Auftreten aus, sein Spiel unterstrich ihre kraftvolle Stimme. Sie waren gut zusammen – entspannt, selbstbewußt genug, um auch herumzuspielen und sich gegenseitig zu necken. Ich spürte einen kleinen Stich der Eifersucht.

Zwei Songs später machten sie eine Pause, und Jean-Paul bewegte sich in meine Richtung, blieb aber bei jeder zweiten Person kurz stehen und redete mit ihr. Ich zupfte nervös an meinem Kleid herum und wünschte plötzlich, daß es bis über die Knie reichte.

Als er schließlich bei mir ankam, sagte er »*Salut,* Ella«, und küßte mich auf beide Wangen, wie er das bei zehn anderen Leuten auch getan hatte. Ich wurde ruhiger, erleichtert, aber doch leicht ungehalten, daß er mir keine besondere Aufmerksamkeit widmete. Was *willst* du eigentlich, Ella? fragte ich mich wütend. Jean-Paul mußte die Verwirrung in meinem Gesicht gesehen haben. »Komm, ich stell dich ein paar Freunden vor«, sagte er.

Ich rutschte vom Stuhl und nahm mein Bier, wartete dann, bis er vom Barkeeper einen Whiskey bekam. Er zeigte auf einen Tisch auf der anderen Seite des Raumes und legte seine Hand auf meinen Rücken, während wir uns durch die Menge schoben; als wir seine Freunde erreichten, ließ er sie fallen.

Sechs Leute, einschließlich der Sängerin, saßen auf Bänken an zwei Seiten eines langen Tisches. Sie drängten sich zusammen, um Platz für uns zu schaffen. Ich landete neben der Sängerin gegenüber von Jean-Paul, unsere Knie berührten sich unter dem schmalen Tisch, der mit Bierflaschen und Weingläsern vollgestellt war. Ich lächelte vor mich hin.

Der Tisch diskutierte über Musik, alle fachsimpelten über französische Sänger, von denen ich noch nie gehört hatte, und tobten vor Lachen über kulturelle Anspielungen, die mir nichts sagten. Es war so laut, und sie sprachen so schnell, daß ich nach einer Weile nicht mehr zuhörte. Jean-Paul zündete sich eine Zigarette an und lächelte über manche Witze, schwieg aber ansonsten. Ich fühlte seine Augen ab und zu auf mir ruhen; als ich seinen Blick einmal zurückgab, fragte er: »*Ça va?*«

Ich nickte. Janine, die Sängerin, wandte sich an mich und fragte: »Also, findest du Ella Fitzgerald oder Billie Holiday besser?«

»Oh, ich höre beide nicht sehr viel.« Das klang unfreundlich; schließlich gab sie mir eine Chance, an der Unterhaltung teilzunehmen. Ich wollte mir außerdem beweisen, daß ich nicht eifersüchtig auf sie war, auf ihre Schönheit und ihren selbstbewußten Stil, ihre Verbindung mit Jean-Paul. »Ich mag Frank Sinatra«, fügte ich schnell hinzu.

Ein Mann mit wenig Haaren, einem kindlichen Gesicht und Dreitagebart, der neben Jean-Paul saß, schnaubte. »Zu sentimental. Zuviel *show-biz.*« Er wedelte mit den Händen neben seinen Ohren, während er ein kitschiges Grinsen mimte. »Dagegen Nat King Cole, das ist was ganz anderes!«

»Ja, aber –« fing ich an. Der Tisch sah mich erwartungsvoll an. Ich erinnerte mich an etwas, was mein Vater gesagt hatte, etwas über Sinatras Technik, und versuchte verzweifelt, es schnell im Kopf zu übersetzen: genau das, was ich nie tun sollte, wie Madame Sentier mir gesagt hatte.

»Frank Sinatra singt ohne zu atmen«, sagte ich und hielt inne. Das war nicht, was ich meinte. Ich wollte sagen, daß er so flüssig sang, daß man ihn nicht atmen hörte, aber mein Französisch verließ mich. »Seine –«

Aber die Unterhaltung war längst woanders; ich war nicht schnell genug gewesen. Ich verzog das Gesicht und schüttelte leicht den Kopf, war ärgerlich über mich selbst und verlegen, so wie man sich fühlt, wenn man anfängt, eine Geschichte zu erzählen, und plötzlich merkt, daß niemand zuhört.

Jean-Paul beugte sich herüber und faßte nach meiner Hand. »Du erinnerst mich daran, wie es mir in New York gegangen ist«, sagte er auf englisch. »Manchmal, wenn ich in einer Bar war, konnte ich gar nichts verstehen, alle schrien herum und benutzten Wörter, die ich nicht kannte.«

»Auf französisch kann ich noch nicht schnell genug denken. Besonders keine komplizierten Gedanken.«

»Das kommt schon noch. Wenn du lange genug hierbleibst, wird es ganz von selber gehen.«

Der Mann mit dem Kindergesicht hörte, daß wir Englisch sprachen, und musterte mich von Kopf bis Fuß. *»Tu es américaine?«* wollte er wissen.

»Oui.«

Meine Antwort hatte einen merkwürdigen Effekt: Es war, als raste eine elektrische Spannung um den Tisch herum. Alle setzten sich aufrecht und sahen von mir zu Jean-Paul. Ich sah ihn auch an, verwirrt über die allgemeine Reaktion. Jean-Paul griff nach seinem Glas, und mit einer schnellen Handbewegung schüttete er den Rest seines Whiskeys hinunter, eine Geste, die trotzig wirkte.

Der Mann grinste zynisch. »Ah, aber du bist ja gar nicht fett. Warum bist du nicht wie alle anderen Amerikaner?« Er blies die Backen auf und formte mit den Händen imaginäre Rundungen.

Eins wußte ich über mein Französisch – wenn ich wütend war, ging es wie ein Wasserfall. »Es gibt zwar fette Amerikaner, aber wenigstens haben sie keine großen Mäuler wie die Franzosen!«

Der Tisch brach in Gelächter aus, sogar der Mann. Eigentlich sah er so aus, als warte er auf mehr. Verdammt, dachte ich. Jetzt habe ich den Köder geschluckt, und er wird mich stundenlang nicht in Ruhe lassen.

Er lehnte sich vor.

Also los, Ella, Angriff ist die beste Verteidigung. Das war Ricks Lieblingsmotto; ich konnte ihn beinahe hören.

Bevor er einen Satz herausbrachte, unterbrach ich ihn. »Aha, Amerika. Natürlich fangen Sie jetzt an von, warten Sie, ich muß es in die richtige Reihenfolge bringen. Vietnam. Nein, vielleicht zuerst amerikanische Filme und Fernsehen, Hollywood, McDonald's auf den Champs-Elysées.« Ich zählte es an den Fingern ab. »*Dann* Vietnam. Und Gewalt und Gewehre. Und der CIA, ja, über den CIA muß ausführlich gesprochen werden. Und vielleicht, wenn Sie Kommunist sind – sind Sie Kommunist, Monsieur? –, vielleicht erwähnen Sie auch Kuba. Aber zu guter Letzt lassen Sie sich über den Zweiten Weltkrieg aus – daß die Amerikaner erst so spät eingetreten sind und nie von den Deutschen besetzt waren wie die armen Franzosen. Das ist das *pièce de résistance, n'est-ce pas?*«

Fünf Leute grinsten mich an, während der Mann schmollte und Jean-Paul sein leeres Glas zum Mund führte, um sein Lachen zu verbergen.

»Nun«, fuhr ich fort. »Da Sie Franzose sind, vielleicht sollte ich fragen, ob Sie die Vietnamesen als Kolonialmacht besser behandelt haben. Und sind Sie stolz darauf, was in Algerien passiert ist? Und daß Le Pen jetzt so beliebt ist? Und der Rassismus hier gegen die Nordafrikaner? Und die Atomtests im Pazifik? Sehen Sie, Sie sind Franzose, also sind Sie natürlich auch verantwortlich für Ihre Regierung, denn Sie sind ja mit allem einverstanden, was sie tut, nicht wahr? Kleiner Scheißkerl«, fügte ich leise auf englisch hinzu. Nur Jean-Paul hörte es; er sah mich erstaunt an. Ich lachte. Nicht so ganz die feine Dame, diesmal.

Der Mann legte eine Hand auf seine Brust und streckte sie dann in einer Geste der Niederlage nach außen.

»Nun, wir haben über Frank Sinatra und Nat King Cole diskutiert. Sie müssen meine Ausdrucksweise schon entschuldigen, manchmal brauche ich ein wenig länger, um das zu sagen, was ich wirklich meine. Was ich sagen wollte, war, daß man seine –

nicht hört. – Wie heißt das?« Ich legte meine Hand auf die Brust und atmete ein.

»*Respiration*«, schlug Janine vor.

»Ja. Man hört es nicht, wenn er singt.«

»Es heißt, er hat eine besondere Atemtechnik, die er –« Ein Mann am anderen Ende des Tisches nahm zu meiner Erleichterung den Faden auf.

Jean-Paul stand auf. »Ich muß jetzt spielen«, sagte er leise zu mir. »Du bleibst?«

»Ja.«

»Alles in Ordnung?«

»Ja, kein Problem. Alles ist in Ordnung.«

Und es war in Ordnung. Niemand brachte Klischeevorstellungen von Amerikanern an, ab und zu hatte ich etwas zur Unterhaltung beizutragen, und wenn ich nicht verstand, wovon die Rede war, hörte ich einfach der Musik zu.

Jean-Paul und Janine spielten eine ganze Reihe von Songs: Gershwin, Cole Porter, mehrere französische Lieder. Einmal besprachen sie sich kurz; dann begann Janine mit einem Seitenblick auf mich Gershwins ›Let's Call The Whole Thing Off‹ zu singen, während Jean-Paul auf seine Tasten hinunterlächelte.

Später wurde die Bar leerer, und Janine setzte sich gegenüber von mir hin. Nur drei Leute waren noch am Tisch, und wir waren in das angenehme Schweigen des späten Abends verfallen, wenn schon alles gesagt worden ist. Sogar der Mann mit Glatze war still.

Jean-Paul spielte weiter – ruhige, nachdenkliche Musik, ein paar Akkorde, die einfache Melodien begleiteten. Der Stil bewegte sich irgendwo zwischen Klassik und Jazz, einer Mischung aus Erik Satie und Keith Jarrett.

Ich wandte mich an Janine. »Was spielt er?«

Sie lächelte. »Das ist seine eigene Musik. Er komponiert sie selber.«

»Sie ist schön.«

»Ja. Er spielt sie nur, wenn es spät ist.«
»Wieviel Uhr ist es denn?«
Sie sah auf die Uhr. Es war beinahe zwei.
»Ich wußte nicht, daß es schon so spät ist!«
»Hast du keine Uhr?«
Ich hielt meine Handgelenke hin. »Ich hab sie zu Hause gelassen.« Unser Blick fiel gleichzeitig auf meinen Ehering; instinktiv zog ich die Hände weg. Er war so sehr ein Teil von mir geworden, daß ich ihn ganz vergessen hatte. Auch wenn ich an ihn gedacht hätte, hätte ich ihn wohl nicht abgelegt: Das wäre zu berechnend gewesen.

Ich begegnete ihrem Blick und wurde rot, was alles nur noch schlimmer machte. Kurz überlegte ich, ob ich zur Toilette gehen und ihn abnehmen sollte, aber ich wußte, daß sie das bemerken würde, also versteckte ich meine Hände im Schoß und wechselte das Thema, indem ich sie fragte, wo sie ihre Bluse herhatte. Sie verstand.

Ein paar Minuten später stand der Rest des Tisches zum Gehen auf. Zu meiner Überraschung ging Janine mit dem Mann mit der Glatze. Sie winkten mir freundlich zu; Janine warf Jean-Paul eine Kußhand zu, und weg waren sie. Bis auf den Mann hinter der Bar, der Gläser einsammelte und Tische abwischte, waren wir allein.

Jean-Paul spielte sein Stück zu Ende und saß einen Augenblick lang still da. Der Barmann pfiff tonlos vor sich hin, während er die Stühle auf die Tische stellte. »Komm, François, sei ausnahmsweise kein Geizkragen und bring uns noch zwei Whiskeys.« François grinste breit, ging aber hinter die Bar und schenkte drei Gläser ein. Mit einer kurzen Verbeugung stellte er eines vor mich hin und stellte ein anderes auf das Klavier. Dann nahm er die Kasse heraus und verschwand mit ihr und seinem Glas in ein Hinterzimmer.

Wir hoben die Gläser und tranken beide gleichzeitig.

»Ein schönes Licht da über deinem Kopf, Ella Tournier.« Ich

sah nach oben zu dem sanften gelben Strahler: Er berührte mein Haar und tauchte es in Kupfer und Gold. Ich sah zu Jean-Paul zurück; er spielte einen tiefen, weichen Akkord.

»Hast du eine Ausbildung in klassischer Musik gehabt?«

»Ja, als Kind.«

»Kannst du was von Erik Satie?«

Er setzte sein Glas ab und begann, ein Stück zu spielen, das ich erkannte, im Fünfvierteltakt mit einer gleichmäßigen, eindringlichen Melodie. Es paßte ideal zum Raum, zum Licht, zu genau dieser Stunde. Während er spielte, ließ ich die Hände in den Schoß sinken, zog meinen Ring ab und ließ ihn in die Tasche meines Kleides fallen.

Er ließ die Hände noch einen Augenblick lang auf den Tasten ruhen, nahm dann sein Glas und leerte es mit einem Zug. »Wir müssen gehen«, sagte er und stand auf. »François braucht seinen Schlaf.«

Nach draußen zu gehen war, wie wenn man wieder hinausging, nachdem man eine Woche lang die Grippe gehabt hatte: Die Welt schien groß und seltsam, und ich fühlte mich etwas orientierungslos. Es war kühler geworden, und am Himmel standen Sterne. Wir gingen an dem Gemälde von der Frau und den Soldaten vorbei. »Wer ist sie?« fragte ich.

»Das ist La Dame du Plô. Sie war eine katharische Märtyrerin im dreizehnten Jahrhundert. Soldaten haben sie vergewaltigt, dann in einen Brunnen geworfen und ihn mit Steinen gefüllt.«

Ich schauderte, und er legte seinen Arm um mich. »Komm«, sagte er, »oder du wirst mir wieder vorwerfen, daß ich zur falschen Zeit von den falschen Dingen spreche.«

Ich lachte. »Wie von Goethe.«

»Ja, wie von Goethe.«

Vorher hatte ich mich gefragt, ob es einen Augenblick geben würde, in dem wir eine Entscheidung würden treffen müssen, diskutieren oder analysieren würden. Jetzt, da der Moment gekommen war, war klar, daß wir den ganzen Abend über stumm abgewägt hatten und eine Entscheidung längst gefallen war. Es war erleichternd, nicht zu sprechen, einfach zu seinem Wagen zu gehen und einzusteigen. Auch auf der Rückfahrt sprachen wir kaum. Als wir am Dom vorbeikamen, sah er mein Auto verlassen auf dem Parkplatz stehen. »Dein Auto«, sagte er, eher eine Feststellung als eine Frage.

»Ich komme morgen mit dem Zug her.« Das war alles; kein Aufhebens.

Als wir auf dem Land waren, bat ich ihn, das Dach zu öffnen. Er schob es zurück, ohne anzuhalten. Ich lehnte meinen Kopf an seine Schulter, er legte seinen Arm um mich und strich mit der Hand über meinen nackten Arm, während ich die Platanen über uns vorbeiziehen sah.

Als wir die Brücke über den Tarn in den Ort überquerten, setzte ich mich aufrecht hin. Sogar um drei Uhr morgens schien etwas Anstand angebracht. Jean-Paul hatte eine Wohnung am anderen Ende der Stadt, da, wo das offene Land anfing. Trotzdem waren es von meinem Haus aus nur zehn Minuten zu Fuß, ein Gedanke, den ich nach Kräften zu verdrängen versuchte.

Wir parkten, stiegen aus und rollten das Dach gemeinsam wieder zu. Die Häuser in der Umgebung waren dunkel und hatten die Fensterläden geschlossen. Ich folgte ihm eine Treppe, die außen am Haus emporführte, hinauf bis zu seiner Tür. Wir traten ein, und er knipste das Licht an. Das Zimmer, in dem wir standen, war sehr ordentlich, die Wände voller Bücher.

Er drehte sich um und streckte die Hand nach mir aus. Ich schluckte; mein Hals war wie zugeschnürt. Jetzt, da es soweit war, hatte ich Angst.

Als ich schließlich seine Hand nahm und ihn an mich zog, meine Arme um ihn schlang und mein Gesicht an seinem Hals vergrub, verschwand die Angst.

Das Schlafzimmer war spärlich möbliert, enthielt aber das größte Bett, das ich je gesehen hatte. Ein Fenster ging auf die Felder hinaus; ich hielt ihn davon ab, die Läden zu schließen.

Es war wie eine einzige lange Bewegung. Zu keiner Zeit dachte ich, nun tue ich dies, nun macht er das. Es gab keine Gedanken, nur zwei Körper, die sich erkannten, die zusammen zu einem wurden.

Wir schliefen nicht, bis die Sonne aufging.

Ich erwachte vom hellen Sonnenlicht und in einem leeren Bett. Ich setzte mich auf und sah mich um. Es gab zwei Nachttische, auf einem stapelten sich Bücher, ein gerahmtes schwarzlila Poster von einem Jazzkonzert hing über dem Bett an der Wand; ein aus rauhem Material gewobener, weizenfarbener Läufer lag auf dem Boden. Die Felder draußen hinter dem Haus waren hellgrün und erstreckten sich weit bis zu einer Reihe von Platanen und einer Straße. Alles war genauso schlicht wie Jean-Pauls Kleidung.

Die Tür ging auf, Jean-Paul kam herein, schwarz und weiß angezogen, eine kleine Tasse mit schwarzem Kaffee in der Hand. Er stellte sie auf dem Nachttisch ab und setzte sich neben mich auf den Bettrand.

»Danke für den Kaffee.«

Er nickte. »Ella, ich muß jetzt zur Arbeit.«

»Bist du sicher?«

Er lächelte statt einer Antwort.

»Ich fühle mich, als hätte ich gar nicht geschlafen«, sagte ich.

»Drei Stunden. Du kannst hier noch ein wenig schlafen, wenn du willst.«

»Das wäre komisch, ohne dich in diesem Bett.«

Er strich mit der Hand an meinem Bein auf und ab. »Wenn du willst, dann warte doch, bis nicht mehr so viele Leute auf der Straße sind.«

»Das ist wahrscheinlich besser.« Jetzt erst hörte ich das Kindergeschrei von draußen; es war, als wenn ein Wall niedergerissen worden wäre, das erste Eindringen der äußeren Welt. Damit kamen auch die unwillkommenen Heimlichkeiten, die Notwendigkeit, vorsichtig zu sein. Ich war mir nicht ganz sicher, ob ich dafür schon gewappnet war, und ob ich wollte, daß er schon so vernünftig war.

Meine Gedanken vorwegnehmend, sah er mich an und sagte: »Ich denke dabei an dich. Nicht an mich. Es ist ganz anders für mich. Für einen Mann ist es hier immer anders.«

Es war ernüchternd, so klare Worte. Es zwang mich zum Denken.

»Dieses Bett –« Ich machte eine Pause. »Es ist viel zu groß für eine Person. Und du hättest keine zwei Nachttische und Lampen, wenn nur du hier schlafen würdest.«

Jean-Paul betrachtete mein Gesicht forschend. Dann zuckte er die Achseln; mit dieser Geste waren wir wirklich wieder zurück in der Welt.

»Eine Zeitlang habe ich mit einer Frau zusammengelebt. Sie hat mich vor ungefähr eineinhalb Jahren verlassen. Das Bett war ihre Idee.«

»Wart ihr verheiratet?«

»Nein.«

Ich legte meine Hand auf sein Knie und drückte es. »Tut mir leid«, sagte ich auf französisch. »Ich hätte nichts sagen sollen.«

Er zuckte wieder die Achseln, sah mich dann an und lächelte. »Weißt du, Ella Tournier, das viele Französischsprechen letzte Nacht hat deinen Mund größer gemacht. Da bin ich mir ganz sicher!«

Er küßte mich, und seine Wimpern glitzerten in der Sonne.

Als die Tür hinter ihm ins Schloß fiel, schien sich alles zu verändern. Ich hatte es noch nie so seltsam gefunden, in der Wohnung von jemand anderem zu sein. Ich setzte mich langsam auf, nippte am Kaffee, stellte die Tasse wieder ab. Ich hörte den Kindern draußen zu, hörte Autos vorbeifahren, ab und zu eine Vespa. Ich vermißte ihn schrecklich und wollte so schnell wie möglich weg, fühlte mich aber durch den Straßenlärm eingesperrt.

Schließlich stand ich auf und duschte. Mein gelbes Kleid war zerknittert und roch nach Rauch und Schweiß. Als ich es anzog, fühlte ich mich wie ein Landstreicher. Ich wollte nach Hause, zwang mich aber, zu warten, bis es auf der Straße ruhiger war. Während ich wartete, sah ich mir seine Bücher an. Er hatte viel über französische Geschichte, viele Romane, ein paar Bücher auf englisch: John Updike, Virginia Woolf, Edgar Allan Poe. Eine merkwürdige Mischung. Ich war überrascht, daß die Bücher nicht besonders geordnet waren: Sachbücher und Schöngeistiges waren durcheinander und noch nicht einmal in alphabetischer Reihenfolge aufgestellt. Anscheinend brachte er seine Arbeitsgewohnheiten nicht mit nach Hause.

Als ich sicher war, daß die Straße frei war, zögerte ich noch kurz; ich wußte, daß ich nicht mehr zurückkommen konnte, wenn ich erst mal gegangen war. Ich sah mich noch einmal in den Zimmern um. Im Schlafzimmer ging ich zum Schrank und nahm das hellblaue Hemd heraus, das Jean-Paul am Abend vorher getragen hatte, rollte es zusammen und stopfte es in meine Tasche.

Als ich aus der Wohnung trat, fühlte ich mich, als hätte ich einen großen Bühnenauftritt, obwohl, soweit ich sehen konnte, kein Publikum vorhanden war. Ich rannte die Treppe hinunter und ging schnell zur Ortsmitte. Erst als ich den Teil erreichte, wo ich morgens oft entlangging, atmete ich etwas leichter, aber ich fühlte mich immer noch exponiert. Ich war mir sicher, daß alle mich anstarrten, mein zerknittertes Kleid und die Ringe unter meinen Augen bemerkten. Komm schon, Ella, sie starren dich *immer* an, versuchte ich mich zu beruhigen. Und zwar, weil du nach wie vor eine Fremde bist, nicht weil du gerade – Ich konnte den Gedanken nicht zu Ende denken.

Erst als ich unsere Straße erreicht hatte, merkte ich auf einmal, daß ich gar nicht nach Hause wollte: Ich sah unser Haus, und eine Welle der Übelkeit stieg in mir hoch. Ich blieb stehen und lehnte mich an das Nachbarhaus. Wenn ich hineingehe, dachte ich, muß ich mich mit meiner Schuld auseinandersetzen.

Lange blieb ich dort stehen. Dann drehte ich mich um und ging zum Bahnhof. Wenigstens konnte ich zuerst das Auto holen; das gab mir eine konkrete Ausrede, den Rest meines Lebens erst mal zu verschieben.

Ich saß träumend im Zug, hatte halb süße, halb unangenehme Träume, und vergaß beinahe, an der nächsten Station in den Zug nach Lavaur umzusteigen. Um mich herum saßen Geschäftsleute, Frauen mit ihren Einkäufen und flirtende Teenager. Es schien so komisch, daß mir etwas so Außerordentliches passiert war und niemand um mich herum davon wußte. »Können Sie sich vorstellen, was ich gerade getan habe?« wollte ich zu der grimmig dreinblickenden Frau sagen, die gegenüber von mir strickte. »Hätten Sie das auch getan?«

Aber die Ereignisse meines Lebens machten keinen Unterschied für die Leute im Zug oder für den Rest der Welt. Brot wurde immer noch gebacken, Benzin gepumpt, Quiches gemacht, und die Züge waren pünktlich. Sogar Jean-Paul war in der Arbeit und beriet alte Damen bei der Bücherauswahl. Und Rick saß in seinen deutschen Meetings und wußte von nichts. Ich holte heftig Luft: Ich war die einzige, die sich außerhalb der Ordnung befand, die nichts anderes zu tun hatte als ein Auto abzuholen und sich schuldig zu fühlen.

In einem Café in Lavaur trank ich einen Espresso, bevor ich zu meinem Wagen ging. Als ich die Autotür aufschloß, hörte ich jemanden sagen, »*Eh, l'américaine!*«, und als ich mich umwandte, sah ich den Mann mit der Glatze, mit dem ich am vorigen Abend gestritten hatte, auf mich zukommen. Inzwischen hatte er einen Viertagebart. Ich machte die Tür weit auf und lehnte mich dagegen; die Tür stand wie ein Schild zwischen ihm und mir. »*Salut*«, sagte ich.

»*Salut, Madame.*« Die Betonung von »*Madame*« entging mir nicht.

»*Je m'appelle Ella*«, sagte ich kalt.

»Claude.« Er streckte mir die Hand hin, und wir tauschten einen formellen Händedruck aus. Ich fühlte mich etwas lächerlich. Alle Hinweise darauf, was ich gerade getan hatte, waren vor seiner Nase ausgestellt wie in einem Schaufenster: Das Auto war noch hier, mein zerknittertes Kleid vom Vorabend, mein müdes Gesicht, sogar mein aufgelöstes Haar, all das würde ihn zu einem einzigen Schluß bringen. Die Frage war, ob er den Takt haben würde, nichts zu sagen. Irgendwie bezweifelte ich das.

»Möchtest du einen Kaffee?«

»Nein, danke, ich habe eben einen getrunken.«

Er lächelte. »Komm, trink einen Kaffee mit mir.« Er machte eine winkende Geste und ging los, in der Erwartung, daß ich ihm folgen würde. Ich bewegte mich nicht vom Fleck. Er sah zurück, blieb stehen und lachte. »Oh, du, du bist wirklich schwierig! Wie eine Katze mit kleinen Krallen, so –« er mimte Krallen mit steifen, gebogenen Fingern – »und gesträubtem Fell. Also gut, du willst keinen Kaffee. Komm, setzen wir uns hier kurz auf die Bank, ja? Ich möchte dir etwas sagen.«

»Was?«

»Ich möchte dir helfen. Nein, das stimmt nicht ganz. Ich möchte Jean-Paul helfen. Also, setz dich. Nur eine Sekunde.« Er setzte sich auf die Bank und sah mich erwartungsvoll an. Schließlich warf ich die Autotür zu, ging hin und setzte mich neben ihn. Ich sah ihn nicht an, sondern hielt meinen Blick auf den Garten vor uns gerichtet, wo ein kunstvolles Blumenarrangement gerade zu blühen anfing.

»Was wollen Sie mir sagen?« Ich achtete darauf, die formelle Anrede zu benutzen, um seinem vertraulichen Ton etwas entgegenzusetzen. Ohne Wirkung.

»Weißt du, Jean-Paul ist ein guter Freund von Janine und mir. Von uns allen in La Taverne.« Er zog ein Päckchen Zigaretten heraus und bot es mir an. Ich schüttelte den Kopf; er zündete eine an und lehnte sich zurück.

»Du weißt, daß er ein Jahr lang mit einer Frau zusammengelebt hat«, fuhr er fort.

»Ja. Und?«

»Hat er dir etwas über sie erzählt?«

»Nein.«

»Sie war Amerikanerin.«

Ich warf ihm einen Seitenblick zu, um zu sehen, was für eine Reaktion er von mir erwartete, aber er folgte dem Verkehr mit seinen Augen und ließ sich nichts anmerken.

»Und war *sie* fett?«

Claude brüllte vor Lachen. »Du!« rief er. »Du bist – ich verstehe, warum Jean-Paul dich mag. Eine kleine Katze!«

»Warum hat sie ihn verlassen?«

Er zuckte die Achseln und hörte auf zu lachen. »Sie hat ihre Heimat vermißt und gemerkt, daß sie hier nicht hingepaßt hat. Sie hat gesagt, daß die Leute nicht freundlich zu ihr waren. Sie hat sich fremd gefühlt.«

»Jesus«, murmelte ich auf englisch, bevor ich mich beherrschen konnte. Claude beugte sich vor, die Beine gespreizt, die Ellbogen auf die Knie gestützt, die Hände hingen herab. Ich blickte ihn an. »Liebt er sie noch?«

Er zuckte die Achseln. »Sie ist jetzt verheiratet.«

Das ist keine Antwort – sieh mich an, dachte ich, sagte aber nichts.

»Schau«, sagte er, »wir beschützen Jean-Paul ein wenig. Wir treffen da eine hübsche Amerikanerin, mit viel Charme, wie eine kleine Katze, die ihre Augen auf Jean-Paul geworfen hat, aber verheiratet ist, und wir denken« – er zuckte noch mal die Achseln – »vielleicht ist das nicht so gut für ihn, aber wir wissen, daß er das nicht sieht. Oder er sieht es, aber sie ist trotzdem eine Versuchung.«

»Aber –« Ich konnte nichts dagegen sagen. Wenn ich entgegnet hätte, daß nicht jede Amerikanerin heulend zurück nach Hause rennt – nicht, daß ich das in manchen verzweifelten Momenten nicht auch schon erwogen hätte –, dann hätte er einfach von meiner Ehe angefangen. Ich wußte nicht, was ihm wichtiger war; das war vielleicht ein Teil seiner Strategie. Ich verabscheute ihn zu sehr, als daß ich es hätte darauf ankommen lassen wollen.

Was er aber ganz deutlich sagte, war, daß ich nicht gut war für Jean-Paul.

Bei diesem Gedanken und aufgrund des Schlafmangels und der absurden Situation, auf einer Bank mit diesem Mann, der mir Dinge erzählte, die ich längst wußte, brach ich schließlich zusammen. Ich beugte mich nach vorne, stützte die Ellbogen auf die Knie, und legte die Hände vor die Augen, als müßte ich sie vor grellem Sonnenschein schützen. Dann fing ich leise an zu weinen.

Claude setzte sich aufrecht hin. »Tut mir leid, Ella. Ich hab das alles nicht gesagt, um dich unglücklich zu machen.«

»Was haben Sie denn gedacht, wie ich reagieren würde?« fuhr ich ihn an. Er machte dieselbe Geste der Niederlage mit den Händen wie am Abend vorher.

Ich wischte meine feuchten Hände an meinem Kleid ab und stand auf. »Ich muß gehen«, murmelte ich und strich mir das Haar aus dem Gesicht. Ich konnte mich nicht dazu durchringen, ihm zu danken oder auf Wiedersehen zu sagen.

Die ganze Heimfahrt über heulte ich.

Die Bibel lag wie eine Anklage auf meinem Schreibtisch. Ich hielt es nicht aus, allein in einem Zimmer zu sein, aber leider hatte ich keine andere Wahl. Was ich gebraucht hätte, war, mit einer Freundin zu reden. Aber in den Staaten war es mitten in der Nacht; außerdem war es nie dasselbe am Telefon. Hier hatte ich niemanden, dem ich mich anvertrauen konnte. In Mathilde hatte ich zwar ein freundliches Wesen gefunden, aber sie hatte es so sehr genossen, mit Jean-Paul zu flirten, daß sie sich möglicherweise nicht besonders freuen würde, die neuesten Ereignisse zu hören.

Später fiel mir ein, daß ich am Nachmittag eine Französischstunde in Toulouse hatte. Ich rief Madame Sentier an und behauptete, daß ich krank sei. Als sie nachfragte, sagte ich, daß es eine Sommergrippe war.

»Ah, da brauchen Sie jemanden, der sich um Sie kümmert!« rief sie. Ihre Worte erinnerten mich an meinen Vater, und seine Sorge, daß ich hier ohne Hilfe festsitzen würde. »Ruf Jacob Tournier an, wenn du irgendwelche Probleme hast«, hatte er gesagt. »Wenn es Probleme gibt, ist es gut, Familie in der Nähe zu haben.«

Jean-Paul –
Ich fahre zu meiner Familie. Das scheint mir im Moment das Beste zu sein. Wenn ich hierbleiben würde, würde ich in meiner Schuld ertrinken.
Ich habe dein blaues Hemd mitgenommen.
Verzeih.
Ella

Rick bekam keinen Brief; ich rief seine Sekretärin an und hinterließ die kürzeste aller Nachrichten.

7. Das Kleid

Sie war niemals allein. Immer blieb jemand bei ihr, Etienne oder Hannah oder Petit Jean. Gewöhnlich war es Hannah, was Isabelle am liebsten war: Hannah konnte oder wollte nicht mit ihr sprechen, und war zu alt und zu klein, um ihr Schmerzen zuzufügen. Etiennes Hände waren jetzt immer zum Schlagen bereit, und sie traute Petit Jean nicht mehr, mit seinem Messer und dem Grinsen in den Augen.

Wie ist das passiert? dachte sie, verschränkte die Hände im Nacken und preßte die Ellbogen gegen die Brust. Daß ich nicht einmal mehr meinem eigenen kleinen Sohn trauen kann? Sie stand im *devant-huis* und sah über die eintönigen weißen Felder hinaus zu den dunklen Bergen und dem grauen Himmel.

Hannah lauerte in der Tür hinter ihr. Etienne wußte immer, was Isabelle gemacht hatte, obwohl es ihr noch nie gelungen war, Hannah dabei zu erwischen, wie sie mit ihm sprach.

– Mémé, mach die Tür zu! rief Petit Jean von drinnen.

Isabelle sah über die Schulter in den düsteren, verräucherten Raum zurück und zitterte. Sie hatten die Fenster verrammelt und ließen die Tür geschlossen; der Rauch hatte sich zu einer dicken, erstickenden Wolke verdichtet. Ihre Augen und ihre Kehle brannten ständig, und sie hatte es sich angewöhnt, im Zimmer umherzugehen, langsam, als wate sie im Wasser. Nur im *devant-huis* konnte sie normal atmen, trotz der Kälte.

Hannah berührte Isabelles Arm, deutete mit dem Kopf zum Feuer und trat zur Seite, um sie wieder hineinzuführen.

Im Winter wurde den ganzen Tag gesponnen, endlose Stapel Hanf warteten in der Scheune. Beim Arbeiten stellte sich Isabelle vor, sie hielte das blaue Tuch in den Händen anstelle der rauhen Fasern, die ihr in die Haut schnitten und ein Netz feiner Schnitte in ihren Fingern hinterließen. Nie konnte sie den Hanf so fein spinnen wie die Wolle in den Cevennen.

Sie wußte, daß Jacob das Tuch irgendwo versteckt haben mußte, im Wald oder in der Scheune, aber sie fragte nie. Sie hatte keine Gelegenheit dazu; und auch, wenn sie einmal einen Augenblick lang allein gelassen worden wären, hätte sie gewollt, daß er das Geheimnis für sich behielt. Etienne hätte es sonst aus ihr herausgeprügelt.

Sie fand es schwer, im Rauch zu denken, umgeben von Bergen von Hanf, der Dunkelheit, der gedämpften Stille im Raum. Etienne starrte sie oft an und sah nicht weg, wenn sie zurückstarrte. Seine Augen waren härter ohne die Wimpern, und sie konnte seinem Blick nicht standhalten, ohne sich bedroht oder schuldig zu fühlen.

Sie sprach weniger, war jetzt abends beim Feuer immer still, erzählte den Kindern keine Geschichten mehr, lachte und sang nicht mehr. Sie hatte das Gefühl, zu schrumpfen, und daß, wenn sie still bliebe, sie weniger sichtbar wäre und damit dem Verdacht, der sie umgab, und der unausgesprochenen Bedrohung vielleicht entkommen würde.

Zuerst träumte sie von dem Schäfer in einem Ginsterfeld. Er zupfte die gelben Blüten ab und zerdrückte sie zwischen den Fingern. Wirf sie in heißes Wasser und trink es, sagte er. Dann wird alles gut. Seine Narbe war weg, und als sie ihn fragte, wo sie sei, sagte er, daß sie zu einem anderen Körperteil gewandert wäre.

Dann träumte sie, daß ihr Vater in der Asche eines zerstörten Kamins stocherte, um ihn herum die rauchenden Ruinen eines Hauses. Sie rief nach ihm; doch er war so in seine Suche versunken, daß er nicht aufsah.

Dann erschien eine Frau. Isabelle konnte sie nicht genau sehen. Sie stand in der Tür, neben Bäumen und einmal neben einem Fluß, der aussah wie der Tarn. Ihre Anwesenheit war tröstlich, obwohl sie nie etwas sagte oder so nahe kam, daß Isabelle sie hätte sehen können.

Nach Weihnachten hörten diese Träume auf.

Am Weihnachtsmorgen kleidete die Familie sich in das übliche Schwarz, diesmal waren es ihre eigenen Kleider, die sie aus ihrer Hanfernte gemacht hatten. Der Stoff war steif und rauh, aber er würde lange halten. Die Kinder jammerten, daß er kratze und jucke. Isabelle stimmte ihnen im stillen zu, sagte aber nichts.

Vor der Église Saint Pierre sahen sie Gaspard inmitten der Menge, die sich vor der Kirche versammelt hatte, und gingen zu ihm hinüber.

– *Ecoute, Etienne,* sagte Gaspard, ich habe im Gasthaus einen Mann getroffen, der dir Granit für deinen Kamin besorgen kann. In Frankreich, eine Tagesreise entfernt, gibt es einen Granitsteinbruch, in der Nähe von Montbéliard. Er kann dir im Frühjahr einen großen Block für die Feuerstelle bringen. Sag du mir die Größe, und ich gebe der nächsten Person, die dorthin geht, eine Nachricht mit.

Etienne nickte.

– Hast du ihm gesagt, daß ich mit Hanf bezahle?

– *Bien sûr.*

Etienne wandte sich an die Frauen.

– Im Frühjahr werden wir einen Kamin bauen, sagte er leise, damit nicht die Schweizer Nachbarn ihn hörten und beleidigt waren.

– Dem Herrn sei Dank, erwiderte Isabelle automatisch.

Er sah sie an, sein Mund verzog sich, und er drehte sich weg, als Pascale zu ihnen kam. Sie nickte Hannah zu und lächelte Isabelle unsicher an. Sie hatten sich einige Male in der Kirche gesehen, aber nie miteinander reden können.

Der Priester, Abraham Rougemont, kam näher. Als er Hannah begrüßte, nutzte Isabelle die Gelegenheit und sprach leise mit Pascale.

– Es tut mir leid, daß ich nicht mehr gekommen bin, um dich zu treffen. Es ist jetzt – schwierig.

– Wissen sie über – über –

– Nein. Mach dir keine Sorgen.

– Isabelle, ich hab das –

Sie hielt nervös inne, denn Hannah war an Isabelles Seite aufgetaucht, hatte den Mund zu einer geraden Linie zusammengepreßt und die Augen auf Pascales Gesicht fixiert.

Pascale kämpfte kurz mit ihrer Unsicherheit und sagte dann einfach: – Gott schütze dich in diesem Winter.

Isabelle lächelte matt.

– Und dich auch.

– Kommt ihr zu uns zwischen den Gottesdiensten?

– *Bien sûr.*

– Gut. Nun, Jacob, was hast du diesmal für mich, *chéri*?

Er zog einen blaßgrünen Stein, der wie eine Pyramide geformt war, aus der Tasche und gab ihn ihr.

Isabelle drehte sich um und ging hinein. Als sie zurückblickte, sah sie, wie Jacob Pascale etwas zuflüsterte.

Nach dem Gottesdienst sagte Etienne zu ihr: – Du und Maman, ihr werdet jetzt nach Hause gehen.

– Aber der Gottesdienst in Chalières –

– Da gehst du nicht hin, La Rousse.

Isabelle öffnete den Mund, schwieg aber, als sie den Blick in seinen Augen sah. Jetzt werde ich Pascale nicht sehen, dachte sie. Jetzt werde ich die Jungfrau nicht sehen. Sie schloß die Augen und drückte die Arme gegen die Schläfen, als erwarte sie einen Schlag.

Etienne nahm sie beim Ellbogen und zerrte sie roh von der Menge weg.

– Geh, sagte er und stieß sie in die Richtung ihres Hauses. Hannah stellte sich neben sie.

Steif streckte Isabelle die Hand aus.

– Marie, rief sie. Ihre Tochter sprang an ihre Seite.

– Maman, sagte sie und nahm die ausgestreckte Hand.

– Nein. Marie wird mit uns in die Kirche gehen. Komm her, Marie.

Marie sah zu ihrer Mutter hoch, dann zu ihrem Vater. Sie ließ Isabelles Hand los und stellte sich in die Mitte zwischen beide.

– Hierher. Etienne zeigte neben sich auf den Boden.

Marie sah ihn aus großen blauen Augen an.

– Papa, sagte sie laut, wenn du mich so schlägst, wie du Maman schlägst, werde ich bluten!

Etiennes Wut ließ ihn größer wirken. Er tat einen Schritt auf sie zu, blieb aber stehen, als Hannah warnend die Hand ausstreckte und den Kopf schüttelte. Er sah die Menge an: Sie war still geworden. Mit einem bösen Blick auf Marie drehte er sich um und ging zu Gaspards Haus.

Hannah wandte sich zu dem Weg, der zu ihrem Hof führte. Isabelle bewegte sich nicht.

– Marie, sagte sie, komm mit uns.

Marie blieb stehen, bis Jacob zu ihr kam und ihre Hand nahm.

Gehen wir zum Fluß, sagte er. Marie ließ sich von ihm wegführen. Sie sahen sich nicht um.

Jacob spielte mit Marie, als sie wegen der Kälte im Haus bleiben mußten, und erfand immer neue Spiele mit seinen Steinen. Er brachte ihr das Zählen bei, und wie man die Steine auf verschiedene Arten sortieren konnte: nach Farbe, Größe, Herkunft. Sie fingen an, die Umrisse von Gegenständen mit den Kieseln zu legen. Sie legten eine Sense auf den Boden und legten Steine um sie herum, nahmen das Gerät dann hoch, so daß nur sein Umriß aus Steinen liegenblieb. Das machten sie mit Rechen, Spaten, Töpfen, der Bank, Kitteln, Hosen und ihren Händen.

– Laß mich deinen Umriß legen, schlug er eines Abends vor.

Marie klatschte in die Hände und lachte. Sie legte sich auf den Boden, und er breitete vorsichtig ihr Kleid aus, so daß die Steine seine ganze Form umgeben würden. Er wählte die Steine sorgfältig aus: Granit aus den Cevennen um ihren Kopf und Hals, weiße Steine um das Kleid, dunkelgrüne für ihre Beine, Füße und Hände. Er war sehr präzise, folgte den Umrissen des Kleides, markierte sogar den Einschnitt an der Taille und die spitz zulaufenden Ärmel. Als er fertig war, half er Marie aufzustehen, so daß sie die Kiesel nicht verschob. Alle bewunderten die Form des Mädchens auf dem schmutzigen Boden. Isabelle sah auf und bemerkte, daß Jacob und Etienne beide intensiv daraufstarrten. Etiennes Lippen bewegten sich leicht.

Er zählt, dachte sie. Warum zählt er? Eine Welle von Angst durchfuhr sie.

– Hört auf! rief sie, fuhr in den Umriß hinein und trat die Steine weg.

Die dunklen Monate nach Weihnachten waren am schwersten. Es war so kalt, daß sie die Tür nur einmal am Tag aufmachten, um Holz und Hanf hereinzuholen. Der Himmel war oft grau, voller Schnee, und draußen war es beinahe so dunkel wie im Haus. Isabelle sah hinaus, in der Hoffnung, einen kurzen Augenblick lang entkommen zu können, fand aber keinen Trost in dem schweren Himmel, der glatten Schneefläche, die hier und da in der Ferne von schwarzen Tannenspitzen oder Felsblöcken unterbrochen wurde. Die Kälte fühlte sich an wie ein Metallblock, der auf ihre nackte Haut gedrückt wurde.

Sie fing auch an, Metall zu schmecken, in dem harten Roggenbrot, das Hannah einmal in der Woche im Gemeinschaftsofen buk, in dem Gemüsebrei, den sie jeden Tag aßen. Sie mußte sich zum Essen zwingen, den Geschmack von Blut ignorieren und ihren Ekel verstecken. Oft überließ sie Marie den Rest ihres Essens.

Dann fingen ihre Arme und Beine an zu jucken, in den Ellenbogenbeugen und in den Kniekehlen. Zuerst kratzte sie durch die Schichten von Kleidung: Es war zu kalt, um sich auszuziehen und die Läuse zu entfernen. Aber eines Tages bemerkte sie Blut, das durch die Kleidung gedrungen war, und schob ihre Ärmel hoch: Trockene, silberfarbene Haut schälte sich ab, wunde rote Stellen waren sichtbar, keine Spur von Läusen. Sie versteckte die roten Flecken, aus Angst davor, wessen Etienne sie beschuldigen würde, wenn er das Blut sah.

Nachts lag sie im Bett und starrte ins Dunkel, während sie sich mit so wenig Bewegung wie möglich kratzte, damit Etienne nichts bemerkte. Sie hörte seinem gleichmäßigen Atmen zu, hatte Angst davor, daß er aufwachte, und wollte wach bleiben, um vorbereitet zu sein – sie wußte nicht, wofür, aber da in der Dunkelheit wartete sie auf etwas, kaum atmend.

Sie dachte, sie wäre vorsichtig gewesen, aber eines Abends faßte er nach ihrer Hand und entdeckte das Blut. Er schlug sie, und danach nahm er sie brutal von hinten. Es war eine Erleichterung, ihm nicht ins Gesicht sehen zu müssen.

Eines Abends kam Gaspard, um mit ihnen am Feuer zu sitzen.

– Der Granit ist bestellt, erzählte er Etienne und zog Pfeife und Feuerstein aus der Tasche. Mit dem Preis ist er einverstanden, und er hat die Maße, die du mir gegeben hast. Er wird ihn vor Ostern bringen. Nun, willst du noch mehr Granit? Für den Rauchfang?

Etienne schüttelte den Kopf.

– Dafür kann ich nicht bezahlen. Und außerdem ist der Kalkstein hier für den Rauchfang gut genug. Es ist der Herd, der am heißesten wird und für den man den härtesten Stein braucht.

Gaspard kicherte. – Sie denken, daß du verrückt bist, unten im Gasthaus. *Warum will er einen Kamin?* fragen sie. *Er wohnt doch schon in einem guten Haus!*

Es war still; Isabelle wußte, was alle dachten: Sie erinnerten sich an den Kamin im Tournierschen Haus.

Marie hängte sich an Gaspards Arm und wartete darauf, von ihm gekitzelt zu werden. Er kniff sie ins Kinn und zog sie an den Ohren.

– Eh, du willst einen Kamin, *mon petit souris*, willst du das? Du magst den Rauch hier nicht?

– Maman ist es, die ihn am meisten haßt, erwiderte Marie kichernd.

– Ah, Isabelle. Gaspard wandte sich an sie. Du siehst nicht gut aus. Ißt du genug?

Hannah runzelte die Stirn. Etienne sprach für sie.

– Es gibt genug zu essen in diesem Haus für die, die es wollen, sagte er barsch.

– *Bien sûr, bien sûr.* Gaspard machte eine Handbewegung, als wolle er rauhes Tuch glätten. Ihr habt eine gute Hanfernte, ihr habt Ziegen, alles ist gut. Außer daß ihr einen Kamin für Madame braucht. Er nickte Isabelle zu. Und Madame bekommt, was sie möchte.

Isabelle blinzelte und sah ihn durch den Rauch an. Wieder war es still, bis Gaspard unsicher lachte.

– Ich mache nur Spaß, rief er. Ich mache einen Scherz mit euch, das ist alles.

Nachdem er gegangen war, ging Etienne hin und her und sah sich das Feuer aus jedem Winkel an.

– Der Herd wird hierhin kommen, gegen die Wand, erklärte er Petit Jean und klopfte an die Wand, die am weitesten von der Tür entfernt war. Hier können wir das Dach durchbrechen. Siehst du? Hier werden vier Pfosten sein – er zeigte es ihm –, die ein Steindach halten, das den Rauch nach oben und durch ein Loch hinausleiten wird.

– Wie groß wird der Herd sein, Papa? fragte Petit Jean. So groß wie auf dem alten Hof?

Etienne sah sich um, bevor seine Augen an Marie hängenblieben.

– Ja, sagte er, es wird ein großer Herd. Meinst du nicht, Marie?

Er sagte ihren Namen selten. Isabelle wußte, daß er ihn haßte. Sie hatte damit gedroht, die Ernte zu verfluchen, wenn er sie das Baby nicht Marie taufen ließ. In all den Jahren, die sie bei den Tourniers gelebt hatte, war es das einzige Mal gewesen, daß sie gewagt hatte, deren Angst vor ihr auszunutzen. Jetzt war die Angst weg; an ihre Stelle war die Wut getreten.

Marie runzelte die Stirn. Als Etienne sie weiter aus seinen kalten Augen ansah, brach sie in Tränen aus. Isabelle legte den Arm um ihre Tochter.

– Es ist nichts, *chérie,* weine nicht, flüsterte sie und strich ihr über das Haar. Du machst es nur schlimmer. Weine nicht.

Über Maries Kopf hinweg sah sie Hannah in der entferntesten Ecke des Raumes hocken. Einen Moment lang dachte sie, daß etwas mit ihr nicht stimmte. Ihr Gesicht sah anders aus, das Netz der Falten war ausgeprägter. Dann bemerkte sie den Grund: Die alte Frau lächelte.

Isabelle fing an, Marie nahe bei sich zu behalten, lehrte sie das Spinnen, ließ sie Ballen von Garn aufrollen, zeigte ihr, wie sie kleine Kleidchen für ihre Puppe stricken konnte. Isabelle berührte sie oft, faßte sie am Arm, strich ihr übers Haar, wie um sich zu vergewissern, daß das Mädchen noch da war. Sie hielt Maries Gesicht sauber, rieb es jeden Tag mit einem Tuch ab, bis es durch den Rauch schimmerte.

– Ich muß dich sehen, *ma petite*, erklärte sie, obwohl Marie nie nach einer Erklärung fragte.

Isabelle hielt Hannah von dem Kind fern, so gut sie konnte, und stellte sich auch körperlich zwischen die beiden.

Nicht immer war sie erfolgreich. Eines Tages kam Marie mit glänzenden Lippen zu Isabelle.

– Mémé hat Schweineschmalz auf mein Brot gestrichen! rief sie.

Isabelle runzelte die Stirn.

– Vielleicht gibt sie dir morgen auch welches, fuhr ihre Tochter fort, um dich auch dicker zu machen. Du wirst so dünn, Maman. Und so müde.

– Warum will Mémé, daß du dick wirst?

– Vielleicht, weil ich was Besonderes bin.

– Niemand ist etwas Besonderes vor Gott, sagte Isabelle ernsthaft.

– Aber das Schweineschmalz war gut, Maman. So gut, daß ich mehr will.

Eines Morgens wachte sie von dem Geräusch von Wasser auf und wußte, daß es endlich vorbei war.

Etienne öffnete die Tür, um Sonne und Wärme hereinzulassen, die ihrem Körper wohltaten. Überall schmolz der Schnee zu kleinen Bächlein, die zum Fluß hinunterrannen. Die Kinder stürzten nach draußen, als wären sie gefesselt gewesen, rannten und lachten und schleppten Dreckballen an den Schuhen herum.

Isabelle kniete im Küchengarten und ließ sich die Knie vom Schlamm durchweichen. Zum ersten Mal seit Monaten war sie allein, alle waren so sehr mit dem anbrechenden Frühjahr beschäftigt, daß sie sie unbewacht ließen. Sie senkte den Kopf und begann laut zu beten.

– Heilige Mutter, ich werde hier keinen weiteren Winter überleben. *Ein* solcher Winter ist alles, was ich aushalten kann. Bitte, liebe Jungfrau, laß dies nicht mehr geschehen. Sie drückte ihre Arme auf den Bauch. Halte mich und das Baby sicher. Du bist die einzige, die es weiß.

Isabelle war seit Weihnachten nicht mehr in Moutier gewesen. Den ganzen Winter über hatte Hannah das Brot zum Backen hingebracht. Wenn das Wetter gut war, hatte Etienne die Kinder mit in die Kirche genommen, aber Isabelle mußte immer mit Hannah zu Hause bleiben. Als sie das Pfeifen des Händlers bei seinem Frühlingsbesuch hörten, erwartete Isabelle, daß ihr verboten würde hinzugehen, daß sie geschlagen werden würde, wenn sie nur fragte. Sie blieb im Garten und pflanzte Kräuter.

Marie suchte nach ihr.

– Maman, sagte sie. Kommst du?

– Nein, *ma petite*. Du siehst, daß ich hier zu tun habe.

– Aber Papa hat mich losgeschickt, um dich zu suchen und dir zu sagen, daß du kommen kannst.

– Dein Vater will, daß ich ins Dorf gehe?

– Ja. Marie sprach leiser. Bitte komm mit, Maman. Sag nichts. Komm einfach.

Isabelle sah in das Gesicht mit den blauen Augen, die leuchtend und klar waren, dem blonden Haar, das oben hell und unten dunkel war, wie das ihres Vaters einmal gewesen war. Das rote Haar war wieder hervorgekommen, eines am Tag, das Hannah nun selbst ausriß.

– Du bist zu jung, um schon so klug zu sein.

Marie wirbelte herum, zupfte am Lavendelbusch und rannte lachend weg.

– Wir gehen ins Dorf, wir alle! rief sie.

Isabelle versuchte zu lächeln, als sie die Menge erreichten, die den Wagen des Händlers umringte. Sie spürte, wie die Leute sie anstarrten. Sie hatte keine Ahnung, was sie von ihr dachten, ob Etienne Gerüchte über sie verbreitet hatte und ob die Leute überhaupt über sie sprachen.

Monsieur Rougemont kam näher.

– Es ist schön, dich wiederzusehen, Isabelle, sagte er steif und nahm ihre Hand. Wir werden dich am Sonntag auch sehen, hoffe ich?

– Ja, erwiderte sie. Eine Hexe würde er nicht so behandeln, dachte sie unsicher.

Pascale kam zu ihr, ihr Gesicht war angespannt vor Sorge.

– Isabelle, warst du krank?

Isabelle sah zu Hannah, die neben ihr stand, und fühlte sich unwohl.

– Ja, sagte sie. Krank vom Winter. Aber jetzt geht es besser, glaube ich.

– *Bella!* hörte sie hinter sich und drehte sich um. Sie sah den Händler über ihr auf seinem Wagen hängen. Er lehnte sich herüber, nahm ihre Hand und küßte sie. – Ah, welches Glück, Euch zu sehen, Madame! Ein Glück. Er hielt ihre Hand fest, und indem er zwischen seinen Sachen herumkletterte, führte er sie um den Karren herum, weg von Etienne und Hannah und den Kindern, die sie beobachteten, aber nicht nachkamen. Es war, als hätte der Händler einen Zauber über sie alle ausgesprochen, der sie auf der Stelle festfror.

Er ließ ihre Hand los, hockte sich auf den Rand seines Wagens und sah sie genau an.

– Aber Ihr seid so traurig, *Bella*, sagte er sanft. Was ist mit Euch passiert? Wie könnt Ihr so traurig sein, wenn Ihr so ein schönes blaues Tuch zum Ansehen habt?

Isabelle schüttelte den Kopf, konnte nichts erklären. Sie schloß die Augen, um ihre Tränen zu verbergen.

– Hört mir zu, *Bella*, sagte er, immer noch leise. Hört mir zu. Ich muß Euch etwas fragen.

Sie öffnete die Augen.

– Ihr vertraut mir, ja?

Sie sah ihm tief in die dunklen Augen.

– Ja, ich vertraue Euch, flüsterte sie.

– Ihr müßt mir sagen, welche Farbe hat Euer Haar.

Isabelles Hand fuhr automatisch zu ihrem Kopftuch.

– Warum?

– Ich habe vielleicht eine Nachricht für Euch, aber ich kann sie Euch erst geben, wenn Ihr mir die Farbe sagt.

Isabelle schüttelte langsam den Kopf. – Die letzten Neuigkeiten, die Ihr mir gebracht habt, waren, daß meine Schwägerin tot ist. Warum sollte ich mehr von Euch hören wollen?

Der Händler beugte sich weiter vor. – Weil Ihr seid jetzt traurig, und die Nachricht wird Euch glücklich machen, nicht noch mehr traurig. Ich verspreche es, *Bella*. Keine schlechten Nachrichten. Außerdem – Er hielt inne, sah ihr ins Gesicht. – Er war schlimm für Euch, dieser Winter, ja? Ihr werdet nichts Schlimmeres hören als das, was Ihr erlebt habt.

Isabelle sah zu Boden und auf den Schlamm, der sich um ihre Schuhe gebildet hatte. Sie atmete tief ein.

– Rot, sagte sie. Es ist rot.

Er lächelte.

– Aber das ist doch schön, nicht? Die gleiche Farbe wie das Haar der Jungfrau, der gesegneten. Was für ein Grund, sich zu schämen? Und es ist auch die richtige Antwort! Jetzt kann ich Euch die Nachricht geben. Sie ist von einem Schäfer, den ich im Winter in Alès treffe. Er beschreibt Euch und bittet mich, nach Euch zu suchen. Er hat schwarzes Haar und eine Narbe auf der Wange. Ihr wißt?

Isabelle erstarrte. Aus dem Rauch, der Erschöpfung, der Angst, die ihre Gedanken verstopft hatte, leuchtete etwas hervor.

– Paul, flüsterte sie.

– *Si, si*, das ist sein Name! Er sagt, ich soll Euch sagen – Der Händler schloß die Augen und dachte nach – er sucht immer im Sommer in der Nähe von der Quelle des Tarn. Er sucht Euch immer.

Isabelle fing an zu weinen. Glücklicherweise war es Marie und nicht Etienne oder Hannah, die an ihre Seite kam und ihre Hand nahm.

– Was ist los, Maman? Was hat der böse Mann zu dir gesagt? Sie sah den Händler grollend an.

– Er ist kein böser Mann, sagte Isabelle durch ihre Tränen hindurch.

Der Händler lachte und fuhr durch Maries Haar.

– Du, *bambina*, bist wie ein kleines Boot, eine kleine Gondel. Du schaukelst auf und nieder und bleibst auf dem Wasser und du bist mutig, aber sehr klein.

Er fuhr weiter mit den Fingern durch ihr Haar, bis er eine rote Strähne fand, die Hannah übersehen hatte.

– Seht Ihr, sagte er zu Isabelle, nicht sündhaft. Es ist schön.

– Sagt ihm, daß ich in Gedanken immer da bin, sagte Isabelle.

Marie sah zwischen ihnen hin und her.

– Wem?

– Nichts, Marie. Wir reden nur. Danke, sagte sie zum Händler.

– Seid fröhlich, *Bella*.

– Ich werde es versuchen.

Am Tag vor Karfreitag kam der Stein.

Etienne und die Jungen pflügten, während Isabelle und Hannah das Haus putzten, es vom Rauch und der Dunkelheit des Winters befreiten. Sie schrubbten die Böden und Wände, kochten die Töpfe aus, wuschen die Kleider, wechselten das Stroh im Bett und misteten den Stall aus. Sie wuschen die Wände noch nicht weiß. Alle Häuser im Tal wurden jedes Frühjahr innen weißgewaschen, aber die Tourniers wollten warten, bis der Kamin fertig war.

Isabelle rührte in einem Bottich voll dampfender Kleider, als sie den Karren kommen sah; das Pferd zog schwer an der Last.

– Marie, geh und sag Papa, daß der Granit angekommen ist, sagte sie. Marie ließ den Stock fallen, mit dem sie in der heißen Wäsche gestochert hatte, und rannte hinaus zu den Feldern.

Als Etienne und die Jungen zurückkamen, saß der Mann über einer Schüssel Eintopf am frischgeschrubbten Tisch. Er aß schnell, den Mund dicht an der Schüssel. Als er fertig war, hob er den Kopf.

– Wir brauchen noch zwei Männer, um ihn zu heben.

Etienne nickte Petit Jean zu.

– Geh und hol Gaspard, sagte er.

Während sie warteten, erklärte Etienne, wie er den Kamin bauen würde.

– Zuerst werde ich ein Bett ausheben, so daß er auf gleicher Höhe mit dem Boden ist, sagte er.

Hannah, die hinter Etienne gestanden hatte, nahm die Schüssel des Mannes, füllte sie erneut und setzte sie dann mit einem Knall vor ihn hin.

– Warum hebst du es nicht jetzt aus? fragte er. Dann können wir den Stein gleich setzen.

– Es würde zu lange dauern, erwiderte Etienne unbehaglich. Der Boden ist noch gefroren. Ich will nicht, daß du warten mußt.

Der Mann stieß mit dem Fuß auf den Boden.

– Fühlt sich nicht gefroren an.

– Er ist noch sehr hart. Ich war auf dem Feld und hatte keine Zeit zu graben. Außerdem habe ich gedacht, daß du erst später kommen würdest. Nach Ostern.

Das stimmt nicht, dachte Isabelle und sah Etienne fest an, der seine Augen auf den Boden gerichtet hielt, wo der Mann mit seiner Fußspitze ein kleines Loch gebohrt hatte. Gaspard hatte ihnen gesagt, daß sie ihn vor Ostern erwarten könnten. Es war ungewöhnlich, daß Etienne so offensichtlich log.

Der Granit-Mann aß die zweite Schüssel leer.

– Ihr Frauen kocht doch sehr gut auf diesem Feuer hier, sagte er, indem er mit dem Kopf zu den Flammen in der Ecke wies. Warum wollt ihr das ändern?

Etienne zuckte die Achseln.

– Wir sind es gewöhnt, einen Kamin zu haben.

– Aber ihr seid jetzt in einem neuen Land. Mit neuen Gewohnheiten. Sie sollten auch eure Gewohnheiten werden.

– Manche alten Bräuche bleiben immer bei uns, egal, wo wir hingehen, sagte Isabelle. Sie sind ein Teil von uns. Nichts kann sie ganz ersetzen.

Sie starrten sie alle an; ein häßlicher Ausdruck lief über Etiennes Gesicht.

Warum habe ich nur gesprochen? dachte sie. Ich weiß doch, daß es am besten ist, still zu bleiben. Warum habe ich so etwas gesagt? Jetzt wird er mich schlagen, genau wie im Winter. Und er wird das Baby verletzen. Sie berührte ihren Bauch.

Als die Männer kamen, war Etienne zu beschäftigt, als daß er seinen Ärger hätte ausleben können. Vier starke Männer waren nötig, um den Block vom Wagen zu heben und ihn ins Innere zu zerren, wo sie ihn gegen die Wand lehnten, gleich neben die Tür. Jacob ließ seine Hände daran hinauf- und hinunterwandern. Marie streckte sich daran aus, als wäre er ihr Bett.

– Er ist warm, Maman, sagte sie. Wie zu Hause.

Ostern war die Zeit der Erlösung, in der die Härte des Winters einen Sinn bekam. Isabelle holte ihre schwarzen Kleider für den Gottesdienst heraus und zog sich mit einer Leichtigkeit um, die sie längst verloren geglaubt hatte.

Das ist, was man Hoffnung nennt, dachte sie. Das hatte ich vergessen.

Sie hatte sich gefragt, ob Etienne ihr verbieten würde, zur Kirche zu gehen, weil sie etwas zu dem Granit-Mann gesagt hatte, aber er erwähnte es nicht. Ihr dreistes Sprechen wurde durch seine Lüge ausgeglichen.

Sie half Marie, ihr Kleid anzuziehen. Ihre Tochter war aufgeregt, hüpfte im Zimmer umher und lachte vor sich hin. Als es Zeit war zu gehen, nahm sie Isabelles eine Hand, Jacob nahm die andere, und die drei gingen nebeneinander den schmalen Pfad hinunter, hinter Etienne und Hannah und Petit Jean, der vorausrannte.

Isabelle wagte nicht, an die Jungfrau in Chalières zu denken. Es ist genug, daß ich zum ersten Gottesdienst gehe und die anderen sehe, daß ich in der Sonne gehe, dachte sie. Ich werde nicht mehr erwarten.

Nach dem Morgengottesdienst in Saint Pierre wandte Etienne sich einfach in Richtung von Gaspards Haus, ohne mit Isabelle zu sprechen; der Rest der Familie ging hinterher. Pascale ging neben ihr her und lächelte.

– Ich bin froh, daß du zum zweiten Gottesdienst kommst, flüsterte sie. Es ist gut, daß du heute hier bist.

Im Haus saß sie neben Pascale am Feuer und hörte dem Klatsch vom Winter zu, von dem sie nichts erfahren hatte.

– Aber sicher weißt du das alles! rief Gaspard jedesmal, wenn er eine neue Geschichte erzählte. Hannah muß doch davon gehört haben, als sie zum Brotbacken kam, sicher hat sie dir davon erzählt! – Oh! Er legte die Hand auf den Mund, zu spät, um die Worte aufzuhalten, und sah zu Hannah, die neben Etienne auf der anderen Bank saß und die Augen geschlossen hielt. Sie öffnete sie und sah Gaspard an, der nervös lachte.

– Eh, Hannah, sagte er schnell, du weißt doch jeden Klatsch, *n'est-ce pas?* Du kannst hören, auch wenn du nicht sprechen kannst.

Hannah zuckte die Achseln und schloß die Augen wieder.

Sie wird alt, dachte Isabelle. Alt und müde. Aber sie kann immer noch sprechen, da bin ich mir sicher.

Petit Jean verschwand bald mit einem Nachbarssohn, aber Jacob und Marie blieben da; sie waren unruhig und hatten glänzende, erwartungsvolle Augen. Schließlich sagte Pascale mit einer hohen Stimme: – Kommt, ich zeige euch die jungen Zicklein. Du nicht, Isabelle. Nur die beiden. Sie führte die beiden Kinder in den Stall.

Als sie wiederkamen, kicherten sie, besonders Marie. Mit erhobenem Kopf, als trüge sie eine Krone, ging sie im Raum umher.

– Wie waren die Zicklein? fragte Isabelle.

– Weich, erwiderte Jacob, und er und Marie brachen in Gelächter aus.

– Komm her, *petit souris*, sagte Gaspard, oder ich werfe dich in den Fluß!

Marie kreischte, als er sie im Zimmer umherjagte und sie kitzelte, nachdem er sie gefangen hatte.

– Wenn du das machst, wird sie während des Gottesdienstes nie still sein, sagte Etienne steif.

Gaspard ließ Marie abrupt los.

Pascale kam zurück und setzte sich wieder neben Isabelle. Sie hatte ein Lächeln im Gesicht, das Isabelle nicht verstand. Sie fragte nicht. Sie hatte gelernt, nicht zu fragen.

– Also werdet ihr bald einen Kamin haben, sagte Pascale.

– Ja. Etienne wird den Herd nach dem Säen setzen, mit Gaspards Hilfe natürlich. Der Granit ist so schwer. Dann wird er den Kamin bauen.

– Kein Rauch mehr. Pascale klang neidisch, und Isabelle lächelte.

– Nein, kein Rauch mehr.

Pascale senkte die Stimme.

– Du siehst besser aus als letztes Mal.

Isabelle sah sich um. Etienne und Gaspard waren in ein Gespräch vertieft; Hannah schien zu schlafen.

– Ja, ich war mehr draußen, erwiderte sie vorsichtig. Ich hatte frische Luft.

– Das ist es nicht. Du siehst glücklicher aus. Als ob dir jemand ein Geheimnis erzählt hätte.

Isabelle dachte an den Schäfer.

– Vielleicht hat mir jemand ein Geheimnis erzählt.

Pascale weitete die Augen und Isabelle lachte.

– Es ist nichts, sagte sie. Nur der Frühling und der Kamin.

– Also haben die Kinder dir nichts gesagt.

Isabelle setzte sich auf.

– Was sollen sie gesagt haben?

– Nichts. Wir sollten jetzt essen. Es ist bald Zeit, nach Chalières zu gehen. Pascale stand auf, bevor Isabelle antworten konnte.

Nach dem Essen wanderten sie in einer kleinen Prozession zur Kirche: Etienne und Gaspard gingen voran, Hannah an Etiennes Arm, dann folgten die Frauen mit Marie an Isabelles Hand, und Petit Jean und seine Freunde kamen in einem wilden

Haufen hinterher, sich gegenseitig stoßend und laut rufend. Hinter allen folgte Jacob für sich allein, hatte die Hände in den Taschen und lächelte.

Sie kamen früh an; die Kirche war erst halb voll, und sie konnten weit genug vorne stehen, um den Prediger deutlich zu sehen. Isabelle hielt die Augen auf den Boden gesenkt, stellte sich aber so hin, daß sie die Jungfrau sehen konnte, wenn sie es wagte aufzusehen. Marie stand neben ihr, schlang die Arme um ihren Körper und kicherte.

– Maman, flüsterte sie. Gefällt dir mein Kleid?

Isabelle sah auf sie hinab.

– Dein Kleid ist ordentlich und anständig, *ma fille*. Das Richtige für die Heiligen Tage.

Marie kicherte, biß sich dann auf die Lippe, als Jacob die Stirn runzelte.

– Ihr spielt doch etwas, ihr zwei, erklärte Isabelle.

– Ja, Maman, erwiderte Jacob.

– Keine Spiele hier – das ist Gottes Haus.

Während des Gottesdienstes konnte Isabelle mehrmals zur Jungfrau blicken. Sie fühlte Etiennes Augen ab und zu auf sich, machte aber ein ernstes Gesicht und versteckte ihr Glück.

Monsieur Rougemont sprach lange über das Opfer Christi und die Notwendigkeit eines reinen Lebens.

– Gott hat bereits gewählt, wer unter euch Seinem Sohn in den Himmel folgen wird, sagte er. Euer Verhalten hier zeugt von Seiner Entscheidung. Wenn ihr sündigt, alten Bräuchen folgt, obwohl ihr die Wahrheit kennengelernt habt, wenn ihr falsche Idole anbetet – Isabelle sah zu Boden –, wenn ihr böse Gedanken traget, werdet ihr Gottes Vergebung nicht erlangen. Aber wenn ihr ein Leben der Reinheit, der harten Arbeit und des aufrichtigen Gebetes führet, dann könnt ihr einer von Gottes Auserwählten sein und seid des Opfers Seines Sohnes würdig. Lasset uns beten.

Isabelles Wangen brannten. Er spricht zu mir, dachte sie. Ohne den Kopf zu bewegen, blickte sie nervös zu Etienne und Hannah; zu ihrer Überraschung sah sie Furcht in ihren Gesichtern. Sie sah zur anderen Seite, und außer in den heiteren Mienen der Kinder erblickte sie überall den gleichen Gesichtsausdruck.

Vielleicht ist niemand von uns auserwählt, dachte sie. Und wir wissen es.

Sie sah zur Jungfrau hinauf.

– Hilf mir, betete sie. Hilf mir, Vergebung zu erlangen.

Monsieur Rougemont beendete den Gottesdienst, indem er den Weinkelch und die dünnen Oblaten für das Abendmahl brachte.

– Zuerst die Kinder, sagte er. Selig sind, die reinen Herzens sind.

– Geh. Isabelle gab Marie einen kleinen Schubs, und sie, Jacob und Petit Jean schlossen sich den anderen Kindern an, die vor dem Pfarrer knieten.

Während sie warteten, ruhten Isabelles Augen wieder auf der Jungfrau. Sieh mich an, bat sie still. Zeig mir, daß meine Sünden mir vergeben worden sind.

Die Augen der Jungfrau waren niedergeschlagen, richteten sich auf etwas unter ihr. Isabelle folgte ihrem Blick zu Marie. Ihre Tochter kniete geduldig wartend, bis sie an der Reihe war, ihr schwarzes Kleid war um ihre Beine herum hochgeschoben. Darunter war jedoch kein weißer Unterrock. Er war blau. Marie trug das Tuch.

Isabelle keuchte, und die Köpfe der Nachbarn sowie die von Etienne und Hannah wandten sich nach ihr um. Sie versuchte angestrengt, ihre Augen von dem Blau abzuwenden, schaffte es aber nicht.

Andere sahen es dann auch. Stöße und Geflüster gingen durch die Kapelle. Jacob, der neben Marie kniete, sah sich um, dann blickte er auf Maries Beine. Er machte eine Bewegung, als wolle er Maries schwarzes Kleid wieder nach unten ziehen, hielt dann aber inne.

Als Etienne es schließlich sah, verfärbte sich sein Gesicht zuerst weiß, dann rot. Er drängte sich durch die Menge nach vorne durch und zog Marie hoch. Sie sah zu ihm auf, und ihr Lächeln erstarb. Sie schien sich in sich selbst zu verkriechen. Etienne zerrte sie durch die Kirchengemeinde zur Tür, und sie verschwanden nach draußen.

Jacob war aufgestanden und stand regungslos vor den knienden Kindern, die Augen fest auf die Kirchentür geheftet. Als Isabelle sich umwandte, um hinterherzulaufen, sah sie Pascale: Sie hatte angefangen zu weinen.

Sie kämpfte sich zur Tür hinaus. Draußen hatte Etienne Maries schwarzen Rock hochgehoben, um den blauen darunter ganz zum Vorschein zu bringen.

– Wer hat dir das gegeben? Wer hat dich angezogen? fragte er. Marie sagte nichts. Etienne zwang sie in die Knie.

– Wer hat dir das gegeben? Wer?

Als Marie immer noch nichts sagte, schlug er sie hart auf den Hinterkopf. Sie fiel nach vorne auf das Gesicht.

– Ich habe es ihr gegeben, log Isabelle.

Etienne drehte sich um.

– Ich hätte mir denken sollen, daß du uns hereinlegen willst, La Rousse. Aber zum letzten Mal. Du wirst uns nicht mehr schaden. Steh auf, sagte er zu Marie.

Sie setzte sich langsam auf. Blut lief aus ihrer Nase an ihrem Kinn herab.

– Maman, flüsterte sie.

Etienne stellte sich zwischen sie.

– Rühr sie nicht an, zischte er Isabelle an. Er riß Marie hoch und sah sich um. Petit Jean, *viens*, sagte er, als ihr Sohn in der Tür erschien.

Petit Jean ging zu ihm hinüber.

– Pascale, verkündete er für Etienne. Es war Pascale, Papa. Er nahm Maries anderen Arm. Sie führten Marie zwischen sich ab. Sie wandte den Kopf nach Isabelle.

– Bitte, Maman, sagte sie. Sie stolperte; Etienne und Petit Jean packten ihre Arme fester.

Hannah und Jacob tauchten in der Tür auf. Jacob stellte sich neben Isabelle.

– Die Steine auf dem Boden, sagte sie, ohne ihn anzusehen. Das war der Schnitt für das Kleid.

– Ja, sagte er leise. Es war, um sie zu beschützen. Wie der Händler gesagt hat. Vor dem Ertrinken.

– Warum hat dein Vater die Steine auch gezählt? Wozu will er wissen, wie groß Marie ist?

Jacob sah sie aus großen Augen an.

– Ich weiß nicht.

8. Der Hof

Ich flog von Toulouse nach Genf und nahm dann den Zug nach Moutier. Alles ging schnell und einfach: Es gab einen Flug, es gab einen Zug, und Jacob klang mehr erfreut als überrascht, daß ich mit so kurzer Vorankündigung zu Besuch kommen wollte. Mit äußerst kurzer Vorankündigung: Ich rief ihn mittags an; um sechs kam der Zug in Moutier an.

Auf dem Weg von Genf fing ich wieder an, nachzudenken. Während des Fluges von Toulouse war ich ganz benommen gewesen, aber jetzt rüttelte der Rhythmus des Zuges mich wieder wach. Ich sah mich um.

Mir gegenüber saß ein stämmiges Paar mittleren Alters. Er trug einen schokoladenfarbenen Blazer und eine gestreifte Krawatte, las außerdem eine sorgfältig gefaltete Zeitung; sie war in ein graues Wollkleid und eine Jacke in einem dunkleren Grau gekleidet, hatte goldene Bögen an die Ohren geklemmt und trug italienische Schuhe. Sie war offensichtlich gerade beim Friseur gewesen, das Haar war aufgebauscht und in einem Rotbraun gefärbt, das meinem ganz ähnlich war, nur daß es synthetisch aussah. Sie hielt eine schmale lederne Handtasche auf ihrem Schoß und schrieb etwas, was nach einer Liste aussah, in ein winziges Notizbuch.

Wahrscheinlich macht sie schon ihre Liste für die Weihnachtskarten, dachte ich und fühlte mich gar nicht wohl in meinem zerknitterten leinenen Aufzug.

Die ganze Stunde über, in der ich ihnen gegenübersaß, sprachen sie nicht ein einziges Wort miteinander. Als ich umsteigen mußte und aufstand, sah der Mann kurz auf und nickte.

»*Bonne journée, Madame*«, sagte er mit einer Höflichkeit, die nur Leute über Fünfzig würdevoll hinbekommen. Ich lächelte und nickte ihm und seiner Begleiterin zu. So ging es hier eben zu.

Die Züge waren leise, sauber und pünktlich. Die Passagiere waren auch leise und sauber, anständig gekleidet, lasen Sinnvolles und waren bedächtig in ihren Bewegungen. Es gab keine knutschenden Paare, keine Männer, die unanständig starrten, keine zu knappen Kleider oder halbbedeckten Busen, keine Betrunkenen, die auf zwei Sitzen lümmelten – alles ein alltäglicher Anblick im Zug von Lisle nach Toulouse. Das hier war kein Land, in dem man herumlümmelte; die Schweizer nahmen nie zwei Plätze in Anspruch, wenn sie nur für einen bezahlt hatten.

Vielleicht wollte ich auch so eine Ordnung finden, nach all dem Chaos, das hinter mir lag. Es war typisch, daß ich schon landeseigene Charakterzüge beobachtete, obwohl ich kaum eine Stunde lang hier war; ich hatte sofort eine Meinung, an der ich herumbasteln konnte und die ich dann veränderte, um die Leute, die ich traf, miteinzuschließen. Wenn ich wirklich gewollt hätte, hätte ich wohl irgendwo in diesen Zügen Schmutz, zerrissene Kleider und laute Stimmen, billige Romane, einen Fixer in der Toilette, Leidenschaft, Angst finden können. Stattdessen hielt ich mich an der oberflächlich sichtbaren Normalität fest.

Ich fand die neue Landschaft faszinierend: Die massiven Felsen des Jura, die steil neben den Zuggleisen aufstiegen, die tannenbestandenen Hänge, die präzisen Konturen der Häuser, die säuberliche Anordnung von Feldern und Höfen. Ich war unlogischerweise überrascht, daß es so anders war als Frankreich. Schließlich war es ein anderes Land, woran ich ja auch meinen Vater erinnert hatte. Die eigentliche Überraschung war allerdings, daß ich merkte, die französische Landschaft, die ich hinter mir gelassen hatte – die sanften Hügel, die hellgrünen Weinberge, der rostfarbene Ton der Erde, das silberfarbene Licht –, war mir gar nicht mehr fremd.

Jacob hatte am Telefon gesagt, daß er mich am Bahnhof abholen würde. Ich wußte gar nichts von ihm, nicht einmal, wie alt er war, obwohl ich annahm, daß er eher im Alter meines Vaters war als in meinem. Als ich in Moutier auf den Bahnsteig trat, sah ich ihn sofort: Er erinnerte mich an meinen Vater, obwohl sein Haar nicht grau war, sondern braun; es hatte die gleiche Farbe wie meins früher. Er war sehr groß und trug einen cremefarbenen Pullover, der ganz aus der Form gezogen war von seinen hängenden Schultern. Sein Gesicht war lang und schmal, beinahe hager, mit einem feinen Kinn und hellen braunen Augen. Er sah energisch aus, wie ein Endfünfziger, der noch durch seine Arbeit in Anspruch genommen ist, noch nicht zu denen gehört, die es sich schon mit der Rente bequem gemacht haben, der aber weiß, daß er dieser Gruppe bald angehören wird, und sich schon fragt, wie er mit soviel Freiheit umgehen wird.

Er kam auf mich zu, nahm meinen Kopf zwischen seine großen Hände und küßte mich dreimal auf die Wangen.

»Ella, du siehst genauso aus wie dein Vater«, sagte er in einem deutlichen Französisch.

Ich grinste zu ihm hoch. »Ah, dann muß ich aussehen wie du, denn *du* siehst genauso aus wie mein Vater!«

Er nahm meine Tasche, legte einen Arm um meine Schultern und führte mich eine Treppe hinunter und auf die Straße hinaus. Er schwenkte meine Tasche in einem weiten Halbkreis, als er mit einer großen Geste um sich zeigte. »*Bienvenue à Moutier!*« rief er.

Ich machte einen Schritt vorwärts und konnte gerade noch sagen »*C'est très –*«, bevor ich zu Boden sank.

Ich wachte in einem weißen Zimmer auf, das klein, quadratisch und karg war wie eine Mönchszelle; es enthielt ein Bett, einen Tisch, einen Stuhl und einen Sekretär. Hinter meinem Kopf war ein Fenster; wenn ich meine Augen verdrehte, konnte ich hinaussehen und verkehrt herum einen weißen Kirchturm erkennen, dessen schwarzes Zifferblatt teilweise durch einen Baum verdeckt wurde.

Jacob saß auf dem Stuhl neben meinem Bett; ein fremder Mann mit rundem Gesicht stand in der Tür. Ich lag da und sah sie an, konnte aber nicht sprechen. *»Ella, tu t'es évanouiée«*, sagte Jacob. Ich hatte dieses Wort noch nie gehört, verstand aber sofort, was er meinte. »Lucien –« er zeigte auf den Mann – »fuhr gerade mit seinem Lastwagen vorbei, und er hat dich hergebracht. Wir haben uns Sorgen gemacht, denn du warst so lange bewußtlos.«

»Wie lange?« Ich versuchte mich aufzusetzen, und Jacob stützte mich.

»Zehn Minuten. Die ganze Fahrt über bis zum Haus.«

Langsam schüttelte ich den Kopf. »Ich kann mich an gar nichts erinnern.«

Lucien trat mit einem Glas Wasser ans Bett und reichte es mir.

»Merci«, murmelte ich. Er lächelte statt einer Antwort und bewegte dabei kaum die Lippen.

Ich nippte, dann befühlte ich mein Gesicht; es war naß und klebrig. »Warum ist mein Gesicht naß?«

Jacob und Lucien tauschten einen Blick. »Du hast geweint«, erwiderte Jacob.

»Als ich bewußtlos war?«

Er nickte, und ich merkte plötzlich, daß ich eine wunde, laufende Nase hatte, heiser war und erschöpft.

»Habe ich gesprochen?«

»Du hast irgend etwas zitiert.«

»J'ai mis en toi mon espérance: Garde-moi donc, Seigneur. War es das?«

»Ja«, erwiderte Lucien. »Das war –«

»Du brauchst Schlaf«, unterbrach Jacob. »Ruh dich aus. Wir sprechen später.« Er breitete eine dünne Decke über mich. Lucien hob die Hand zu einem bewegungslosen Winken. Ich nickte, und er verschwand.

Ich schloß die Augen und öffnete sie nochmals, als Jacob gerade die Tür hinter sich zuzog. »Jacob, hat dieses Haus Fensterläden?«

Er steckte seinen Kopf wieder ins Zimmer. »Ja, aber ich mag sie nicht. Ich benutze sie nie.« Er lächelte und schloß die Tür.

Es war dunkel, als ich wieder aufwachte; ich war verschwitzt und orientierungslos. Draußen waren überall Fenster erleuchtet; anscheinend schloß hier niemand die Fensterläden. Der Kirchturm war hell angestrahlt. In diesem Moment fingen die Glokken im Turm an zu läuten, und ich zählte automatisch mit, bis zehn: Ich hatte vier Stunden geschlafen. Es schien mir, als seien es Tage gewesen.

Ich knipste die Nachttischlampe an. Der gelbe Schirm warf ein sanftes, goldenes Licht ins Zimmer. Ich war noch nie in einem Zimmer gewesen, wo es überhaupt keine Dekoration gab; die Schlichtheit war seltsam tröstlich. Ich lag eine Weile da, betrachtete den Lichtschein und war mir nicht sicher, ob ich überhaupt aufstehen wollte. Schließlich tat ich es aber doch, verließ das Zimmer und tastete mich auf der dunklen Treppe nach unten. Am Fuß der Treppe stand ich in einem dunklen Korridor, von dem drei verschlossene Türen wegführten. Ich öffnete die, unter der ein Lichtstreifen durchschimmerte, und trat in eine helle Küche, die gelb gestrichen war und einen blankpolierten Holzboden sowie eine Reihe Fenster an der einen Wand hatte. Jacob saß an einem runden hölzernen Tisch und las eine Zeitung, die er gegen eine Schale mit Pfirsichen gelehnt hatte. Eine Frau, die jünger war als ich und dunkle, lockige Haare hatte, war über das Spülbecken gebeugt und schrubbte eine Pfanne. Sie drehte sich um, als ich hereinkam, und ich wußte sofort, daß sie mit Jacob verwandt sein mußte: Sie hatte das gleiche hagere Gesicht und spitze Kinn, das durch die Locken auf ihrer Stirn und die langen Wimpern um die braunen Augen herum weicher erschien. Sie war größer als ich und sehr schmal, mit langen dünnen Händen und zarten Handgelenken.

»Ah, Ella, da bist du ja«, sagte Jacob, als die Frau mich dreimal küßte. »Das ist meine Tochter Susanne.«

Ich lächelte sie an. »Tut mir leid«, sagte ich zu den beiden. »Ich habe nicht gemerkt, daß es schon so spät war. Ich weiß gar nicht, was mit mir los war.«

»Das macht doch nichts. Du hast Schlaf gebraucht. Willst du jetzt etwas essen?« Jacob zog einen Stuhl für mich heran. Dann stellten er und Susanne Käse und Salami, Brot, Oliven und Salat auf den Tisch. Das war genau das, was ich wollte, etwas Einfaches. Ich wollte nicht, daß sie sich wegen mir besondere Umstände machten.

Beim Essen sprachen wir wenig. Susanne fragte mich in einem Französisch, das so klar war wie das ihres Vaters, ob ich etwas Wein wollte, Jacob machte eine Bemerkung über den Käse, aber ansonsten schwiegen wir.

Als wir unsere Teller wegschoben und Jacob mir nochmals eingeschenkt hatte, schlüpfte Susanne aus dem Zimmer. »Fühlst du dich jetzt besser?« fragte er.

»Ja.«

Aus einem anderen Zimmer kam eine zarte Musik. Jacob horchte kurz. »Scarlatti«, sagte er mit sichtlicher Freude. »Susanne studiert Cembalo beim Concertgebouw in Amsterdam, weißt du.«

»Bist du auch Musiker?«

Er nickte. »Ich unterrichtete hier an der Musikschule, gleich oben am Berg.« Er zeigte hinter sich.

»Was spielst du?«

»Verschiedenes, aber ich unterrichte hauptsächlich Klavier und Flöte. Die Jungen wollen alle Gitarre spielen, die Mädchen Flöte, viele auch die Violine oder die Blockflöte. Ein paar Klavier.«

»Sind die Schüler gut?«

Er zuckte die Achseln. »Die meisten nehmen Unterricht, weil ihre Eltern das wollen. Sie haben auch andere Interessen, Reiten oder Fußball oder Skifahren. Jeden Winter brechen sich vier oder fünf Kinder die Arme beim Skifahren und können nicht spielen. Es gibt einen Jungen, der sehr gut Klavier spielt, vor allem Bach. Er wird vielleicht weitermachen und woanders studieren.«

»Hat Susanne bei dir gelernt?«

Er schüttelte den Kopf. »Bei meiner Frau.«

Mein Vater hatte mir erzählt, daß Jacobs Frau tot war, aber ich erinnerte mich nicht, wie lange das her war, oder an die genaueren Umstände.

»Krebs«, sagte er, als hätte ich laut gefragt. »Sie ist vor fünf Jahren gestorben.«

»Das tut mir leid«, sagte ich. Ich fühlte, wie unzulänglich das klang, und fügte hinzu: »Du vermißt sie noch, nicht?«

Er lächelte traurig. »Natürlich. Bist du auch verheiratet?«

»Ja«, erwiderte ich unbehaglich und wechselte das Thema. »Möchtest du die Bibel jetzt sehen?«

»Warten wir bis morgen, wenn das Licht besser ist. Nun, du siehst besser aus, aber du bist immer noch blaß. Bist du vielleicht schwanger?«

Ich zuckte zusammen, erstaunt, daß er mich so nebenbei gefragt hatte. »Nein, nein, das bin ich nicht. Ich – ich weiß nicht, warum ich ohnmächtig geworden bin, aber das ist es nicht. Ich habe in den letzten Monaten nicht besonders gut geschlafen. Und letzte Nacht kaum.« Ich hielt inne, erinnerte mich an Jean-Pauls Bett und schüttelte langsam den Kopf. Es war unmöglich, ihm meine Situation zu beschreiben.

Jacob merkte wohl, daß wir uns auf gefährliches Terrain begeben hatten, und rettete uns, indem er das Thema wechselte.

»Was machst du beruflich?«

»Ich bin, na ja, ich *war* Hebamme, in Amerika.«

»Wirklich?« Er strahlte. »Was für eine wundervolle Arbeit!«

Ich betrachtete die Pfirsiche und lächelte. Seine Antwort war der von Madame Sentier so ähnlich.

»Ja«, sagte ich. »Es war ein schöner Beruf.«

»Also würdest du natürlich wissen, wenn du schwanger wärst.«

Ich kicherte. »Ja, ich denke schon.« Ich wußte fast immer, wenn eine Frau schwanger war, auch schon ganz früh. Ich sah es an ihrer bedächtigen Haltung; der Körper war wie Folie um etwas gewickelt, von dem sie noch nicht einmal wußte, daß sie es trug. Das hatte ich zum Beispiel an Susanne gesehen: ein gewisser verstörter Ausdruck in ihren Augen, als ob sie einem Gespräch tief in ihrem Inneren zuhörte, in einer fremden Sprache – aber nicht unbedingt erfreut darüber war, was sie hörte, auch wenn sie es nicht verstand.

Ich sah in Jacobs offenes Gesicht. Er weiß es noch nicht, dachte ich. Es war komisch: Ich war nahe genug verwandt, daß er mir persönliche Fragen stellte, aber nicht so nahe, daß er vor der Antwort Angst gehabt hätte. Seine eigene Tochter würde er nie so direkt fragen.

Ich schlief schlecht in dieser Nacht; meine Gedanken kreisten ständig um Rick und Jean-Paul, und ich machte mir schwere Vorwürfe. Ich machte mich ganz verrückt dabei. Irgendwann schlief ich dann doch ein, wachte aber schon früh wieder auf.

Ich brachte die Bibel mit nach unten. Jacob und Susanne saßen schon am Tisch und lasen Zeitung, zusammen mit einem blassen Mann mit rotem Haar, das eher karottenfarben als kastanienbraun wie meines war. Auch seine Wimpern und Brauen waren rötlich, was seinem Gesicht einen unbestimmten, vagen Ausdruck gab. Er stand auf, als ich hereinkam, und streckte mir die Hand entgegen.

»Ella, das ist Jan, mein Freund«, sagte Susanne. Sie sah müde aus; ihren Kaffee hatte sie nicht angerührt, auf der Oberfläche begann sich eine fleckige Haut zu bilden.

Ah, der zukünftige Vater, dachte ich. Sein Händedruck war schwächlich. »Es tut mir leid, daß ich gestern nicht hier war und Sie nicht begrüßen konnte«, sagte er in perfektem Englisch. »Ich spielte bei einem Konzert in Lausanne und kam erst sehr spät am Abend zurück.«

»Was spielen Sie?«

»Ich spiele die Flöte.«

Ich lächelte; teilweise über sein formelles Englisch und teilweise, weil sein Körper auch ein bißchen wie eine Flöte aussah: Dünn, mit runden Gelenken und einer gewissen Steife in den Beinen und im Oberkörper, wie der eiserne Holzfäller im ›Zauberer von Oz‹.

»Sie sind kein Schweizer, oder?«

»Nein, ich bin Holländer.«

»Oh.« Mir fiel nichts ein, was ich dazu hätte sagen können, seine Förmlichkeit ließ mich erstarren. Ich wandte mich ungeschickt an Jacob. »Ich lege die Bibel ins andere Zimmer, damit du sie dir nach dem Frühstück ansehen kannst, ja?« sagte ich.

Jacob nickte. Ich ging in den Flur zurück und probierte eine andere Tür. Sie führte in einen langen, sonnigen Raum, der mattweiß gestrichen war, mit unlackiertem Holz ausgestattet und mit glänzenden schwarzen Fliesen auf dem Boden. Er war sparsam möbliert mit einem Sofa und zwei abgewetzten Lehnstühlen; wie im Schlafzimmer hing nichts an den Wänden. Am entfernten Ende des Raumes stand ein schwarzer Konzertflügel mit geschlossenem Deckel und ein Cembalo aus Rosenholz gegenüber. Ich legte die Bibel auf den Konzertflügel und ging zum Fenster, um mir Moutier zum ersten Mal richtig anzusehen.

Die Häuser lagen verstreut um uns herum und den ganzen Berg hinter dem Haus hinauf. Jedes Haus war entweder grau oder cremefarben, mit einem steilen Schieferdach, das unten in einen Rand auslief, der wie ein wehender Rock nach außen gestellt war. Die Häuser waren insgesamt höher und neuer als die in Lisle, mit frisch gestrichenen Fensterläden in klaren Rot-,

Grün- und Brauntönen, obwohl es gleich gegenüber von Jacobs Haus ein überraschendes metallischblaues Paar gab. Ich öffnete das Fenster und lehnte mich hinaus, um Jacobs Fensterläden zu sehen: Sie waren gar nicht gestrichen, sondern in ihrem natürlichen karamelfarbenen Holzton belassen.

Hinter mir hörte ich Schritte, und ich zog den Kopf wieder ein. Mit einer Tasse Kaffee in jeder Hand stand Jacob neben mir und lachte mich aus. »Aha, du spionierst also schon unsere Nachbarn aus!« rief er und gab mir eine Tasse.

Ich grinste. »Eigentlich hab ich mir deine Fensterläden angesehen. Ich wollte sehen, in welcher Farbe du sie gestrichen hast.«

»Gefallen sie dir?«

Ich nickte.

»Also, wo ist diese Bibel? Ah, hier. Gut, dann kannst du jetzt wieder nach Hause fahren«, neckte er mich.

Ich setzte mich neben ihn auf das Sofa, als er das Buch auf der ersten Seite aufschlug. Er blickte lange auf die Namen, mit erfreutem Gesichtsausdruck. Dann griff er hinter sich und zog aus einem Bücherregal ein Bündel Papiere, die zusammengeklebt waren. Er faltete sie auseinander und breitete sie auf dem Fußboden aus. Das Papier war vergilbt, das Klebeband brüchig.

»Das ist der Familienstammbaum, den mein Großvater gemacht hat«, erklärte er.

Die Handschrift war gut lesbar, der Baum exakt gezeichnet. Trotzdem war das Ganze eine verwirrende Angelegenheit: Es gab Tangenten, Arme, die in irgendeine Richtung ausuferten, Lücken, wo einzelne Linien abbrachen. Als Jacob die Blätter alle ausgebreitet hatte, bildeten sie kein ordentliches Rechteck oder eine Pyramide, sondern einen unregelmäßigen Flickenteppich, mit einzelnen Blättern, die hier und da angeheftet waren und zusätzliche Informationen enthielten.

Wir hockten uns daneben. Überall sah ich die Namen Susanne, Etienne, Hannah, Jacob und Jean. Oben am Baum war das noch nicht so deutlich, aber er begann mit Etienne und Jean Tournier.

»Wo hat dein Großvater das alles gefunden?«

»An verschiedenen Orten. Manches bei der *bourgeoisie* im *hôtel de ville* hier – es gibt da Aufzeichnungen, die bis ins achtzehnte Jahrhundert zurückreichen, soviel ich weiß. Wo er die Daten davor her hat, weiß ich nicht so genau. Er hat Jahre damit zugebracht, alte Dokumente durchzusehen. Und jetzt hast du seine Arbeit vervollständigt; du hast den großen Bogen nach Frankreich geschlagen! Erzähl, wie du diese Tournier-Bibel gefunden hast.«

Ich gab ihm eine abgekürzte Version meiner Suche mit Mathilde und Monsieur Jourdain unter Auslassung von Jean-Paul.

»Was für Zufälle! Du hast Glück gehabt, Ella.Und du bist den ganzen Weg hierhergekommen, um mir das zu zeigen.« Jacob ließ seine Hand über den Ledereinband gleiten. Eine Frage stand hinter seinen Worten, doch ich beantwortete sie nicht. Es mußte ihm etwas extrem erscheinen, daß ich hier so plötzlich herkam, nur um ihm die Bibel zu zeigen, aber ich hatte nicht das Gefühl, ihm alles anvertrauen zu können: Er glich meinem Vater zu sehr. Ich würde meinen Eltern nicht einmal im Traum erzählen, was ich angerichtet hatte.

Später gingen Jacob und ich im Ort spazieren. Das *hôtel de ville*, ein behäbiges Gebäude mit grauen Fensterläden und einem Glockenturm, stand in der Ortsmitte. Drumherum befanden sich Geschäfte und bildeten das, was als Altstadt bezeichnet wurde, obwohl sie sehr neu erschien im Vergleich zu Lisle: Viele der Gebäude waren modern, und alle hatten frischen Verputz und Anstrich und neue quadratische Dachziegel. Es gab ein merkwürdiges Gebäude mit einer zwiebelförmigen Kuppel auf der einen Seite und darunter einem steinernen Mönch in einer Nische, der eine Laterne über die Straßenecke hielt, aber ansonsten waren die Gebäude alle gleich schmucklos.

Im letzten Jahrhundert war die Zahl der Einwohner auf 8000 angewachsen, und die Häuser hatten sich um die Altstadt herum und die Berghänge hinauf ausgebreitet. Alles wirkte ungeplant; ziemlich ungewohnt im Vergleich zu Lisle, das ein ordentlich angelegtes Netz von Straßen hatte und wo alles ein organisches Ganzes zu sein schien. Von ein paar Ausnahmen abgesehen, waren die Gebäude hier eher funktional als ästhetisch, für einen bestimmten Zweck gebaut und ohne dekorative Ziegel oder Querbalken oder Kacheln, wie es sie in Lisle gab.

Ein wenig abseits vom Ortszentrum gingen wir einen Pfad an der Birse entlang, einem kleinen Fluß, fast eher ein Bach, von Weißbirken gesäumt. Wasser, das durch eine Stadt floß, hatte etwas Aufmunterndes, es verband die Stadt mit dem Rest der Welt und erinnerte daran, daß der Ort nicht so statisch oder isoliert war, wie es vielleicht schien.

Überall, wo wir hinkamen, stellte Jacob mich als eine Tournier aus Amerika vor. Die Leute grüßten mich mit einer Akzeptanz und Freundlichkeit, die ich nicht erwartet hatte. Das war jedenfalls etwas ganz anderes, als das, was ich in Lisle erlebt hatte. Ich erwähnte dies Jacob gegenüber, der dazu lächelte. »Vielleicht bist du ja auch anders«, sagte er.

»Vielleicht.« Ich fügte nicht hinzu, daß ich, obwohl ich die Einstellung der Leute mir gegenüber hier sehr angenehm fand, auch etwas mißtrauisch gegenüber einer so raschen Begeisterung für einen Familiennamen war. Wenn ihr alle wüßtet, wie unmöglich ich mich benommen habe, dachte ich grimmig, dann würdet ihr sicher nicht mehr denken, daß die Tourniers so toll sind.

Jacob mußte unterrichten. Auf seinem Weg zur Musikschule nahm er mich mit zu einer Kapelle im Friedhof am Stadtrand. Er erzählte mir, daß es in Moutier seit dem siebenten Jahrhundert Klöster gegeben hatte; die noch existierende Kapelle von Chalières stammte aus dem zehnten Jahrhundert. Ich ging hinein. Innen war sie klein und schlicht, mit verblaßten byzantinischen Fresken in Rostrot auf den Wänden des Chors; der Rest war weiß gestrichen. Ich sah mir pflichtbewußt die Figuren an –

Christus stand mit ausgebreiteten Armen da, eine Reihe von Aposteln befand sich unter ihm, blasse Heiligenscheine umrahmten ihre Köpfe, manche der Gesichter waren bis zur Entstellung verwaschen –, aber außer dem schwachen Abbild einer traurig aussehenden Frau auf einer Seite ließen die Fresken mich kalt.

Als ich herauskam, sah ich Jacob vor einem Grabstein auf halber Höhe des Hügels stehen; er hatte den Kopf gesenkt und die Augen geschlossen. Ich sah ihm einen Augenblick lang zu und schämte mich meiner eigenen Sorgen. Dies hier war eine echte Tragödie, ein Mann, der am Grab seiner Frau trauerte. Um ihn nicht zu stören, ging ich zurück in die Kapelle. Eine Wolke hatte sich über die Sonne geschoben, und es war drinnen noch dunkler; die Fresken schwebten wie Geister über mir. Ich stand vor den verblaßten Zügen der Frau und sah sie mir genauer an. Es war wenig von ihr übrig: Augen unter schweren Lidern, eine große Nase, geschürzte Lippen, ein Mantel und ein Heiligenschein. Aber gerade diese Bruchstücke fingen ihr Unglück genau ein.

»Natürlich. Die Jungfrau«, sagte ich leise.

Irgend etwas in ihrem Ausdruck ließ sie anders erscheinen als die Jungfrau von Nicolas Tournier. Ich schloß die Augen und versuchte mich zu erinnern: Der Schmerz, die Resignation, der seltsame Friede in ihrem Gesicht. Ich öffnete die Augen und schaute die Figur vor mir nochmals an. Dann sah ich es: Es war der Mund, die angespannten Mundwinkel, die sich nach unten bogen. Diese Jungfrau war wütend.

Als ich die Kapelle verließ, war die Sonne wieder hervorgekommen und Jacob war verschwunden. Ich ging durch ein neueres Wohnviertel in die Stadt zurück und kam schließlich bei der protestantischen Kirche an, die ich zuerst gesehen hatte, als ich in Jacobs Haus aufgewacht war. Es war ein großes Gebäude, aus Kalkstein gebaut und von alten Bäumen umgeben. In gewisser

Weise erinnerte es mich an die Kirche in Le Pont de Montvert: Beide hatten eine ähnliche Lage im Verhältnis zum Ort – nicht in der Mitte, aber trotzdem dominant, auf halber Höhe an der Nordseite eines Hanges, mit einem grasbewachsenen Vorplatz und einer Mauer, auf der man sitzen und über den ganzen Ort hinwegsehen konnte. Ich ging um die Kirche herum und fand die Eingangstür offen. Drinnen gab es mehr Schmuck als in der Kirche in Le Pont de Montvert, Marmorboden und buntes Glas im Chor. Trotzdem wirkte sie nackt, asketisch und, nach der Chalières-Kapelle, groß und unpersönlich. Ich blieb nicht lange.

Ich setzte mich auf die Mauer in die Sonne, genau wie damals in Le Pont de Montvert. Es war inzwischen warm geworden, und ich zog meine Jacke aus. Darunter zeigten meine Arme wieder Psoriasis. »Verdammt«, murmelte ich. Ich verschränkte die Arme vor der Brust, streckte sie dann aus und hielt sie in die Sonne. Durch die Bewegung füllte sich ein Fleck auf meinem Arm mit Blut.

In diesem Moment kam ein schwarzer Labrador auf mich zu, krabbelte halb auf die Mauer und stupste seinen Kopf gegen meine Seite. Ich lachte und streichelte ihn. »Genau der richtige Moment, Hund«, sagte ich. »Laß mich bloß nicht in Selbstmitleid versinken.«

Lucien erschien auf der anderen Seite des Rasens. Jetzt konnte ich ihn deutlicher sehen als am Abend zuvor. Er hatte ein kindliches Gesicht, dunkles, drahtiges Haar und große haselnußbraune Augen. Er mußte um die Dreißig sein, aber er sah aus, als hätte ihn nie irgendeine Sorge oder Tragödie berührt. Ein unschuldiger Schweizer. Ich sah zu Boden, ließ meine Schuppenflechte aber absichtlich unbedeckt. Ich entdeckte einen weiteren Fleck auf meinem Knöchel und verfluchte mich, daß ich vergessen hatte, die Cortisonsalbe einzupacken.

»*Salut, Ella*«, sagte er und stand unbeholfen herum, bis ich ihn einlud, sich zu setzen. Er trug alte Shorts und ein T-Shirt; beides war mit Farbklecksen übersät. Der Labrador sah uns an, hechelte und wedelte mit dem Schwanz; als er sicher war, daß wir nicht weggehen würden, fing er an, die Bäume in der Nähe zu beschnüffeln.

»Sind Sie Maler?« fragte ich, um das Schweigen zu brechen, und war gespannt, ob er je von Nicolas Tournier gehört hatte.

»Ja«, erwiderte er. »Ich arbeite da oben.« Er zeigte hinter uns den Berg hinauf. »Sehen Sie die Leiter?«

»Ah, ja.« Ein Maler, der Häuser anstrich. Das sollte eigentlich nichts ändern, dachte ich, aber meine Fragen erstarben; ich wußte nicht mehr, was ich sagen sollte.

»Ich baue auch Häuser. Ich repariere alles mögliche.« Lucien schaute auf den Ort hinunter, aber ich sah, daß er einen verstohlenen Seitenblick auf meine Arme warf.

»Wo wohnen Sie?« fragte ich.

Er zeigte auf ein anderes Haus am Berg und sah wieder auf meine Arme.

»Es ist Schuppenflechte«, sagte ich abrupt.

Er nickte einmal; er war kein gesprächiger Mensch. Ich bemerkte Strähnen mit weißer Farbe in seinem Haar und auf seinen Unterarmen einen Nebel weißer Spritzer, die von einem Rollpinsel kamen. Ich mußte an meine Umzüge mit Rick denken: Wenn wir irgendwo neu hinzogen, strichen wir immer zuerst alle Zimmer weiß. Rick sagte, daß er so die Dimensionen der Räume besser erkennen konnte; für mich war es, wie wenn sie damit von Geistern gereinigt würden. Erst nachdem wir irgendwo eine Zeitlang gewohnt hatten, wenn die Wohnung uns vertraut wurde und wir uns darin wohl fühlten, fingen wir an, die Räume in verschiedenen Farben zu streichen. Unser Haus in Lisle war noch weiß.

Der Anruf kam am nächsten Tag. Ich weiß nicht, warum er mich so überraschte: Ich wußte doch, daß mein anderes Leben mich irgendwann einholen würde, hatte aber nichts getan, um mich darauf vorzubereiten.

Wir waren gerade beim Fondue. Susanne hatte es lustig gefunden, daß nach Schweizer Taschenmessern, Uhren und Schokolade Fondue an vierter Stelle von all den Dingen stand, die Amerikaner mit der Schweiz assoziieren, und sie hatte darauf bestanden, es für mich zu machen. »Nach einem alten Rezept der Familie, *bien sûr*«, neckte sie. Sie und Jacob hatten ein paar Leute eingeladen: Jan war natürlich da, dann ein deutschschweizerisches Paar, die Nachbarn mit den blauen Fensterläden, wie sich herausstellte, und Lucien, der neben mir saß und ab und zu mein Profil betrachtete, während wir aßen. Wenigstens hatte ich meine Arme bedeckt, so daß er die Schuppenflechte nicht anstarren konnte.

Ich hatte erst einmal Fondue gegessen, als ich jünger war und meine Großmutter es gemacht hatte. Ich hatte kaum eine Erinnerung daran. Das von Susanne war hervorragend und hatte viel Alkohol drin. Außerdem hatten wir ununterbrochen Wein getrunken und wurden immer lauter und verrückter. Irgendwann tauchte ich ein Stück Brot in den Käse, und meine Gabel kam leer wieder heraus. Alle fingen an zu lachen und klatschten.

»Moment, wie war das noch mal?« Dann erinnerte ich mich an die Überlieferung, die ich von meiner Großmutter gehört hatte: Wer sein Brot zuerst im Fonduetopf verliert, wird nie heiraten. Ich lachte auch. »O nein, jetzt werde ich nie heiraten! Aber ich bin doch schon verheiratet!«

Das Gelächter wurde lauter. »Nein, nein, Ella«, rief Susanne. »Wenn du dein Brot zuerst verlierst, heißt das, daß du heiraten *wirst*, und zwar bald!«

»Nein, in unserer Familie heißt es, daß du *nicht* heiratest.«

»Aber das hier *ist* deine Familie«, sagte Jacob, »und die Überlieferung ist, daß du heiraten wirst.«

»Dann müssen wir das irgendwo mißverstanden haben. Ich bin *sicher*, daß meine Großmutter gesagt hat –«

»Ja, das ist genauso falsch wie auch der Familienname falsch ist«, erklärte Jacob. »Töörr-nörr«, sagte er absichtlich schwerfällig und zog jede Silbe in die Länge. »Wo sind die Vokale, die ihm einen schönen Klang geben? Aber mach dir nichts draus, *ma cousine*, du weißt ja, wie dein richtiger Name heißt. Wißt ihr«, fuhr er an seine Nachbarn gewandt fort, »daß meine Cousine Hebamme ist?«

»Ah, was für ein schöner Beruf«, erwiderte der Mann automatisch. Ich fühlte Susannes Blick auf mir; als ich sie anschaute, sah sie zu Boden. Ihr Weinglas war immer noch voll, und sie hatte nicht viel gegessen.

Als das Telefon klingelte, stand Jan auf und nahm ab. Er blickte um den Tisch herum, bis seine Augen an mir hängenblieben. Er hielt mir den Hörer hin. »Dieser Anruf ist für dich, Ella«, sagte er.

»Für mich? Aber –« Ich hatte niemandem die Telefonnummer gegeben. Ich stand auf und nahm den Hörer, aller Augen waren auf mich gerichtet.

»Hallo?« sagte ich unsicher.

»Ella? Was zum Teufel machst du da?«

»Rick?« Ich wandte mich mit dem Rücken zum Tisch.

»Das klingt ja, als ob du überrascht wärst, von mir zu hören.« Nie hatte er so bitter geklungen.

»Nein, es ist nur – ich hatte keine Telefonnummer hinterlassen.«

»Nein, das hast du nicht. Aber so schwer ist das nicht, die Telefonnummer von Jacob Tournier in Moutier herauszubekommen. Es gibt zwei im Verzeichnis; ich habe zuerst den falschen angerufen, und er hat mir gesagt, daß du hier bist.«

»Er wußte, daß ich hier bin? Ein anderer Jacob Tournier?« wiederholte ich einfältig. Vor allem überraschte mich, daß Rick sich den Namen meines Cousins tatsächlich gemerkt hatte.

»Ja.«

»Na ja, es ist ein kleiner Ort.« Ich sah mich um. Alle aßen weiter und versuchten so auszusehen, als würden sie nicht zuhören, hörten aber natürlich trotzdem zu, außer Susanne, die abrupt aufstand und zum Spülbecken ging, wo sie am offenen Fenster tief einatmete.

Sie wissen alle über mich Bescheid, dachte ich. Sogar ein Tournier am anderen Ende des Dorfes weiß von mir.

»Ella, warum bist du einfach so weggegangen? Was ist los?«

»Rick, ich – hör zu, können wir ein anderes Mal darüber reden? Es ist gerade ziemlich ungünstig.«

»Ich nehme mal an, daß du deinen Ehering nicht ohne Grund auf dem Schlafzimmerfußboden hast liegenlassen.«

Ich streckte meine linke Hand aus und starrte darauf, schockiert, daß ich nicht einmal gemerkt hatte, daß der Ring weg war. Er mußte aus meinem gelben Kleid gefallen sein, als ich mich umgezogen hatte.

»Bist du sauer auf mich? Hab ich irgend etwas getan?«

»Nein, nichts, nur – ach Rick, ich – du hast gar nichts getan. Ich wollte nur meine Familie hier kennenlernen, das ist alles.«

»Warum bist du dann so plötzlich auf und davon? Du hast mir nicht mal einen Zettel dagelassen. Du läßt mir sonst *immer* einen Zettel da. Kannst du dir eigentlich vorstellen, was für Sorgen ich mir gemacht habe? Und was es für ein Gefühl war, alles von meiner Sekretärin erfahren zu müssen?«

Ich schwieg.

»Wer war das, der da gerade das Telefon abgenommen hat?«

»Was? Der Freund meiner Cousine. Er ist Holländer«, fügte ich sinnvollerweise hinzu.

»Ist dieser – Typ bei dir?«

»Wer?«

»Jean-Pierre.«

»Nein, er ist nicht hier. Wie kommst du denn darauf?«

»Du hast mit ihm geschlafen, nicht? Ich höre das an deiner Stimme.«

Das hatte ich nicht von ihm erwartet. Ich atmete tief ein.

»Rick, ich kann jetzt wirklich nicht reden. Da sind – Leute im Zimmer. Tut mir leid, Rick, ich – ich weiß einfach nicht mehr, was ich will. Aber ich kann jetzt nicht darüber sprechen. Ich kann einfach nicht.«

»Ella –« Ricks Stimme klang erstickt.

»Gib mir einfach ein paar Tage Zeit, okay? Dann komme ich zurück und – und wir reden. Ja? Es tut mir leid.« Ich legte auf und wandte mich zu den anderen um. Lucien starrte auf seinen Teller; die Nachbarn unterhielten sich angestrengt mit Jan. Jacob und Susanne sahen mich unverwandt an, aus braunen Augen, die die gleiche Farbe hatten wie meine.

»Also«, sagte ich fröhlich. »Was habt ihr gerade über das Heiraten gesagt?«

Mitten in der Nacht stand ich auf. Ich war völlig ausgetrocknet vom Wein, und das Fondue lag mir wie ein Klumpen Blei im Magen; ich ging in die Küche hinunter, um etwas Mineralwasser zu trinken. Ich machte kein Licht und setzte mich mit dem Glas an den Tisch, aber der Raum roch immer noch nach Käse, und ich beschloß, ins Wohnzimmer zu gehen. Als ich zur Tür kam, hörte ich die sanften Klänge des Cembalos. Ich öffnete leise die Tür und sah Susanne im Dunkeln an dem Instrument sitzen; das Licht einer Straßenlaterne fiel auf ihr Profil. Sie spielte ein paar Takte, hörte dann auf und saß nur da. Als ich ihren Namen flüsterte, sah sie auf und ließ dann die Schultern fallen. Ich ging zu ihr und legte meine Hand auf ihre Schulter. Sie trug einen dunklen Seidenkimono, der sich weich anfühlte.

»Du solltest im Bett liegen«, sagte ich sanft. »Du bist sicher müde. Du brauchst jetzt viel Schlaf.«

Susanne legte ihr Gesicht an meine Hüfte und fing an zu weinen. Ich stand bewegungslos da und streichelte ihr lockiges Haar, dann kniete ich mich neben sie.

»Weiß Jan schon davon?«

»Nein«, erwiderte sie und wischte sich über Augen und Wangen. »Ella, ich bin einfach noch nicht so weit. Ich will andere

Sachen machen. Ich habe soviel gearbeitet, und jetzt bekomme ich langsam mehr Konzerte.« Sie legte ihre Hand auf die Tasten und spielte einen Akkord. »Jetzt ein Baby zu haben würde meine ganze Zukunft ruinieren.«

»Wie alt bist du?«

»Zweiundzwanzig.«

»Und willst du Kinder haben?«

Sie zuckte die Achseln. »Irgendwann mal. Jedenfalls noch nicht jetzt.«

»Und Jan?«

»Oh, er hätte sehr gerne welche. Aber weißt du, Männer denken da anders. Für seine Karriere, seine Musik würde sich nichts ändern. Immer, wenn er über Kinder spricht, ist es so abstrakt, daß ich genau weiß, daß ich diejenige wäre, die sich um sie kümmern müßte.«

Das kam mir bekannt vor.

»Weiß sonst irgend jemand davon?«

»Nein.«

Ich zögerte, es war ungewohnt für mich, über Abtreibung zu sprechen: Wenn sonst schwangere Frauen zu mir kamen, hatten sie sich bereits für das Baby entschieden. Außerdem wußte ich nicht einmal das Wort für Abtreibung.

»Was für Möglichkeiten gibt es noch?« fragte ich lahm und drückte es zumindest andeutungsweise aus.

Sie starrte auf die Tasten. Dann zuckte sie die Achseln. *»Un avortement«*, sagte sie tonlos.

»Und was hältst du von – einer Abtreibung?« Ich hätte mich ohrfeigen können für die Plumpheit meiner Frage. Susanne schien das nicht zu bemerken.

»Oh, ich denke, ich würde es machen wollen, obwohl mir der Gedanke nicht gefällt. Ich bin nicht religiös. Aber Jan –«

Ich wartete.

»Na ja, er ist Katholik. Er geht nicht mehr in die Kirche und hält sich für liberal, aber – es ist anders, wenn es eine echte, eigene Entscheidung ist. Ich weiß nicht, was er davon halten wird. Vielleicht kann er es nicht ertragen.«

»Weißt du, sagen mußt du es ihm, er hat ein Recht darauf, aber du mußt das nicht mit ihm zusammen entscheiden. *Du* mußt entscheiden, was du tun willst. Natürlich ist es besser, wenn ihr einer Meinung seid, aber wenn nicht, muß es deine Entscheidung sein, denn du trägst das Baby.« Ich versuchte, das so fest wie möglich zu sagen.

Susanne sah mich von der Seite an. »Hast du – hast du selber mal –«

»Nein.«

»Willst du Kinder haben?«

»Ja, aber –« Ich wußte nicht, wo ich anfangen sollte. Auf einmal fing ich an zu kichern. Susanne sah mich verwundert an, das Weiße in ihren Augen leuchtete im Licht der Straßenlaterne. »Entschuldige. Ich muß mich hinsetzen«, sagte ich. »Dann erzähl ich's dir.«

Ich setzte mich in einen der Lehnsessel, während Susanne eine kleine Lampe auf dem Klavier anknipste. Sie rollte sich in der Ecke des Sofas zusammen, zog die Beine hoch und breitete die grüne Seide über ihre Knie. Erwartungsvoll sah sie mich an. Wahrscheinlich war sie erleichtert, daß es jetzt nicht um sie ging.

»Mein Mann und ich haben über Kinder gesprochen«, fing ich an. »Wir dachten, daß der richtige Zeitpunkt gekommen wäre. Na ja, eigentlich dachte ich das, und Rick war einverstanden. Also fingen wir an, es zu versuchen. Aber ich war – abgelenkt. Durch einen Alptraum. Und jetzt, jetzt denke ich – na ja, jetzt haben wir Probleme. Es gab da auch – es gibt – noch etwas anderes. Jemand anderen.« Ich schämte mich, war aber gleichzeitig erleichtert, es jemandem erzählen zu können.

»Wen?«

»Einen Bibliothekar in dem Ort, wo ich wohne. Wir haben eine Zeitlang – geflirtet. Und dann haben wir –« Ich machte eine

Geste. »Danach fühlte ich mich schrecklich und mußte weg. Also bin ich hierhergekommen.«

»Sieht er gut aus?«

»Er – o ja. Finde ich zumindest. Er ist irgendwie – sehr intensiv.«

»Und du magst ihn.«

»Ja.« Es war merkwürdig, über ihn zu sprechen; ich fand es eigentlich schwer, ihn mir jetzt vorzustellen. Hier, in diesem Zimmer mit Susanne, schien das, was mit Jean-Paul passiert war, plötzlich nicht mehr so weltbewegend. Seltsam: wenn man seine Geschichte anderen erzählt, wird sie fiktiver, weniger real. Der Akt des Erzählens entfernt einen vom eigentlichen Ereignis.

»Wie lange bist du schon mit Rick verheiratet?«

»Zwei Jahre.«

»Und der andere, wie heißt er?«

»Jean-Paul.« Es lag etwas so Entscheidendes in seinem Namen, daß ich lächeln mußte, als ich ihn sagte. »Er hat mir geholfen, meine Familiengeschichte zu erforschen«, fuhr ich fort. »Er streitet viel mit mir, aber das ist, weil er sich für mich interessiert, auch dafür, was ich mache – nein, eigentlich dafür, wer ich bin. Er hört mir zu. Er sieht *mich*, nicht irgendein Bild von mir. Verstehst du?«

Susanne nickte.

»Und ich kann mit ihm reden. Ich habe ihm sogar von dem Alptraum erzählt, und er ließ mich ihn genau beschreiben. Das hat mir sehr geholfen.«

»Worum geht es in diesem Alptraum?«

»Oh, ich weiß nicht. Er hat keine richtige Geschichte. Nur ein Gefühl, wie ein – wie wenn ich keine – *respiration* –« Ich klopfte mir auf die Brust. Frank Sinatra, dachte ich. *Ole blue eyes.*

»Und ein Blau, ein bestimmtes Blau«, fügte ich hinzu. »Wie in Renaissance-Gemälden. Die Farbe, in der sie den Mantel der Jungfrau gemalt haben. Es gibt da so einen Maler – sag mal, hast du je von Nicolas Tournier gehört?«

Susanne setzte sich aufrecht hin und umklammerte die Armlehne des Sofas. »Erzähl mir mehr von diesem Blau.«

Endlich, doch eine Verbindung mit dem Maler. »Es hat zwei Bestandteile: die obere Schicht, ein klares Blau, das voller Licht ist und –« ich suchte nach Worten. »Sie bewegt sich mit dem Licht, die Farbe. Aber dann ist da auch noch eine Art Dunkelheit unter diesem Licht, die sehr schattig ist. Die beiden Töne kämpfen miteinander. Das macht die Farbe so lebendig und unvergeßlich. Es ist eine wunderschöne Farbe, weißt du, aber auch traurig, und vielleicht soll sie uns daran erinnern, daß die Jungfrau immer über den Tod ihres Sohnes trauert, sogar, wenn er gerade geboren wird. Als wüßte sie bereits, was passieren wird. Aber dann, wenn er tot ist, ist das Blau immer noch schön, trägt immer noch Hoffnung. Es läßt einen daran denken, daß nichts eindeutig eine Sache oder die andere ist; es kann leicht und fröhlich sein, aber es gibt immer diese Dunkelheit darunter.«

Ich hielt inne. Wir waren beide still.

Dann sagte sie: »Ich habe den Traum auch gehabt.«

»Ich hatte ihn nur einmal, vor ungefähr sechs Wochen in Amsterdam. Ich bin vollkommen verängstigt aufgewacht, und ich habe geweint. Ich habe gedacht, daß ich in dem Blau ersticken würde, es war das Blau, das du beschreibst. Es war seltsam, ich habe mich gleichzeitig glücklich und traurig gefühlt. Jan behauptet, ich hätte etwas gesagt, irgend etwas aus der Bibel rezitiert. Danach konnte ich nicht mehr schlafen. Ich mußte aufstehen und spielen, wie heute.«

»Hast du zufällig Whiskey da?«

Sie ging zum Bücherschrank, öffnete die Türen an der Unterseite und nahm eine halbleere Flasche und zwei kleine Gläser heraus. Sie setzte sich auf die Sofakante und schenkte uns beiden einen Schluck ein. Ich überlegte, ob ich etwas über Alkohol in ihrem Zustand sagen sollte, brauchte es aber nicht: Nachdem sie mir mein Glas gegeben hatte, roch sie einmal an ihrem, zog dann eine Grimasse, öffnete die Flasche wieder und schüttete den Whiskey zurück.

Ich trank meinen mit einem Schluck aus. Angenehm schnitt er durch alles hindurch: das Fondue, den Wein, mein Unglück wegen Rick und Jean-Paul. Er gab mir genau, was ich brauchte, um unangenehme Fragen zu stellen.

»Wie lange bist du schon schwanger?«

»Weiß ich nicht genau.« Sie schob die Hände in die Ärmel ihres Kimonos und rieb sich die Arme.

»Wann ist deine, deine –« ich gestikulierte wieder mal – »ausgeblieben«?

»Vor vier Wochen.«

»Wie bist zu schwanger geworden? Hast du nichts benutzt? Entschuldige bitte, aber das ist wichtig.«

Sie sah zu Boden. »An einem Tag habe ich vergessen, die Pille zu nehmen. Normalerweise nehme ich sie, bevor ich ins Bett gehe, aber ich hab es vergessen. Ich habe nicht gedacht, daß es etwas ausmachen würde.«

Ich wollte etwas sagen, aber Susanne unterbrach mich. »Weißt du, ich bin nicht dumm oder unverantwortlich. Es ist nur, daß –« Sie drückte ihre Hand auf den Mund. »Manchmal ist es schwer, zu glauben, daß es da eine Verbindung zwischen einer kleinen Pille und Schwangerwerden gibt. Es ist wie Zauberei, daß zwei solche Sachen ... daß die etwas miteinander zu tun haben sollen, das ist einfach verrückt. Vom Kopf her verstehe ich es natürlich, aber nicht wirklich mit dem Herzen.«

Ich nickte. »Schwangere Frauen stellen auch oft nicht die Verbindung zwischen ihrem Baby und Sex her. Männer übrigens auch nicht. Das ist auch so verschieden, wie Zauberei.«

Eine Minute lang schwiegen wir.

»Wann hast du diese Pille vergessen?« fragte ich.

»Ich kann mich nicht genau erinnern.«

Ich beugte mich vor. »Versuch's. War das ungefähr zur gleichen Zeit wie der Traum?«

»Ich glaube nicht. Nein, warte, jetzt erinnere ich mich. Jan war in Brüssel bei einem Konzert an dem Abend, an dem ich die Pille vergessen habe. Er ist am nächsten Tag zurückgekommen, und in dieser Nacht hatte ich den Traum. Das ist alles.«

»Und du und Jan – habt ihr – miteinander geschlafen an diesem Abend?«

»Ja.« Sie sah verlegen aus.

Ich entschuldigte mich. »Es ist nur so, daß ich den Traum nur hatte, nachdem Rick und ich Sex hatten«, erklärte ich. »Genau wie du. Aber der Traum hörte auf, als wir wieder Verhütungsmittel benutzt haben, und bei dir hörte er auf, als du schwanger warst.«

Wir sahen uns an.

»Das ist wirklich merkwürdig«, sagte Susanne leise.

»Ja, es ist komisch.«

Susanne strich den Kimono über ihrem Bauch glatt und seufzte.

»Du mußt es Jan sagen«, sagte ich. »Das ist das allererste.«

»Ja, ich weiß. Und du mußt es Rick sagen.«

»Es sieht so aus, als ob er schon Bescheid weiß.«

Am nächsten Tag sah ich mir die Aufzeichnungen im Rathaus an. Obwohl Jacobs Großvater mit dem Familienstammbaum gründliche Arbeit geleistet hatte, spürte ich das Verlangen, die Originaldokumente in meinen Händen zu halten: Inzwischen hatte ich Gefallen daran gefunden. Ich saß den ganzen Nachmittag an einem Tisch in einem Besprechungszimmer und sah die sorgfältig aufgezeichneten Listen von Geburten, Todesfällen und Heiraten aus dem achtzehnten und neunzehnten Jahrhundert durch. Mir war nicht klar gewesen, wie etabliert die Tourniers in Moutier waren: Es gab Hunderte von ihnen.

Diese knappen Register waren sehr aufschlußreich: Sie enthielten Informationen über die Größe der Familien, das Alter, in dem man heiratete – meist Anfang Zwanzig –, die Berufe der

Männer – sie waren Bauern, Lehrer, Gastwirte und Uhrmacher. Viele Kinder starben im Säuglingsalter. Ich fand eine Susanne Tournier, die zwischen 1751 und 1765 acht Kinder zur Welt brachte, fünf davon starben innerhalb eines Monats nach der Geburt. Sie selbst starb, als sie das letzte gebar. Mir war bei meiner Hebammentätigkeit noch nie eine Mutter oder ein Baby gestorben. Ich hatte Glück gehabt.

Es gab noch einiges, was mir die Augen öffnete. Viele Fälle von unehelichen Kindern und Inzest waren öffentlich aufgezeichnet worden. So ist das also mit den calvinistischen Prinzipien, dachte ich, aber unter meinem Zynismus war ich doch schockiert, daß die Tatsache, daß Judith Tournier 1796 einen Sohn von ihrem Vater geboren hatte, öffentlich verzeichnet war. Andere Eintragungen gaben einfach bekannt, daß ein Kind illegitim war.

Es war seltsam, die Namen von damals mit dem Wissen zu sehen, daß sie immer noch in der Familie in Gebrauch waren. Aber unter all den Namen – viele davon, wie es bei den Hugenotten Sitte war, aus dem Alten Testament wie Daniel, Abraham und sogar ein Noah – entdeckte ich zwar viele Hannahs und Susannes, und später Ruth und Anne und Judith, aber keine einzige Isabelle, keine einzige Marie.

Als ich nach Aufzeichnungen von vor der Mitte des achtzehnten Jahrhunderts fragte, sagte die zuständige Dame mir, daß ich hierzu die Archive des Bezirkes einsehen müßte, die sich in Berne und Porrentruy befanden. Sie riet mir, vorher anzurufen. Ich schrieb die Namen und Telefonnummern auf und dankte ihr, während ich innerlich grinste: Sie wäre entsetzt über meinen spontanen Ausflug in die Cevennen und über meinen Erfolg trotz allem. Dies hier war ein Land, in dem Glück nichts zu suchen hatte; Ergebnisse erzielte man mit gewissenhaftem Fleiß und sorgfältiger Planung.

Ich ging zu einem Café in der Nähe, um mir zu überlegen, was ich als nächstes tun würde. Der Kaffee kam auf einem Deckchen; Löffel, Zuckerwürfel und ein Stück Schokolade waren kunstvoll auf der Untertasse angeordnet. Ich sah mir das Arrangement an: Es erinnerte mich an die Register, die ich gerade eingesehen hatte, wohlgeordnete Fakten in sauberer Handschrift. Obwohl sie leichter zu entziffern waren, hatten sie nicht den Charme der sprunghaften französischen Aufzeichnungen. Es war wie mit den Franzosen selber: irritierend, denn sie waren zwar nicht besonders freundlich zu Fremden, aber damit auch interessanter. Man mußte sich mit ihnen mehr anstrengen, aber man bekam dann auch mehr zurück.

Jacob saß am Klavier, als ich zurückkam, und spielte etwas Langsames, Trauriges. Ich legte mich aufs Sofa und schloß die Augen. Die Musik bestand aus klaren, einfachen Melodien, wie gestochen. Ich mußte an Jean-Paul denken.

Ich war gerade am Eindösen, als er zum Ende kam. Ich öffnete die Augen und begegnete seinem Blick über dem Klavier.

»Schubert«, sagte er.

»Schön.«

»Hast du gefunden, wonach du gesucht hast?«

»Eigentlich nicht. Jacob, könntest du ein paar Anrufe für mich machen?«

»*Bien sûr, ma cousine.* Und ich habe darüber nachgedacht, was du vielleicht sehen möchtest. Familiensachen. Es gibt da einen Ort, an dem einmal eine Mühle gestanden hat, die den Tourniers gehörte. Und ein Restaurant, jetzt eine italienische Pizzeria, das im neunzehnten Jahrhundert ein Wirtshaus der Tourniers war. Und es gibt einen Bauernhof ungefähr einen Kilometer außerhalb von Moutier, in Richtung Grand Val. Wir sind nicht sicher, ob er wirklich den Tourniers gehört hat, aber der Familientradition nach ist es so. Er ist auf jeden Fall ganz interessant, denn er hat einen alten Kamin. Anscheinend war es eines der ersten Häuser im Tal, die einen hatten.«

»Haben nicht alle Häuser einen Kamin?«

»Jetzt schon, aber vor langer Zeit war es ungewöhnlich. Keiner der Höfe hier in der Gegend hatte einen.«

»Was passierte mit dem Rauch?«

»Es gab eine zweite Zimmerdecke, und der Rauch sammelte sich zwischen dieser Decke und dem Dach. Die Bauern haben dort ihr Fleisch zum Trocknen aufgehängt.«

Es klang scheußlich. »Müssen die Häuser dann nicht voller Rauch und Ruß gewesen sein?«

Jacob kicherte. »Wahrscheinlich. Es gibt in Grand Val noch einen Hof ohne Kamin. Ich war mal drin, die Feuerstelle und die Decke darüber sind völlig schwarz vom Ruß. Aber der Tournier-Hof – wenn er überhaupt den Tourniers gehörte – ist anders, er hat eine Art Kamin.«

»Wann wurde er gebaut?«

»Im siebzehnten Jahrhundert, glaube ich. Vielleicht Ende des sechzehnten. Das heißt, der Kamin. Der Rest des Hofes ist mehrmals umgebaut worden, aber der Kamin ist geblieben. Übrigens hat der hiesige Heimatverein den Hof vor ein paar Jahren gekauft.«

»Also steht er jetzt leer? Können wir ihn uns ansehen?«

»Natürlich. Morgen, wenn das Wetter schön ist. Ich habe erst am späten Nachmittag Unterricht. Also, wo sind diese Telefonnummern?«

Ich erklärte, was ich wollte, und ging spazieren, während er telefonierte. Es gab nicht mehr viel in Moutier, was ich noch nicht gesehen hatte, aber es war angenehm, herumzulaufen, ohne angestarrt zu werden. Nach drei Tagen grüßten die Leute mich hier sogar zuerst, was in Lisle-sur-Tarn nicht einmal nach drei Monaten der Fall war. Sie schienen höflicher und weniger argwöhnisch zu sein als die Franzosen.

Etwas Neues fand ich allerdings doch, als ich durch die Straßen ging: Ein Schild, auf dem stand, daß Goethe an dieser Stelle im Oktober 1779 einmal im Gasthaus »Cheval Blanc« übernachtet hatte. Er hatte Moutier in einem Brief erwähnt, die Felsformationen, die es umschlossen, beschrieben, und besonders eine eindrucksvolle Schlucht im Osten. Es schien etwas übertrieben, wegen einer einzigen Nacht ein Schild anzubringen. Ein Zeichen, wie wenig in Moutier passierte.

Ich wandte mich von dem Schild ab und sah Lucien mit zwei Eimern Farbe auf mich zukommen. Ich hatte das Gefühl, daß er mich beobachtet hatte und die Eimer erst jetzt nahm und sich in Bewegung setzte.

»*Bonjour*«, sagte ich. Er blieb stehen und stellte die Eimer ab.

»*Bonjour*«, erwiderte er.

»*Ça va?*«

»*Oui, ça va.*«

Wir standen unbehaglich herum. Ich fand es schwierig, ihm in die Augen zu sehen, denn er schaute mich so direkt an und schien in meinen Augen nach etwas zu suchen. Seine Aufmerksamkeit war das letzte, was ich jetzt brauchen konnte. Das war wahrscheinlich der Grund, warum er sich zu mir hingezogen fühlte. Er war jedenfalls fasziniert von meiner Schuppenflechte. Sogar jetzt starrte er sie an.

»Lucien, das ist Schuppenflechte«, fuhr ich ihn an und freute mich insgeheim, daß ich ihn in Verlegenheit bringen konnte. »Das hab ich Ihnen doch neulich schon gesagt. Warum starren Sie immer noch hin?«

»Entschuldigung.« Er sah weg. »Es ist nur so, daß – ich hab das auch manchmal. An der gleichen Stelle an den Armen. Ich hab immer gedacht, daß es eine allergische Reaktion auf die Farbe ist.«

»Oh, das tut mir leid!« Jetzt fühlte ich mich schuldig, ärgerte mich aber immer noch über ihn, weshalb ich mich noch schuldiger fühlte. Ein Teufelskreis.

»Warum sind Sie nicht zum Arzt gegangen?« fragte ich etwas sanfter. »Der sagt Ihnen, was es ist, und kann Ihnen etwas dagegen verschreiben. Es gibt da eine Salbe – ich hab sie zu Hause gelassen, sonst würde ich sie jetzt benutzen.«

»Ich mag Ärzte nicht«, erklärte Lucien. »Da fühle ich mich immer irgendwie fehl am Platz.«

Ich lachte. »Ich weiß, was Sie meinen. Und hier – in Frankreich, meine ich – verschreiben sie so viel. Zuviel.«

»Warum bekommt man sie, diese Schuppenflechte?«

»Angeblich vom Streß. Aber die Salbe ist nicht schlecht. Sie könnten den Arzt einfach fragen –«

»Ella, gehen Sie mal mit mir auf einen Drink aus?«

Ich sagte erst mal gar nichts. Eigentlich sollte ich das im Keim ersticken: Ich war nicht an ihm interessiert, und es war völlig unpassend, besonders gerade jetzt. Aber ich war schon immer schlecht gewesen im Neinsagen. Ich könnte seinen Blick nicht ertragen.

»Okay«, sagte ich schließlich. »In ein paar Tagen, in Ordnung? Aber Lucien –«

Er sah so glücklich aus, daß ich einfach nicht weiterreden konnte. »Ach, nichts. Irgendwann diese Woche dann also.«

Als ich zurückkam, spielte Jacob wieder Klavier. Er hörte auf und holte ein Blatt Papier. »Schlechte Nachrichten, leider«, sagte er. »Die Aufzeichnungen in Berne gehen nur bis 1750 zurück. Der Bibliothekar in Porrentruy hat mir gesagt, daß die Gemeindeaufzeichnungen des sechzehnten und des frühen siebzehnten Jahrhunderts in einem Feuer vernichtet wurden. Es gibt allerdings ein paar Militärlisten, die du dir ansehen kannst. Da hatte mein Großvater seine Informationen her, soviel ich weiß.«

»Wahrscheinlich hat dein Großvater alles gefunden, was es zu finden gab. Aber danke, daß du für mich angerufen hast.« Militärlisten waren nutzlos – ich interessierte mich für die Frauen. Aber das erzählte ich ihm nicht.

»Jacob, hast du jemals von einem Maler namens Nicolas Tournier gehört?« fragte ich statt dessen.

Er schüttelte den Kopf. Ich ging in mein Zimmer und holte die Postkarte, die ich mitgebracht hatte.

»Sieh mal, er war aus Montbéliard«, erklärte ich und gab ihm die Karte. »Ich dachte mir, er könnte ein Vorfahr sein. Vielleicht ist ein Teil der Familie nach Montbéliard gezogen.«

Jacob sah sich das Gemälde an und schüttelte den Kopf. »Ich habe noch nie etwas von einem Maler in der Familie gehört. Die Tourniers hatten meist praktische Berufe. Außer mir!« Er lachte und wurde dann ernst. »Ach, Ella, Rick hat angerufen, als du weg warst.«

»Oh.«

Er sah verlegen aus. »Ich soll dir ausrichten, daß er dich liebt.«

»Oh. Danke.« Ich sah zu Boden.

»Weißt du, du kannst hierbleiben, so lange du willst. So lange es nötig ist.«

»Ja. Danke. Wir haben – es gibt da ein paar Probleme, weißt du.«

Er sagte nichts, sah mich nur an, und für einen kurzen Augenblick erinnerte mich das an das Paar im Zug. Auch Jacob war Schweizer.

»Jedenfalls bin ich sicher, daß alles bald wieder in Ordnung kommt.«

Er nickte. »Bis dahin bleibst du bei deiner Familie.«

»Ja.«

Nachdem ich Jacob von Rick und mir erzählt hatte, hatte ich nicht mehr das Gefühl, meinen Aufenthalt rechtfertigen zu müssen. Es regnete am nächsten Tag, so daß wir unseren Ausflug zum Hof verschoben, und ich fühlte mich sehr wohl dabei, den ganzen Tag herumzusitzen und zu lesen und Jacob und Susanne beim Spielen zuzuhören. Abends aßen wir in der Pizzeria, die einmal ein Tourniersches Gasthaus gewesen war, jetzt aber entschieden italienisch wirkte.

Am nächsten Morgen gingen wir alle zusammen los, um uns den Hof anzusehen. Susanne war noch nie dagewesen, obwohl sie fast ihr ganzes Leben lang in Moutier gewohnt hatte. Am Stadtrand begann ein Pfad, der mit einem gelben Schild als *»Pédestre tourisme«* gekennzeichnet war, mit dem Hinweis, daß es zu Fuß fünfundvierzig Minuten nach Grand Val dauern würde.

Das gibt es wohl nur in der Schweiz: daß angegeben wird, wie lange ein Spaziergang dauert, und nicht die Entfernung. Links von uns lag die Schlucht, von der Goethe geschrieben hatte: eine dramatische Steilwand aus gelb-grauem Stein, in der Mitte ein Einschnitt, durch den die Birse floß. Es war sehr eindrucksvoll, vor allem wenn die Sonne so darauf schien; die Felsformation wirkte wie eine Kathedrale.

Das Tal, dem wir folgten, war sanfter, mit einem namenlosen Bach und Feldern, darüber kamen Kiefern und dann ein plötzlicher Anstieg zu den Felsen hoch über uns. Pferde und Kühe grasten auf den Feldern; in regelmäßigen Abständen tauchten Höfe auf. Alles war ordentlich und in helles, klares Licht getaucht.

Die Männer gingen rasch vorneweg, Susanne und ich folgten langsamer nach. Sie trug eine blaugrüne ärmellose Bluse und weite weiße Hosen, die um ihre schlanken Beine flatterten. Sie sah blaß und müde aus, und ihre Fröhlichkeit wirkte aufgesetzt. Ich wußte von der Art, wie sie eine gewisse Distanz zu Jan hielt und mich schuldbewußt ansah, daß sie ihm noch nichts erzählt hatte.

Wir blieben weiter und weiter hinter den Männern zurück, als hätten wir uns etwas Vertrautes zu sagen. Ich schauderte, obwohl es ein warmer, sonniger Tag war, und wickelte Jean-Pauls blaues Hemd fester um mich. Es roch nach Rauch und nach ihm.

Jacob und Jan blieben an einer Weggabelung stehen, und als wir sie einholten, zeigte Jacob zu einem Haus, das ein kleines Stück oberhalb stand, dort, wo die Felder aufhörten und die Bäume anfingen, die bis in die Berge hinaufwuchsen. »Das ist der Hof«, sagte er.

Ich will da nicht hin, dachte ich. Warum nur? Ich sah zu Susanne hinüber. Sie erwiderte meinen Blick, und ich wußte, daß es ihr genauso ging. Die Männer begannen den Hügel hinaufzusteigen, während sie und ich dastanden und ihnen nachsahen.

»Komm«, winkte ich Susanne zu und fing an, hinter den Männern herzugehen. Sie kam mir langsam nach.

Der Hof war ein langes, niedriges Gebäude, die linke Seite ein Steinhaus, die rechte Seite eine Holzscheune. Das lange, flache Dach erstreckte sich über beide Seiten, sie teilten sich einen offenen Eingang, der zu einer Art dämmerigem, überdachtem Vorplatz führte, der laut Jacob *devant-huis* genannt wurde. Er war mit Stroh, Holzplanken und alten Eimern übersät. Ich hätte gedacht, daß der Heimatverein etwas tat, um das Haus zu erhalten, aber das Ganze schien langsam zu verfallen: Die Fensterläden hingen schief in den Angeln, die Fensterscheiben waren zerbrochen, und auf dem Dach wuchs Moos.

Jacob und Jan bewunderten den Hof, während Susanne und ich unsere Fußspitzen studierten. »Seht ihr den Kamin?« Jacob zeigte auf ein merkwürdiges klumpiges Gebilde, das aus dem Dach emporragte – keine saubere Anordnung von Steinen an einer Wand, wie ich erwartet hatte. »Er ist aus Kalkstein«, erklärte Jacob. »Das ist ein weicher Stein, also haben sie eine Art Zement benutzt, um ihn zu formen und zu härten. Der größte Teil des Kamins befindet sich innen. Gehen wir hinein, und ihr werdet den Rest sehen.«

»Ist es denn offen?« fragte ich zögernd und wünschte, es wäre ein Schloß an der Tür oder ein Schild mit der Aufschrift *»Propriété privée«*.

»O ja, ich war hier schon drin. Ich weiß, wo der Schlüssel versteckt ist.«

Verdammt, dachte ich. Ich hätte nicht erklären können, warum ich nicht hineingehen wollte; schließlich waren wir meinetwegen hergekommen. Ich fühlte, wie Susanne mich hilflos ansah, als ob ich diejenige wäre, die dem allen ein Ende machen müßte. Es war, als würden wir durch eine kalte männliche Logik hineingezogen, gegen die wir nichts ausrichten konnten. Ich streckte meine Hand nach ihr aus. »Komm«, sagte ich. Sie legte ihre Hand in meine. Sie war eiskalt.

»Deine Hand ist kalt«, sagte sie.

»Deine auch.« Grimmig lächelten wir uns an. Ich hatte das Gefühl, als wären wir zwei kleine Mädchen in einem Märchen, als wir in das Haus traten.

Drinnen war es düster, das einzige Licht kam von der Tür her und von zwei schmalen Fenstern. Als meine Augen sich an die Dunkelheit gewöhnt hatten, konnte ich noch mehr Holz erkennen und ein paar zerbrochene Stühle, die auf dem festgestampften Boden lagen. Gleich neben der Tür war ein schwarzer Herd, der längs in den Raum gesetzt war anstatt parallel zur Wand. An jeder Ecke des Herdes stand ein quadratischer Steinpfeiler, eineinhalb bis zwei Meter hoch. Von den Steinbögen, die auf den Pfeilern ruhten, führte das gleiche klumpige Bauwerk nach oben, wie es auch außen am Haus zu sehen war, eine häßliche, aber praktische Pyramide, die den Rauch hinausleitete.

Ich ließ Susannes Hand los und stieg auf den Herd, um in den Kamin hineinzusehen. Über mir war es schwarz; sogar als ich mich auf die Zehenspitzen stellte und mich an einem Pfeiler festhielt, mich dabei so weit wie möglich nach oben streckte, konnte ich keine Öffnung entdecken. »Muß blockiert sein«, murmelte ich. Mir wurde plötzlich schwindlig, ich verlor das Gleichgewicht und stürzte zu Boden.

Jacob war gleich neben mir, half mir auf und klopfte mir den Schmutz ab. »Alles in Ordnung?« fragte er, seine Stimme klang besorgt.

»Ja«, erwiderte ich zitternd. »Ich – ich muß wohl das Gleichgewicht verloren haben. Vielleicht ist der Stein uneben.«

Ich sah mich nach Susanne um; sie war weg. »Wo ist –« fing ich an, als mir ein scharfer Schmerz in den Magen schoß; ich ließ Jacob stehen und rannte nach draußen.

Susanne hatte sich im Garten vornüber gebeugt, die Arme über dem Bauch verschränkt. Jan stand neben ihr und starrte sie sprachlos und entgeistert an. Als ich meinen Arm um ihre Schulter legte, japste sie, und eine hellrote Blume erschien an der Innenseite ihrer Schenkel auf ihren Hosen und breitete sich schnell nach unten aus.

Eine Sekunde lang wurde ich von Panik erfaßt. Lieber Himmel, dachte ich, was mach ich bloß? Dann geschah etwas, was ich seit Monaten nicht mehr erlebt hatte: Mein Gehirn schaltete auf Automatik, zu einem bekannten Programm, wo ich genau wußte, wo ich war und was ich zu tun hatte.

Ich legte beide Arme um sie und sagte sanft: »Susanne, du mußt dich hinlegen.« Sie nickte, ging in die Knie und lehnte sich nach vorne in meine Arme. Ich legte sie vorsichtig auf den Boden und sah dann zu Jan hinauf, der noch immer wie festgefroren an derselben Stelle stand. »Jan, gib mir deine Jacke«, befahl ich. Er starrte mich nur an, bis ich es laut wiederholte, dann erst gab er mir seine beige Baumwolljacke (genau so etwas trugen meiner Vorstellung nach alte Männer beim Skat). Ich stopfte sie unter Susannes Kopf, zog dann Jean-Pauls Hemd aus und deckte sie damit zu, so daß ihr blutbefleckter Unterleib bedeckt war. Ein roter Fleck erschien langsam auf dem Rücken des Hemdes; einen Augenblick lang war ich wie hypnotisiert durch die beiden Farben, die durch den Kontrast noch schöner wurden.

Ich schüttelte den Kopf, drückte Susannes Hand und beugte mich über sie. »Keine Angst, du bist in Ordnung. Alles wird gut.«

»Ella, was ist los?« Jacob sah zu uns hinab, und sein langes Gesicht war vor Sorge verzerrt. Ich blickte zu Jan hinüber, der immer noch wie gelähmt war, und traf eine schnelle Entscheidung. »Susanne hatte eine –«

Was für ein Augenblick, in dem mein Französisch mich hier im Stich ließ; Madame Sentier hatte mich nie auf Worte wie Fehlgeburt vorbereitet. »Susanne, du mußt es ihnen sagen. Ich weiß das französische Wort nicht. Kannst du das?«

Sie sah mich an, und ihre Augen schwammen in Tränen.

»Du mußt es nur sagen. Das ist alles. Alles andere mache ich.«

»*Une fausse couche*«, murmelte sie. Die zwei Männer starrten sie entsetzt an.

»Also«, sagte ich ruhig. »Jan, siehst du das Haus da unten?« Ich zeigte zum nächstgelegenen Bauernhof, der eine Viertelmeile den Berg hinunter lag. Jan antwortete nicht, bis ich seinen Namen nochmals nannte, diesmal schärfer. Dann nickte er.

»Gut. Also, lauf hin und ruf das Krankenhaus an. Kannst du das tun?«

Endlich riß er sich zusammen. »Ja, Ella, ich laufe zu dem Haus da und rufe das Krankenhaus an«, sagte er.

»Gut. Und frag die Leute, ob sie uns mit ihrem Auto aushelfen können, falls sie keinen Krankenwagen schicken können. Also, los!« Das letzte Wort wirkte wie ein Peitschenhieb. Jan bückte sich, berührte den Boden mit einer Hand und startete, als wäre er in einem Kinderwettrennen. Ich zog eine Grimasse. Susanne muß diesen Typ unbedingt loswerden, dachte ich.

Jacob hatte sich neben Susanne niedergekniet und legte seine Hand auf ihr Haar. »Wird sie es überstehen?« fragte er und versuchte seine Verzweiflung zu verbergen.

Ich richtete meine Antwort an Susanne. »Natürlich wirst du es überstehen. Es tut jetzt wahrscheinlich ein bißchen weh, oder?«

Susanne nickte.

»Das hört gleich auf. Jan ist losgegangen und ruft einen Krankenwagen, der dich bald abholt.«

»Ella, das ist meine Schuld«, flüsterte sie.

»Nein. Es ist nicht deine Schuld. Sehr viele Frauen haben Fehlgeburten. Du hast nichts Falsches gemacht. Du hattest gar keinen Einfluß darauf.«

Sie sah nicht besonders überzeugt aus. Jacob starrte uns beide an, als sprächen wir chinesisch.

»Ich *schwöre*. Es ist nicht deine Schuld. Glaub mir bitte. Okay?«

Schließlich nickte sie.

»Jetzt muß ich dich untersuchen. Darf ich?«

Susanne umklammerte meine Hand fester, Tränen rollten ihr übers Gesicht. »Ja, ich weiß, es tut weh, und du willst nicht, daß ich mir das ansehe, aber ich will sicher sein, daß alles in Ordnung ist. Ich werde dir nicht weh tun. Du weißt, daß ich dir nicht weh tue.«

Ihre Augen schossen zu Jacob hin und dann zu mir zurück; ich verstand. »Jacob, halte bitte Susannes Hand«, befahl ich und legte ihre schmale Hand in seine. »Hilf ihr, sich auf den Rücken zu legen und setz dich neben sie.« Ich setzte ihn so hin, daß er ihr ins Gesicht sah und nicht sehen konnte, was ich tat.

»Jetzt sprich mit ihr.« Jacob sah mich hilflos an. Ich dachte kurz nach. »Erinnerst du dich, wie du mir erzählt hast, daß du einen guten Klavierschüler hast? Der Bach spielt? Was spielt er in seinem nächsten Konzert? Und warum? Erzähl Susanne von ihm.«

Sekundenlang sah Jacob verloren aus; dann entspannte sich sein Gesicht. Er wandte sich zu Susanne und fing an zu sprechen. Kurz darauf entspannte sie sich auch. Indem ich versuchte, sie so wenig wie möglich zu bewegen, gelang es mir, ihre Hose und Unterhose weit genug herunterzuschieben. Ich wischte das Blut mit Jean-Pauls Hemd weg. Dann zog ich ihre Hosen wieder hoch, ließ aber den Reißverschluß offen. Jacob hörte auf zu sprechen. Beide sahen mich an.

»Die Blutung hat jetzt aufgehört. Es kommt alles in Ordnung.«

»Ich habe Durst«, sagte Susanne leise.

»Ich gehe und suche nach Wasser.« Ich stand auf und freute mich, daß sie beide ruhig zu sein schienen. Ich ging einmal ganz um den Hof herum und suchte nach einem Wasserhahn außen am Haus. Es gab keinen; ich mußte also wieder hineingehen.

Ich schlüpfte in den *devant-huis* und blieb in der Tür zum Haus stehen. Sonnenlicht fiel in einem dünnen Strahl auf den Stein des Herdes. Im Licht sah ich dicken Staub tanzen, der durch unseren Besuch aufgewirbelt worden war. Ich sah mich nach Wasser um. Es war sehr still; ich hörte nichts, keinen tröstlichen Laut wie Jacobs Stimme oder den Wind in den Kiefern über uns oder Kuhglocken oder einen Zug irgendwo in der Ferne. Nur Stille und der Lichtstrahl auf dem Steinfundament vor mir. Es war ein riesiger Steinblock; man hatte wohl mehrere Männer gebraucht, um ihn zu setzen. Ich sah ihn mir genauer an. Obwohl er durch den Ruß verfärbt war, war das eindeutig kein Stein von hier. Er sah fremd aus.

In einer Ecke gegenüber der Tür gab es ein altes Waschbecken mit einem Wasserhahn. Ich bezweifelte zwar, daß er funktionierte, aber für Susanne würde ich ihn ausprobieren müssen. Ich ging um den Herd herum, mein Herz klopfte, und meine Hände waren klamm. Am Waschbecken kämpfte ich eine Zeitlang mit dem Wasserhahn, bevor es mir gelang, ihn aufzudrehen. Eine kurze Zeit passierte gar nichts; dann fing er an zu spucken und heftig zu zittern. Ich trat einen Schritt zurück. Ein enormer Strahl dunkler Flüssigkeit spritzte plötzlich ins Waschbecken; ich sprang erschrocken zurück und schlug mit dem Hinterkopf an die Kante eines der Pfeiler, die den Kamin hielten. Ich stieß einen spitzen Schrei aus und wirbelte herum, Sterne tanzten vor meinen Augen. Neben dem Herd sank ich in die Knie und hielt mir den Kopf mit beiden Händen. Mein Hinterkopf war feucht und klebrig. Ich atmete mehrmals tief ein. Als die Sterne verschwanden, hob ich den Kopf und ließ die Arme fallen. Blutstropfen quollen aus den aufgebrochenen Stellen der Schuppenflechte in meinen Armbeugen hervor und rollten die Arme hinunter, um sich mit dem Blut an meinen Händen zu vermischen.

Ich starrte auf das Blut. »Das hier ist der richtige Ort, nicht wahr?« sagte ich laut. *»Je suis arrivée chez moi, n'est-ce pas?«*

Hinter mir hörte das Wasser auf zu laufen.

9. Der Kamin

Isabelle stand schweigend im *devant-huis*. Sie hörte das Pferd im Stall stampfen; vom Haus kam ein Geräusch des Grabens.

– Marie? rief sie leise und war nicht sicher, ob sie den Namen laut rufen sollte, und wer ihn wohl hören würde. Das Pferd wieherte beim Klang ihrer Stimme und hörte auf sich zu bewegen. Das Graben wurde fortgesetzt. Isabelle zögerte und stieß dann die Tür auf.

Etienne arbeitete an einem langen Loch in der Nähe des Felsblocks, das sich von dessen Unterkante aus in den Raum hineinstreckte. Es befand sich nicht an der weiter entfernten Wand, wo er den Herd zuerst hatte setzen wollen, sondern direkt neben der Tür. Der Boden war festgestampft, und er mußte mit seinem Spaten heftig darauf einschlagen, um die Erde zu lockern.

Als das Licht von der Tür auf ihn fiel, sah er hoch und sagte:

– Ist sie –, unterbrach sich aber, als er Isabelle erkannte. Er richtete sich auf.

– Was machst du hier?

– Wo ist Marie?

– Du solltest dich schämen, La Rousse. Du solltest auf den Knien liegen und um Gottes Gnade beten.

– Warum gräbst du an einem Feiertag?

Er ignorierte die Frage.

– Deine Tochter ist weggelaufen, sagte er laut. Petit Jean sucht sie im Wald. Ich dachte, daß er es wäre, der zurückkam, um uns zu sagen, daß er sie gefunden hat. Machst du dir keine Sorgen um deine eigene, sündige Tochter, La Rousse? Du solltest sie auch suchen.

– Eben Marie ist es, um die ich mich sorge. Wohin ist sie gelaufen?

– Hinter das Haus und den Berg hoch. Etienne wandte sich wieder dem Loch zu und begann erneut zu graben. Isabelle sah ihm zu.

– Warum gräbst du hier statt an der anderen Wand, wo du den Herd zuerst haben wolltest?

Er richtete sich wieder auf und hob den Spaten über seinen Kopf. Isabelle fuhr zurück, und Etienne lachte.

– Stell keine dummen Fragen. Geh und such deine Tochter.

Isabelle ging rückwärts hinaus und zog die Tür hinter sich zu. Sie blieb einen Moment im *devant-huis* stehen. Etienne hatte noch nicht wieder mit dem Graben angefangen, und es war still, sehr still, eine Stille voller Geheimnisse.

Ich bin nicht allein hier mit Etienne, dachte sie. Marie ist hier, irgendwo in der Nähe.

– Marie! fing sie an zu rufen. Marie! Marie! Rufend ging sie in den Garten hinaus. Marie tauchte nicht auf, nur Hannah, die mühsam den Weg heraufkam. Isabelle hatte in Chalières nicht auf sie gewartet, sondern Jacob bei ihr gelassen und war den Weg zum Hof entlanggerannt, bis sie wußte, daß Hannah sie nicht mehr würde einholen können. Jetzt, als sie Isabelle sah, blieb die alte Frau stehen, stützte sich auf ihren Stock und atmete schwer. Dann senkte sie den Kopf, eilte an ihrer Schwiegertochter vorbei ins Haus und schlug die Tür hinter sich zu.

Es war gar nicht so leicht, Lucien betrunken zu machen. Er sah mich fortwährend über den Tisch hinweg an und trank sein Bier so langsam, daß ich meine Schlucke in mein Glas zurücklaufen lassen mußte, um auf ihn zu warten. Wir waren die einzigen Gäste in einer Bar mitten in der Stadt. Amerikanische Country-and-Western-Songs kamen aus der Stereoanlage; die Kellnerin las hinter der Theke die Zeitung. Moutier an einem verregneten Donnerstag im frühen Juli war vollkommen ausgestorben.

Ich hatte eine Taschenlampe dabei, verließ mich aber darauf, daß Lucien Werkzeug haben würde, falls wir welches brauchten. Er wußte allerdings noch nichts davon; er saß da, zeichnete Muster in die nassen Ringe, die von den Gläsern auf dem Tisch zurückgeblieben waren, und sah befangen aus. Es würde mühsam werden, ihn dazu zu bringen, mir zu helfen. Ich würde auf unorthodoxe Methoden zurückgreifen müssen.

Ich winkte der Kellnerin. Als sie herüberkam, bestellte ich zwei Whiskeys. Lucien starrte mich aus seinen großen haselnußbraunen Augen an. Ich zuckte die Achseln. »In Amerika trinken wir immer Whiskey zu Bier«, log ich verwegen. Er nickte, und ich dachte an Jean-Paul, der so eine lächerliche Behauptung nie hätte durchgehen lassen. Ich vermißte seine sarkastische Art; er war wie ein Messer, das durch den Dunst der Unklarheit schnitt, er sagte genau das, was gesagt werden mußte.

Als die Kellnerin die zwei Gläser brachte, bestand ich darauf, daß Lucien seines in einem Schluck hinunterschüttete, anstatt genießerisch daran zu nippen. Als er das Glas abgesetzt hatte, bestellte ich zwei weitere. Er zögerte, aber nach dem zweiten begann er sich sichtlich zu entspannen und fing an, mir von einem Haus zu erzählen, das er kürzlich gebaut hatte. Ich ließ ihn weiterreden, obwohl er eine Menge technischer Ausdrücke verwendete, die ich nicht verstand. »Es ist halb auf dem Berg, am Hang, das ist immer schwerer zu bauen«, erklärte er. »Und dann gab es Probleme mit dem Beton für *l'abri nucléaire*. Wir mußten ihn zweimal frisch anrühren.«

»L'abri nucléaire?« wiederholte ich, mit diesem Ausdruck konnte ich nichts anfangen.

»Oui.« Er wartete, während ich in dem Wörterbuch nachsah, das ich in meiner Tasche hatte.

»Sie haben einen Atomschutzkeller in ein Haus eingebaut?«

»Natürlich. In der Schweiz ist das Gesetz, daß jedes neue Haus einen Schutzkeller haben muß.«

Ich schüttelte verwirrt den Kopf. Lucien mißverstand die Geste. »Doch es stimmt, jedes neue Haus hat einen Atomschutzkeller«, wiederholte er heftiger. »Und jeder Mann muß seinen Militärdienst leisten, haben Sie das gewußt? Sobald er achtzehn ist, muß jeder Mann siebzehn Wochen lang in der Armee Dienst leisten. Und danach jedes Jahr für drei Wochen in der Reserve.«

»Warum ist die Schweiz so militärisch, wenn sie ein neutrales Land ist? Wie im Zweiten Weltkrieg?«

Er lächelte grimmig. »Damit wir neutral bleiben *können*. Ein Land kann nur neutral bleiben, wenn es eine starke Armee hat.«

Ich kam aus einem Land mit einem riesigen Militärbudget und keinerlei Hang zur Neutralität; irgendwie schien es mir so, als wären Neutralität und eine starke Armee nicht zwangsläufig miteinander verbunden. Aber schließlich war ich nicht gekommen, um über Politik zu sprechen; wir entfernten uns mehr und mehr von dem Thema, das mich interessierte. Ich mußte irgendwie auf Kamine zu sprechen kommen.

»Also, woraus wird dieser Atomschutzkeller gebaut?« fragte ich unbeholfen.

»Beton und Blei. Wissen Sie, die Mauern sind einen Meter dick.«

»Wirklich?«

Lucien fing an, detailliert zu erklären, wie ein Schutzkeller gebaut wurde. Ich schloß die Augen. Was für ein Langweiler, dachte ich. Warum um Himmels willen habe ich mir gerade den als Helfer ausgesucht?

Es gab sonst niemanden. Jacob war noch zu erschüttert von Susannes Fehlgeburt am Tag zuvor, als daß er hätte zum Hof zurückgehen können, und Jan würde niemals etwas Regelwidriges tun. Noch so ein Schwächling, dachte ich wütend. Was ist bloß mit diesen Männern los? Ich wünschte mir wieder, daß Jean-Paul hier wäre: Er würde mit mir über den Sinn meines Vorhabens streiten, er würde fragen, ob ich noch ganz bei Trost sei, aber er würde zu mir stehen, wenn er wüßte, daß es mir wichtig war. Ich fragte mich, wie es ihm ging. Diese Nacht schien so lange zurückzuliegen. Eine Woche.

Er war nicht hier; ich mußte mich also auf den Mann vor mir verlassen. Abrupt öffnete ich die Augen und unterbrach Luciens Monolog. »*Ecoute*, ich möchte, daß du mir hilfst«, sagte ich fest und wechselte absichtlich zur vertrauten Anrede. Bis jetzt hatte ich darauf bestanden, die Höflichkeitsform zu verwenden.

Lucien schloß den Mund und sah überrascht und mißtrauisch aus.

»Kennst du den Hof in der Nähe von Grand Val mit dem alten Kamin?«

Er nickte.

»Wir sind gestern hingegangen, um ihn uns anzusehen. Er gehörte einmal meinen Vorfahren.«

»Wirklich?«

»Ja, und ich muß dort etwas holen.«

»Was?

»Ich weiß nicht genau«, erwiderte ich und fügte schnell hinzu, »aber ich weiß, wo es ist.«

»Wie kannst du wissen, wo es ist, wenn du nicht einmal weißt, was es ist?«

»Ich weiß nicht.«

Lucien sah eine Weile in sein leeres Whiskeyglas. »Was soll ich also tun?« fragte er dann.

»Komm mit mir zum Hof, und wir können uns dort umsehen. Hast du Werkzeug?«

Er nickte. »Im Laster.«

»Gut. Wir brauchen vielleicht welches.« Er sah alarmiert aus, und ich fügte hinzu: »Keine Angst, wir brauchen nicht einzubrechen oder so – es gibt einen Schlüssel, der ins Türschloß paßt. Ich will mich nur umsehen. Hilfst du mir?«

»Du meinst jetzt? Jetzt gleich?«

»Ja. Ich will nicht, daß irgend jemand weiß, daß ich hingehe, also muß es nachts sein.«

»Warum willst du nicht, daß jemand davon weiß?«

Ich zuckte die Achseln. »Ich will nicht, daß die Leute Fragen stellen. Und reden.«

Es war lange still. Ich bereitete mich auf sein »Nein« vor.

»Okay.«

Als ich lächelte, gab Lucien ein zögerndes Lächeln zurück. »Weißt du, Ella«, sagte er, »das ist das erste Mal heute abend, daß du lächelst.«

Es fing an zu regnen, als Isabelle zum Wald kam. Die ersten Tropfen fielen durch die frischen Blätter an den Birken, schüttelten sie sanft und füllten die Luft mit einem sanften, rauschenden Geräusch. Ein moschusartiger Duft stieg aus der feuchten Mischung von abgefallenen Blättern und Kiefernnadeln auf.

Sie kletterte den Hang hinter dem Haus hinauf und rief ab und zu Maries Namen, aber noch öfter blieb sie stehen und horchte auf die Geräusche hinter dem Regen: Schreiende Krähen, der Wind, der weiter oben am Berg durch die Kiefern strich, Pferdegetrappel auf dem Pfad in Richtung Moutier. Sie glaubte nicht, daß Marie sich weit entfernt hatte – sie war nicht gerne allein oder weg von zu Hause. Aber sie war auch noch nie vor so vielen Leuten bloßgestellt worden.

Alles wegen deines Haars, dachte Isabelle, und weil du meine Tochter bist. Sogar hier. Aber ich habe keine Zauberkraft, mit der ich dich beschützen könnte, nichts, womit ich dich vor der Kälte oder vor der Dunkelheit bewahren könnte.

Sie stieg weiter hinauf, kam an einen Felskamm und wandte sich nach Westen. Sie wußte, daß sie von einem besonderen Ort angezogen wurde. Dann erreichte sie die kleine Lichtung, wo sie und Jacob den Sommer über die Ziege gehalten hatten. Sie war nicht mehr hierher zurückgekommen, seit Jacob die Ziege gegen das Tuch eingetauscht hatte. Sogar jetzt gab es noch ein paar

Anzeichen dafür, daß hier ein Tier gehalten worden war: Die Überreste einer Hütte aus Ästen, ein zerfetztes Polster aus Stroh und Kiefernnadeln und Kot, der zu harten Kügelchen getrocknet war.

Und ich dachte, daß ich es so geschickt angefangen hätte mit meinen Geheimnissen, dachte Isabelle niedergeschlagen, als sie vor der Lagerstätte der Ziege stand. Daß es nie jemand erfahren würde. Es schien ihr so lange her zu sein. Es war einen Winter her.

Da sie schon den einen geheimen Platz besucht hatte, wußte sie, daß sie auch zu dem anderen gehen würde. Sie versuchte nicht, das Verlangen zu unterdrücken, obwohl sie wußte, daß Marie kaum dort sein würde. Als der Bergkamm zur Schlucht hinunter abfiel, kämpfte sie sich durch die Felsen bis zu dem Platz, wo Pascale kniend gebetet hatte. Hier gab es keine Spur des Geheimnisses mehr: Das Blut war schon längst in den Boden gesickert.

– Wo bist du, *chérie*? sagte sie leise.

Als der Wolf hinter dem Felsen hervorkam, schrie Isabelle auf und sprang zur Seite, rannte aber nicht weg. Sie sahen sich gegenseitig an; das Leuchten in den Augen des Wolfes war wach und durchdringend. Er machte einen Schritt auf Isabelle zu und blieb dann stehen. Isabelle trat zurück. Der Wolf machte einen weiteren Schritt nach vorne, und Isabelle ging rückwärts zwischen den Felsen hindurch. Aus Angst, hinzufallen, drehte sie sich um, sah aber beim Gehen über die Schulter zurück, um sicherzugehen, daß der Wolf nicht näherkam. Er hielt immer den gleichen Abstand von ihr; er ging langsamer oder hielt an, wenn sie langsamer ging oder anhielt, und ging schneller, wenn sie schneller ging.

Er treibt mich wie ein Schaf, dachte Isabelle und zwingt mich, hinzugehen, wo er will. Indem sie zur Seite auswich, prüfte sie dies. Der Wolf sprang auf dieselbe Seite und lief schräg auf sie zu, bis sie sich wieder nach vorne wandte.

Sie kamen am Waldrand, auf dem Pfad, der von Moutier nach Grand Val führte, aus den Felsen hervor, auf den Weg zurück zum Hof. Aus der Richtung von Moutier sah sie das Pferd der Tourniers auf sich zukommen, und es trug Petit Jean und Gaspard. Es war das Pferd, das sie in der Scheune gehört hatte und das, wie ihr jetzt klar wurde, vorhin den Pfad entlanggaloppiert war.

Isabelle wandte sich nach dem Wolf um. Er war verschwunden.

Lucien hatte einen alten Citroën-Kleinlaster, der voller Werkzeug war – genau was ich gehofft hatte. Er rüttelte und keuchte so laut die Hauptstraße hinunter, daß ich mir sicher war, ganz Moutier stand am Fenster und beobachtete unsere Abfahrt. Soviel also zur Geheimhaltung.

Es hatte gerade angefangen zu regnen, ein feiner Sprühnebel, der die Straßen rutschig machte, und ich zog meine Jacke fester um die Schultern. Lucien schaltete die Scheibenwischer ein; sie quietschten gegen die Scheibe und legten meine Nerven bloß. Er fuhr sehr vorsichtig durch die Stadt, obwohl das nicht nötig gewesen wäre: Um halb zehn war kein Mensch mehr auf der Straße. Am Bahnhof, dem einzigen Ort, der Zeichen menschlichen Lebens aufwies, bog Lucien in die Straße nach Grand Val ein.

Während der Fahrt schwiegen wir. Ich war froh, daß er nicht viele Fragen stellte, wie ich das an seiner Stelle wohl getan hätte: Ich hätte nicht gewußt, was ich darauf hätte antworten sollen.

Wir bogen in eine kleine Straße ab, die unter den Eisenbahngleisen durchführte, und fuhren einen Berg hinauf. In der Nähe einer Häuseransammlung fuhr Lucien auf eine ungeteerte Straße, die ich von unserem Spaziergang an jenem Morgen wiedererkannte. Nach ungefähr dreihundert Metern hielt er an und stellte den Motor ab. Die Scheibenwischer hörten endlich auf zu quietschen, der Laster keuchte ein paarmal, gab ein langes schleifendes Geräusch von sich und war still.

»Da drüben ist es.« Lucien zeigte nach links. Mit einiger Mühe konnte ich den Umriß des Hofes etwa fünfzig Meter entfernt ausmachen. Ich schauderte; es würde schwer sein, aus dem Laster auszusteigen und hinzugehen.

»Ella, kann ich dich etwas fragen?«

»Ja«, erwiderte ich zögernd. Ich wollte ihm nicht alles erzählen, konnte aber nicht erwarten, daß er mir, so ganz ohne etwas zu wissen, helfen würde.

Er überraschte mich. »Du bist verheiratet.« Es war eher eine Feststellung als eine Frage, aber ich nickte trotzdem zustimmend.

»Das war dein Mann, der da neulich angerufen hat, beim Fondue.«

»Ja.«

»Ich war auch mal verheiratet«, sagte er.

»*Vraiment?*« Das klang überraschter, als ich wollte. Es war genauso, als er mir erzählte, daß er an Schuppenflechte litt: Ich fühlte mich schuldig, weil ich angenommen hatte, er führte nicht so ein Leben wie ich, mit Streß und Beziehungsproblemen.

»Hast du Kinder?« fragte ich und versuchte damit, ihm sein Leben zurückzugeben.

»Eine Tochter. Christine. Sie lebt bei ihrer Mutter in Basel.«

»Nicht so weit weg.«

»Nein. Ich sehe sie jedes zweite Wochenende. Und du, hast du Kinder?«

»Nein.« Meine Ellenbogen und Knie fingen an zu jucken, die Schuppenflechte verlangte neue Aufmerksamkeit.

»Noch nicht.«

»Nein, noch nicht.«

»An dem Tag, als ich hörte, daß meine Frau schwanger war«, sagte Lucien langsam, »wollte ich ihr sagen, daß ich der Meinung war, wir sollten uns trennen. Wir waren zwei Jahre lang verheiratet gewesen, und es war nicht gutgegangen. Wenigstens nicht für mich. Wir setzten uns hin, um uns gegenseitig unsere

Neuigkeiten, unsere Gedanken zu erzählen. Sie war zuerst dran. Danach konnte ich ihr nicht mehr sagen, was ich vorgehabt hatte.«

»Also seid ihr zusammengeblieben.«

»Ja, bis Christine ein Jahr alt war. Es war aber die Hölle.«

Ich wußte nicht, wie lange es in mir gebrodelt hatte, aber plötzlich merkte ich, daß mir übel war, mein Magen schien in Beton zu schwimmen. Ich schluckte und tat einen tiefen Atemzug.

»Als ich dich am Telefon mit deinem Mann habe sprechen hören, hat es mich an die Telefonate erinnert, die ich mit meiner Frau hatte.«

»Aber ich hab fast nichts zu ihm gesagt!«

»Es war dein Ton.«

»Oh.« Verlegen starrte ich zum Fenster hinaus. »Ich bin nicht sicher, ob mein Mann derjenige ist, mit dem ich Kinder haben will«, sagte ich darauf. »Ich war mir nie sicher.« Es laut auszusprechen, ausgerechnet zu Lucien, war wie eine Fensterscheibe zu zerbrechen. Schon der Ton der Worte war schockierend.

»Es ist besser, wenn du das jetzt schon weißt«, sagte Lucien, »so daß du, wenn du etwas dagegen tun kannst, keine Kinder in eine Welt ohne Liebe bringst.«

Ich schluckte und nickte. Wir saßen da und hörten dem Regen zu; ich konzentrierte mich darauf, meinen Magen zu beruhigen.

»Willst du da etwas stehlen?« fragte er plötzlich mit einer Kopfbewegung in Richtung des Hofes.

Ich dachte darüber nach. »Nein. Ich will nur etwas finden. Etwas, was mir gehört.«

»Was? Hast du gestern etwas vergessen?«

»Ja. Die Geschichte meiner Familie.« Ich setzte mich aufrecht hin. »Willst du mir noch helfen?« fragte ich scharf.

»Natürlich. Ich habe gesagt, daß ich dir helfen werde, also helfe ich dir.«

Lucien begegnete meinen Augen mit einem stetigen Blick.

Eigentlich ist er nicht so übel, dachte ich.

Es schien, als wollte Petit Jean nicht anhalten. Isabelle stellte sich in die Mitte des Weges und zwang ihn, das Pferd zu zügeln. Sie griff nach oben und erwischte das Halfter. Das Pferd drückte seine Nüstern an ihre Schulter und schnaubte.

Weder Petit Jean noch Gaspard sahen ihr in die Augen, obwohl Gaspard seinen schwarzen Hut abnahm und ihr zunickte. Petit Jean saß angespannt da, blickte in die Ferne und wartete ungeduldig darauf, losgelassen zu werden.

– Wohin wollt ihr? fragte sie.

– Zum Hof zurück. Petit Jean schluckte.

– Warum? Habt ihr Marie gefunden? Ist sie in Sicherheit?

Er antwortete nicht. Gaspard räusperte sich und wandte ihr weiterhin sein blindes Auge zu.

– Es tut mir leid, Isabelle, murmelte er. Weißt du, ich würde damit nichts zu tun haben wollen, wenn es nicht wegen Pascale wäre. Wenn sie nicht das Kleid gemacht hätte, dann würde ich jetzt nicht mittun müssen. Aber – er zuckte die Achseln und setzte seinen Hut wieder auf. – Es tut mir leid.

Petit Jean zischte durch die Zähne und zerrte heftig an den Zügeln. Isabelle glitt das Halfter aus der Hand.

– Mittun bei was? rief sie, als Petit Jean dem Pferd die Sporen gab. Bei *was* mittun?

Als sie davongaloppierten, fiel Gaspards Hut herab und rollte in eine Pfütze. Isabelle sah ihnen nach, wie sie den Pfad hinunter verschwanden, bückte sich dann und hob den Hut auf, den sie von Schlamm und Wasser freischüttelte. Sie hielt ihn locker zwischen den Händen, als sie den Pfad nach Hause entlangging.

Es regnete stärker. Wir stellten uns im *devant-huis* unter, meine Taschenlampe erleuchtete das Vorhängeschloß an der Tür. Lucien zog kurz daran. »Das wurde nur drangehängt, um *les drogués* fernzuhalten«, verkündete er.

»Es gibt Junkies in Moutier?«

»Natürlich. Überall in der Schweiz gibt es Drogenabhängige. Du kennst dieses Land nicht sehr gut, oder?«

»Offensichtlich nicht«, murmelte ich. »Himmel. Das kommt davon, wenn man sich auf den äußeren Schein verläßt.«

»Wie seid ihr gestern hineingekommen?«

»Jacob wußte, wo der Schlüssel versteckt ist.« Ich sah mich um. »Ich habe nicht aufgepaßt, wo. Aber ich glaube nicht, daß er schwer zu finden ist.«

Mit der Taschenlampe suchten wir alle offensichtlichen Stellen im *devant-huis* ab.

»Vielleicht hat Jacob ihn aus Versehen mitgenommen«, meinte ich. »Wir waren alle sehr aufgeregt gestern. Es wäre gut möglich.« Ich fühlte mich irgendwie erleichtert, daß ich das alles doch nicht würde durchziehen müssen.

Lucien sah sich die winzigen Fenster neben der Türe an; ihre zerbrochenen Scheiben würden sich leicht eindrücken lassen, aber keiner von uns würde durchpassen. Die Fenster an der Vorderseite des Hauses waren auch klein und hoch oben. Er nahm mir die Taschenlampe ab. »Ich werde mich hinten nach einem größeren Fenster umsehen«, sagte er. »Kannst du hier allein warten?«

Ich zwang mich, zu nicken. Er ging gebückt aus dem *devant-huis* hinaus und verschwand um die Ecke. Ich lehnte mich gegen den Türrahmen und schlang die Arme fest um den Oberkörper, um nicht zu zittern. Ich horchte. Zuerst hörte ich nur den Regen; nach kurzer Zeit traten auch andere Geräusche hervor – der Verkehr auf der Hauptstraße unter uns, das Pfeifen eines Zuges –, und ich fühlte mich ein wenig getröstet, daß die normale Welt so nahe war.

Ich hörte etwas aus dem Inneren des Hauses, das wie ein Schrei klang, und fuhr hoch. »Es ist nur Lucien«, versuchte ich mich zu beruhigen, trat aber trotzdem in den Garten hinaus, mitten in den Regen hinein. Als Licht durch das Fenster neben der Tür fiel und ein Gesicht erschien, stieß ich einen Schrei aus.

Lucien winkte mich zu dem Fenster und reichte mir die Taschenlampe durch die eingedrückte Scheibe. »Komm zum hinteren Fenster.« Er verschwand, bevor ich ihn fragen konnte, ob er in Ordnung war.

Hinter dem Haus war es schlammig; ich mußte mir einen Weg zwischen den Pfützen hindurch suchen. Als ich das offene Fenster und Luciens dunklen Umriß im Innern sah, ging ich zu schnell vorwärts, stolperte und fiel auf die Knie.

Er lehnte sich hinaus. »Alles klar mit dir?« fragte er.

Staksig stand ich wieder auf, während der Lichtstrahl der Taschenlampe wild herumtanzte. Die Knie meiner Hosen hatten zwei Schlammkreise aufgesogen. »Ja. Alles prima«, murmelte ich und schüttelte die Hosenbeine, um soviel Schlamm wie möglich loszuwerden. Ich gab ihm die Taschenlampe, die er auf den Fenstersims gerichtet hielt, während ich hineinkletterte.

Drinnen war es kalt – es schien sogar kälter als draußen. Ich schob mir die nassen Haarsträhnen aus den Augen und sah mich um. Wir befanden uns in einem winzigen Raum im hinteren Teil des Hauses, einem Schlafzimmer oder einer Vorratskammer, der außer einem Holzstapel und ein paar zerbrochenen Stühlen leer war. Es roch modrig und feucht, und als Lucien die Taschenlampe auf die Decke und in die Ecken richtete, sahen wir Spinnweben im Zug des offenen Fensters flattern. Er drückte es zu; der Rahmen gab das kreischende Geräusch von sich, das ich vor ein paar Minuten gehört hatte. Ich wollte ihn beinahe bitten, es wieder aufzumachen, um einen Fluchtweg freizuhalten, hielt mich aber gerade noch zurück. Es gibt hier nichts, wovor man weglaufen müßte, sagte ich mir fest, während mein Magen Purzelbäume schlug.

Er ging voran zum großen Raum, stellte sich neben den Herd und beleuchtete den Kamin mit der Taschenlampe. Lange betrachteten wir ihn schweigend.

»Eindrucksvoll, nicht?« sagte ich.

»Ja. Ich habe mein ganzes Leben in Moutier gewohnt und oft von diesem Kamin gehört, aber gesehen habe ich ihn noch nie.«

»Als ich ihn gestern gesehen habe, war ich völlig überrascht, daß er so häßlich ist.«

»Ja. Wie diese *ruches*, die ich mal im Fernsehen gesehen habe. Aus Südamerika.«

»*Ruches*? Was ist eine *ruche*?«

»Ein Haus für Bienen. Du weißt schon, wo sie Honig machen.«

»Oh, ein Bienenstock. Ja, ich weiß, was du meinst.« Irgendwo, wahrscheinlich im ›National Geographic‹, hatte ich die hohen, klumpigen Bienenstöcke gesehen, von denen er sprach, die aus einer Art grauen zementartigen Masse bestanden, häßlich, aber funktionell. Das Bild von einem der verfallenen Höfe in den Cevennen schoß mir durch den Kopf: Der perfekt gesetzte Stein, die elegante Linie des Kamins. Dies hier war nichts dergleichen; das war von Leuten gemacht worden, die unbedingt irgendeinen Kamin wollten, egal in welcher Form.

»Es ist merkwürdig, weißt du«, sagte er und starrte den Herd und den Kamin an. »Sieh dir seine Position im Verhältnis zum Rest des Raumes an. Er ist nicht da, wo man einen Herd normalerweise erwarten würde. Er teilt den Raum nicht so auf, wie das eigentlich sein sollte. Es macht ihn – seltsam. Ungemütlich.«

Er hatte recht. »Er ist zu nah bei der Tür«, sagte ich.

»Viel zu nah. Man stößt fast daran, wenn man hereinkommt. Das ist sehr uneffizient – jedesmal, wenn man die Tür aufmacht, geht die ganze Wärme hinaus. Und der Luftzug von der Tür her läßt das Feuer schneller herunterbrennen, und es ist schwer zu regeln. Vielleicht sogar gefährlich. Man würde ihn da drüben an der anderen Wand erwarten.« Er zeigte hin. »Es ist seltsam, daß die Leute hier Hunderte von Jahren gewohnt haben und es die ganze Zeit über bei dieser Aufteilung belassen haben.«

Rick, dachte ich plötzlich. Rick könnte das erklären. Das ist sein Gebiet, die Wohnbereiche.

»Was willst du jetzt machen?« Lucien klang etwas perplex. Was in meiner Vorstellung klar und eindeutig erschienen war, wirkte jetzt in der Realität ziemlich absurd, hier im Dunkeln und Nassen.

Ich nahm ihm die Taschenlampe ab und fing an, den Kamin methodisch abzusuchen, die vier Pfeiler an den Ecken des Herdes sowie die vier Bögen darüber, die den Kamin hielten.

Lucien versuchte es noch einmal. »Was willst du finden?«

Ich zuckte die Achseln. »Etwas – Altes«, erwiderte ich, während ich auf den Stein des Herdes stieg, um in den dunklen Kaminschacht hochzuschauen. Ich sah nur Überbleibsel von Vogelnestern auf Simsen, die aus den überstehenden Steinen entstanden waren. »Vielleicht etwas – Blaues.«

»Etwas Blaues?«

»Ja.« Ich stieg wieder herunter. »Also, Lucien, du kennst dich doch mit dem Bauen aus. Wenn du etwas in einem Kamin verstecken würdest, wo würdest du es verstecken?«

»Etwas Blaues?«

Ich antwortete nicht; statt dessen sah ich ihn nur an. Er sah zum Kamin. »Na ja«, sagte er, »die meisten Teile eines Kamins würden zu heiß werden und die Sachen würden verbrennen. Vielleicht weiter oben im Kamin. Oder –« Er kniete sich hin und legte die Hand auf den Stein, der den Herd bildete. Er rieb mit der Hand darüber und nickte. »Granit. Ich weiß nicht, woher sie diesen Stein hatten; jedenfalls kommt er nicht von hier.«

»Granit«, wiederholte ich. »Wie in den Cevennen.«

»Wo?«

»Das ist eine Gegend in Frankreich, im Süden. Aber warum Granit?«

»Nun ja, der ist härter als Kalkstein. Und er leitet die Hitze gleichmäßiger. Aber dieser Block hier ist sehr dick, also dürfte die Unterseite nicht so heiß werden. Man könnte darunter etwas verstecken, nehme ich an.«

»Ja.« Ich nickte und rieb mir die Beule an der Stirn. Es schien einleuchtend. »Heben wir also den Granit hoch.«

»Der ist viel zu schwer! Wir würden mindestens vier Männer brauchen, um ihn hochzuheben.«

»Vier Männer«, wiederholte ich. Rick, Jean-Paul, Jacob und Lucien. Und eine Frau. Ich sah mich um. »Hast du einen ... einen –« Das französische Wort fiel mir nicht ein, also holte ich einen Stift und Papier aus meiner Tasche und zeichnete einen primitiven Flaschenzug.

»*Ah, un palan!*« rief er. »Ja, ich habe einen. In meinem Laster. Aber trotzdem, wir bräuchten immer noch ein paar mehr Männer, um daran zu ziehen.«

Ich dachte kurz nach. »Wie wär's, wenn wir es mit deinem Laster versuchen?« fragte ich. »Wir könnten den *palan* hier anbringen, ihn dann mit dem Laster verbinden und den benutzen, um den Stein hochzuheben.«

Er sah überrascht aus, als hätte er seinen Laster nie für noblere Zwecke als für die Fortbewegung in Betracht gezogen. Eine Zeitlang war er still und sah sich alles genau an, während er es mit den Augen ausmaß. Ich lauschte auf den Regen draußen.

»Ja«, sagte er schließlich. »Vielleicht können wir es tun.«

»Dann *werden* wir es tun.«

Als sie beim Hof ankam, versuchte Isabelle leise die Haustür zu öffnen. Sie war von innen verriegelt. Sie hörte Etienne und Gaspard drinnen angestrengt ächzen, dann aufhören und streiten. Sie rief nicht. Statt dessen ging sie in den Stall, wo Petit Jean das Pferd striegelte. Er reichte kaum bis an die Schulter des Pferdes, aber trotzdem ging er voller Selbstvertrauen mit dem Tier um. Er warf Isabelle einen Blick zu und striegelte dann weiter. Sie sah, wie er wieder schluckte.

Wie der Mann auf der Straße, als wir die Cevennen verließen, dachte sie und erinnerte sich an den Mann mit dem großen Adamsapfel, die Fackeln und Maries mutige Worte.

– Papa hat uns gesagt, daß wir hierbleiben sollen, damit wir nicht im Weg sind, erklärte Petit Jean.

– Wir? Ist Marie hier?

Ihr Sohn nickte in Richtung eines Strohbündels in der dunklen Ecke des Stalles. Isabelle eilte hinüber.

– Marie, sagte sie leise und kniete am Ende des Bündels nieder.

Es war Jacob, der sich zu einem Ball zusammengerollt und in die Ecke gedrückt hatte. Seine Augen waren weit aufgerissen, aber er schien sie nicht zu sehen.

– Jacob! Was ist los? Hast du Marie gefunden?

Über seine Knie hatte er das schwarze Kleid gelegt, das Marie vorhin über dem blauen getragen hatte. Isabelle nahm es ihm weg. Es war tropfnaß und schwer vom Wasser.

– Woher hast du das? fragte sie und untersuchte es. Am Hals war es zerrissen. Die Taschen waren voller Steine aus der Birse.

– Wo hast du es gefunden?

Er sah abwesend auf die Steine und antwortete nicht. Sie packte ihn an den Schultern und schüttelte ihn.

– Wo hast du es gefunden? rief sie. Wo?

– Es war hier, hörte sie Petit Jean sagen.

– Hier? wiederholte sie. Wo?

Petit Jean machte eine vage Geste.

– Hier, in der Scheune. Sie muß es ausgezogen haben, bevor sie in den Wald gerannt ist. Sie wollte ihr neues Kleid dem Teufel zeigen, was, Jacob?

Jacob zuckte unter Isabelles Händen zusammen. Sie ließ ihn los.

Lucien fuhr den Laster rückwärts so dicht wie möglich an das Haus heran. Er führte das Seil von einem kleinen Metallring hinten am Laster durch den *devant-huis* und das kleine Fenster neben der Tür hindurch – das zerbrochene Glas hatten wir vorher entfernt, damit es das Seil nicht zerschnitt – und in das Haus hinein. Er befestigte die obere Rolle an einem tragenden Balken, der quer durch den Raum ging, und ließ dann das Seil von dem kleinen Fenster aus über die Rolle zum Granitblock laufen, das

Ende befestigte er an einer Ecke eines dreieckigen Metallrahmens. An den anderen beiden Ecken wurden Klammern angebracht.

Dann gruben wir um das eine Ende des Steines herum, bis wir das Fundament freigelegt hatten. Es dauerte lange, denn der Boden war festgestampft. Ich hackte mit einer Schaufel darauf ein und mußte ab und zu innehalten, um mir den Schweiß aus den Augen zu wischen.

Lucien legte den Metallrahmen über das eine Ende des Granitblocks und fixierte die Klammern am Rand des Steins. Schließlich lockerten wir mit einer Schaufel und einer Brechstange die Erde rund um den Stein.

Als alles soweit war, stritten wir uns, wer im Haus bleiben und auf den Flaschenzug aufpassen und wer im Laster sitzen sollte.

»Siehst du, das ist nicht vernünftig angebracht hier«, sagte Lucien und musterte das Seil besorgt. »Der Winkel ist schlecht. Das Seil reibt gegen das Fenster, da, und gegen den Kaminbogen, hier.« Er leuchtete diese Reibungspunkte mit der Taschenlampe an. »Es könnte reißen. Und die Kraft ist nicht einmal auf beide Klammern gleichmäßig verteilt, weil wir die Rolle nicht direkt über dem Stein anbringen konnten, sondern seitlich an dem Balken. Ich habe zwar versucht, es auszugleichen, aber der Zug auf die beiden Seiten ist immer noch unterschiedlich, und die Klammern können leicht abrutschen. Und der Balken. Er ist vielleicht nicht stark genug, um das Gewicht des Steines zu halten. Am besten passe *ich* hier auf.«

»Nein.«

»Ella –«

»Ich werde hierbleiben. Ich werde auf das Seil und auf die Klammern aufpassen, und auf den *palan*.«

Mein Ton ließ ihn nachgeben. Er ging zum kleinen Fenster und sah hinaus. »Gut«, sagte er leise. »Du stellst dich hier mit der Taschenlampe hin. Wenn das Seil zerfasert oder die Klammern abrutschen, oder wenn ich aus irgendeinem anderen Grund den Laster anhalten soll, richte den Lichtstrahl auf den Spiegel da.« Er leuchtete in den linken Außenspiegel des Lasters, der das Licht zurückwarf. »Wenn der Stein weit genug angehoben ist«, fuhr er fort, »leuchte auch in den Spiegel, damit ich weiß, wann ich anhalten soll.«

Ich nickte und nahm die Taschenlampe, leuchtete ihm dann den Weg zum Rückfenster und wappnete mich für das Quietschen beim Öffnen des Fensters. Er sah zu mir zurück, bevor er verschwand. Ich lächelte schwach; er lächelte nicht zurück. Er sah unruhig aus.

Ich nahm meine Stellung neben dem kleinen Fenster ein, die Nerven bis zum Zerreißen angespannt. Wenigstens war bei all der Aktivität meine Übelkeit verschwunden, und ich hatte das Gefühl, am richtigen Ort zu sein, so absurd die Situation auch war. Ich war froh, daß ich mit Lucien hier war: Ich kannte ihn nicht gut genug, um mich auf die Art erklären zu müssen, wie ich das mit Rick oder Jean-Paul hätte tun müssen, und er interessierte sich so für die mechanische Seite der Angelegenheit, daß er nicht allzu viele Fragen darüber stellte, *warum* wir das alles taten.

Es hatte aufgehört zu regnen, obwohl es noch überall Tropfgeräusche gab. Der Laster knatterte beim Anlassen und stand eine Zeitlang bebend da, während Lucien die Scheinwerfer anmachte und den Motor auf Touren brachte. Er steckte den Kopf aus dem Fenster, und ich winkte. Langsam, ganz langsam schob der Laster sich zentimeterweise nach vorne. Leben kam in das Seil, es spannte sich zitternd. Die Rolle des Flaschenzugs schwang heftig in meine Richtung. Es gab ein krachendes Geräusch, als der Balken dem Zug des Lasters ausgesetzt wurde; ich sprang zurück und wartete ängstlich darauf, daß das Haus um mich herum zusammenbrechen würde.

Der Balken hielt. Ich ließ den Schein der Taschenlampe am Seil entlanggleiten, vor und zurück, zur Rolle, zu den Klammern und aus dem Fenster hinaus bis zum Laster hin. Es war eine Menge, was ich im Auge behalten mußte. Ich war vollkommen konzentriert; mein Körper war angespannt wie eine Feder.

Ich hatte einige Sekunden lang eine der Klammern angeleuchtet, als sie anfing, vom Stein abzurutschen. Schnell schwang ich den Strahl durch das Fenster in den Außenspiegel. Lucien hielt den Laster in dem Moment an, als die Klammer sich vom Stein gelöst hatte und der Metallrahmen in Richtung der Rolle raste, in den Schornstein schlug, und dann gegen den Balken krachte. Ich schrie auf und preßte mich mit dem Rücken gegen die Tür. Der Rahmen fiel klappernd zu Boden. Ich rieb mir die Augen, als Lucien den Kopf durch das kleine Fenster hereinsteckte.

»Alles in Ordnung mit dir?« fragte er.

»Ja. Es war nur eine Klammer, die vom Stein abgerutscht ist. Ich lege sie wieder an.«

»Bist du sicher?«

»Natürlich«, erwiderte ich. Ich atmete tief ein und ging zum Rahmen hinüber.

»Laß mich mal sehen«, sagte Lucien. Ich brachte ihm den Rahmen. Zum Glück war das Metall nicht beschädigt. Er sah vom Fenster aus zu, wie ich ihn um den Stein herumlegte und die Klammern befestigte, wie ich es zuvor bei ihm gesehen hatte. Als ich fertig war, leuchtete ich hin, und Lucien nickte.

»Gut. Weißt du, vielleicht können wir das tatsächlich hinkriegen.« Er ging zum Laster zurück; ich nahm meine vorige Stellung am Fenster ein.

Wir fingen wieder an.

Isabelle kauerte im Stroh und sah durch den *devant-huis* hinaus. Der Regen fiel jetzt in schweren Tropfen, und der Himmel war dunkel. Bald würde es Nacht sein. Sie beobachtete ihre Söhne. Petit Jean fuhr fort, das Pferd zu striegeln und sah nervös um sich. Jacob saß da und betrachtete die Steine aus Maries Kleid. Er leckte sie ab und sah dann zu seiner Mutter hoch.

– Sie haben die häßlichsten Steine ausgewählt, sagte er leise. Die grauen, farblosen. Warum haben sie das getan?

– Sei still, Jacob! zischte Petit Jean.

– Was meint ihr damit, ihr zwei? rief Isabelle. Was verschweigt ihr mir?

– Nichts, Maman, erwiderte Petit Jean. Marie ist weggelaufen, weißt du. Sie geht zum Tarn zurück und trifft sich dort mit dem Teufel. Das hat sie gesagt.

– Nein. Isabelle stand auf. Ich glaube dir nicht. Ich glaube dir nicht ein Wort!

Die Klammern rutschten noch zweimal ab, aber beim dritten Mal hielten sie. Lucien fuhr Zentimeter um Zentimeter vorwärts, wobei er unglaublichen Lärm machte, aber einen gleichmäßigen Zug beibehielt. Ich hatte die Taschenlampe gerade wieder auf die Rolle des Flaschenzuges gerichtet, als ich ein schmatzendes Geräusch hörte, wie wenn ein Fuß aus dem Schlamm gezogen wird. Ich bewegte die Taschenlampe und sah, wie der Herd sich langsam, widerwillig aus der Erde löste und sich zuerst einen Zentimeter, dann zwei, drei, vier Zentimeter und weiter stetig nach oben hob. Ich sah wie angenagelt zu. Der Balken fing an zu ächzen. Ich verließ meine Position am Fenster, hockte mich neben den Stein und leuchtete in den Spalt. Es herrschte jetzt ein schreckliches Getöse von dem knarrenden Balken und Flaschenzug und dem Laster, der draußen heulte, und von meinem klopfenden Herzen. Ich blickte in die Dunkelheit unter dem Herd.

Sie hörten das dumpfe Dröhnen eines Steins, der auf den Boden aufschlug, und erstarrten. Sogar das Pferd stand still.

Isabelle und Petit Jean gingen zur Tür, und Jacob richtete sich auf, um ihnen zu folgen. Isabelle kam bei der Tür an und versuchte sie zu öffnen. Als sie dagegen drückte, wurde der Riegel weggeschoben, und Etienne öffnete die Tür. Er war rot im Gesicht und schwitzte. Er lächelte sie an.

– Komm herein, Isabelle.

Sie zögerte, als sie ihren Namen hörte, und ging dann an ihm vorbei. Hannah lag auf den Knien neben dem neu gesetzten Herd, hatte die Augen geschlossen und Kerzen auf dem Stein aufgestellt. Gaspard stand mit gesenktem Kopf weiter hinten. Er sah nicht hoch, als Isabelle und die Jungen hereinkamen. Ich habe Hannah schon einmal so gesehen, dachte sie. Betend an einem Herd.

Ich sah ein Stück Blau aufleuchten, ein winziges Stück Blau in dem dunklen Loch. Inzwischen war der Stein ungefähr zehn Zentimeter angehoben worden, und ich starrte und starrte, ohne irgend etwas zu begreifen, und dann waren es fünfzehn Zentimeter, und ich sah die Zähne und wußte Bescheid. Ich wußte es, und ich fing an zu schreien und griff gleichzeitig in das Grab und bekam einen winzigen Knochen zu fassen. »Das ist der Arm eines Kindes!« schrie ich. »Das ist –« ich griff tiefer hinein und hatte das Blau zwischen meinen Fingern und zog einen langen Faden heraus, der um eine Haarsträhne gewickelt war. Es war das Blau der Jungfrau, das Haar war rot wie mein eigenes, und ich fing an zu weinen.

Sie sah sich den Herd an, der so merkwürdig im Raum stand.

Er konnte nicht warten, dachte sie. Er konnte nicht warten, bis andere kommen, um zu helfen, und er ließ den Stein einfach hinfallen, wo er gerade hinfiel.

Es war ein riesiger Block, zu nah am Eingang. Sie drängten sich zwischen ihm und der Tür, sie und Etienne und Petit Jean und Jacob. Sie ging von ihnen weg um den Herd herum.

Dann sah sie etwas Blaues auf dem Boden. Sie fiel auf die Knie, griff danach und zog daran. Es war ein Stück blauer Faden, und er kam unter dem Stein hervor. Sie zog und zog, bis er abriß. Sie hielt ihn hoch ins Licht der Kerze, so daß sie ihn alle sehen konnten.

Ich hörte das Reißen und das Pfeifen des Seils in der Luft. Dann, mit einem furchtbaren Dröhnen, fiel der Stein wieder zurück an seinen früheren Platz, die Klammern krachten gegen den Balken. Ich wußte, daß ich dieses Dröhnen schon einmal gehört hatte.

– Nein! schrie Isabelle und warf sich auf den Herd, schluchzte und schlug den Kopf gegen den Stein. Sie drückte die Stirn an den kalten Granit. Während sie den Faden an ihre Wange gepreßt hielt, rief sie: – *J'ai mis en toi mon espérance: Garde-moi donc, Seigneur, D'éternel déshonneur: Octroye-moi ma délivrance, Par ta grande bonté haute, Qui jamais ne fit faute.*

Dann gab es kein Blau mehr; alles war rot und schwarz.

– Nein! schrie ich und warf mich auf den Herd, schluchzte und schlug den Kopf gegen den Stein. Ich drückte die Stirn an den kalten Granit. Während ich den Faden an meine Wange gepreßt hielt, rief ich: – *J'ai mis en toi mon espérance: Garde-moi donc, Seigneur, D'éternel déshonneur: Octroye-moi ma délivrance, Par ta grande bonté haute, Qui jamais ne fit faute.*

Dann gab es kein Blau mehr; alles war rot und schwarz.

10. Die Rückkehr

Lange stand ich auf der Schwelle, bevor ich mich überwinden konnte zu klingeln. Ich stellte die Reisetasche ab, die Sporttasche daneben, und besah mir die Tür. Sie war nichtssagend, billiger Preßspan mit einem Spion in Augenhöhe. Ich blickte mich um: Ich war in einer Neubausiedlung mit kleinen, neuen Häusern, dazwischen Gras, aber keine Bäume außer ein paar spindeligen Gebilden, die zu wachsen versuchten. Es war gar nicht so verschieden von neuen amerikanischen Vororten.

Ich legte mir nochmals zurecht, was ich sagen wollte, und klingelte. Während ich wartete, fing mein Magen an zu flattern, und meine Hände wurden feucht. Ich schluckte und rieb die Hände an den Hosen. Von innen hörte ich Schritte; dann schwang die Tür auf, und ein kleines blondes Mädchen stand auf der Schwelle. Eine schwarzweiße Katze drückte sich an ihren Beinen vorbei und sprang auf die Treppe, wo sie innehielt und die Nase gegen die Sporttasche drückte. Sie schnüffelte und schnüffelte, bis ich sie mit dem Fuß sanft wegschob.

Das Mädchen trug gelbe Shorts und ein T-Shirt mit Saftflecken auf der Vorderseite. Sie hing am Türknauf, balancierte auf einem Fuß und starrte mich an.

»*Bonjour,* Sylvie. Erinnerst du dich noch an mich?«

Sie starrte weiter. »Warum bist du lila im Gesicht?«

Ich berührte meine Stirn. »Ich habe mir den Kopf angeschlagen.«

»Du mußt einen Verband draufmachen.«

»Willst du das für mich tun?«

Sie nickte. Von drinnen kam eine Stimme: »Sylvie, wer ist das?«

»Es ist die Frau mit der Bibel. Sie hat sich am Kopf weh getan.«

»Sag ihr, daß sie gehen soll. Sie weiß, daß ich keine kaufe.«

»Nein, nein!« rief Sylvie. »Die *andere* Frau mit der Bibel!«

Im Gang machte es Klick-klick-klick, und Mathilde erschien hinter Sylvie. Sie trug pinkfarbene Shorts und ein weißes Träger-Top und hielt eine halbgeschälte Grapefruit in der Hand.

»Mon Dieu!« rief sie. *»Ella, quelle surprise!«* Sie gab Sylvie die Grapefruit, musterte mich von Kopf bis Fuß und küßte mich auf beide Wangen. »Du hättest mir sagen sollen, daß du kommst! Komm herein, komm herein.«

Ich rührte mich nicht. Meine Schultern bebten, ich senkte den Kopf und fing an zu weinen.

Wortlos legte Mathilde einen Arm um mich und nahm die Reisetasche hoch. Als Sylvie die Sporttasche nahm, rief ich beinahe: »Faß sie nicht an!« Statt dessen ließ ich sie nicht nur die Tasche, sondern auch meine Hand nehmen. Gemeinsam führten sie mich ins Haus.

Den Gedanken, in ein Flugzeug zu steigen, konnte ich einfach nicht ertragen. Ich wollte nicht auf so engem Raum eingesperrt sein, aber vor allem wollte ich nicht zu schnell nach Hause kommen. Ich brauchte mehr Zeit für mich, als ich im Flugzeug gehabt hätte.

Jacob begleitete mich im Zug bis nach Genf und setzte mich in den Bus zum Flughafen, aber fünfhundert Meter nach dem Bahnhof stand ich auf und bat den Busfahrer, mich aussteigen zu lassen. Ich ging in ein Café und saß eine halbe Stunde lang über einem Kaffee, bis ich wußte, daß Jacob im Zug zurück nach Moutier saß, dann ging ich zurück zum Bahnhof und kaufte einen Fahrschein nach Toulouse.

Es war schwer gewesen, von Jabob wegzugehen: Nicht, weil ich bleiben wollte, sondern weil ihm so klar war, daß ich möglichst schnell weg wollte.

»Es tut mir leid, Ella«, murmelte er, als wir uns verabschiedeten, »daß dein Besuch in Moutier so traumatisch war. Er hätte dir eigentlich helfen sollen, und statt dessen ...« Er sah auf meine verletzte Stirn und auf die Sporttasche. Er hatte nicht gewollt, daß ich sie mitnahm, aber ich hatte darauf bestanden, obwohl ich mich gefragt hatte, ob es Probleme mit den Suchhunden am Flughafen geben würde – noch ein Grund, den Zug zu nehmen.

Lucien hatte die Sporttasche am Morgen zuvor gebracht, als ich endlich nach den Medikamenten, die der Arzt in mich hineingepumpt hatte, wieder aufwachte. Er erschien am Fußende meines Bettes, unrasiert, schmutzig und erschöpft, und stellte die Tasche neben die Wand.

»Das ist für dich, Ella. Sieh jetzt nicht hinein. Du weißt schon, was drin ist.«

Halb betäubt sah ich zur Tasche hin. »Das hast du nicht allein gemacht, oder?«

»Ein Freund war mir einen Gefallen schuldig. Keine Angst, er wird es niemandem erzählen. Er kann den Mund halten.« Er machte eine Pause. »Wir haben ein dickeres Seil genommen. Der Balken ist allerdings fast heruntergekommen. Beinahe wäre das ganze Haus zusammengestürzt.«

»Wenn es nur zusammengestürzt wäre.«

Als er ging, räusperte ich mich. »Lucien. Danke. Daß du mir geholfen hast. Für alles.«

Er nickte. »Mach's gut, Ella.«

»Ich werd's versuchen.«

Sie ließen meine Taschen im Flur stehen und führten mich in den Garten, ein eingezäuntes Stück Rasen, auf dem ein aufblasbares Planschbecken stand und überall Spielzeug herumlag. Sie setzten mich in einen Plastikliegestuhl, und während Mathilde ins Haus zurückging, um mir etwas zu trinken zu holen, blieb Sylvie neben mir stehen und sah mich unverwandt an. Sie fing an, meine

Stirn sanft zu streicheln. Ich schloß die Augen. Die Berührung ihrer Hand und die Sonne auf meiner Haut taten gut.

»Was ist das?« fragte Sylvie. Ich öffnete die Augen. Sie zeigte auf die Schuppenflechte an meinem Arm; sie war rot und geschwollen.

»Ich habe eine Hautkrankheit. Sie heißt Schuppenflechte.«

»Dann brauchst du da auch einen Verband, *n'est-ce pas?*«

Ich lächelte.

»Also«, fing Mathilde an, nachdem sie mir ein Glas Orangensaft gegeben, sich neben mich auf den Rasen gesetzt und Sylvie hineingeschickt hatte, um ihren Badeanzug anzuziehen. »Woher hast du diese Verletzungen?«

Ich seufzte. Die Aussicht, alles erklären zu müssen, war niederdrückend. »Ich war in der Schweiz«, fing ich an, »und habe meine Familie besucht. Ich wollte ihnen die Bibel zeigen.«

Mathilde verzog das Gesicht. »Pah, die Schweizer«, sagte sie.

»Ich habe nach etwas gesucht«, fuhr ich fort, »und –«

Ein schriller Schrei kam aus dem Haus. Mathilde sprang auf. »Aha, das waren wohl die Knochen«, sagte ich.

Am schwersten fiel mir der Abschied von Susanne. Kurz nachdem Lucien die Sporttasche gebracht hatte, kam sie in mein Zimmer. Sie setzte sich auf die Bettkante und nickte in Richtung der Tasche, ohne hinzusehen.

»Lucien hat mir alles erzählt«, sagte sie. »Er hat es mir gezeigt.«

»Lucien ist ein guter Kerl.«

»Ja.« Sie sah zum Fenster hinaus. »Was denkst du, warum war es da?«

Ich schüttelte den Kopf. »Ich weiß nicht. Vielleicht –« Ich hielt inne; sobald ich daran dachte, fing ich an zu zittern, und ich wollte sie doch überzeugen, daß es mir gut genug ging, um am nächsten Tag abzureisen.

Susanne legte eine Hand auf meinen Arm. »Ich hätte nichts sagen sollen.«

»Ist schon in Ordnung.« Ich wechselte das Thema. »Kann ich etwas ganz Unverschämtes sagen?« Meine Schwäche machte mich ehrlich.

»Natürlich.«

»Du mußt Jan loswerden.«

Der Schock in ihrem Gesicht enthielt keine Ablehnung; als sie anfing zu lachen, lachte ich mit.

Mathilde kam wieder aus dem Haus, eine weinende Sylvie an der Hand.

»Entschuldige dich bei Ella, daß du ihre Sachen angesehen hast«, befahl sie.

Durch ihre Tränen sah Sylvie mich mißtrauisch an. »Es tut mir leid«, murmelte sie. »Maman, bitte, darf ich im Planschbecken spielen?«

»Gut.«

Sylvie rannte zum Planschbecken, als wollte sie mir so schnell wie möglich entkommen.

»Tut mir leid«, sagte Mathilde. »Sie ist ein neugieriger Fratz.«

»Macht nichts. Es tut *mir* leid, daß ich ihr Angst eingejagt habe.«

»Also diese – das – ist es das, was du gefunden hast? Was du gesucht hast?«

»Ich glaube, sie hieß Marie Tournier.«

»*Mon Dieu.* Sie war – aus der Familie?«

»Ja.« Ich fing an zu reden, über den Hof und den alten Kamin und den Herd und die Namen Marie und Isabelle. Über die Farbe Blau und den Traum und das Geräusch des fallenden Steins. Und meine Haarfarbe.

Mathilde hörte mir zu, ohne mich zu unterbrechen. Sie musterte ihre leuchtend pinkfarbenen Fingernägel und zupfte an der Nagelhaut.

»Verrückte Geschichte!« rief sie, als ich zu Ende gekommen war. »Du solltest sie aufschreiben.« Sie wollte noch etwas sagen, unterdrückte es aber.

»Was?«

»Warum bist du hierhergekommen?« fragte sie. »*Ecoute,* ich freue mich ja, daß du da bist, aber warum bist du nicht nach Hause gegangen? Willst du nicht nach Hause, wenn du deprimiert bist, zu deinem Mann?«

Ich seufzte. Noch soviel zu erzählen: Wir würden noch stundenlang hier sitzen. Ihre Frage erinnerte mich an etwas. Ich sah mich um. »Gibt es einen – hast du einen – wo ist der Vater von Sylvie?« fragte ich ungeschickt.

Mathilde lachte und winkte ab. »Wer weiß das schon? Ich habe ihn seit ein paar Jahren nicht mehr gesehen. Er hat sich nie dafür interessiert, Kinder zu haben. Er wollte nicht, daß ich Sylvie bekomme, also –« Sie zuckte die Achseln. »*Tant pis.* Aber du hast meine Frage noch nicht beantwortet.«

Da erzählte ich ihr alles andere, über Rick und Jean-Paul. Obwohl ich nichts ausließ, dauerte es nicht so lange, wie ich gedacht hatte.

»Also Rick weiß gar nicht, wo du bist?«

»Nein. Mein Cousin wollte ihn anrufen und ihm sagen, daß ich nach Hause komme, aber ich habe ihn davon abgehalten. Ich habe ihm gesagt, daß ich Rick vom Flughafen aus anrufen würde. Vielleicht wußte ich ja schon irgendwie, daß ich es nicht zurück schaffen würde.«

Eigentlich hatte ich völlig betäubt im Zug gesessen und überhaupt nicht an mein Ziel gedacht. In Montpellier mußte ich umsteigen, und während ich wartete, hörte ich zufällig eine Zugansage, bei der Mende als Station genannt wurde. Ich sah den Zug einfahren, Leute ein- und aussteigen. Dann stand er einfach da, und je länger er so dastand, desto verlockender schien er mir. Schließlich nahm ich meine Taschen und stieg ein.

»Ella«, sagte Mathilde. Ich sah hoch. »Du mußt wirklich mit Rick sprechen, *n'est-ce pas?* Über alles.«

»Ich weiß. Aber ich kann den Gedanken, ihn anzurufen, einfach nicht ertragen.«

»Laß mich das machen!« Sie sprang auf und schnalzte mit den Fingern. »Gib mir die Nummer.« Zögernd gab ich nach. »Gut. Jetzt paß auf Sylvie auf. Und komm bloß nicht herein!«

Ich lehnte mich im Stuhl zurück. Es war eine Erleichterung, sie einfach machen zu lassen.

Zum Glück vergessen Kinder schnell. Am Abend spielten Sylvie und ich zusammen im Becken. Als wir hineingingen, hatte Mathilde die Sporttasche in einem Schrank versteckt, und Sylvie sagte nichts mehr darüber; sie zeigte mir all ihr Spielzeug und ließ mich ihr Haar in zwei enge Zöpfe flechten.

Mathilde sagte wenig über den Anruf. »Morgen abend, um acht«, erklärte sie bruchstückhaft und gab mir eine Adresse in Mende, genau wie Jean-Paul es mit La Taverne gemacht hatte.

Weil Sylvie zu Bett mußte, aßen wir früh zu Abend. Ich lächelte, als ich auf meinen Teller sah: Es war wie das Essen, das ich als Kind gegessen hatte, gut, reichlich und ohne irgendwelchen Schnickschnack. Keine Pasta in raffinierten Saucen oder Ölen oder Kräutern, kein besonderes Brot, keine ausgefallenen Zutaten und Kombinationen. Es gab ein Schweinekotelett, grüne Bohnen, Mais in Rahm und Baguette; alles war angenehm bodenständig.

Ich hatte Hunger, aber als ich in das erste Stück Schweinefleisch biß, spuckte ich es fast wieder aus: Es schmeckte nach Metall. Ich probierte den Mais und die Bohnen; auch hier der Geschmack nach Metall. Obwohl ich solchen Hunger hatte, konnte ich den Geschmack und das Gefühl von Essen in meinem Mund nicht ertragen.

Es war unmöglich, mein Unbehagen zu verstecken, besonders, weil Sylvie beschlossen hatte, ihr Eßtempo nach meinem zu richten. Wenn ich einen Bissen von meinem Kotelett nahm, nahm sie einen von ihrem, wenn ich trank, trank sie auch. Mathilde vertilgte alles im Handumdrehen, ohne unsere Langsamkeit zu bemerken, und tadelte dann Sylvie, weil sie so lange brauchte.

»Aber Ella ißt auch so langsam!« rief Sylvie.

Mathilde sah auf meinen Teller.

»Tut mir leid«, sagte ich. »Ich fühle mich irgendwie komisch. Alles schmeckt – nach Metall.«

»Ah, das hatte ich auch, als ich mit Sylvie schwanger war! Scheußlich. Aber es dauert nur ein paar Wochen. Danach kannst du alles essen.« Sie hielt inne. »Oh, aber du –«

»Ich denke, es sind vielleicht die Medikamente, die der Arzt mir gegeben hat«, unterbrach ich. »Manchmal bleiben noch länger Spuren davon im Kreislauf. Es tut mir leid, aber ich kann das einfach nicht essen.«

Mathilde nickte. Später ertappte ich sie dabei, wie sie mir einen langen, nachdenklichen Blick zuwarf.

Ich fügte mich überraschend leicht in ihr Leben ein. Ich hatte zu Mathilde gesagt, daß ich am nächsten Tag gehen würde – nicht, daß ich gewußt hätte, wohin. Sie winkte ab. »Nein, du bleibst hier. Ich hab dich gerne hier. Normalerweise sind es immer nur Sylvie und ich, also ist es schön, Gesellschaft zu haben. Solange es dir nichts ausmacht, auf der Couch zu schlafen.«

Sylvie ließ mich vor dem Zubettgehen ein Buch nach dem anderen vorlesen und freute sich über die Abwechslung, korrigierte streng meine Aussprache und erklärte mir einige der Ausdrücke. Am nächsten Morgen bettelte sie, heute nicht ins Sommerlager gehen zu müssen. »Ich will mit Ella spielen!« rief sie. »Bitte, Maman, bitte!«

Mathilde sah mich an. Ich nickte leicht. »Du mußt Ella fragen«, sagte sie. »Du weißt ja gar nicht, ob sie den ganzen Tag mit dir spielen will.«

Als Mathilde zur Arbeit gegangen war und letzte Anweisungen über die Schulter gerufen hatte, war das Haus plötzlich sehr still. Ich sah Sylvie an; sie gab wortlos meinen Blick zurück. Ich wußte, daß wir beide an die Tasche mit den Knochen dachten, die im Haus versteckt war.

»Gehen wir spazieren«, sagte ich fröhlich. »Es gibt doch einen Spielplatz in der Nähe, nicht wahr?«

»Okay«, sagte sie und fing an, alle Sachen, die sie auf dem Spielplatz brauchen würde, in einen Rucksack in Bärenform zu packen.

Auf dem Weg zum Spielplatz kamen wir an einer Reihe von Geschäften vorbei; vor einer Apotheke blieb ich stehen. »Gehen wir hinein, Sylvie, ich brauche etwas.« Sie kam folgsam mit hinein. Ich führte sie zu einer Auslage von Seifen. »Such dir eine aus«, sagte ich, »das ist ein Geschenk von mir.« Sie vertiefte sich darin, die Schachteln zu öffnen und an den Seifen zu riechen, so daß ich leise mit dem Apotheker sprechen konnte.

Sylvie suchte sich eine Lavendelseife aus und hielt sie beim Gehen in der Hand, um immer wieder daran zu riechen, bis ich sie überredete, sie für später in ihrem Rucksäckchen aufzubewahren. Auf dem Spielplatz rannte sie gleich davon zu ihren Freundinnen. Ich setzte mich auf eine Bank zu den anderen Müttern, die mich mißtrauisch beäugten. Ich versuchte erst gar nicht, ein Gespräch mit ihnen anzufangen: Ich mußte nachdenken.

Nachmittags blieben wir zu Hause. Während Sylvie ihr Planschbecken füllte, ging ich mit meinem neuen Kauf ins Bad. Als ich wieder herunterkam, sprang sie ins Wasser und spritzte herum, und ich lag auf dem Rasen und blickte in den Himmel.

Nach einer Weile kam sie und setzte sich neben mich. Sie spielte mit einer alten Barbiepuppe, deren Haar drastisch gekürzt worden war, sprach mit ihr und ließ sie tanzen.

»Ella?« fing sie an. Ich wußte schon, was kommen würde. »Wo ist die Tasche mit den Knochen?«

»Ich weiß nicht. Deine Mutter hat sie weggeräumt.«

»Also ist sie noch im Haus?«

»Vielleicht. Vielleicht auch nicht.«

»Wo könnte sie sonst sein?«

»Vielleicht hat deine Mutter sie ja mit in die Arbeit genommen oder einem Nachbarn gegeben.«

Sylvie sah sich um. »Unsere Nachbarn? Warum sollten sie das bei sich haben wollen?«

Schlechte Idee. Ich änderte meine Taktik. »Warum fragst du mich das?«

Sylvie sah auf die Puppe hinab, zog sie an den Haaren und zuckte die Achseln. »Weiß nicht«, murmelte sie.

Ich wartete einen Augenblick. »Willst du sie noch mal sehen?« fragte ich.

»Ja.«

»Bist du sicher?«

»Ja.«

»Du wirst nicht schreien oder Angst haben?«

»Nein, nicht, wenn du auch da bist.«

Ich holte die Tasche aus dem Schrank und trug sie nach draußen. Sylvie saß da, hatte die Knie unter das Kinn hochgezogen und beobachtete mich nervös. Ich stellte die Tasche ab. »Willst du, daß ich es – auslege, so daß du es sehen kannst, und du wartest drinnen, und wenn es soweit ist, rufe ich dich?«

Sie nickte und sprang auf. »Ich will eine Cola. Darf ich eine Cola haben?«

»Ja.« Sie rannte hinein.

Ich atmete tief ein und öffnete den Reißverschluß der Tasche. Ich hatte bisher noch nicht hineingesehen.

Als alles soweit war, ging ich Sylvie holen; sie saß mit einem Glas Cola im Wohnzimmer und sah fern.

»Komm«, sagte ich und streckte ihr die Hand entgegen. Zusammen gingen wir zur Hintertür. Von dort aus konnte man etwas im Gras liegen sehen. Sie drückte sich an mich.

»Weißt du, du mußt es dir nicht ansehen. Aber es wird dir nichts tun. Es ist nicht lebendig.«

»Was ist es?«

»Ein Mädchen.«

»Ein Mädchen? So wie ich?«

»Ja. Das sind ihre Knochen und ihr Haar. Und ein Stückchen von ihrem Kleid.«

Wir gingen hin. Zu meiner Überraschung ließ Sylvie meine Hand los und hockte sich neben die Knochen. Sie sah lange hin.

»Das ist ein schönes Blau«, sagte sie schließlich. »Was ist mit dem Rest von ihrem Kleid passiert?«

»Es ist –« verrottet – noch ein Wort, das ich nicht wußte. »Es wurde alt und ist kaputtgegangen«, erklärte ich ungeschickt.

»Ihr Haar hat dieselbe Farbe wie deins.«

»Ja.«

»Woher kommt sie?«

»Aus der Schweiz. Sie ist unter einem Herd begraben worden.«

»Warum?«

»Warum sie gestorben ist?«

»Nein, warum ist sie unter dem Herd begraben worden? Damit es ihr immer warm genug war?«

»Vielleicht.«

»Wie hat sie geheißen?«

»Marie.«

»Sie sollte noch mal begraben werden.«

»Warum?« Ich war neugierig, was sie sagen würde.

»Weil sie ein Zuhause braucht. Sie kann nicht immer hierbleiben.«

»Das stimmt.«

Sylvie setzte sich ins Gras, streckte sich dann neben den Knochen aus. »Ich schlafe jetzt«, verkündete sie.

Ich überlegte, ob ich sie abhalten sollte, ihr sagen, daß das makaber war, daß sie Alpträume bekommen könnte, daß Mathilde uns finden und denken würde, daß ich eine schreckliche Mutter abgäbe, wenn ich ihre Tochter neben einem Skelett schlafen ließ. Aber ich sagte nichts dergleichen. Statt dessen legte ich mich auf die andere Seite der Knochen.

»Erzähl mir eine Geschichte«, verlangte Sylvie.

»Ich bin nicht besonders gut im Geschichtenerzählen.«

Sylvie stützte sich auf einen Ellbogen. »Alle Erwachsenen können Geschichten erzählen! Erzähl mir eine.«

»Na gut. Es war einmal ein kleines Mädchen mit blondem Haar und einem blauen Kleid.«

»Wie ich? Hat sie mir ähnlich gesehen?«

»Ja.«

Sylvie legte sich mit einem zufriedenen Lächeln zurück und schloß die Augen.

»Sie war ein mutiges kleines Mädchen. Sie hatte zwei ältere Brüder, eine Mutter und einen Vater und eine Großmutter.«

»Hatten sie sie lieb?«

»Fast alle, außer der Großmutter.«

»Warum nicht?«

»Ich weiß nicht.« Ich hielt inne. Sylvie öffnete die Augen. »Sie war eine häßliche alte Frau«, fuhr ich schnell fort. »Sie war klein und immer schwarz gekleidet. Und sie sprach nie.«

»Woher hat das Mädchen denn gewußt, daß die Großmutter sie nicht mochte, wenn sie nie mit ihr gesprochen hat?«

»Sie – sie hatte böse Augen, und sie starrte das kleine Mädchen an, wie sie es mit niemand sonst tat. Also wußte das Mädchen, daß sie sie nicht mochte. Und es war noch schlimmer, wenn sie ihr blaues Lieblingskleid trug.«

»Weil die Großmutter es für sich haben wollte!«

»Ja, der Stoff war sehr schön, aber er reichte nur, um ein Kleid für ein kleines Mädchen daraus zu machen. Wenn sie es trug, sah sie aus wie der Himmel.«

»War es ein Zauberkleid?«

»Natürlich. Es beschützte sie vor der Großmutter, und auch vor anderen Dingen – Feuer und Wölfen und bösen Jungs. Und vor dem Ertrinken. Und wirklich, eines Tages spielte das Mädchen am Fluß und fiel hinein. Sie sank im Wasser und sah die Fische unter sich schwimmen, und sie dachte, sie würde ertrinken. Dann aber blies das Kleid sich mit Luft auf, und sie schwebte an die Oberfläche und war gerettet. Daher wußte ihre Mutter, daß sie immer, wenn sie das Kleid trug, in Sicherheit sein würde.«

Ich sah zu Sylvie hinüber; sie schlief. Mein Blick fiel auf die Fragmente des Blau zwischen uns.

»Außer einem einzigen Mal«, fügte ich hinzu. »Und es braucht nicht mehr als ein einziges Mal.«

Ich träumte, daß ich in einem brennenden Haus stand, um mich herum fielen Holzstücke herunter, und Asche wirbelte durch die Luft. Dann tauchte ein Mädchen auf. Ich sah sie nur aus dem Augenwinkel; immer wenn ich sie direkt ansehen wollte, verschwand sie. Sie war von blauem Licht umgeben.

»Erinnere dich«, sagte sie. Sie wurde zu Jean-Paul; er hatte sich tagelang nicht rasiert und sah wild aus, sein Haar war so lang, daß es sich an den Enden lockte, sein Gesicht und seine Arme und sein Hemd waren rußbedeckt. Ich streckte den Arm aus und berührte sein Gesicht, und als ich meine Hand zurückzog, hatte er eine Narbe, die von der Nase bis zum Kinn reichte.

»Woher hast du die?« fragte ich.

»Vom Leben«, antwortete er.

Ein Schatten fiel auf mein Gesicht, und ich wachte auf. Mathilde stand über mir und verdeckte die Abendsonne. Sie sah aus, als hätte sie schon eine Weile so dagestanden, hatte die Arme verschränkt und sah uns an. Ich setzte mich auf. »Entschuldige«, sagte ich und blinzelte. »Ich weiß, das hier sieht verrückt aus.«

Mathilde schnaubte. »Ja, aber weißt du, ich bin gar nicht überrascht. Mir war klar, daß Sylvie diese Knochen noch mal sehen wollte. Sieht so aus, als ob sie keine Angst mehr davor hat.«

»Nein. Sie war ganz erstaunlich ruhig.«

Unsere Stimmen weckten sie; Sylvie drehte sich um und setzte sich auf; sie hatte ganz rote Wangen. Sie sah um sich, und ihr Blick blieb an den Knochen hängen.

»Maman«, sagte sie. »Wir werden sie begraben.«

»Was? Hier im Garten?«

»Nein. Wo sie zu Hause ist.«

Mathilde sah mich an.

»Ich weiß schon, wo«, sagte ich.

Mathilde gab mir ihr Auto, um nach Mende zu fahren. Seltsame Vorstellung, daß ich vor erst drei Wochen hier gewesen war; viel war seitdem passiert. Aber ich hatte das gleiche Gefühl wie damals, als ich jetzt um den düsteren Dom herum und durch die engen, dunklen Straßen der alten Stadt ging. Es war kein freundlicher Ort. Ich war froh, daß Mathilde weiter draußen wohnte, auch wenn es ein baumloser Vorort war.

Die Adresse stellte sich als eben die Pizzeria heraus, in der ich damals gegessen hatte. Sie war fast so leer wie beim letzten Mal. Ich war ganz ruhig, als ich hineinging, aber als ich Rick allein vor einem Weinglas sitzen und stirnrunzelnd die Speisekarte lesen sah, drehte sich mir der Magen um. Ich hatte ihn dreizehn Tage lang nicht gesehen; es waren lange dreizehn Tage gewesen. Als er aufblickte und mich sah, stand er auf und lächelte nervös. Er war fürs Büro gekleidet, weißes Hemd, dunkelblauer Blazer und khakifarbene Hose. Er sah groß und gesund und amerikanisch aus in dieser dunklen Höhle, wie ein Cadillac, der sich durch eine enge Gasse zwängt.

Wir küßten uns verlegen.

»Um Gottes willen, Ella, was ist mit deinem Gesicht passiert?«

Ich berührte die Wunde auf meiner Stirn. »Ich bin hingefallen«, sagte ich. »Nicht weiter tragisch.«

Wir setzten uns. Rick schenkte mir ein Glas Wein ein, bevor ich ihn davon abhalten konnte. Ich berührte höflich meine Lippen damit, ohne ihn zu schlucken. Der Geruch von Säure und Essig brachte mich beinahe zum Würgen; ich stellte das Glas schnell wieder ab.

Wir saßen schweigend da. Ich merkte, daß ich würde anfangen müssen.

»Also hat Mathilde dich angerufen«, begann ich nervös.

»Ja. Gott, die redet vielleicht schnell. Ich habe nicht ganz verstanden, warum du mich nicht selbst anrufen konntest.«

Ich zuckte die Achseln. Ich fühlte, wie sich mein Magen verspannte.

»Hör zu, Ella, ich möchte ein paar Dinge sagen, okay?«

Ich nickte.

»Also, ich weiß, daß dieser Umzug nach Frankreich schwer war für dich. Schwerer für dich als für mich. Ich mußte einfach nur in einem anderen Büro arbeiten. Die Leute sind anders, aber die Arbeit ist ähnlich. Aber du hast hier keine Arbeit, keine Freunde, und du fühlst dich natürlich isoliert und gelangweilt. Ich verstehe, daß du unglücklich bist. Vielleicht habe ich mich auch nicht genug um dich gekümmert, weil ich soviel zu tun hatte. Also langweilst du dich, und, na ja, ich kann schon verstehen, daß es da Versuchungen gibt, sogar in einem Kaff wie Lisle.«

Er blickte auf die Schuppenflechte an meinen Armen; sie schien ihn einen Moment lang abzustoßen.

»Also hab ich mir gedacht«, sagte er, »daß wir versuchen sollten, neu anzufangen.«

Der Kellner unterbrach ihn, um unsere Bestellung aufzunehmen. Ich war so nervös, daß ich mir nicht vorstellen konnte, einen einzigen Bissen herunterzubringen, aber der Form halber bestellte ich die einfachste Pizza, die es gab. Es war heiß und eng in dem Restaurant; Schweiß trat mir auf die Stirn, und meine Handflächen wurden feucht. Ich trank zitternd einen Schluck Wasser.

»Und«, fuhr Rick fort, »dafür gibt es einen einfachen Weg. Du erinnerst dich, daß ich wegen dieses Wohnprojekts in Frankfurt war?«

Ich nickte.

»Man hat mich gebeten, es zu übernehmen, es wird ein gemeinsames Projekt zwischen unseren beiden Firmen, und ich soll es leiten.« Er hielt inne und sah mich erwartungsvoll an.

»Das ist ja toll, Rick. Das ist prima für dich.«

»Siehst du? Wir ziehen nach Deutschland. Das ist unsere Chance für einen Neuanfang.«

»Aus Frankreich wegziehen?«

Mein Ton überraschte ihn. »Ella, du hast nichts anderes getan, als über dieses Land zu schimpfen, seit du hier bist. Daß die Leute nicht nett sind, daß du keine Freundschaften schließen kannst, daß dich alle wie eine Fremde behandeln, daß sie zu formell sind. Warum willst du jetzt plötzlich bleiben?«

»Es ist meine Heimat«, sagte ich schwach.

»Sieh mal, ich versuche, vernünftig zu sein. Und ich denke, daß ich mich eigentlich ganz anständig verhalte. Ich bin bereit, diese ganze Sache mit – du weißt schon – zu vergeben und zu vergessen. Alles, was ich erwarte, ist, daß du von ihm wegziehst. Ist das etwa zuviel verlangt?«

»Nein, wahrscheinlich nicht.«

»Gut.« Er sah mich an, und sein guter Wille verließ ihn für einen Augenblick. »Also gibst du zu, daß etwas mit ihm war.«

Der Klumpen in meinem Magen bewegte sich, Schweißperlen standen auf meiner Oberlippe. Ich stand auf. »Ich muß eine Toilette finden. Ich bin gleich wieder da.«

Es gelang mir, ruhig vom Tisch wegzugehen, aber sobald ich die Toilette erreicht und die Tür hinter mir geschlossen hatte, ließ ich mich gehen und erbrach mich in langen, erschöpfenden Zügen, die meinen ganzen Körper schüttelten. Es fühlte sich an, als hätte ich lange darauf gewartet, als hätte ich alles erbrochen, was ich in Frankreich und in der Schweiz gegessen hatte.

Schließlich war mein Magen völlig leer. Ich richtete mich wieder auf und lehnte mich an die Wand der Toilettenkabine, das Deckenlicht beleuchtete mich wie ein Scheinwerfer. Meine ganze Anspannung war mit weggespült worden; obwohl ich sehr erschöpft war, konnte ich zum ersten Mal seit Tagen klar denken.

»Deutschland. Um Himmels willen«, murmelte ich.

Als ich zum Tisch zurückkam, waren unsere Pizzen bereits da. Ich nahm meine, stellte sie auf den leeren Tisch neben uns und setzte mich hin.

»Bist du in Ordnung?« fragte Rick und runzelte leicht die Stirn. »Alles klar?«

»Ja.« Ich räusperte mich. »Rick, ich muß dir etwas sagen.«

Er sah mich ängstlich an; er wußte wirklich nicht, was ich sagen würde.

»Ich bin schwanger.«

Es durchfuhr ihn wie ein Schlag. Sein Gesicht glich einem Fernseher, der alle paar Sekunden den Kanal wechselte, während die verschiedensten Gedanken durch seinen Kopf schossen.

»Aber das ist ja wunderbar! Das war doch, was du wolltest, oder? Außer –« Der Zweifel in seinem Gesicht war so schmerzlich, daß ich beinahe den Arm ausgestreckt und seine Hand genommen hätte. Es dämmerte mir in dem Moment, daß ich lügen könnte, und daß das alles lösen würde. Das war die offene Tür, nach der ich gesucht hatte. Aber ich war noch nie gut gewesen im Lügen.

»Es ist deins«, sagte ich schließlich. »Es muß passiert sein, kurz bevor wir wieder angefangen haben, Verhütungsmittel zu nehmen.«

Rick sprang von seinem Stuhl auf und kam um den Tisch herum, um mich zu umarmen. »Champagner!« rief er. »Wir sollten Champagner bestellen!«

Er sah sich nach dem Ober um.

»Nein, nein«, sagte ich. »Bitte. Mir ist nicht gut.«

»O ja, richtig. Also, gehen wir nach Hause. Jetzt gleich. Hast du deine Sachen dabei?« Er sah sich um.

»Nein. Rick, setz dich hin. Bitte.«

Er setzte sich und hatte wieder den unsicheren Gesichtsausdruck. Ich holte tief Luft.

»Ich komme nicht mit dir zurück.«

»Aber – aber deshalb sind wir doch hier.«

»Was?«

»Dieses Abendessen – ich dachte, daß du mit mir zurückkommst.«

»Hat Mathilde das gesagt?«

»Nein, aber ich habe angenommen –«

»Das hättest du eben nicht sollen.«

»Aber du bekommst mein Baby.«

»Laß das Baby mal einen Moment lang aus dem Spiel.«

»Wir können nicht einfach das Baby auslassen. Es ist da, oder nicht?«

Ich seufzte. »Das ist es wohl.«

Rick kippte den letzten Schluck seines Weines und stellte das Glas mit einem Knall auf den Tisch. »Ella, du mußt mir was erklären. Du hast mir nicht gesagt, warum du in die Schweiz gefahren bist. Hab ich irgendwas getan? Warum machst du das alles? Du scheinst der Meinung zu sein, daß mit *uns irg*endwas nicht stimmt. Das ist mir neu. Wenn hier irgend jemand sauer sein sollte, dann ich. Du bist schließlich diejenige, die sich sonstwo herumtreibt.«

Ich wußte nicht, wie ich es auf freundliche Art sagen könnte. Rick schien dies zu merken. »Sag's mir einfach«, sagte er. »Sei ehrlich mit mir.«

»Es ist passiert, seit wir hierhergezogen sind. Ich fühle mich anders.«

»Wie?«

»Schwer zu erklären.« Ich dachte kurz nach. »Weißt du, wie du manchmal eine CD oder Schallplatte kaufst und eine Zeitlang vollkommen begeistert davon bist, sie die ganze Zeit hörst, alle Lieder kennst. Und du denkst, daß du sie so genau kennst und daß sie etwas ganz Besonderes für dich ist. Wie zum Beispiel die erste Platte, die du als Kind je gekauft hast.«

»Die Beach Boys. *Surf's Up.*«

»Genau. Dann, eines Tages, hörst du plötzlich auf, sie anzuhören – nicht aus einem bestimmten Grund, es ist keine bewußte Entscheidung. Plötzlich willst du sie einfach nicht mehr hören. Sie hat nicht mehr dieselbe Kraft. Du kannst sie anhören, und du weißt, daß es immer noch gute Songs sind, aber sie haben ihre Magie verloren. Einfach so.«

»Das ist mir mit den Beach Boys nie passiert. Ich hab immer noch das gleiche Gefühl, wenn ich sie anhöre.«

Ich schlug mit der Hand auf den Tisch. »Verdammt noch mal, *warum* tust du das?«

Die wenigen Leute im Restaurant sahen auf.

»Was?« zischte Rick. »Was tu ich denn?«

»Du hörst mir einfach nicht zu. Du nimmst meine Metapher und verdrehst sie. Du willst einfach nicht hören, was ich sagen will.«

»Was *willst* du denn sagen?«

»Ich glaube, ich liebe dich nicht mehr! Das will ich sagen, aber du hörst mir einfach nicht zu!«

»Oh.« Er lehnte sich zurück. »Warum hast du das nicht gleich gesagt? Warum mußtest du die Beach Boys da mit hineinzerren?«

»Ich habe versucht, es mit einer Metapher zu erklären, um es einfacher zu machen. Aber du bestehst ja darauf, alles nur aus deiner Perspektive zu sehen.«

»Wie soll ich es denn sonst sehen?«

»Aus *meiner* Perspektive! Meiner!« Ich schlug gegen meine Brust. »Kannst du nie etwas von *meiner* Warte aus sehen? Du bist so nett und freundlich zu allen, aber du kriegst immer, was du willst, du schaffst es immer, daß die Leute alles von deinem Standpunkt aus sehen.«

»Ella, willst du wissen, was ich von deinem Standpunkt aus

sehe? Ich sehe eine Frau, die unzufrieden ist und kein Ziel hat und nicht weiß, was sie will, also setzt sie sich ein Baby in den Kopf, damit sie etwas zu tun hat. Und sie langweilt sich mit ihrem Mann, also vögelt sie den erstbesten Typ, der ihr unterkommt.«

Er hielt inne und sah weg, verlegen, er merkte, daß er zu weit gegangen war. Ich hatte ihn noch nie so offen reden hören.

»Rick«, sagte ich sanft. »Siehst du, das ist nicht mein Standpunkt. Das ist definitiv *dein* Standpunkt.« Ich fing an zu weinen, ebensosehr vor Erleichterung wie aus jedem anderen Grund.

Der Ober kam und räumte schweigend unsere unangetasteten Pizzen weg, legte dann ungefragt die Rechnung auf den Tisch. Wir sahen beide nicht hin.

»Ist diese – Veränderung deiner Gefühle vorübergehend oder dauerhaft?« fragte Rick, als ich aufgehört hatte zu weinen.

»Ich weiß es nicht.«

Er versuchte es noch mal. »Diese Sache mit der Schallplatte. Kommt es wieder zurück? Bist du manchmal wieder begeistert davon?«

Ich dachte darüber nach. »Manchmal.« Aber nie lange, dachte ich. Das Gefühl ist nie so wie vorher.

»Also vielleicht ändert sich alles wieder.«

»Rick, alles, was ich weiß, ist, daß ich nicht mit dir zurückkommen kann.« Ich spürte, wie sich die Tränen wieder hinter meinen Augen ansammelten.

»Weißt du«, fügte ich hinzu, »ich hab dir nicht einmal erzählt, was in der Schweiz passiert ist. Und in Frankreich. Was ich alles über die Tourniers herausgefunden habe. Eine ganze Geschichte. Ich könnte eine ganze Geschichte erzählen – ein paar Lücken hier und da müßte ich auffüllen. Siehst du, es ist, als ob sich dieses ganze andere Leben in mir abspielt, von dem du gar nichts weißt.«

Rick rieb sich die Nasenwurzel zwischen Daumen und Zeigefinger. »Schreib es auf«, sagte er. Er sah kurz auf meine Schuppenflechte. »Jetzt muß ich hier raus. Es ist viel zu heiß hier.«

Als ich zurückkam, war Mathilde noch wach, las im Wohnzimmer Zeitung und hatte ihre langen Beine auf den gläsernen Couchtisch gelegt. Sie sah mich fragend an. Ich plumpste auf das Sofa und sah zur Decke.

»Rick will nach Deutschland ziehen«, verkündete ich.

»*Vraiment?* Das kommt aber plötzlich.«

»Ja. Ich gehe nicht mit.«

»Nach Deutschland?« Sie zog eine Grimasse. »Natürlich nicht!«

Ich schnaubte. »Sag mal, gefällt dir irgendein anderes Land außer Frankreich?«

»Amerika.«

»Aber du warst noch nie da!«

»Ja, aber ich bin sicher, daß es mir gefallen würde.«

»Schwer vorstellbar, zurückzugehen. Kalifornien würde mir so fremd erscheinen.«

»Hast du das vor?«

»Weiß nicht. Aber nach Deutschland gehe ich nicht.«

»Hast du Rick erzählt, daß du schwanger bist?«

Ich setzte mich auf. »Woher weißt du das?«

»Ist doch klar! Du bist müde, das Essen schmeckt dir nicht, aber wenn du ißt, ißt du viel. Und wenn du nicht sprichst, siehst du aus, als horchst du in dich hinein. Ich erinnere mich gut daran von Sylvie. Also, wer ist der Vater?«

»Rick.«

»Du bist sicher?«

»Ja. Wir hatten es eine Zeitlang versucht, dann haben wir aufgehört, aber offensichtlich war ich da schon schwanger. Wenn ich's mir genau überlege, hatte ich die Symptome schon ein paar Wochen lang.«

»Und Jean-Paul?«

Ich legte mich auf den Bauch und drückte mein Gesicht in eines der Sofakissen. »Was ist mit Jean-Paul?«

»Siehst du ihn wieder? Wirst du mit ihm sprechen?«

»Was kann ich ihm schon sagen, das er hören will?«

»*Mais* – natürlich wird er von dir hören wollen, auch schlechte Nachrichten. Du warst nicht sehr nett zu ihm.«

»Ach, ich weiß nicht. Ich hätte gedacht, daß es nett von mir ist, ihn in Ruhe zu lassen.«

Zu meiner Erleichterung wechselte Mathilde das Thema. »Mittwoch nehme ich frei«, sagte sie, »dann fahren wir nach Le Pont de Montvert, wie du vorgeschlagen hast. Wir nehmen Sylvie auch mit. Sie ist so gern da oben. Und natürlich kannst du dann Monsieur Jourdain wiedersehen.«

»Oh, ich kann's kaum erwarten.«

Sie kreischte, und wir fingen an zu lachen.

Am Mittwoch morgen bestand Sylvie darauf, mich beim Anziehen zu beraten. Sie kam ins Bad, wo ich gerade weiße Shorts und eine cremefarbene Bluse angezogen hatte, am Waschbecken lehnte und mich im Spiegel besah. Ich hatte gerade drei Schüsseln Cornflakes gegessen und war immer noch hungrig.

»Warum trägst du immer weiß?« fragte sie.

O Gott, nicht schon wieder, dachte ich. »Die Bluse ist nicht weiß«, sagte ich. »Sie ist cremefarben.«

»Das ist doch fast das gleiche!«

»*Alors*, was soll ich deiner Meinung nach tragen?«

Sylvie klatschte in die Hände und rannte ins Wohnzimmer, wo sie meine Tasche durchsuchte. »Alle deine Kleider sind weiß oder braun!« rief sie enttäuscht. Sie zog Jean-Pauls blaues Hemd heraus. »Außer dem hier. Zieh das an«, befahl sie. »Wieso hast du das noch nicht getragen?«

Jacob hatte das Hemd in Moutier gewaschen. Das Blut war zum großen Teil herausgegangen, aber es hatte eine rostfarbene Spur auf dem Rücken hinterlassen. Ich dachte, man würde es nicht sehen, wenn man nicht davon wußte, aber Mathilde fiel es sofort auf. Ich sah, wie sie die Augenbrauen hochzog und verdrehte den Hals, um an meinem Rücken hinabzusehen.

»Das willst du nicht wissen«, sagte ich.

Sie lachte. »Ein Leben voller Drama, was?«

»Früher war das nicht so, wirklich!«

Mathilde sah auf die Uhr. »Gehen wir, Monsieur Jourdain wartet auf uns«, sagte sie. Sie öffnete den Schrank im Flur, holte die Sporttasche heraus und gab sie mir.

»Du hast ihn wirklich angerufen?«

»Hör zu, Ella, er ist ein guter Mensch. Jetzt, wo er weiß, daß deine Familie aus der Gegend stammt, wird er dich wie seine lange verlorene Nichte aufnehmen.«

»Ist Monsieur Jourdain der Mann, der mich Mademoiselle genannt hat? Der mit den schwarzen Haaren?« fragte Sylvie.

»Nein, das war Jean-Paul. Monsieur Jourdain war der alte Mann, der vom Barhocker gefallen ist. Weißt du noch?«

»Ich mochte Jean-Paul. Sehen wir ihn auch?«

Mathilde grinste mich an. »Schau, das ist sein Hemd«, sagte sie, während sie an einem Hemdzipfel zog.

Sylvie sah zu mir hoch. »Und warum trägst *du* es dann?« Ich wurde rot, und Mathilde lachte.

Es war schönes Wetter, heiß in Mende, aber kühl und frisch, je weiter wir in die Berge fuhren. Wir sangen die ganze Strecke hindurch, denn Sylvie brachte mir alle Lieder bei, die sie in ihrem Sommerlager gelernt hatte. Es war komisch, auf dem Weg zu einem Begräbnis zu singen, aber nicht falsch. Wir brachten Marie nach Hause.

Als wir in Le Pont de Montvert vor der *mairie* hielten, kam Monsieur Jourdain sofort zur Tür. Er schüttelte uns allen die Hand, sogar Sylvie, und hielt meine einen Augenblick lang fest. »Madame«, sagte er und lächelte mich an. Er machte mich immer noch nervös; vielleicht wußte er das, denn sein Lächeln hatte etwas Verzweifeltes, wie ein Kind, das als Erwachsener akzeptiert werden möchte.

»Trinken wir Kaffee«, sagte er eilig und führte uns ins Café. Wir bestellten Kaffee und für Sylvie Limonade. Sylvie blieb nicht lange am Tisch, als sie die Katze im Café entdeckt hatte. Wir saßen in befangenem Schweigen um den Tisch herum, bis Mathilde auf den Tisch schlug und rief: »Die Karte! Ich hole sie schnell aus dem Auto. Wir wollen Ihnen zeigen, wo wir hingehen.« Sie sprang auf und ließ uns allein.

Monsieur Jourdain räusperte sich; einen Augenblick dachte ich schon, daß er ausspucken würde. »Hören Sie, La Rousse«, fing er an. »Sie erinnern sich, wie ich sagte, ich würde versuchen, etwas über die Familie in Ihrer Bibel herauszufinden?«

»Ja.«

»*Alors*, ich habe jemanden gefunden.«

»Was, einen Tournier?«

»Nein, keinen Tournier. Ihr Name ist Elisabeth Moulinier. Sie ist die Enkelin eines Mannes, der in l'Hôpital, einem Dorf in der Nähe, gewohnt hat. Es war seine Bibel. Sie hat sie hergebracht, als er gestorben ist.«

»Haben Sie ihren Großvater gekannt?«

Monsieur Jourdain schürzte die Lippen. »Nein«, sagte er kurz.

»Aber – ich dachte, Sie kennen alle hier in der Gegend. Das hat Mathilde wenigstens gesagt.«

Er runzelte die Stirn. »Er war ein Katholik«, murmelte er.

»Ach, Herrgott noch mal!« stieß ich hervor.

Er sah verlegen, aber auch störrisch drein.

»Na, egal«, murmelte ich und schüttelte den Kopf.

»Jedenfalls habe ich dieser Elisabeth gesagt, daß Sie heute hier sind. Sie kommt, um Sie kennenzulernen.«

»Das ist –« Was ist es, Ella? dachte ich. Großartig? Willst du wirklich etwas mit dieser Familie zu tun haben?

»Das war nett von Ihnen, es zu arrangieren«, sagte ich. »Danke schön.«

Mathilde kam mit der Karte zurück, und wir breiteten sie auf dem Tisch aus.

»La Baume du Monsieur ist ein Hügel«, erklärte Monsieur

Jourdain. »Es gibt ein paar Ruinen von einem Hof da, sehen Sie?« Er zeigte auf ein winziges Zeichen. »Gehen Sie schon mal los, und ich bringe Madame Moulinier dann dort hin, in ein oder zwei Stunden.«

Als ich den Wagen an der Straßenseite stehen sah, staubig und klapprig, verkrampfte sich mein Magen. Mathilde, dachte ich. Sie macht wirklich gerne Anrufe. Ich sah sie an. Sie parkte hinter dem anderen Wagen, versuchte, eine Unschuldsmiene aufzusetzen, aber ich sah die Spuren eines selbstgefälligen Grinsens. Als unsere Blicke sich begegneten, zuckte sie die Achseln.

»Warum gehst du nicht schon mal vor?« sagte sie. »Sylvie und ich wollen uns den Fluß ansehen, nicht wahr, Sylvie? Wir kommen später nach. Geh schon.«

Ich zögerte, nahm dann die Sporttasche, eine Schaufel und die Karte und begann den Pfad hochzusteigen. Dann blieb ich stehen und drehte mich um. »Danke«, sagte ich.

Mathilde lächelte und winkte mir zu. *»Vas-y, chérie.«*

Er saß auf den eingefallenen Resten eines Kamins, mit dem Rücken zu mir und rauchte. Er trug das lachsfarbene Hemd; die Sonne schimmerte auf seinem Haar. Er sah so echt, so in Einklang mit sich und der Umgebung aus, daß ich ihn fast nicht ansehen konnte, weil es so schmerzte. Ich spürte ein heftiges Verlangen nach ihm, danach, ihn zu riechen und seine warme Haut zu berühren.

Als er mich sah, schnippte er die Zigarette weg, blieb aber sitzen. Ich stellte die Tasche und die Schaufel ab. Ich wollte meine Arme um ihn legen, meine Nase an seinen Hals drücken und in Tränen ausbrechen, aber ich konnte nicht. Nicht, bevor ich es ihm nicht gesagt hatte. Die Anstrengung, ihn nicht zu berühren, war fast unerträglich, und ich war so davon in Anspruch genommen, daß ich seine ersten Worte überhörte und ihn bitten mußte, sie zu wiederholen.

Er wiederholte sie nicht. Er sah mich nur lange an und studierte mein Gesicht. Er versuchte, ausdruckslos zu bleiben, aber ich sah, daß es ein Kampf für ihn war.

»Jean-Paul, es tut mir so leid«, murmelte ich auf Französisch.

»Warum? Was tut dir leid?«

»Oh.« Ich verschränkte die Hände hinter dem Nacken. »Es gibt soviel, was ich dir erzählen muß, ich weiß nicht einmal, wo ich anfangen soll.« Mein Kinn fing an zu beben, und ich preßte meine Ellbogen gegen die Brust, um nicht am ganzen Körper zu zittern.

Er streckte die Hand aus und berührte meine verletzte Stirn.

»Woher hast du das?«

Ich lächelte grimmig. »Vom Leben.«

»Dann erzähl mir davon«, sagte er. »Und warum du das hier dabei hast.« Er nickte in Richtung der Tasche. »Erzähl's mir auf englisch. Du kannst Englisch sprechen, wann immer du willst, und ich spreche Französisch, wenn ich will.«

Ich hatte nie daran gedacht, es so zu machen. Er hatte recht: Es wäre zuviel, alles auf Französisch sagen zu müssen.

»Die Tasche ist voller Knochen«, erklärte ich, verschränkte die Arme und verlagerte mein Gewicht auf eine Hüfte. »Von einem Mädchen. Ich weiß das wegen der Größe und der Form der Knochen, außerdem gibt es Überreste von etwas, das wie ein Kleid aussieht, und Haare. Ich habe sie unter dem Herd eines Hofes gefunden, der angeblich lange den Tourniers gehört hat. In der Schweiz. Ich glaube, daß das die Knochen von Marie Tournier sind.«

Ich unterbrach mich und wartete darauf, daß er Einwände anbringen würde. Als er das nicht tat, fuhr ich fort und merkte, wie ich seine unausgesprochenen Fragen beantwortete. »In unserer Familie wurden die Namen über die Generationen weitergegeben bis in die Gegenwart. Es gibt immer noch Jacobs und Jeans und Hannahs und Susannes. Es ist wie eine gemeinsame Erinnerung. All die ursprünglichen Namen gibt es noch, bis auf Marie und Isabelle. Ich weiß, du denkst jetzt, ich bastle etwas aus dem Nichts zusammen, und ohne Beweise, aber ich glaube, das bedeutet, daß sie etwas Falsches gemacht haben, daß sie gestorben sind oder verbannt wurden oder so etwas. Und die Familie hat ihre Namen nicht mehr verwendet.«

Jean-Paul zündete sich eine Zigarette an und inhalierte tief.

»Es gibt noch andere Dinge, die Art von Beweisen, die du verdächtig findest. Wie ihr Haar, das Haar hier in der Tasche, das die gleiche Farbe hat wie meins. Wie meins geworden ist, als ich hierherkam. Und als wir den Herdstein angehoben hatten und er zurückfiel, machte er genau das Geräusch, das ich in meinem Alptraum gehört habe. Dieser dumpfe, dröhnende Schlag. Genau so. Aber vor allem ist es das Blau. Die Stücke vom Kleid haben genau das Blau, von dem ich geträumt habe. Das Blau der Jungfrau.«

»Das Blau der Tourniers«, sagte er.

»Ja. Es ist alles Zufall, kannst du jetzt sagen. Ich weiß, was du vom Zufall denkst. Aber es gibt zuviel davon, weißt du. Zuviel für mich.«

Jean-Paul stand auf, streckte sich und fing dann an, in den Ruinen herumzuwandern. Er ging einmal ganz außen herum.

»Das hier ist die Mas de la Baume du Monsieur, richtig?« fragte er, als er zu mir zurückkam. »Der Hof, der auch in der Bibel aufgeführt ist?«

Ich nickte. »Hier wollen wir die Knochen begraben.«

»Darf ich sie sehen?«

»Ja.« Er hatte eine Idee. Ich kannte ihn gut genug, um die Zeichen zu kennen. Es war seltsam tröstlich. Mein aufgewühlter Magen beruhigte sich und verlangte nach Essen. Ich setzte mich auf die Steine und sah Jean-Paul zu. Er kniete sich hin und öffnete die Tasche, blickte lange hinein, berührte kurz das Haar und die blauen Stoffetzen. Er sah hoch und musterte mich von Kopf bis Fuß. Ich erinnerte mich plötzlich, daß ich sein blaues Hemd trug. Das Blau mit dem Rot.

»Ich habe es nicht mit Absicht angezogen, wirklich«, sagte

ich. »Ich habe nicht gewußt, daß du hier sein würdest. Sylvie hat mich überredet, es anzuziehen. Sie sagt, daß ich nicht genug Farbe trage.«

Er lächelte.

»Ach, übrigens, ich habe herausgefunden, daß Goethe eine Nacht in Moutier übernachtet hat.«

Jean-Paul schnaubte. »Pah, das ist nichts Besonderes. Er hat überall einmal übernachtet.«

»Ich nehme an, daß du alles von Goethe gelesen hast.«

»Was hast du mal gesagt? Nur du kannst jetzt von jemandem wie Goethe anfangen.«

Ich lächelte. »*Touché*. Jedenfalls tut es mir leid, daß ich dein Hemd mitgenommen habe. Und es ist – ich hatte eine Art Unfall damit.«

Er musterte es. »Sieht doch ganz in Ordnung aus.«

»Du hast den Rücken nicht gesehen. Nein, das zeig ich dir jetzt nicht. Das ist eine andere Geschichte.«

Jean-Paul zog den Reißverschluß der Tasche zu.

»Ich habe eine Idee«, sagte er. »Aber vielleicht ist das zu verstörend für dich.«

»Nichts kann mich mehr verstören, als alles, was schon passiert ist.«

»Ich will hier graben. Direkt unter dem Kamin.«

»Warum?«

»Nur eine Theorie.« Er kniete sich neben die Überreste des Herdes. Viel war nicht davon übrig. Es war ein großer Granitbrocken gewesen, wie der in Moutier, aber er war in der Mitte gesprungen und bröckelte vor sich hin.

»Ich will sie nicht da begraben, falls du das denkst«, sagte ich. »Das ist der letzte Ort, an den ich sie legen möchte.«

»Nein, natürlich nicht. Ich möchte nur nach etwas suchen.«

Ich sah ihm eine Zeitlang zu, wie er Steine zur Seite schob, kniete mich dann hin und half ihm, wobei ich die größeren Brocken vermied und gut auf meinen Bauch aufpaßte. Dann sah er meinen Rücken, fuhr die Blutlinie auf dem Hemd mit dem Finger nach. Ich blieb vornübergebeugt, während meine Arme und Beine von einer Gänsehaut kribbelten. Jean-Paul bewegte seine Hand an meinem Rücken und Nacken hoch, spreizte die Finger und zog sie wie einen Kamm durch mein Haar.

Seine Hand hielt inne. »Du willst nicht, daß ich dich anfasse«, sagte er; es war eine Feststellung, keine Frage.

»Du wirst mich nicht anfassen wollen, wenn du alles gehört hast. Noch habe ich dir nicht alles erzählt.«

Jean-Paul ließ seine Hand fallen und nahm die Schaufel. »Erzähl's mir später«, sagte er und fing an zu graben.

Ich war nicht wirklich überrascht, als er die Zähne fand. Er hielt sie mir schweigend hin. Ich nahm sie, öffnete die Sporttasche und holte das andere Paar heraus. Sie hatten die gleiche Größe: Kinderzähne. Sie fühlten sich spitz an in meinen Händen.

»Warum?« sagte ich.

»In manchen Kulturen vergraben die Leute etwas im Fundament, wenn sie ein Haus bauen. Tierkörper, manchmal Schuhe. Manchmal, nicht sehr oft, Menschen. Dahinter steht die Vorstellung, daß ihre Seelen so im Haus bleiben und böse Geister vertreiben würden.«

Es war lange still.

»Du meinst, sie wurden geopfert. Diese Kinder wurden geopfert.«

»Vielleicht. Wahrscheinlich. Es ist jedenfalls sicher kein Zufall, in beiden Häusern unter dem Herd Knochen zu finden.«

»Aber – sie waren Christen. Sie sollten Gott fürchten, keinem Aberglauben anhängen!«

»Die Religion hat es nie geschafft, Aberglauben ganz auszurotten. Das Christentum war wie eine Schicht über den älteren Riten und Glauben – es deckte sie zu, aber sie verschwanden nicht ganz.«

Ich sah die Zähne an und fröstelte. »Gott, was für eine Familie. Und ich gehöre auch dazu. Ich bin auch eine Tournier.« Ich fing an zu zittern.

»Ella. Du bist weit davon entfernt«, sagte Jean-Paul sanft. »Du gehörst ins zwanzigste Jahrhundert. Du bist nicht für ihre Taten verantwortlich. Und denk daran, daß genausoviel von der Familie deiner Mutter in dir ist wie von der deines Vaters.«

»Aber ich bin trotzdem eine Tournier.«

»Ja, aber du mußt nicht für ihre Sünden büßen.«

Ich starrte ihn an. »Ich habe dich dieses Wort noch nie benutzen hören.«

Er zuckte die Achseln. »Schließlich bin ich katholisch aufgewachsen. Manche Dinge kann man nie ganz ablegen.«

Sylvie tauchte in der Ferne auf, und weil sie, von Blumen und Kaninchen abgelenkt, im Zickzack rannte, sah sie aus wie ein gelber Schmetterling, der hin- und herflatterte. Als sie uns sah, kam sie in einer schnurgeraden Linie auf uns zugelaufen.

»Jean-Paul!« rief sie. Sie rannte zu uns und stellte sich neben ihn.

Er hockte sich neben sie. *»Bonjour, Mademoiselle«,* sagte er. Sylvie kicherte und klopfte ihm auf die Schulter.

»Habt ihr zwei schon gegraben?« Mathilde stakste in ihren pinkfarbenen Pumps über die Steine und schwang ein gelbes *panier. »Salut, Jean-Paul«*, sagte sie und grinste ihn an. Er lächelte zurück. Plötzlich dachte ich, daß ich, wenn ich einen Funken Vernunft hätte, zurücktreten würde und sie zusammensein ließe, damit Mathilde ein wenig Spaß hätte und Sylvie einen Vater. Das wäre dann mein Opfer, eine Wiedergutmachung für die Sünden meiner Familie sozusagen.

Ich trat einen Schritt zurück. »Ich suche nach einer Stelle, wo wir die Knochen begraben können«, verkündete ich. Ich streckte meine Hand aus. »Sylvie, willst du mitkommen?«

»Nein«, sagte Sylvie. »Ich will hierbleiben, bei Jean-Paul.«

»Aber – vielleicht sollten wir deine Mutter ja mit Jean-Paul hierlassen.«

Sofort merkte ich, daß ich einen Fehler gemacht hatte. Mathilde fing mit ihrem kreischenden Lachen an.

»Wirklich, Ella, du bist manchmal so dumm!«

Jean-Paul sagte nichts, zog nur eine Zigarette aus seiner Hemdtasche und zündete sie mit einem Grinsen an.

»Ja, ich bin dumm«, murmelte ich auf englisch. »Sehr, sehr dumm.«

Wir einigten uns alle auf den Ort, eine mit Gras bewachsene Stelle neben einem Felsen, der die Form eines Pilzes hatte, in der Nähe der Ruine. Er würde immer leicht zu finden sein.

Jean-Paul fing an zu graben, während wir in der Nähe saßen und unseren mitgebrachten Lunch verzehrten. Dann war ich an der Reihe mit der Schaufel, dann Mathilde, bis wir ein Loch gegraben hatten, das über einen halben Meter tief war. Ich legte die Knochen hinein. Wir hatten breit genug gegraben für zwei, und obwohl Jean-Paul nur die Zähne in der Ruine gefunden hatte, legte ich sie so hin, als wären die Knochen des ganzen Körpers auch dabei. Die anderen sahen zu. Sylvie flüsterte mit Mathilde. Als ich fertig war, zog ich einen blauen Faden aus den Überresten des Kleides und steckte ihn in meine Tasche.

Sylvie kam zu mir. »Maman sagt, daß ich dich fragen soll«, fing sie an. »Darf ich etwas mit Marie begraben?«

»Was denn?«

Sylvie zog das Stück Lavendelseife aus ihrer Tasche.

»Ja«, sagte ich. »Nimm sie zuerst aus dem Papier. Willst du, daß ich sie für dich hineinlege?«

»Nein, ich will es selber machen.« Sie legte sich neben das Grab, streckte den Arm aus und ließ die Seife an ihren Platz fallen. Dann stand sie auf und wischte sich die Erde von ihrem Kleid.

Ich wußte nicht, was ich als nächstes tun sollte: Ich hatte das Gefühl, daß ich etwas sagen sollte, wußte aber nicht, was. Ich sah zu Jean-Paul hin; zu meinem Erstaunen hatte er den Kopf gesenkt, die Augen geschlossen und sprach lautlos vor sich hin. Mathilde tat das gleiche, und Sylvie machte es ihnen nach.

Ich blickte nach oben und sah einen Vogel hoch über uns, der so mit seinen Flügeln schlug, daß er in der Luft stand.

Jean-Paul und Mathilde bekreuzigten sich und öffneten gleichzeitig die Augen. »Seht«, sagte ich und zeigte nach oben. Der Vogel war weg.

»Ich hab ihn gesehen«, verkündete Sylvie. »Keine Sorge, Ella, ich hab den roten Vogel gesehen.«

Nachdem wir die Erde eingefüllt hatten, türmten wir kleine Steine auf dem Grab auf, um Tiere fernzuhalten. Wir bauten eine Pyramide, die ungefähr sechzig Zentimeter hoch war.

Gerade waren wir fertig geworden, als wir einen Piff hörten und uns umsahen. Monsieur Jourdain stand bei den Ruinen und hatte eine junge Frau dabei. Sogar auf die Entfernung konnte man sehen, daß sie ungefähr im achten Monat schwanger war. Mathilde schaute mich an, und wir grinsten. Jean-Paul sah uns verwundert an.

O Gott, dachte ich. Ich muß ihm das alles noch erzählen. Mein Magen zog sich zusammen.

Als sie näherkamen, stolperte die Frau. Ich stand wie angewurzelt da.

»Mon Dieu!« keuchte Mathilde.

Sylvie klatschte in die Hände. »Ella, du hast uns gar nicht erzählt, daß deine Schwester auch kommt!«

Sie kam näher und blieb vor mir stehen. Wir betrachteten uns gegenseitig: Das Haar, die Gesichtsform, die braunen Augen. Dann taten wir beide einen Schritt vor und küßten uns die Wangen: Einmal, zweimal, dreimal.

Sie lachte. »Ihr Tourniers küßt euch immer dreimal, als ob zweimal nicht genug wäre!«

Erst spät am Tag stiegen wir vom Berg herab. Wir wollten zuerst auf einen Drink zur Bar und dann unserer verschiedenen Wege gehen: Mathilde und Sylvie nach Mende, Elisabeth zu ihrem neuen Haus in der Nähe von Alès, Monsieur Jourdain zu seinem Haus um die Ecke von der *mairie*, und Jean-Paul nach Lisle-sur-Tarn. Nur ich wußte nicht, wohin ich gehen würde.

Elisabeth und ich gingen zusammen zu den Autos.

»Willst du mit zu mir kommen?« fragte sie. »Komm gleich mit, wenn du willst.«

»Bald. Ich habe ein paar – Dinge, die ich noch erledigen muß. Aber ich komme gern, in ein paar Tagen.«

Bei den Autos sahen sie und Mathilde mich erwartungsvoll an. Jean-Paul sah zum Horizont.

»Äh, fahrt schon mal voraus«, sagte ich zu ihnen. »Ich fahre mit Jean-Paul. Wir treffen euch dort.«

»Ella, du kommst mit zu uns nach Hause, oder?« fragte Sylvie ängstlich. Sie fing an, meinen Arm zu streicheln.

»Mach dir keine Sorgen um mich, *chérie*.«

Als die Autos verschwunden waren, fanden Jean-Paul und ich uns auf beiden Seiten seines Autos wieder. »Können wir das Dach aufmachen?« fragte ich.

»Bien sûr.«

Wir nahmen die Klammern auf beiden Seiten ab, rollten das Dach zurück und befestigten es. Als wir fertig waren, lehnte ich mich an das Auto und ließ meine Arme auf dem Fensterrahmen ruhen. Jean-Paul lehnte sich an die andere Seite.

»Ich muß dir etwas sagen«, sagte ich. Ich schluckte an dem Klumpen in meinem Hals.

»Auf englisch, Ella.«

»Gut. Auf englisch.« Ich verstummte wieder.

»Weißt du«, sagte er, »ich hatte keine Ahnung, daß eine Frau mich so unglücklich machen könnte. Fast zwei Wochen bist du weggewesen. Seitdem konnte ich nicht schlafen, ich konnte nicht Klavier spielen, ich konnte nicht arbeiten. Die alten Frauen in der Bibliothek machen sich über mich lustig. Meine Freunde denken, daß ich verrückt bin. Claude und ich streiten uns dauernd über unwichtige Sachen.«

»Jean-Paul, ich bin schwanger«, sagte ich.

Er sah mich an, sein ganzes Gesicht war eine einzige Frage. »Aber wir –« er hielt inne.

Ich dachte nochmals daran, zu lügen, und daran, wieviel leichter es wäre. Ich wußte, daß er es sofort durchschauen würde.

»Es ist von Rick«, sagte ich leise. »Es tut mir leid.«

Jean-Paul atmete tief ein. »Es gibt nichts, was dir leid tun muß«, sagte er auf französisch. »Du wolltest doch ein Kind haben, nicht?«

»*Oui, mais* –«

»Dann gibt es nichts, was dir leid tun muß«, wiederholte er auf englisch.

»Wenn es vom falschen Mann ist, gibt es genug, was einem leid tun kann.«

»Weiß Rick davon?«

»Ja. Ich hab's ihm neulich erzählt. Er will, daß wir nach Deutschland ziehen.«

Jean-Paul hob die Augenbrauen. »Und was willst *du*?«

»Ich weiß nicht. Ich muß darüber nachdenken, was für das Baby am besten ist.«

Jean-Paul richtete sich auf und ging auf die andere Straßenseite, wo er stehenblieb und über die Felder von Ginster und Granit blickte. Er pflückte einen Zweig Ginster und zerdrückte die bitteren gelben Blüten zwischen den Fingern.

»Ich weiß«, flüsterte ich, so daß er mich nicht hören konnte. »Es tut mir leid. Es ist einfach zuviel, nicht wahr?«

Als er zum Auto zurückkam, sah er resolut, fast stoisch aus. Das ist seine größte Stunde, dachte ich. Überraschend lächelte ich.

Jean-Paul lächelte zurück.

»Was am besten ist für die Mutter, ist meist auch am besten für das Baby«, sagte er. »Wenn du unglücklich bist, wird es das Baby auch sein.«

»Ich weiß. Aber ich habe keine Ahnung mehr, was am besten ist für mich. Wenn ich wenigstens wüßte, wo mein Zuhause ist. Kalifornien ist es nicht mehr. Und Lisle – ich glaube nicht, daß ich dahin zurückgehen kann. Wenigstens nicht jetzt. Oder die Schweiz. Jedenfalls nicht Deutschland.«

»Wo fühlst du dich am wohlsten?«

Ich sah mich um.

»Hier«, sagte ich. »Genau hier.«

Jean-Paul öffnete seine Arme weit.

»Alors, tu es chez toi. Bienvenue.«

Epilog

Ich sah zum Himmel hinauf, zu einem blassen Blau, ausgewaschen von der späten Septembersonne. Der Tarn war noch warm; ich lag auf dem Rücken, meine Arme waren seitlich im Wasser ausgestreckt, meine Brüste flach, und mein Haar trieb um mein Gesicht wie Blätter im Fluß.

Ich sah an mir herunter: Mein Bauch fing gerade an, sich über das Wasser zu wölben. Ich umschloß die Wölbung mit meinen Händen.

Vom Ufer her kam Papierrascheln.

»Was ist mit Isabelle passiert?«

»Ich weiß nicht. Manchmal denke ich, daß sie von Moutier weggegangen und hierher in die Cevennen zurückgekommen ist. Sie hat ihren Schäfer gefunden und ihr Kind bekommen. Und vielleicht wurde sie wieder katholisch, so daß sie die Jungfrau Maria verehren konnte.«

»Ein glückliches Ende.«

»Ja. Aber eigentlich glaube ich nicht recht daran. Meistens denke ich, daß sie irgendwo verhungert ist, mit einem toten Baby im Bauch, von der Welt vergessen, und ohne Grab.«

Es war still.

»Aber weißt du, was noch schlimmer wäre, das schlimmste Schicksal, aber auch das wahrscheinlichste?«

»Was könnte noch schlimmer sein?«

»Daß sie damit gelebt hat. Sie ist in Moutier geblieben, mit ihrer toten Tochter unter dem Herd bis ans Ende ihrer Tage.«

Isabelle kniet an der Kreuzung. Sie hat drei Möglichkeiten: Sie kann weitergehen, sie kann zurückgehen, oder sie kann bleiben, wo sie ist.

– Hilf mir, Heilige Mutter Gottes, betet sie. Hilf mir bei meiner Entscheidung.

Ein blaues Licht umgibt sie, Trost für einen kurzen Augenblick.

Ich setzte mich abrupt auf und kauerte mich auf den langen, glatten Felsen im Flußbett, so daß meine Brüste ihre Rundung wiedergewannen. Das Baby war aufgewacht und fing an zu weinen wie ein kleines Kätzchen. Elisabeth hob es von seiner Decke am Flußufer auf und führte seinen Mund an ihre Brust.

»Hat Jean-Paul das gelesen?« Sie klopfte auf das Manuskript neben sich.

»Noch nicht. Er wird es dieses Wochenende lesen. Vor seiner Meinung habe ich am meisten Angst.«

»Warum?«

»Sie ist mir am wichtigsten. Er hat so klare Vorstellungen über Geschichte. Er wird meine Herangehensweise kritisieren.«

Elisabeth zuckte die Achseln. »Na und? Es ist doch schließlich *deine* Geschichte. *Unsere* Geschichte.«

»Stimmt.«

»Was ist übrigens mit dem Maler, von dem du mir erzählt hast? Nicolas Tournier.«

»Er hat seinen Platz, egal, was Jean-Paul denkt.«

Jacob kommt an die Kreuzung und findet seine Mutter auf den Knien, umhüllt von Blau. Sie sieht ihn nicht; er schaut sie an, und das Blau spiegelt sich in seinen Augen. Dann sieht er sich um und nimmt die Straße, die nach Westen führt.

Den folgenden Personen möchte ich für ihre Hilfe danken (in alphabetischer Reihenfolge, dem großartigen Gleichmacher): Juliette Dickstein; Jonathan Drori; Susan Elderkin; Jonny Geller; James Greene; Kate Jones; meinem Cousin Jean Kleiber, der mir zuerst von den Höfen ohne Kamin und anderen schweizerischen Eigenheiten erzählt hat; Lesley Levene; Madame Christine Martinez aus Florac, die mir, ohne es zu wissen, einen Crashkurs in französischem Dorfleben gegeben hat; und Vicky Singer.

Sehr hilfreich waren die Bücher ›Montaillou‹ und ›The Peasants of Languedoc‹ von Emmanuel Le Roy Ladurie, ›The Return of Martin Guerre‹ und ›Society and Culture in Early Modern France‹ von Natalie Zemon Davis, ›Protestants du Midi, 1559–1598‹ von Janine Garrisson und ›Moutier à travers les âges‹ von Ph. Pierrehumbert.

Die meisten Orte im Buch existieren tatsächlich, aber keine der Personen.